Georges Coulonges

Romancier, Georges Coulonges a d'abord écrit pour les plus grandes figures de la chanson française, parmi lesquelles Jean Ferrat, Nana Mouskouri et Juliette Gréco. Il a également laissé son nom à *Paris populi,* une grande fresque musicale qui, sur une musique de Francis Lemarque, raconte l'histoire de la capitale de 1789 à 1944. Après avoir reçu en 1964 le grand prix de l'Humour pour son premier roman, *Le général et son train,* il signe deux essais très remarqués, *La Commune en chantant,* et *La chanson en son temps.* Véritable «baladin de l'écriture», il met ses talents au service de la télévision (*Pause-Café ; Joëlle Mazart ; La terre et le moulin*) et du théâtre, en écrivant d'après Voltaire un *Zadig* qui, mis en scène par Jean-Louis Barrault, obtient le prix Plaisir du théâtre en 1979. À partir de 1984, il se consacre au roman. Il publie, entre autres, la série des *Chemins de nos pères* (1984-1994), *Les terres gelées* (1994), *La Madelon de l'an 40* (1995), *L'enfant sous les étoiles* (1996), une autobiographie, *Ma communale avait raison* (1998), et *L'été du grand bonheur* (prix des Maisons de la Presse 2000), enrichissant d'année en année une œuvre qui invite à revivre quelques grands moments de l'histoire de la France au XXe siècle.

MA COMMUNALE
AVAIT RAISON

GEORGES COULONGES

MA COMMUNALE
AVAIT RAISON

PRESSES DE LA CITÉ

© Presses de la Cité,1998.

ISBN 2-266-09430-0

GEORGES COULONGES

par
Jean-Louis Barrault

Notre connaissance mutuelle et notre amitié se sont faites, je crois, tout naturellement. Je ne me souviens pas que, pour notre première rencontre, il y ait eu un rendez-vous solennel. Et c'est bien ainsi car sinon cela n'aurait été « ressemblant » ni pour lui, ni pour moi.

Nous nous rencontrâmes au foyer du théâtre d'Orsay… comme deux vieux amis qui ne s'étaient pas vus depuis quelque temps, tant l'entrevue me parut évidente.

Notre amitié mitonnait.

Nous nous voyions de plus en plus souvent au foyer d'Orsay autour d'un petit verre de vin.

Je crois que G. Coulonges me dit qu'il aimait Voltaire.

Nous fûmes d'accord sur la beauté de ses contes — *Micromégas* ? (cela sent un peu l'école), *Candide* ? (trop connu), *Zadig* ? (ce fut le coup de foudre). Tope là ! nous nous serrons la main, nous vidons notre verre et, en marche pour *Zadig* ! G. Coulonges fit un très beau travail qui, au reste, a reçu sa récompense puisque cela nous a valu le prix Plaisir du Théâtre.

Une des qualités de Coulonges est sa sensibilité, son humanité. Après avoir beaucoup travaillé avec lui (il a la modestie du véritable artisan), je suis aujourd'hui convaincu que G. Coulonges est un véritable auteur dramatique. Car il est avant tout un Être Humain.

Je crois deviner que sa vie a déposé en lui toutes sortes de sensations qui forment des remous. Dans la vie courante, il ne les fait pas voir. Il aurait plutôt tendance à se barricader derrière un humour délibéré — se protéger grâce à l'humour est une force.

Le rire est la béquille des âmes trop sensibles. C'est un point qui nous rapproche. En fait, quand il a planté ses dents sur un sujet, il ne le lâche plus. C'est un bûcheur. Et il a, j'en suis sûr, la passion du progrès.

Ce qui me plaît encore chez lui c'est qu'il ne considère pas que la cervelle des humains soit la seule glande qui compte. Les autres glandes visent bien plus juste, non pas pour la jouissance, mais au contraire pour « l'intelligence » qu'on peut avoir des choses de la vie.

« Que les gens d'esprit sont bêtes », dit la Suzanne de Beaumarchais. Les gens de cœur le sont beaucoup moins. Mais, attention ! je ne dis pas que Coulonges est un mouton ! Il a certainement de bonnes griffes qu'à l'occasion il peut sortir !

Cela se sent par certaines réactions « anarchistes » que l'on décèle dans ses écrits. Encore une raison pour moi d'être proche de lui. Qu'il s'agisse d'intimidation politique, de fanatisme religieux, d'arguments « socioculturels » avec infrastructures à la clé, il refuse de se laisser « bluffer ».

Enfin, et je m'arrêterai après cela, il a du talent.

Tout ce qu'il écrit est savoureux ; cela a du rythme — certaines reprises de mots qui suivent une certaine symétrie font de ses phrases une musique et une musique de théâtre — et il y a du soleil dans son style (il est méridional et cela se perçoit). Sentant en lui ce don, il ne s'y complaît pas, il est perfectionniste. Studieux, oui, encore une fois : artisan. C'est pourquoi nous lui faisons confiance.

8

Rien n'est plus encourageant pour des comédiens, des gens de théâtre, que de servir un auteur « de la maison ». Nous voudrions pouvoir servir régulièrement G. Coulonges.

Jean-Louis BARRAULT
(Extrait de la préface pour l'édition
de la pièce de Georges Coulonges *Zadig*,
d'après Voltaire, Le Cherche-Midi éd.)

Au commencement était la morale

De ma vie, je suis l'homme auquel j'ai entendu dire le plus de bêtises.

Non que j'en aie dit plus qu'un autre mais malheureusement j'étais là pour les entendre. Des avis sentencieux de ma jeunesse ignorante aux engagements aventureux perpétrés lorsque je crus avoir la connaissance, j'ai tout pratiqué : les assimilations hâtives, les condamnations tonitruantes, les indignations à contretemps, les admirations béates, les naïvetés insoupçonnées, les partis pris inébranlables, redoutables, les fiertés d'autant plus véhémentes qu'elles étaient sans objet, j'en passe, j'en oublie, j'en cache, j'en pleure, j'en ai honte, je souris : j'ai vécu.

Cela commença le 4 avril 1923.

Est-ce si important ? A cause du signe, me dit-on. Moi, le zodiaque, je n'y crois guère. 4 avril : bélier. Un bélier, ça fonce. C'est peut-être vrai dans le Nord. Or, je suis un bélier du Midi : amateur de soleil et de siestes sous les grands pins. Si le troupeau a besoin de moi, il faut qu'il me réveille. Alors, c'est vrai, j'ai le sabot solide. Je vais. Il me faut même un certain temps pour m'apercevoir que le troupeau ne me suit plus, que les brebis batifolent, que la route tournait et que j'ai continué tout droit. Ça, c'est le bélier : il ne revient pas sur ses pas.

Ces pas, mes premiers petits pas, s'enfoncent dans le sable : sable d'or bordant l'Océan, sable gris des jardins où chacun « faisait ses légumes », sable roux des bords de l'étang où, véritablement, se passa mon enfance.

Les habitants de Lacanau où je naquis ce 4 avril 1923 s'appellent les Canaulais. Ceci pour des raisons qu'il est à peine besoin de dire : Lacanau, jadis, s'écrivait La Canau, ce qui signifie bien évidemment *le chenal*. Pourquoi pas Lecanau ? Simplement, parce que le canal est un transsexuel : jadis féminin, il a, avec l'âge et sans chirurgie aucune, changé de genre.

Ce canal dont le masculin donc n'a rien de singulier, ce chenal, qui jadis reliait l'étang à la mer, a disparu. Il en est de même de l'étang dont le visiteur peut voir l'emplacement en ce lieu où aujourd'hui, pour des raisons touristiques, je crois, se trouve le lac.

Lacanau, fière de ses richesses, les annonçait dès l'entrée du village : « Lacanau. Son étang. L'Océan. La forêt. »

Cela suscitait quelque embarras chez l'automobiliste du dimanche qui, arrivant au café de la Gaieté, hésitait une seconde entre la route le conduisant aux eaux tumultueuses de l'Océan et la route le menant à l'eau placide de l'étang. Une seconde, cela suffisait : la direction assistée n'existant pas, la voiture s'affalait dans le transformateur. Boum ! Le choc s'entendait dans tout le village, libérant des maisons et des boutiques un déjeuneur terminant sa cuisse de poulet, un homme à la barbe savonnée de blanc suivi du coiffeur qui n'avait pas lâché son rasoir et, comme tout le monde, courait avec l'espoir d'arriver assez tôt pour voir le mort. Au moins le blessé.

Faisant un effort de mémoire, je pense que Lacanau, à cette époque, avait deux grands plaisirs en même temps que deux grandes interrogations : l'accident du dimanche dont, dès l'aurore, chacun se demandait « A quelle heure aura-t-il lieu ? » et l'arrivée du cirque Moreno dont le lion, chaque année devenant plus lymphatique, dès l'apparition de la première roulotte nous faisait demander « Est-ce que Brutus est toujours de ce monde ? »... Il était là, ce cher vieux Brutus, possédé par une éternelle envie de dormir, obligeant son dompteur à lui taper sur le museau avec un bâton avant de consentir un modeste rugissement, s'aplatissant dans un coin de la cage quand il aurait dû sauter sur un tabouret.

Lorsque, botté de cuir, bardé de brandebourgs, fouet en main, l'aîné des Moreno s'impatientait au point de dire à la bête « Je vais te mordre ! », Brutus haussait les épaules. Puis il se détournait en bâillant à fendre l'âme. Pas malheureux : indifférent. Je me demande s'il ne prenait pas du valium.

Ainsi allaient les jeux du cirque... et les jeux nautiques où, tous les jours d'été plongé dans l'eau, je ne parvins jamais à être bon nageur. Me risquant parfois à une partie de pêche, je ne pris jamais aucun poisson. Dans la pêche, ce que je préférais, c'était conduire à la rame la lourde barcasse au milieu de l'étang. Cela ne dérangeait pas les copains : à l'aller comme au retour, ils se faisaient un amical devoir de ne pas me priver de mon plaisir.

A la vérité, mon grand plaisir s'appelait la forêt.

Votre bâton écarte une fougère pour trouver le prochain cèpe : vous en découvrez une famille groupée autour de l'aïeul au ventre s'affaissant ; sous leur chapeau de cuivre les enfants aux jambes fermes disent : « T'en fais pas, pépé, la jeunesse arrive. » Ne venez pas à Lacanau chercher des girolles, il n'y a que des *roussettes* dont les infimes parapluies orange trahissent la présence au sol en soulevant timidement les aiguilles de pin. Les *bidaoüs* (ceux-là, je n'ai jamais su leur véritable nom), nous les ramassions dans les dunes, les châtaignes dans la pièce [1] du Marquis. A Virevieille, la palombière de mon père était faite de brande et de silence que troublait le battement d'ailes du pigeon-appeau lorsque, tirant sur le long fil de fer, sous ses pattes on dérobait la planchette d'appui. Là-haut, les palombes entendaient cet appel. Elles le croyaient fraternel. D'un long vol circulaire et comme aplati, dans un froufrou émouvant elles investissaient les grands chênes alentour.

Du Moutchic à Maubuisson, de Longarisse à l'Océan, sur les pistes cimentées de soixante centimètres de large construites à l'intention des gardes et des résiniers, nous pédalions comme des fous… jusqu'à ce qu'une flaque de sable roulant sur le ciment nous expédie dans les décors, jockey et monture…

Oui, pour ces jeux et pour mille autres chants d'oiseaux, pour ses parfums de fougère à la résine mêlée, pour ce que, à nos premières amours, elle savait offrir des chambres de petite discrétion et de grand inconfort (les aiguilles de pin, ça pique), la forêt fut mon amie.

Entre elle et moi, l'affaire pourtant avait mal commencé.

Notre voisin, Paul Sourgens, pratiquait le métier de résinier. Un jour qu'il devait ramasser [2], il invita ma mère, mon frère et moi à « le suivre ».

Mon regard d'enfant de cinq ans est encore posé sur ces pins silencieux, multiples, impressionnants ; sur Paul allant de l'un à l'autre sans en oublier un seul.

1. Morceau d'une forêt appartenant à un même propriétaire.
2. Ramasser la résine : la mettre de pot en *escouarte* (portée sur la tête), d'*escouarte* en barrique. Dans le Sud-Ouest, les verbes transitifs n'ont pas besoin de leur complément : on ramasse, on garde, les femmes vont laver.

14

Après le pique-nique, j'avais soif.

— Prends un pot sur le pin et bois, me dit Paul.

Ce liquide gluant, ce pot s'écaillant de résine vieillie ne me disaient rien qui vaille.

Paul insista :

— Bois l'eau qui est dessus. Tu verras : elle a bon goût et c'est excellent pour la santé.

Ma mère approuva : la résine est fortifiante.

Rassuré, enhardi, je décrochai un pot à la hauteur de mes cinq ans. Je bus.

— C'est bon, pas vrai ? demandait Paul.

Plus fier de mon courage que grisé par le breuvage, j'acquiesçai.

— Je te l'avais dit, approuva Paul qui ajouta : c'est fameux pour les bronches ; seulement, à ta place la prochaine fois, je prendrais le pot un peu plus haut.

— Pourquoi ?

Paul me regarda :

— Parce que… le pot le plus bas, c'est celui dans lequel pissent les résiniers.

Bon pour les bronches ou pas, je n'ai plus jamais bu dans un pot de résine.

J'ai grandi quand même. Dans ce Médoc qui a le malheur de ne pas avoir de vin mais le bonheur d'avoir beaucoup d'eau.

Ma jeunesse était pauvre. Plus pauvre que je le pensais en la vivant. Ceci est un trait de mon caractère : funambule à pattes d'éléphant, j'ai pataugé dans la débine sans bien m'en rendre compte, sans en souffrir vraiment, croyant que la vie était ainsi pour la bonne raison qu'elle était ainsi, il est vrai, pour la plupart, pour la grande majorité de ceux qui m'entouraient. Je sais bien que cette idée donnera raison aux égoïstes, aux nantis, à tous ceux qui ont le tourment social un peu furtif. Cela est pourtant : doué d'une certaine propension au bonheur, le regard distrait par une permanente envie de rire, saisissant jusqu'à en avoir honte l'aspect vaudevillesque de tout drame — c'est-à-dire de tout homme —, j'ai, dans mon malheur au passé simple, des chagrins rétroactifs, des aigreurs en flash-back. Sur le moment : je broute ; telle la vache dans son pré de toujours où, peu à peu, on l'entoure de hauts-fourneaux : elle rumine mais elle ne le sait pas. Il faudra que, dans sa dernière étable, le vétérinaire appelé à son chevet lui dise « Ma pauvre vieille, tu as été empoisonnée » pour qu'elle comprenne l'ampleur de la tragédie.

Quel est donc ce poison que, dès mon jeune âge, on versa dans mon âme ?

Ma réponse est formelle : la Morale.

Ma mère, mon père, monsieur le curé, les instituteurs, les voisins même, chacun versait sa dose. Pour notre bien, disaient-ils. Et pour le bien des autres. Ces autres étaient : la famille, la Patrie, les vieux (qu'il convenait d'honorer), les jeunes (que l'on devait protéger), les parents (auxquels nous devions amour et respect), le patron (qu'il convenait de remercier de nous donner du travail) et puis le premier passant venu devant lequel, sans une hésitation, nous devions enlever notre béret. Sans parler du pain que l'on ne devait pas jeter, ce qui était un crime, ni en poser la miche à l'envers, ce qui faisait pleurer la Sainte Vierge. Ce dont ma mère, pour rien au monde, n'eût voulu être responsable. Quant à mon père, plus indifférent aux chagrins de Marie, jamais il n'aurait entamé cette miche sans tracer, sur sa croûte dorée, un imaginaire signe de croix destiné à nous protéger de possibles disettes.

Cela ne nous en protégea pas.

Mais aucune misère, aucun des malheurs qu'elle connut, n'aurait pu — n'a pu — entamer la foi de ma mère. Une foi que, dans son enfance, lui avaient donnée les religieuses en cornette. Une foi qui provoqua parfois mon agacement et, aussi souvent, profondément mon admiration : aller apporter un secours sorti de sa bourse plate, faire la toilette des malades, se glisser dans la crasse repoussante de certains taudis pour laver les pieds — pour le moins — de plus pauvres qu'elle sont des souvenirs de ma mère, qui, pour toujours, ont placé en mon âme le respect du dévouement. Même si, comme je l'entends dire parfois, la personne qui s'y adonne obtient la récompense d'une certaine fierté. Soyez fiers, messieurs-dames !

La fierté d'appartenir à l'Eglise catholique irradiait la vie de ma mère. Un peu moins la mienne : la prière biquotidienne, l'obligatoire messe du dimanche, les cours du catéchisme, les confessions, retraites, communions, la confirmation, les dévotions de la semaine sainte, du mois de Marie constituaient des contraintes un peu encombrantes. Elles étaient parfois payées de récompenses : pour moi qui toujours m'étais entendu dire « Tais-toi, tu chantes mal », à l'office le chœur anonyme des paroissiens était une chance : perdu dans la masse, je chantais. Faux mais fort.

En ce temps-là, le peuple catholique gagnait le ciel en se privant de viande le vendredi. Les fidèles mangeaient donc du poisson, ce qui était méritoire : c'était le jour où il était le plus cher. La pénitence ne m'atteignait pas : sautée aux oignons, la morue m'est toujours apparue comme un régal dont les cuillerées à soupe d'huile de foie du même nom n'ont jamais pu me détourner.

Le catéchisme me couvrit de gloire :

— Quelle est la plus grande fête de l'Eglise ? demande monsieur le curé de Carcans venu nous examiner.

— Noël ! lancent les copains d'une même voix.

Je perçois une moue sur le visage de l'examinateur.

Elle m'éclaire : puisque ça n'est pas Noël, ça ne peut être que...

— ... Pâques !

— Bravo ! dit monsieur le curé de Carcans expliquant que la naissance de Jésus était importante (certes) mais que sa résurrection l'était plus encore en ce qu'elle établissait de manière indéniable qu'il était le fils de Dieu.

Cette nuance me valut une place de premier. Je ne la devais pas à ma science mais au fait de n'avoir pas parlé trop tôt. Je ne devais pas oublier la leçon.

Ces satisfactions, celle qu'il y avait à manger les friandises agitées pendant la cérémonie des Rameaux, la joie de se sentir près de Dieu équilibraient ainsi quelques désagréments. Il n'en était pas de même des vêpres qui, le dimanche après-midi, avaient lieu à l'heure du match de football. Je pris donc l'habitude d'entrer à l'office par la porte latérale d'où j'étais vu des amies de ma mère. Après avoir de mes doigts trempés dans le bénitier exécuté le plus apparent des signes de croix, je gagnais le fond de l'église... que je quittais aussitôt par la porte centrale.

Un copain dont j'ai oublié le nom avait moins d'audace ou, peut-être, plus de religion : il attendait, pour partir, le cantique libérateur. Un jour où l'AS de Lacanau affrontait l'US Hourtin (à moins que ce ne soit la Cocarde de Saint-Laurent-de-Médoc), il me rejoint derrière les filets de notre goal que l'on appelait Zinzin (pas parce qu'il était fou : parce qu'il était zingueur). Tout de suite il me demande :

— Combien ça fait ?

— Un à un.

Score qui, chez l'arrivant, provoque cette question étonnante :

— Qui gagne ?

A cette minute, je compris que l'Eglise qui révèle les âmes n'éveille pas pour autant les esprits.

18

Ça n'était évidemment pas l'avis de ma mère, qui, de monsieur l'abbé Luguet, disait doctement :

— Il a une intelligence au-dessus de la moyenne.

Moi, du haut de mes dix ans, j'avais envie de demander :

— Au-dessus de la moyenne des hommes ou au-dessus de la moyenne des curés ?

Je n'ai jamais osé. Par timidité peut-être. Ou parce que, pour l'amour qu'elle portait à ses deux fils, je n'aimais pas la mettre dans l'embarras.

Cela était arrivé et l'on peut dire que j'avais commencé jeune : en 1929, les journaux révélèrent la faillite d'Oustric, un banquier jusque-là recommandé à toutes les saintes bourses par monseigneur l'archevêque. Apprenant l'affaire dans l'après-midi, ma mère le soir ne s'en consolait pas :

— Monsieur le curé a tout perdu ! Monsieur le curé est ruiné !

Et moi qui m'élevais dans la pensée de prêtres vivant de foi et d'eau fraîche en distribuant leur bien aux pauvres :

— Ils ont de la fortune, les monsieur le curé ?

Ma mère s'était arrêtée net. Comme se trouvant soudain devant un gouffre. Il en avait été de même lorsque, la chère femme employant machinalement l'expression «Cela y fait comme la croix devant un mort », j'avais marqué mon étonnement : la croix devant un mort avait une utilité puisqu'elle conduisait une âme en paradis.

Oui, ma mère avait une foi naïve, partisane et chaleureuse qui lui donnait des abnégations magnifiques et des indignations frémissantes : au jour du départ du pèlerinage de Lourdes, la bonne de monsieur le curé accompagne les pèlerins à la gare.

Elle en revient seule :

— Vous n'êtes pas partie, Marie ? demande ma mère, qui, pour une fois, n'était pas du voyage.

— Oh ! là-bas, il n'a pas besoin de moi : il en a une autre.

Ce manque de discrétion qui n'apprenait rien à personne, le récit d'autres relations du prêtre avec l'une de ses paroissiennes amusaient mon père et son ami Albert François. Alors ma mère, qui aussi bien que tout le monde connaissait l'aventure, devenait blême :

— Vous n'avez pas le droit de dire ça de monsieur le curé ! s'écriait-elle… exactement comme ce communiste me disant, quarante années plus tard, à propos d'un camarade dont pertinemment il savait les méfaits : « Tu n'as pas le droit de parler comme ça d'un dirigeant du parti. »

Par-delà les ans, les hommes changent d'idée : ils ne changent pas de comportement.

Un jour, ne sachant pas que je l'entendais, ma mère rapporta à mon père une confidence du prêtre : il avait vu arriver à l'église un paysan un peu rustre qui, pas plus que son épouse, ne mettait habituellement les pieds en ce saint lieu. L'homme avait un poids sur la conscience : dans le pré où il gardait ses vaches il avait rencontré une dame qui lui voulait du bien. Et alors… l'occasion, l'herbe tendre, quelque diable aussi le poussant… Las ! le bonhomme n'avait jamais trompé son épouse, la robuste Catinou[1] ! Aussi, ce bonheur furtif était maintenant payé par un remords tardif… que seul le pardon du ciel pourrait effacer.

— … Tromper sa femme, c'est grave, disait le prêtre dans la moiteur du confessionnal.

— Je sais… Je sais bien ! convenait le malheureux.

Monsieur l'abbé Luguet avait eu une idée : à cette époque, il équipait l'église d'un chemin de croix fait de

1. Evidemment, je change le prénom.

20

douze tableaux en bois sculpté. Chaque famille aisée offrait le sien…

— … Pour votre absolution, vous allez en offrir un, vous aussi.

Le pénitent, qui, comme on dit, n'attachait pas son chien avec des saucisses, transpirait un peu derrière les croisillons. S'il avait su que les souffrances morales s'effaçaient avec des efforts matériels, il ne serait peut-être pas venu.

Il avait fini par consentir :

— Seulement… c'est la Catinou… Je ne peux pas lui présenter la chose : acheter un tableau au petit Jésus ! Comment une idée pareille me serait-elle venue ?

Le pécheur était rustre mais pas bête. Il trouva la solution lui-même :

— C'est vous, monsieur le curé, qui irez trouver la Catinou.

— Moi ?

— Oui. Vous irez comme vous iriez chez quelqu'un d'autre… qui a les moyens… Vous proposerez votre tableautin. La Catinou m'en parlera et moi j'appuierai votre demande en disant à la Catinou que, puisqu'elle ne va jamais à la messe, ça lui fera une occasion de plaire au bon Dieu.

Ce qui fut fait. Catinou lâcha les billets. L'œuvre d'art fut achetée.

Rapportant cette histoire, ma mère gloussait comme une femme de bonne tenue se glissant exceptionnellement dans le domaine de la gaudriole.

Au contraire, croyant aux rigueurs du secret de la confession, j'étais choqué. Certes, l'abbé Luguet ne donnait pas l'identité du pénitent. Seulement, voyant désormais dans l'église onze tableaux marqués sur plaque de cuivre «Don de la famille X ou Y», toutes familles plus pratiquantes les unes que les autres, on se demandait bien quelle mouche avait piqué Catinou et son mari, eux qu'on ne voyait jamais aux offices, pour qu'ils offrent le douzième.

Ces anicroches n'entamaient pas ma foi. Une foi intime que je confiais particulièrement à la statuette de sainte Thérèse qui ornait ma chambre. Une foi entière qui, plus qu'à tout autre moment, éclatait au soir de Noël lorsque, minuit sonnant, à gorge déployée, heureux, convaincu, fervent et comme libéré, avec tous mes frères je chantais *Il est né, le divin enfant*. Extase grandiose que le souvenir tragique de ma première communion ne parvint pas à ternir.

En prévoyant la dépense depuis des mois, en se privant beaucoup, ma mère m'avait acheté la marinière blanche avec col et sifflet à cordon, le pantalon s'y rattachant par quatre boutons, le brassard en soie que je portais au bras gauche et… les souliers vernis dont, il faut le dire, je n'avais aucune habitude. Avec eux, « je fais » la messe (longue), le repas (très long), les vêpres… trop longues pour mes pieds serrés, brûlants, bientôt ensanglantés. Et voilà que, les vêpres terminées, au moment où j'entrevoyais la perspective de quitter mes bourreaux, ma mère entreprend de me faire visiter ses amies auxquelles, c'était la règle, je devais, en échange d'une dragée ou d'une pièce de bronze, remettre une image pieuse portant date et mention : « Souvenir de ma première communion ».

Nous passons donc chez les Hermans, Hostein, Dufour, Coumette, chez un tas de gens où toujours j'espérais m'asseoir un peu et où, dès qu'on nous y invitait, ma mère s'y opposait par un « Non, non ! Nous n'avons pas le temps »… me laissant entendre que la tournée n'était pas finie. Elle s'acheva chez madame Técheney, qui, face au monument aux morts, tenait une mercerie.

22

— Que tu es joli ! dit cette brave dame aux cheveux blancs en me contemplant.

Ce compliment méritait une récompense : je tends mon image du Sacré-Cœur. Madame Técheney la prend comme un don précieux. Elle ouvre son tiroir-caisse, revient à moi, glisse dans ma main son obole dont j'ai à peine la force de la remercier. Elle n'y prend pas garde, se lance dans une apologie de la religion bien faite pour stimuler le verbe de ma mère. La conversation est interminable. Mes pieds ne sont plus dans mes vernis. Ce sont mes vernis qui, depuis longtemps, sont dans mes pieds : entrés par mille blessures me causant mille douleurs. J'ai envie de crier. Je vais le faire. Je n'en ai plus le temps : une fois encore, madame Técheney me trouve superbe. Elle me caresse la joue et, dans un vertige, je l'entends prédire :

— Va, mon chéri : c'est le plus beau jour de ta vie !

C'est ainsi, je crois, qu'on donne aux enfants des idées de suicide. Que, pour le moins, on fait naître en eux des méfiances anticléricales.

Anticlérical, mon père ne l'était pas.

S'il nourrissait, je pense, une confiance un peu tiède dans la vie éternelle, il laissait à ma mère le soin de nous éduquer à sa guise.

Cette attitude avait, me semble-t-il, plusieurs raisons.

Philippe Coulonges, mon père, était un petit cheminot aux habitudes paisibles. A l'intelligence réelle. A la maladie incurable.

Ma mère disait : « Il a eu une pleurésie et ne s'en est jamais remis. » Si l'on insinuait qu'il était tuberculeux, elle blêmissait, se défendait, le défendait : à l'égal de la blennorragie, la tuberculose était une maladie honteuse.

On « l'attrapait » à la suite d'un « chaud et froid », d'un « sang glacé ». C'est pourquoi mon frère et moi portions, sous notre chemise, une « flanelle[1] » avec ordre cent fois répété de ne jamais la quitter lorsque nous nous amusions, mission de la porter toute notre vie : ainsi, il ne pourrait « rien nous arriver ». D'autant que, sur la flanelle, à la place du cœur, se refermait une épingle à nourrice à laquelle pendaient deux ou trois médailles de la Vierge Marie, du bon saint Joseph…

La maladie se transmettait tout autant par contagion. Aussi, dès notre plus tendre enfance, ma mère nous avait interdit d'embrasser notre père. Et même de nous approcher de lui. Je n'ai jamais su comment mon père ressentait cette initiative, lui qui, de loin, nous regardait avec tellement de tendresse.

Pas une fois, dans tous les cas, il ne chercha à transgresser cet ordre pour m'attirer à lui.

Sans instruction si l'on excepte celle que, curieux, actif, il avait su se donner, il était entré à la Société générale des chemins de fer économiques comme « gratte-papier ».

J'aimais son écriture élégante, sa signature fine, assurée et c'est peut-être cela qui, joint à un sens inné de la rédaction, avait fait de lui, au siège de la société à Bordeaux, un sous-chef de bureau (ce dont ma mère n'était pas peu fière) devenu pendant la guerre lieutenant du train des équipages (ce qui la comblait d'aise).

Reprenant son emploi civil, il avait dû, aux environs de 1925, quitter la ville pour raison de santé : dès lors, il exerçait au « dépôt » de Lacanau l'emploi de magasinier distribuant boulons, tire-fond, charnières, loquets, coupons de drap aux ouvriers des trois ateliers : bois, fer, peinture.

1. Maillot de corps en flanelle… qui lui donnait son nom.

Il accomplissait sa tâche sans déplaisir apparent. Sans passion non plus puisque sa passion était ailleurs.

Mon père avait pratiqué le football, le fleuret, la boxe française (professeur Charlemont), la gymnastique, tous les sports dans lesquels, plus tard, ma nullité devait éclater ; lorsque je tentais de l'imiter à la barre fixe sur laquelle il voltigeait, ce n'était pas la barre qui était fixe, c'était moi : je n'ai jamais réussi à me hisser au-dessus d'elle. Je n'ai jamais osé me lancer sur un cheval-d'arçons : j'avais trop peur de retomber sur l'endroit où ça fait mal. Bref, ressentant très jeune mon inaptitude à l'acrobatie, j'aurais eu bien des raisons d'admirer mon père. De le lui dire. Je l'aurais fait sans doute s'il n'y avait eu entre nous ce mur de l'impossible élan. On le sait bien : les confidences naissent des têtes rapprochées. Et puis… était-ce pour, à l'avance, briser cette tendresse dont il savait que, s'arrêtant à quelques pas de lui, elle le chagrinerait ? Etait-ce pudeur ? Modestie ? Mon père ne se racontait pas. Il a fallu que, adulte, je trouve dans un tiroir un diplôme vieilli pour apprendre sa place de deuxième à une finale de 100 mètres d'un championnat de France militaire.

Ce diplôme, je ne me pardonne pas de l'avoir perdu. S'il était en ma possession aujourd'hui, je l'encadrerais. Je le pendrais dans mon bureau. Pour m'approcher un peu de celui dont je ne pouvais pas m'approcher.

Hélas ! en fait de diplôme, je ne dispose que du mien, le seul, dans le genre, qui fût jamais attribué. Il date de 1932 (j'avais neuf ans donc), porte l'en-tête de l'Association sportive de Lacanau, est signé par son président Albert François et par notre maître, monsieur Allard, qui, pour situer mes mérites sportifs à leur juste place, l'avait intitulé non pas « Diplôme d'athlétisme » comme il l'avait fait pour les autres mais « Diplôme d'assiduité et d'athlétisme ». Les mots ayant leur éloquence, on comprendra par là que, si l'on me voyait toujours au départ des épreuves, on mc voyait plus rarement à l'arrivée.

Ceci ne m'empêcha pas d'entrer dans la vie sportive. Dès mon plus jeune âge, je tapais dans un ballon. Avec force et précision mais en estimant apparemment que, puisque je tapais bien, si les copains footballeurs voulaient me voir taper, ils se devaient de m'apporter la balle. L'apportaient-ils que ces adversaires essayant de m'empêcher de l'utiliser me dérangeaient beaucoup. En termes clairs, me voyant sur un stade, le psychologue le moins doué aurait pu établir les caractéristiques de ma personnalité : manque absolu d'esprit de compétition, rareté du geste et lenteur du jugement empêchant le sujet de comprendre que ses partenaires et ses adversaires éprouvent un grand plaisir à gagner. Adepte sans la connaître de la parole de Coubertin, j'avais plaisir à participer, à retrouver les copains, à me sentir libre, à respirer profondément en attendant l'aubaine d'un ballon passant par là, à la saisir lorsqu'elle se présentait sans avoir, en cas de réussite, l'envie de faire des cabrioles autour du terrain, d'ouvrir mes bras à des partenaires m'étouffant pour me montrer leur reconnaissance.

Ainsi sera ma vie : passée à regarder jouer, à attendre la chance, à la prendre parfois, à l'attendre à nouveau lorsqu'elle était partie plus loin, chez les adversaires enchantés de me la ravir, chez les partenaires décidant de ne plus me passer cette balle que je ne savais pas conserver.

Il n'importe : à défaut de faire de moi un athlète, mon père m'inculqua une morale sportive qui était, je le crois bien, une morale d'homme. Faite en premier du respect de l'adversaire : dirigeant de l'ASL, il engueulait copieusement le joueur de l'ASL agissant brutalement et, tout autant, le supporter qui, depuis la touche, incitait à la bagarre. Contre l'adversaire. Contre l'arbitre.

Ainsi commença mon éducation familiale dans

laquelle la Morale de mon père, vouée au respect de l'Homme, complétait la Morale de ma mère, vouée à l'amour de Dieu.

Mais, bien sûr, le haut lieu de la Morale était notre école primaire, cette classe aux murs épais, aux ouvertures hautes pour nous éviter les distractions extérieures — dispositions carcérales vaincues parfois par l'espièglerie d'un oiseau venant chanter pour nous. Dans l'odeur de craie et du poêle « chargé » le matin par les deux élèves « de semaine », je revois le tableau noir posé sur son chevalet ; pendues au mur par leurs deux trous cerclés de cuivre, les cartes aux plaines vertes, aux montagnes bistre — œuvres de monsieur Vidal de La Blache ; sur le plancher conservant, en arabesques, la marque de l'eau versée par un énorme entonnoir, nos bureaux aux encriers de porcelaine sur lesquels traînaient une ardoise véritable, un buvard offert par La Vache qui rit (qui venait d'inventer le fromage en portions), un paquet de dix bûchettes serrées par un élastique, sûr moyen de nous initier aux joies du calcul :

— Quatre bûchettes + deux bûchettes font ?

— Six bûchettes, m'dame !

— Très bien. Maintenant, j'enlève trois bûchettes, combien en reste-t-il ?

— Trois, m'dame !

— Parfait ! Viens prendre ton bon point.

Je les revois, ces bons points roses ou bleus que, lorsque nous en avions dix, nous échangions contre un billet de satisfaction, lequel, joint à quatre autres, nous donnait droit à un billet d'honneur.

Ah ! l'Honneur ! Quelle place il tenait dans notre existence ! Il y avait l'honneur d'être bien classé, bien sûr, mais aussi l'honneur d'être bon camarade, bon fils, ce qui nous préparait à être, plus tard, bon père, bon soldat, bon citoyen… Pour y parvenir, un seul moyen : le travail. Nous en étions persuadés (au moins, à temps partiel) et, hormis un ou deux indécrottables estimant que leur gosse «rapportait plus à ramasser les patates qu'à faire le fainéant à l'école», nos parents, la population, l'étaient aussi :

— Maintenant, il faut savoir lire et écrire.

— Çuilà qui sait pas compter, à l'épicerie, il peut pas vérifier sa monnaie.

— Avec le certificat d'études, tu pourras être facteur. Tu auras «un mois [1]».

Plus convaincu ou plus rugueux que d'autres, un chef de famille se risquait parfois dans la cour de l'école :

— Il faut frapper, monsieur l'instituteur. Il faut frapper pour que ça rentre.

A cela, j'entendis un soir monsieur Allard, notre directeur, répondre :

— L'éducation n'est pas le dressage.

Pour ces mots, l'estime naquit en mon jeune cœur. Naquit en nous : je n'ai pas le souvenir d'un seul geste, d'une seule parole dirigés contre ce maître respecté se donnant pour mission de faire de chaque élève un homme, de chaque bon élève un instituteur.

Républicain — ô combien —, il avait écrit au mur de sa classe : «Un peuple ignorant ne peut être libre. Lakanal.»

Pacifiste, décoré par la guerre de 14, incroyant, aux fêtes nationales, il nous conduisait à l'église, au cimetière.

Pour le XI novembre, il y avait la musique
Qui allait faire un tour devant le monument
Mais on ne parlait pas de la bombe atomique
Et j'aimais l'air sérieux qu'avaient les paysans [2].

---

1. Un salaire mensuel. Une sécurité.
2. Paroles de Georges Coulonges, musique de Jean Ferrat : *La Chanson des pipeaux*, chantée par Isabelle Aubret (1965). Editions Gérard Meys.

28

Paysans, artisans, cheminots, forestiers avaient l'air sérieux, c'est vrai, dans leurs costumes noirs, portant béret ou chapeau mou et surtout ces gants blancs qui me fascinaient : ils disaient, je crois, une appartenance à la Société de secours mutuels, dont la bannière, avec celle de la Lyre et le drapeau des Anciens Combattants, précédait le cortège. Marchant un à un sur le bas-côté sous la conduite de notre maître, nous entourions ces vétérans de nos menues silhouettes, tenant à la main un bouquet de fleurs. Ainsi, les adultes s'appuyaient sur l'enfance comme la mairie devant laquelle nous passions s'appuyait sur l'école de garçons et l'école de filles qui l'encadraient, comme la République qui les avait créées s'appuyait sur l'Instruction.

Il y avait tout cela dans les leçons de monsieur et madame Allard, toutes ces morales civiques résumées dans le magique «Liberté, Egalité, Fraternité».

Jean Valjean à la marmaille affamée est condamné à cinq années de galère pour le vol d'un pain : à mon âme d'enfant, Victor Hugo dit l'esprit de justice à faire entrer dans le cœur des hommes.

L'abbé Myriel sauve Jean Valjean : l'indulgence est génératrice de rachat. La bonté crée la bonté : m'en voilà convaincu.

Sur sa branche, Guerriot regarde cet homme dont il ne sait pas qu'il est un chasseur, ce trou noir qui monte devant ses yeux. Un éclair : le petit écureuil est mort, tenant entre ses dents sa dernière noisette. Devant mon bureau, je pleure : pour la vie, je viens de prendre l'horreur des armes.

Et puis, l'Alsace devenue allemande, monsieur Hamel, l'instituteur brisé par l'émotion, n'a plus la force de s'adresser à ses élèves. Au tableau noir de sa dernière classe, il écrit «Vive la France !» : je suis patriote. L'Alsace *nous* appartient, il n'y a pas de doute. Et, de lectures en leçons de sciences, partant d'Alésia ou du mont Gerbier-de-Jonc, je m'élève avec le ballon des frères Montgolfier ; je découvre le village où le forgeron bat son fer, la mine au coup de grisou.

J'en découvre les images sur mon livre proprement recouvert de papier bleu portant étiquette à mon nom. Cette télévision sans télévision nous offre son feuilleton. Il s'appelle *Le Tour de France de deux enfants*. Ah ! ce n'est pas une production sang pour sang ! Nos deux héros ne bêtifient pas, ne *mortifient* pas. Ils nous entraînent dans les secrets de la machine à coudre ! La ville de Thiers nous ouvre les portes de ses coutelleries et j'entends, j'entends encore Coco Lagune et André Constantin, Paul Soubret et Pierrot Linaires posant mille questions sur ce *schlittage* bien surprenant en notre pays de bois en terre plate.

Cela n'est rien : monsieur Allard un jour déroule contre le mur un écran d'argent. Le Pathé-Baby est notre premier cinéma. Ses images me marquent ; du crachat à terre de cet imprudent s'élèvent en dessins menaçants les microbes qui vont contaminer des poumons innocents : toute ma vie, j'écraserai les sales bêtes de toute la force de mon talon… Toute ma vie je me souviendrai que les aventures de Félix le Chat alternaient avec les leçons de la Science : le savoir entrait en nous comme nos rires en sortaient !

Lorsque, trente années plus tard, je me passionnerai pour l'histoire de la chanson, ce n'est pas sans émotion que je découvrirai, sous la plume d'Eugène Pottier, un texte daté de 1885.

L'institutrice intelligente
Associe étude et plaisir :
Venez à l'Ecole attrayante,
Venez, enfants de l'Avenir !

Ecole attrayante et spectacle attractif mêlé de culture : mon credo d'homme et d'écrivain vient de loin.

Il vient de nos leçons de choses en plein air et, beaucoup plus intérieures, de ces « morales » que m'enseignaient les maîtres de mon enfance.

Je les appliquais à la lettre.

J'avais dix ans peut-être et, je ne sais pourquoi ni comment, ma mère ce dimanche-là m'avait remis une pièce de cinquante centimes « pour ma collation » : cela n'était ni dans ses habitudes ni dans ses possibilités.

Quoi qu'il en soit, armé de ma petite pièce, j'entre dans la pâtisserie. Elle est vide mais la porte s'ouvrant a lancé le « dring ! » destiné à appeler un vendeur.

J'attends… au milieu des babas et des puits d'amour, des tartes aux fraises, des éclairs au chocolat…

Honnête comme le voulaient nos leçons, je fais à nouveau aller la porte : « dring ! » Je pense : « Cette fois, quelqu'un va venir. »

Rien ne vient. Sauf une idée : « Je vais manger mon gâteau et, lorsque le pâtissier ou la pâtissière arrivera, je le paierai. »

Ah ! la crème de chez Lagune ! Je n'en ai, je crois, jamais mangé de meilleure !

Voilà le chou englouti.

Monsieur Lagune paraît. C'était un homme un peu bourru. Certains même le disaient brutal.

Il me regarde avec beaucoup de gentillesse :

— Qu'est-ce que tu *veux*, mon petit ?

— Euh !… je… je *voulais* un gâteau.

— Eh bien, prends celui que tu veux.

Ma main serre la petite pièce. Mon tourment commence : vais-je avouer que je l'ai déjà mangé ?

Monsieur Lagune s'empare d'un plateau. Il le tend vers moi :

— Lequel te fait plaisir ?

Quelle question ! Ils me faisaient tous plaisir ! A tel point que… je tends mon bras vers la faute.

Le deuxième chou est englouti.

Je donne ma pièce.

— Que tu es gentil ! dit monsieur Lagune.

Et, me contemplant avec de bons yeux, le pâtissier bourru ajoute :

— Prends-en un autre.

Je tremble. Je défaille. Je tente une hypocrite honnêteté :

— Mais… je n'ai pas d'autre argent.

— C'est moi qui te l'offre.

Que celui qui n'a jamais péché par gourmandise me jette le premier pavé : j'ai mangé le troisième gâteau. Un éclair.

Et je suis parti comme une fusée.

On ne me croira peut-être pas : dix, quinze ans plus tard lorsque je passais devant la pâtisserie, j'avais envie d'entrer pour poser ma pièce de cinquante centimes sur le comptoir en déclarant : « Voilà ce que je vous dois. »

Monsieur Allard fut nommé directeur à Capeyron-Mérignac, dans la banlieue bordelaise.

Monsieur Chevillon lui succéda. « L'Ecole attrayante » n'entrait apparemment pas dans ses conceptions.

« Je n'instruis pas, j'éveille », dit Voltaire : monsieur Chevillon instruisait. Avec conscience, c'est certain. Avec brutalité à l'occasion. Pour quelque manquement à la grammaire ou à la discipline, il descendait de son estrade et, saisissant de ses bras velus notre bureau et le banc sur lequel nous étions assis, il soulevait le tout pour bientôt nous laisser retomber, les fesses meurtries, le cœur mortifié.

Notre vengeance vint le jour où, prenant parti pour

nous, l'encrier de porcelaine décida d'affronter l'hercule : il s'envola du bureau ainsi manipulé pour retomber sur le menton puis sur la chemise du maître. La chemise devint violette, le maître pâlit entre les taches d'encre qui parsemaient son visage. Nous étions, nous, écarlates : congestionnés par une envie de rire qu'il eût été imprudent de montrer.

Avec ses rudes méthodes, monsieur Chevillon poursuivit la tâche de monsieur et madame Allard, exigeant tout d'abord de nous la tenue de deux carnets sur lesquels nous écrivions les règles tracées par lui au tableau noir.

Le premier était le carnet d'orthographe : « Tous les mots de la famille de *char* prennent deux *r* sauf *chariot* qui n'en prend qu'un. »

Oui, j'étais enfant lorsque je compris que, en mettant deux *r* à *chariot*, un grammairien inspiré libérerait chez les écoliers de France un temps qu'ils pourraient consacrer à un plus utile enseignement. Cela viendra dès que nos éminents académiciens auront compris qu'on leur demande de simplifier l'orthographe : pas de la compliquer. Je suis *bonhomme :* je dis à ces *bonshommes* que je les attends. Avec *bonhomie*. Et même confiance : Alphonse Allais nous a, depuis longtemps, rassurés sur la compétence qui règne sous la Coupole : « Ils sont là quarante qui ont de l'esprit comme quatre ! »

Dit « de Morale », le deuxième carnet établissait nos comportements à venir dans les domaines de la santé, de l'hygiène, de l'économie…

Quel malheur de n'avoir pas su conserver cette bible aux règles d'or dont l'une, succincte, disait : « Le matin, lève-toi. Lave-toi. »

L'autre :

« Triste

Comme l'égoïste.

Heureux

Comme le généreux. »

Ou encore : « Le premier sou gagné est le sou que je n'ai pas dépensé. » Et celle-ci que je n'ai jamais oubliée (dans son principe) : « L'alcool fait vivre celui qui le vend mais il tue ou rend fou celui qui le boit. » Apophtegme estimable dont la sagesse prenait sa relativité lorsque, à la terrasse de la Gaieté, sa peau brune devenue plus foncée, monsieur Chevillon dégustait un petit rhum.

Après nous avoir enseigné la politesse à grands coups de « Nom de Dieu, je vais t'apprendre à dire bonjour », monsieur Chevillon nous initia à l'art du chant car, au jour du certificat d'études, nous devions remettre à l'examinateur une liste de six titres de chansons (comportant obligatoirement *La Marseillaise* et *Le Chant du départ*). L'examinateur en choisissait une que, petits Chaliapines, nous interprétions devant lui.

L'une de ces chansons troublait mon âme romantique :

> *Ô, ma chère maison*
> *Aux persiennes closes*
> *Que tu vis de choses*
> *Et que tu sais de doux secrets.*

Ma famille, bien sûr, ne possédait pas de maison. Pourtant, je voyais, j'imaginais, *j'aimais* cette demeure paisible où des générations savouraient dans le calme le bonheur des années succédant aux années.

Déjà, autant ou plus que la poésie, la versification m'enchantait :

> *L'amour a chanté*
> *Sous ton toit sonore,*
> *La mort a passé*
> *Et tu vis encore*

34

Conservant le parfum des mortes floraisons...
Ô ma chère maison
Mon nid, mon gîte,
Le passé t'habite
Ô ma chère maison.

Un après-midi où, en chœur et en conscience, nous répétions cet hymne, madame Chevillon entra dans la classe. Comme nous en étions à «Le passé t'habite», mi-effarée, mi-rigolarde elle demanda :

— Qu'est-ce qu'ils disent? Qu'est-ce qu'ils chantent?

Le maître était désarçonné. Les copains ne se tenaient pas de rire. Moi, assez espiègle pour m'amuser de la méprise mais trop bien pensant pour croire que la femme d'un directeur d'école pût se livrer à semblable facétie devant les enfants, je restais médusé.

De chants en «morales», de règles sévères en petits bonheurs savourés, de certif en certoch, monsieur Chevillon s'achemina vers une retraite dont il ne put profiter : il mourut «au champ d'honneur». Ni dans un cabinet du palais de l'Elysée comme monsieur le président Félix Faure, ni dans une maison de passe comme monseigneur Daniélou, mais dans le lit du garde champêtre où l'épouse de celui-ci avait l'amabilité de le recevoir. Au titre peut-être de secrétaire de mairie.

Pour ce que l'école m'avait montré de vertus, pour ce que ces vertus portaient de promesses, pour ce qu'il y avait de fierté à les transmettre, j'avais décidé de devenir instituteur.

La façon plutôt joyeuse de quitter ce monde choisie (?) par monsieur Chevillon n'y fut pour rien. D'une part parce qu'elle survint alors que, déjà, j'avais fixé mes choix. D'autre part parce que, quelle que soit la confiance que je portais à l'Education nationale (qui, en ces temps, s'appelait l'Instruction publique), ce vénérable organisme ne me semblait pas en mesure de garantir une fin aussi agréable à tous les enseignants.

Je voulais être instituteur pour enseigner l'histoire, la géographie, le calcul mais aussi ces morales qui allaient faire de nous les meilleurs des hommes, de notre pays le meilleur des pays : aidant le monde entier à devenir le meilleur des mondes.

Je voulais être instituteur parce qu'un instituteur connaît l'orthographe.

Connaissant l'orthographe, je deviendrais écrivain.

Silence lourd sur sable en fête

L'obtention du certificat d'études fut marquée par plusieurs événements entraînant, chez moi, plusieurs révélations.

Mon oncle m'offrit un vélo. La révélation fut que je découvris enfin un sport où je me trouvais à mon avantage. Révélation d'autant plus importante que le quidam se souvenant de mon goût pour l'aviron comprendra comme je le compris alors ce trait étonnant de ma personnalité : je suis fait pour pratiquer l'effort assis.

Ma grand-mère m'offrit un costume à culottes courtes mais avec un veston à trois boutons.

Ma mère l'avait acheté à Bordeaux.

Le soir, lorsque j'en fus paré, ma tante s'exclama :

— Vous voyez : lorsqu'il est bien habillé lui aussi… il n'est pas plus mal qu'un autre !

A ces mots, je ressentis un choc, la révélation étant que, usant depuis toujours les vêtements de mon frère aîné, je devais, depuis douze ans, montrer l'élégance d'un sac de pommes de terre. Cette pensée ne m'avait jamais effleuré.

Heureusement, faute d'élégance physique, j'allais avoir des satisfactions d'un ordre plus élevé : j'irais « aux écoles », « aux grandes écoles », disaient même les gens qui, dès leur plus jeune âge, étaient entrés

37

en apprentissage de menuiserie, de plomberie, avaient appris la coiffure ou la manière d'entailler le pin avec le hapchot[1]. Peut-être est-il utile de préciser que cette « grande école » était, en vérité, le cours complémentaire de Saint-Médard-en-Jalles situé à trente kilomètres de Lacanau. Je m'y rendrais le matin, en reviendrais le soir, voituré par la Société générale des chemins de fer économiques, en compagnie de mon copain Tityves.

Dans le village, nous étions les seuls à être habilités à ainsi poursuivre nos études. Cela flatta mon ego jusqu'au jour où je compris que nous devions ce privilège non à nos capacités intellectuelles mais au fait que, nos pères étant cheminots, nous ne payions pas le train.

C'était un train sans luxe tapageur qui, s'arrêtant aux quatre gares et à autant de haltes dans la lande désertique, parvenait à couvrir les trente kilomètres en un peu plus d'une heure.

Aux jours de froidure, à l'heure du départ, la Société générale des chemins de fer économiques faisait circuler l'un de ses agents le long du train. Les wagons ne connaissaient pas le soufflet, même pas le couloir reliant les compartiments. L'employé ouvrait donc la portière de chacun d'eux en intimant : « Attention aux ripatons ! » Tous les pieds alors se levaient dans un même mouvement et le préposé glissait sur le parquet une longue bouillotte de cuivre emplie d'eau bouillante.

Je revois comme si c'était hier une dame qui, pour mieux apprécier ce réchauffement, ôta ses souliers. Il serait exagéré de dire que les autres voyageuses en furent choquées mais on voyait bien que, sans juger l'initiative vraiment dévergondée, chacune d'elles trouvait le geste un peu osé. Avec dignité, elles conservè-

---

1. Hachette à deux lames de dimensions différentes pour entailler le pin. Sous l'Occupation, un résinier irrévérencieux parlant du Maréchal et de sa francisque disait : « l'homme au hapchot ».

rent leurs escarpins : en ce siècle aux mille inventions, aux mille bouleversements, si l'on me demandait ce qui, au cours de ces cinquante dernières années, a le plus changé, je répondrais sans hésiter : « C'est le comportement de la femme. » Parce que… à ce souvenir, je pourrais en ajouter un autre, extrêmement précis.

Bal de noce à Lacanau : je suis petit, tout petit, m'endormant sur les genoux de ma mère, percevant à peine sa surprise soudaine, son indignation, les chuchotements de ses amies qui, comme elle, ne peuvent en croire leurs yeux : l'une des demoiselles d'honneur s'est rasée sous les bras. En une minute, la nouvelle fait le tour du bal, scandalisant les uns, faisant rire les autres : à coup sûr, une « jeune fille comme il faut » ne se conduit pas ainsi. Et comme cette « jeune fille comme il faut » est pensionnaire de l'école normale, ma mère et ses amies, comme elle anciennes élèves de l'école des sœurs, ont vite fait d'assimiler ce lieu d'instruction à un lieu de perdition…

A Saint-Médard, nous découvrîmes en monsieur Bosc, notre instituteur, un homme gai, jeune d'esprit, cachant sa grande conscience professionnelle sous un langage guilleret, parfois un peu trivial, qu'il pensait susceptible de retenir l'attention d'adolescents en mal d'émancipation. Lorsque l'un de nous bâillait pendant son cours, il disait : « Je vois un cancre las. » Il affirmait que notre nullité ne l'empêcherait pas, le soir, de manger ses sardines grillées. Ah ! il me changeait de monsieur Chevillon !

Comme lui pourtant, comme monsieur et madame Allard, il prit à cœur de nous enseigner la politesse, la probité, nos devoirs envers nos parents et nos maîtres, nos camarades, les animaux, nous répétant de nous méfier de la formule : « Tous les… sont des… » Il insista sur cette idée. Redoutait-il la montée des mouvements totalitaires nourrissant leurs idéologies de toutes les condamnations en bloc ? C'était l'époque où le colonel de La Rocque n'hésitait pas à tapisser les murs de France de la formule : « Tous les communistes ne sont pas des ivrognes mais tous les ivrognes sont communistes. » L'affirmation me paraissait stupide. Bien faite pour accréditer la mise en garde de notre livre de morale.

Pour autant, je ne savais pas ce qu'étaient ces ligues factieuses dont je n'avais vu qu'une manifestation.

C'était à Biscarrosse en 1934 ou 1935. Sous la direction de son chef, monsieur Ismaël Vigneau, la Lyre de Lacanau participait à un festival de musique.

Soudain, au milieu de la fête, un cortège de messieurs endimanchés avait fait irruption, marchant d'un pas décidé sous les ordres d'un homme cravaté, chapeauté de feutre et portant des guêtres boutonnées sur ses souliers. En même temps, les cloches s'étaient mises à sonner à toute volée, espérant couvrir les fanfares.

Je me souviens d'une femme un peu âgée interpellant depuis le trottoir ces hommes dont les cannes formant des moulinets ne semblaient pas l'impressionner :

— Qu'est-ce qu'elle vous a fait, la musique… imbéciles ?

C'était la première fois que j'entendais les mots « Croix-de-Feu ».

Sur le chemin du retour, mon père, sa voix devenue presque douloureuse, murmura :

— Cela finira mal.

Il n'était pas toujours aussi sombre. En quelque circonstance, j'eus paradoxalement envie de le lui reprocher.

Le député du Médoc était Georges Mandel. Homme de droite talentueux, ancien secrétaire de Clemenceau, Georges Mandel, dans ses réunions publiques, répondait à ses contradicteurs sans trop de scrupules.

A l'un d'eux, il avait lancé :

— Je comprends que cette question vous intéresse, cher monsieur, puisque vous me l'avez déjà posée voici deux jours à Pauillac et la semaine dernière à Lesparre mais puisque, visiblement, vous n'avez pas compris ma réponse, je vais vous la répéter... lentement.

Bien entendu, le contradicteur n'avait jamais été à Pauillac ou à Lesparre ; mais le tour était joué : Mandel avait mis les rieurs de son côté.

En une autre réunion, il avait demandé à son contradicteur de bien vouloir décliner son identité.

— Je m'appelle Dupont, avait répondu le bonhomme.

Mandel alors avait tiré un papier de sa poche :

— Ah ! Oui, monsieur Dupont... j'ai votre lettre sur moi... Mais comme je vous l'ai écrit, je ne peux pas vous faire attribuer un bureau de tabac... pour la bonne raison que vous n'y avez pas droit[1].

Le pauvre type, qui n'avait rien demandé du tout, perdait pied et Mandel, de sa voix nasillarde, poursuivait son exposé.

J'étais désarçonné par l'amusement de mon père rapportant ces anecdotes à la maison : ce Mandel avait beau être député, il était, pour moi, un menteur et l'on n'avait pas à rire de ses mensonges. Surtout lorsque, je devais l'apprendre bientôt, on était son adversaire politique.

C'était le dernier dimanche d'avril 1936.

Je rencontrai mon père sur la route blanche, ensoleillée, qui menait à la mairie. Pour s'y rendre, il « s'était habillé », c'est-à-dire que, portant sobre cravate et chapeau mou, il avait revêtu ce veston noir et ce pantalon rayé que je lui ai toujours connus aux heures de cérémonie.

1. L'Etat attribuait les licences pour la gestion d'un bureau de tabac aux citoyens l'ayant bien servi : blessés de guerre, anciens militaires, etc.

Cela en était une : ce dimanche était jour d'élections. Avec quelque fierté, mon père me dit :

— Je vais voter.

Puis, sans ajouter un mot, il tira de sa poche son portefeuille, l'entrouvrit, me montrant son bulletin prêt pour la cause socialiste. J'étais ému de cette confiance. Il le vit peut-être car, toujours sans parler, il tira du portefeuille une carte à son nom faisant de lui un membre infime mais, je le voyais bien, combien fervent de la SFIO : Section française de l'internationale ouvrière.

A cet instant, je pensai : rien n'est plus beau que l'homme, devant tous, affirmant son opinion. Je n'ai sur ce point jamais changé d'avis.

Fier de mon père le matin, j'étais le soir, les jours suivants, heureux avec lui : si, dans le Médoc, Mandel, c'est-à-dire la droite, était élu dès le premier tour, nationalement la gauche l'emportait. *La Petite Gironde* annonçait l'événement sans joie excessive.

Mon père recevait *La France* (de Bordeaux et du Sud-Ouest), de tendance radicale. Plus exactement, il en partageait l'abonnement avec monsieur Delhom, l'un de nos voisins récemment arrivé à Lacanau comme commis des Contributions.

Pendant des jours, il y eut autour de *La France*, de mon père, de monsieur Delhom, des discussions animées sur ce Front populaire naissant, sur ses premières lois sociales qui enchantaient les uns en même temps qu'elles faisaient pâlir les autres. Robert — le fils d'Albert et Rachel François — avait vingt ans. Il racontait l'histoire d'un prince de la fortune, membre des «deux cents familles», obligé d'aller trouver le médecin tant, depuis les élections, il avait de migraines :

Le docteur. — Qu'est-ce que vous ressentez exactement ? Est-ce que vous souffrez ?

Le richissime patient. — Je ne souffre pas vraiment,

docteur, mais c'est ma tête… Toujours elle fait :
« Blum ! Blum ! Blum ! »

Cette histoire, quelques autres me ravissaient. NOUS
ravissaient. Mon frère et moi ne savions pas ce qu'était
le socialisme mais, bientôt, nous eûmes ses bienfaits
sous les yeux. Il faut imaginer la joie inoubliable d'un
enfant des bords de mer qui, sachant désormais son père
socialiste, voit venir vers lui dans le chant mille fois
repris de *Tout va très bien, Mme la Marquise,* trains de
plaisir archipleins, cars surchargés, camions et camion-
nettes pour la circonstance équipés de bancs de bois,
bicyclettes, croquenots et side-cars. Les cousins Rapi-
net arrivaient de Roullet (Charente) sur leur tandem et,
avec eux, des milliers d'inconnus venaient goûter à ce
bonheur : sur le sable et dans les vagues, sous les pins
ou devant un bouchon flottant au gré de l'eau, passer
quinze jours de congés payés. Pour certains : les premiers de leur vie.

> *Paris sur sable,*
> *Va t'étirer.*
> *Paris minable,*
> *Tu l'as gagné.*
> *Paris la route,*
> *Sac sur le dos.*
> *Tu dis : « Ecoute*
> *Ce chant d'oiseaux* [1] ».

De Paris ou de Bordeaux, de Limoges ou de Car-
maux, tous n'étaient pas préparés à cette fête du plein
air. Ma mère non plus. Catholique heureuse du bonheur
de son prochain, fille de menuisier appréciant à n'en pas
douter cette juste émancipation ouvrière, elle tordait un

---

1. Extrait de *Paris Populi*, paroles de Georges Coulonges,
musique de Francis Lemarque.

peu le nez devant ces estivants d'un nouveau genre : accusés, pique-niquant, d'abandonner boîtes de conserve et papiers gras sur la plage, ils se prélassaient en « bleu de chauffe », voire vêtus seulement d'un maillot de corps laissant apparaître une poitrine velue, des muscles sans discrétion sur lesquels — comble du mauvais goût — apparaissait parfois une ancre de marine surmontée d'un programme en forme d'auréole : « Une femme dans chaque port. » Et je ne parle pas des « mémères » qui voyageaient en tablier et pantoufles, des « filles d'usine » qui trinquaient avec leurs hommes à la terrasse des bistros, quand elles ne poussaient pas le dévergondage jusqu'à allumer une cigarette dans la rue.

Ces réticences maternelles n'étaient rien auprès du tollé des notables pestant contre « ces fainéants » accédant aux vacances que jusqu'ici ils étaient seuls à s'offrir ; des terriens prévoyant une augmentation du coût de la vie, une majoration des impôts locaux car il faudrait bien entretenir les routes « pour recevoir ces messieurs ». Quant à l'épicier qui, devant cet afflux de clients, ne se privait pas effectivement de majorer le prix de ses produits, il rabattait sa colère réactionnaire sur « les assurances sociales [1] », résumant son indignation en une formule qui tinte encore à mes oreilles :

— Ah ! Ils vont y aller maintenant chez le docteur !... Ils vont y aller *tous les jours si c'est gratuit* !

Une telle argumentation, les hauts cris du médecin lui-même, du pharmacien, c'est-à-dire de ceux qui, plus que quiconque, allaient profiter désormais de la nouvelle couverture sociale des Français, imposaient à mon esprit juvénile une conclusion : la bêtise est de droite.

Mon jugement était un peu hâtif et la suite devait me l'apprendre : la vertu est mieux partagée.

1. Ancêtre de la Sécu.

44

La vérité est que, en 1936, nous vivions ce qui, dans la vie d'un homme, est si rare : une époque historique en temps de paix.

La vérité est que, voyant garçons et filles des Auberges de la jeunesse marcher vers la plage bras dessus, bras dessous en chantant *Allons au-devant de la vie*, en 1936 il me tardait d'avoir vingt ans.

Cette envie grandit en une soirée mémorable.

Au-delà des Pyrénées, la guerre civile venait d'allumer ses flammes. Dans le brouillard de la nuit, un cargo espagnol, le *Cantabria*, avait piqué droit vers la côte : il s'était planté dans le sable de la plage. A son bord : des républicains qui, subissant l'encerclement des troupes franquistes, n'avaient eu que le temps de fuir par la mer.

Il convenait d'héberger au plus tôt ces exilés.

Sur le quai de la gare de Lacanau, la population s'est rassemblée. Le train arrive, venant de l'Océan, partant vers Bordeaux. Il s'arrête. Des gens de bonne volonté ont apporté du pain, du vin. Bien sûr, ma mère est là. Peut-être pas pour les combattants de la République : pour l'œuvre. Pour les victimes de la guerre et de la mer. Elle va le long des wagons, remettant quelques provisions à la main qui se tend. Ce soir-là pour toujours, une image est entrée dans ma mémoire : ces wagons. Je les croyais sortis de l'une de ces photos de 1914 que, depuis ma plus petite enfance, je voyais dans les magazines : soldats en calot, en béret, plus ou moins dépenaillés, plus ou moins rasés, chantant la victoire future en passant leur corps aux portières, sur lesquelles, au lieu des « A Berlin ! » et des « A bas Guillaume ! » tracés à la craie, je lis « Muera Franco ! » et « Viva el frente popular ».

Je suis ému : dans cette existence villageoise vide de grands événements, l'Histoire soudain est devant moi. Vivante. Faite de détresse et d'espoir. Je suis petit.

Ecrasé par la haute silhouette du père Campmas : à quelques pas devant moi, le regard fixé sur le train, il salue ses frères de son bras levé, le poing fermé. C'est la première fois que je vois ce geste. Sa fraternité lourde emplit mon âme adolescente.

Je ne le dis pas.

Comment dire ces choses à des gens qui ne disent rien ?

Car mon père ne parlait toujours pas. A nous du moins.

Plus tard j'ai compris que, auprès des voisins, des amis, des ouvriers du chemin de fer, il agissait, tentant d'alarmer tout le monde sur la montée du nazisme.

Vint et revint à la maison un livre couvert de papier journal. Il s'appelait *Mein Kampf*, ce qui, je l'entendis, signifiait « Mon programme ».

Lorsque ma mère découvrit dans ce programme rédigé par Adolf Hitler que le dictateur avait pour ambition d'anéantir la France jusque dans sa culture, devenue blême elle déclara :

— Il est fou !

Elle le pensait sincèrement.

Plus que tout autre, elle avait des orgueils d'appartenance.

On peut, voyant le monde, se réjouir d'être né entre Rhin et Bidassoa : quelle gloire tirer de ce hasard ?... Ma mère en tirait mille certitudes : la France avait le plus beau drapeau, le plus bel hymne, les soldats les plus courageux, les officiers les plus valeureux bientôt relayés par les saint-cyriens — casoar et gants blancs —, les plus dignes de marcher sur leurs traces. Cela donnait au pays une armée magnifique et pacifiste n'usant de sa force que par obligation : pour défendre le sol de la Patrie contre les hordes barbares ; pour

46

apporter le bonheur aux populations coloniales auxquelles nous adressions nos ambassadeurs les plus
dignes, nos ambassadrices les plus élégantes et, bien
sûr, nos plus altruistes missionnaires… Et voilà qu'un
homme voulait détruire tant de beautés !… Oui, à coup
sûr : cela ne pouvait être qu'un fou. Un Allemand. Car,
chez ma mère, l'amour que tout catholique doit à son
prochain s'arrêtait sur les berges du Rhin : le Boche
était un être sanguinaire, pilleur de maisons, voleur
d'Alsace-Lorraine et surtout violeur de bonnes sœurs.

Je me demande si elle, tellement humble devant
Dieu, se confessait de cette haine contraire à l'Evangile.

Agenouillée devant les croisillons de bois laissant
percevoir les effluves de la soutane de l'abbé Luguet,
peut-être trouvait-elle, comme moi, des échappatoires
subtiles aux questions embarrassantes ?

— As-tu eu de mauvaises pensées ? me demandait
monsieur le curé.

— Oui.

Je baissais la voix. Vraiment honteux :

— J'ai eu la pensée de… prendre du sucre dans le
buffet.

Cela ne comblait pas monsieur le curé :

— Ne vois-tu pas… autre chose ?

— Si.

Je n'étais plus qu'un souffle :

— … Du chocolat !

Il devait me prendre pour un demeuré.

Je n'allais tout de même pas lui raconter que, le jeudi,
protégés des indiscrétions par les planches à claire-voie
d'un capmarteau [1], entre copains nous regardions « si ça
pousse ». Ou que, plaçant nos talons sur une même
ligne, notre main appelant virilement le tir, nous jouions

1. Tas de planches disposées en triangle ou en carré devant les
scieries, les gares…

« à qui ira le plus loin ». Après quoi, n'attachant pas plus d'importance à cette distraction qu'à une autre, nous partions, l'âme légère, faire du vélo ou taper dans un ballon.

Ceci pour faire comprendre que, dans notre univers à peine adolescent privé de féminin, lorsque sur notre banc de classe à Saint-Médard un copain me glissa « Ça y est avec Françoise[1] ! », j'hésitai à comprendre. Il mit les points sur les *i*. J'étais sidéré : j'obtenais, en classe, des résultats supérieurs aux siens et voilà que, dans un domaine sensible, il m'avait devancé !... Cela ne pouvait pas durer : le jeudi suivant, je cherchai Françoise. Je la trouvai : mon premier rapport sexuel eut lieu sous un wagon de chemin de fer. Qu'on se rassure : le train n'était pas en gare. Il stationnait au « lambic », comme disaient les gens. Entendez par là : à cet alambic où les muletiers conduisaient la résine en barriques ; où le chemin de fer venait la chercher transformée en essence de térébenthine.

J'avais quatorze ans.

Mon extase ne fut pas grande. Celle de Françoise non plus. Mais je ressentis la joie réelle d'un affranchissement.

Un jour, à la maison, j'avais fredonné le succès de Tino Rossi :

Ô ! Catarinetta bella... Tchi ! Tchi !

Soudain, j'avais vu ma mère pâlir, serrer les lèvres comme elle le faisait lorsque la Morale lui semblait menacée.

Que s'était-il passé ? Rien. Ou plutôt... je venais de chanter le couplet :

---

1. Petits enfants de Lacanau ayant une grand-mère qui s'appelle Françoise, ne doutez pas de sa vertu : je change le prénom de « l'intéressée ».

48

> *Pourquoi donc te montrer si rebelle :*
> *L'amour est une chose éternelle.*
> *Demande-le, crois-moi,*
> *A ta mère :*
> *Elle l'a chanté avec ton père*
> *Bien avant toi !*

Le visage révulsé, ma pauvre maman répétait :
— C'est du joli !… C'est du joli !
Pour lui plaire, je bannis l'inoffensif *Tchi-Tchi* de
mon répertoire. Du moins à la maison : désormais, je le
chantai à l'extérieur, aux copains. Bientôt aux copines.
Auprès desquelles, me semblait-il, ce couplet devrait
inspirer le meilleur abandon :

> *Demande-le, crois-moi,*
> *A ta mère :*
> *Elle l'a chanté avec ton père*
> *Bien avant toi.*

Un jour, à Saint-Médard, près d'une haie en fleurs,
une fille indécise me regarda dans les yeux. Elle me dit :
— Tu crois ?

Malheureusement, je quittai Saint-Médard, poursuivant ce cursus scolaire dont, aujourd'hui, j'admire les
inventions qui en marquèrent les étapes.
Après l'école primaire, j'avais fait une année de
cours supérieur (supérieur au primaire, donc). Après ce
cours supérieur, j'étais entré au cours complémentaire
(complémentaire du supérieur, évidemment). Cours
complémentaire que je quittais aujourd'hui pour aller à
l'école supérieure de Talence (supérieure au complémentaire, on l'aura compris). Là, je devrais obtenir la

49

récompense de mes efforts sous forme d'un brevet que, voulant nous empêcher de nous griser, l'administration de l'Instruction publique appelait *élémentaire* : oui, élémentaire comme, à l'école primaire, était dénommé le cours précédant le cours *moyen*. Peu importe : nanti de ce parchemin *élémentaire*, je pourrais une année plus tard devenir *normal*. Je veux dire : entrer à l'école normale d'où je sortirais trois années plus tard auréolé de la gloire de posséder enfin le brevet *supérieur*.

Je me mis au travail.

Le directeur de l'EPS de Talence, monsieur Caillaud, était assisté d'un « surgé », monsieur Escudié, que, avec un étonnant sens du raccourci, nous appelions Cucu.

C'était un homme digne. Très « vieille France ». Je découvrirai un jour que, sous le rigorisme que lui imposait sa fonction, monsieur le surveillant général cachait le regret de ne pas avoir été le comédien dont sa jeunesse avait rêvé : c'était quinze années après ma sortie de l'école ; j'avais « fait mon trou » (mon petit trou) à la radio bordelaise, sur les scènes de la région. Rencontré dans un tramway, monsieur Escudié vint vers moi :

— Coulonges ?... Vous me reconnaissez ?

— Oui.

— J'ai suivi votre carrière... de loin.

En vérité, il savait tout de moi. Il énumérait les rôles que j'avais joués, ceux qu'il aurait voulu interpréter. Son visage montrait un bonheur qui a les larmes aux yeux : c'était un temps où les enfants suivaient la voie tracée par les parents. Au point de devenir les surveillants d'élèves devant lesquels ils auraient voulu être le Cid.

J'aimais beaucoup le professeur d'histoire, monsieur Bariac, un peu moins monsieur Menant, homme au vaste nez sous un vaste chapeau qui nous enseignait les maths et les sciences. Lorsque je dis qu'il *nous* enseignait, j'ai quelque scrupule à me placer dans le lot des bénéficiaires. Passe pour l'algèbre : après de minutieuses recherches, j'avais un plaisir presque poétique à découvrir *l'inconnue* dont il me semblait que, tel au cinéma l'inspecteur Maurice Lagrenée, j'abaissais le masque. Nul en dessin, j'appréciais la géométrie pour ce qu'elle me permettait de faire des carrés, des triangles, des rectangles, bref des figures pour lesquelles ma règle et mon double décimètre me tenaient lieu de talent. Oui, passe pour les maths… mais, dès qu'on arrivait aux ions et aux molécules, aux distances focales et surtout aux graminées, tubercules, aux rutacées et autres inflorescences, refusant d'étiqueter le plaisir, je laissais mon esprit voguer vers les genêts et les ajoncs, les fougères grandioses, les pins odorants qui bordaient l'étang de Lacanau. Quant aux roches, le prof pouvait les dire tertiaires, quaternaires, éruptives, sédimentaires ou métamorphiques, j'estimais que ses affirmations n'engageaient que lui et que je n'avais pas à m'en mêler.

En fin d'année scolaire, nous allions vendre nos livres chez Cisneros, rue Dauphine, ou chez Peigne, rue du Maréchal-Joffre. Dans leur boutique à l'incroyable désordre, à l'incroyable saleté, ces deux grippe-sous étaient aussi habiles l'un que l'autre à découvrir dans nos ouvrages une page écornée, une tache d'encre, quelques lignes marquées de graisse qui les *obligeaient* à baisser leur prix d'achat. J'ai la fierté de dire que jamais ils ne me prirent en défaut : j'ai toujours présenté des livres de sciences « état neuf ».

Ainsi fut ma petite scolarité : en français disputant la place de premier à un camarade portant le doux nom de Marié ; en « hist' nat' » disputant la place de dernier à mon copain Monge (de Macau), dont on me dit qu'il devint instituteur. Le fond de la classe mène à tout à condition d'en sortir.

Ainsi, surtout, sera mon destin venu de ce tempérament hybride : heureux de faire ce que j'aime, fortement appliqué à le réaliser, je suis, dans les domaines pour lesquels je n'ai pas d'attirance, incapable de fournir l'effort qui, me donnant de meilleurs résultats globaux, me rendrait (peut-être) plus heureux.

Les choses sont très bien ainsi.

Il y a, sur terre, deux sortes d'individus : ceux qui ont le bonheur de ne voir que leur bonheur ; ceux qui ont le malheur de ne voir que leur malheur.

J'appartiens à la première catégorie.

Je ne peux pas dire que « le père Menant » appartenait à la deuxième mais je peux affirmer qu'il voyait dans les nouvelles générations la cause de toutes les décadences.

Ayant un jour découvert un élève appliqué à copier sur sa feuille la page du livre ouvert sur ses genoux, avec son inimitable lenteur de parole, le père Menant déclara :

— La jeunesse actuelle est en perte de vitesse !... Mardi dernier, mon fils... mon propre fils a manqué l'école pour aller chez Bermond, le disquaire de la rue Sainte-Catherine, se faire signer un autographe par Charles Trenet... « le Fou chantant »... Voilà pourquoi je suis autorisé à dire : la jeunesse actuelle est en perte de vitesse !

Ce pessimisme du père, cette « décadence » du fils nous mirent en joie : Charles Trenet entrait en trombe dans notre univers.

Sa jeunesse, sa fantaisie, son enthousiasme, sa cravate blanche sur chemise bleu foncé (ça, c'était vraiment une nouveauté), ses yeux roulant devant ses boucles blondes, elles-mêmes frangeant l'auréole de son chapeau gris, tout cela et la poésie vagabonde de ses textes m'emportaient dans des rêves imprévus dont nous avions peut-être grand besoin. En 1933, Hitler avait ouvert ses premiers camps de concentration. En 1936, Mussolini déversait ses gaz sur l'Ethiopie ainsi vaillamment conquise ; en Espagne, Franco recevait l'appui des armes, des soldats, des avions d'Hitler, de Mussolini…

De ces ombres gigantesques qui allaient embrumer le ciel, de ces brasiers s'allumant à toutes nos frontières, personne ne nous disait rien. Oui, c'était un temps où l'on apprenait aux enfants à être des enfants. Eloignés des réalités du monde… C'est simple : je quitterais l'école persuadé que les guerres de Religion apparte- naient au domaine du passé…

Un soir, pourtant, mon père n'y tient plus… il vient d'apprendre que les républicains espagnols échoués sur le sable de Lacanau sont enfermés dans un camp situé au sud de la France : Gurs. Pour une fois, je l'entends parler. Avec Albert François, avec Robert, avec mon- sieur Delhom. Un murmure trop faible pour contenir son indignation : il ne peut pas croire que la République, que SA République commette une telle ignominie : mettre en prison les combattants de la République. De la Liberté.

Ma mère est moins sévère. Plus crédule aussi. Comme à tous les gens non politisés, le bobard lui tient lieu d'argument. Des voix autorisées (pour ne pas dire célestes) lui font savoir qu'à Madrid ou à Pampelune, comme jadis les Prussiens, les républicains violent les bonnes sœurs. La cause est entendue : les Espagnols deviennent les *Espagnoulas*. Ils le doivent à cette répu- tation si peu chrétienne et au fait que, même si les socia- listes ont parfois raison de l'être, il est, pour elle, diffi- cile de penser qu'ils ont meilleur entendement qu'un Franco ayant eu l'honneur d'être promu général à trente-trois ans. Un général qui a peut-être déclenché la plus sanglante des guerres civiles mais qui a le mérite d'entendre la messe chaque dimanche. Ils le doivent

53

aussi à cet épiderme vraiment brun, à ces cheveux vraiment très noirs, pas toujours très propres, à ce manque de distinction pour tout dire qu'on voit à ces nouveaux arrivants qui, à Bordeaux, envahissent le quartier des Capucins, à Lacanau, au Porge, à Sainte-Hélène s'embauchent dans les scieries, la forêt, et cherchent même à entrer dans le commerce en devenant marchands de peaux de lapin. Avec un chien. Et une trompette.

Aujourd'hui, quand je pense à ce temps, quand je pense à Malraux posant, dès 1938, *L'Espoir* sous les yeux de tous, à Hemingway disant au monde « pour qui sonne le glas », à Guernica déchirée, enflammée, assassinée par les avions à croix gammée, à Picasso en donnant une toile symbole devant laquelle monteront tant de sanglots, oui, quand je pense au drame qui devait jeter tant d'hommes dans la mort et tant d'autres dans des prisons à vie, j'ai de la peine à me voir dansant, à voir la France entière virevoltant, la mine réjouie, sur l'endiablé paso doble succès de Rina Ketty, *Sombreros et mantilles*.

Car je ne voudrais pas que le lecteur se méprenne : découvrant ici mes souvenirs, les voyant suivre la marche des événements historiques, il pourrait me prendre pour un adolescent précoce ayant, dès ses premiers regards posés sur la vie, manifesté un intérêt vif pour l'histoire se déroulant devant lui, éprouvé des élans fraternels envers ceux qui en étaient les victimes. Rien n'est plus faux, la vérité étant que nous dansions, nous chantions, nous cherchions des filles, nous trouvions des cèpes.

Et puis… j'allais au cinéma. Pas en cinéphile. En glouton : théâtre filmé de Sacha Guitry, de Flers et Caillavet, de Louis Verneuil dans lequel Victor Boucher, Jules Berry, André Lefaur, Elvire Popesco faisaient merveille ; exploits de Johnny Weissmuller, champion olympique de natation devenu Tarzan pour sauver Jane au bout de sa liane ; les Marx Brothers l'imitant en s'accrochant à un lustre ; danses enthousiasmantes de Fred Astaire et Ginger Rogers ; Fernandel devenant Jim la Houlette ; Chaplin quittant *Le Kid* pour s'élancer dans *La Ruée vers l'or*. Je voyais tout, j'applaudissais tout... Au Palais des Fêtes, j'ai pleuré avec *Marius* et *Fanny* ; aux Variétés, mon fauteuil s'est refermé pendant que je hurlais de rire découvrant dans *Toi c'est moi* (avec Pils et Tabet) cette séquence arrivant comme une bombe : Pauline Carton et l'imperturbable Laurencie chantant *Les Palétuviers*, immortel chef-d'œuvre de la versification comique :

— *Ah ! Je te veux sous les pa* —
Je te veux sous les lé —
Les palétuviers roses
— *Aimons-nous sous les papas,*
Prends-moi sous les laitues
Aimons-nous sous l'évier !

Ces mots dont je ris encore ne me font pas oublier l'essentiel : grâce à Renoir et Gabin, à Michèle Morgan et Marcel Carné, grâce à Prévert, Arletty, Henri Jeanson, à Michel Simon et tant d'autres, dans les années 30 le cinéma français balança sur les écrans des coups de poing qui avaient pour noms : *La Belle Equipe, Pépé le Moko, Hôtel du Nord, Drôle de drame, Le jour se lève, Carnet de bal, La Kermesse héroïque, Les Bas-Fonds, Quai des Brumes, La Fin du jour, La Bête humaine, La Règle du jeu, La Grande Illusion*... Les gens sortaient des salles bouleversés. Je l'étais aussi. Il y avait de quoi, je l'ai compris plus tard : la production française prouvait que l'intelligence plaît, que le public français aime l'œuvre sensible, au style retenu. Le cinéma français établissait une vérité dont en vieillissant il ne saura pas retenir la leçon, la télévision encore moins : un film est fait d'un scénario solide, de dialogues ciselés, de comédiens au talent éprouvé qu'entourent des « seconds rôles » dont la personnalité s'extériorise pour le bonheur de tous. Ce « cinéma complet » qui m'instruisait et m'emplissait d'émotion, je l'ai aimé passionnément. Il a fallu l'arrivée de metteurs en scène « le-film-c'est-moi », de filmeurs acrobates manieurs de caméra sous vide pour atténuer ma passion. A mes yeux, un essuie-glace photographié avec persévérance n'efface pas plus les lancinantes gouttes de pluie sur le pare-brise qu'il ne remplit les vides d'un scénario issu des meilleurs contes de *La Veillée des chaumières*… Je ne demande à personne de suivre mon regard. Adulte, il se porte émerveillé sur des *Vol au-dessus d'un nid de coucou*, des *On achève bien les chevaux* auxquels, bien sûr, je pourrais ajouter bien d'autres cercles de poètes, disparus ou bien vivants, bien d'autres titres dont l'un, titre de gloire, se porte avec panache : *Cyrano de Bergerac*.

Mes yeux d'adolescent, eux, reviennent vers ces salles obscures dont nous aimions l'obscurité. La mixité des écoles n'étant pas encore venue, le cinéma était un lieu de rencontre privilégié. On faisait connaissance au coude à coude. Bientôt au bouche à bouche.

Aujourd'hui, comme disent nos contemporains à tendance culturelle, ces souvenirs « m'interpellent » : lorsque mes lectrices me parlent avec émotion — et gentillesse — de la pudeur de mes descriptions amoureuses, des sentiments retenus de mes personnages rencontrant leur sensibilité féminine, je m'interroge sur ces jeudis de cinéma où, si agréable soit-il, le premier baiser ne m'apparaissait que comme une étape, une promesse, presque une autorisation dont ma main déjà tentait de profiter. Les garçons de notre fin de siècle n'ont pas besoin des ressources de la cinématographie pour se faire des relations, pour les parfaire. J'ai parfois envié leurs libertés, les commodités que leur donne notre temps. Les joies qu'ils y trouvent sont à nulle autre pareilles : y manque peut-être, au-dessus des bas tenus par des jarretelles, le bonheur soudain offert à des doigts de quinze ans.

Je passais mes dimanches à Lacanau. Ayant, le matin, par devoir et par conviction, assisté à la messe, l'après-midi, j'allais au football, je pédalais dans la forêt, je gagnais l'étang, mes yeux emplis de soleil lorsque, chez Elodie, chez Pauldie, les deux guinguettes du bord de l'eau, au son d'un disque aux sillons écrasés je me lançais dans une danse qui, pour peu que la fille ne retirât pas sa joue lorsque j'y collais la mienne, devenait le plus beau de tous les tangos du monde… Là, attablé devant une canette de bière et une bouteille de « limonade Albert François » dont nous mélangions les bulles dans notre verre, je faisais rire les copains avec ce plaisir venu très jeune et qui ne me quittera jamais : je racontais des blagues.

En cette fin des années 30, j'obtenais un franc succès en imitant monsieur Albert Lebrun, président de la République à la larme facile, s'adressant, avec des sanglots dans la voix, à la France menacée :

— Mes chers concitoyens, nous sommes devant le précipice que Hitler a creusé devant nous, je n'ai qu'un mot à vous dire : en avant !

Si je me permets de rapporter ici cette historiette souvent démarquée c'est qu'elle est significative de mes goûts : j'aime les histoires *qui font image*. C'est que, au-delà, ce goût me paraît rejoindre la phrase souvent entendue dans la bouche de ceux qui veulent bien me lire : « Avec vous, on *voit* les choses, les *scènes*. »

Oui, dans la vie comme dans mon métier, je suis un conteur.

Sur un dernier éclat de rire, arrivait l'heure du train. Nous foncions vers la gare.

Nous ? Qui nous ?

Mon frère, le lithographe ; Gérard Vigneau, le coiffeur ; Jojo Coq, l'électricien ; Claude Gayet, le maçon ; Georges Vigneau, plus tard dit « Chibane », tous jeunes travaillant à Bordeaux.

C'était un rite : gare Saint-Louis, le pied à peine posé sur le quai, la bande courait vers le tramway.

Elle en descendait place Gambetta.

La rue de Galles, ou, si l'on préfère, le quartier réservé, était à deux pas.

Il n'y avait qu'un « hic » : ces « grands » étaient, comme mon frère, nés en 1920, quelques-uns en 21. Moi, en 23. C'est dire que « je n'avais pas l'âge ».

Certes, à seize ans j'étais comme aujourd'hui (1,77 mètre) et lorsque je disais aux filles plus âgées que moi « J'ai dix-huit ans… » ou même « vingt », « ça marchait » assez bien. Ces dames du Moulin-Rouge ou du Sphinx étaient plus suspicieuses. Neuf fois sur dix elles me demandaient mes papiers. Aussi, pendant que sous la pression d'une pièce de bronze, le piano mécanique attaquait une rumba pour mon frère et ses amis, madame la sous-maîtresse me raccompagnait à la porte.

N'ayant pas la clé pour rentrer, je n'avais plus qu'à attendre. En regardant les lanternes.

Parfois, une femme s'intéressait à mon sort. Je m'intéressais rarement au sien : les filles jeunes étaient dans les lupanars. Celles qui « faisaient la rue » étaient, comme on dit, entre deux âges. Plus près du deuxième que du premier. Leurs « carrées » donnaient directement sur le trottoir. Elles étaient meublées d'un lit douteux, d'une table sur laquelle trônaient une cuvette et un broc. Pour l'hygiène. Après usage de la cuvette et du client, l'hôtesse jetait l'eau savonneuse dans le caniveau… Ma mère me donnait cinq francs par semaine « pour mes tramways ». C'était le prix de deux séances de cinéma. Je ne voyais pas pourquoi j'aurais offert ce pactole à une dame qui ressemblait à Fréhel dans *Pépé le Moko* sous prétexte que, alors que j'avais trois heures à attendre, elle m'offrait trois minutes de sa vie.

Non, je n'ai pas gardé de ces festivités un souvenir ému. Encore moins des habitudes. Et j'ai laissé à Kessel et à Carco, à Aragon, Mac Orlan, à cent autres le plaisir de dire leur... plaisir de passer quelques heures dans « ces bobinards garnis de glaces dont Mars absorbait tous les dons ».

Dans le genre, je préférais les soirées où la bande investissait un petit hôtel de la rue Labirat. Là, pas de pensionnaires en robes suggestives ou — comme au Moulin-Rouge — en uniforme maillot de bain ; pas de banquettes en moleskine, de projecteurs bleus et verts frappant la boule à facettes qui tournait au plafond ; pas de valse, de tango, de java au son d'un orchestre réduit à un accordéoniste, un batteur, un violon qui, pour les « steps », se mettait au banjo. L'ambiance était familiale : dans un salon de très modestes proportions, on buvait un verre avec la patronne et ses pensionnaires. L'une d'elles était splendide. Les deux ou trois autres, parées, maquillées, bien vêtues, portaient leurs vingt-cinq ans avec plus ou moins d'élégance. Et puis, il y avait Berthe. Elle avait dépassé la quarantaine, avait la peau blanche. De sa naissance landaise, elle conservait un accent qui lui faisait chanter les mots et rouler les *r*. Sans fond de teint, le visage empreint de crème Tokalon, portant toujours des souliers plats, elle semblait non seulement sortir de sa ferme mais être prête à y revenir.

A nouveau, mon âge intervenait : les « grands » faisaient leur choix et s'éclipsaient à l'étage. Soupirant sur mon fauteuil, je voyais arriver le moment fatidique. Berthe le voyait aussi. Elle finissait par me dire :

« Alorrrs, petit, tu viens dans ma chambrrre qu'on se rrréjouisse un peu ? »

J'y allais.

Maupassant, Goncourt, Zola et vous le Lucien Descaves de *Sous-offs* et toi, l'ami Courteline du *Train de 8 h 47*, vous avez situé vos romans où bon vous semblait : à une exception près [1], les miens ne sont jamais entrés dans une maison de passe.

J'avais Berthe.

J'ai toujours eu Berthe.

Je n'ai jamais eu que Berthe.

Elle avait tellement l'air d'une fermière que lorsque, pénétrant dans sa chambre, je lui tendais « le prix de la consultation », j'avais toujours l'impression que, en échange, elle allait me remettre une douzaine d'œufs.

Bien entendu, je ne soufflais mot de tout cela à personne. Avec les adultes, nos rapports étaient faits, si j'ose dire, d'un échange de silences.

Un seul professeur, je crois, aurait pu me faire parler. Sans doute parce qu'il enseignait le français. Parce que, dans sa matière, j'étais bon élève. Lorsqu'il me remettait ma copie, je voyais derrière ses lunettes son regard approbateur, toujours un peu surpris, presque affectueux malgré sa grande réserve. Rétrospectivement, j'ai parfois pensé que ses yeux me disaient : « Tu iras loin ! » Comment voulez-vous que je ne l'aime pas !

Il s'appelait Maurice Uhry. Il était pianiste. Un temps, il assura le cours d'instruction civique. Je n'ai jamais connu ses opinions politiques (ni celles des autres profs d'ailleurs) mais j'ai gardé le souvenir

---

1. Georges Coulonges, *Les Flammes de la Liberté*. Presses de la Cité, éd., 1997, Pocket n° 10394.

ébloui de quelques leçons sur la Nation, la Patrie, cette France, disait-il, qui était faite des montagnes des Vosges et des rives de la Méditerranée, de Notre-Dame de Paris et des châteaux de la Loire mais aussi des musiques de Massenet, de Georges Bizet, des toiles de Renoir, Matisse, Delacroix, des œuvres de Bossuet, Lamartine, de Victor Hugo… Il me semblait, comme il parlait, que les noms évoqués se mettaient à chanter. Pour un peu, j'aurais chanté aussi !

C'est sans doute pour prolonger ces leçons d'art et de civisme mêlés que, en classe de français, il nous donna à apprendre un poème dont j'ai oublié les premiers vers et même le nom de l'auteur. C'étaient des soldats français s'expliquant pourquoi ils se battaient. L'un disait vouloir défendre l'Alsace, l'autre sa mère. Un berger : son troupeau.

Cela se terminait ainsi :

Ainsi parlaient un soir quelques soldats de France.
Auprès d'eux, un jeune homme, avec indifférence,
Un livre en main, les écoutait distraitement.
« Et toi, lui cria-t-on, quel est ton sentiment ?
Pour qui donc te bats-tu, pilier de librairie ?
Quel nom vas-tu donner ce soir à la Patrie
Et pour quel idéal peux-tu mourir demain ? »
Mais le soldat montra le livre dans sa main
Et dit, en reprenant la page familière :
« Moi ? Je me bats pour La Fontaine et pour Molière. »

Avec Maurice Uhry, La Fontaine et Molière sont entrés dans mon âme. Ils n'en sortiront jamais. Dans les années 70, pour les besoins de la télévision, j'habillerai Henri Salvador en corbeau et en renard, en belette et en petit lapin. Dans *La Folie Turlupin*, sur le Pont-Neuf, donnant la main à son grand-père, le petit Jean-Baptiste Poquelin laissera entendre qu'il va devenir le maître du théâtre français [1]. Avec La Fontaine et Molière : le goût de la rime riche qui, n'en déplaise à mes amis, me fera préférer Aragon à Eluard, Hugo à n'importe qui. Et puis, entrée dans mon âme aussi : cette France qui n'était plus seulement la France de mon école primaire, la France de Bayard et de Napoléon, de la Bastille et de Marignan mais la France des petites fables et des grandes comédies.

Après la guerre, j'apprendrai avec une tristesse infinie que le corps de Maurice Uhry s'était envolé dans le ciel d'Auschwitz ou de Buchenwald.

Là est la vie éternelle : les hommes disparaissent; leurs leçons restent [2].

---

1. Georges Coulonges : *La Folie Turlupin*, créé le 27 septembre 1981 sur France-Culture par la Comédie-Française.

2. Le livre que Michel Slitinsky consacre à l'affaire Papon (L'Aube, éd.) m'apprend que Maurice Uhry avait été prisonnier des Allemands en 14-18 et qu'il était le gendre du capitaine Dreyfus.

Les cahiers au feu,
les rêves au milieu

Je passai le brevet en juin 1939.

Pour expliquer mon succès, ma mère dit : « J'avais mis un cierge à la cathédrale. » Je laissai dire : quand on sait son mérite, on n'a pas besoin des honneurs !

Le mien était aussi grand que mes naïvetés. Ayant je ne sais quels dossiers à remplir, à la rubrique « Titres universitaires », désormais j'écrivais : « Brevet élémentaire ». Les dossiers me revenaient avec les mots rayés. J'étais très vexé. Qu'importe : après une dernière année d'école supérieure, j'entrerais dans cette école que (peut-être pour rassurer les futurs instituteurs) on disait *normale*.

Les « hussards noirs de la République » n'ont jamais été bien payés. A cette époque, ils avaient l'avantage d'être, au village, des notables. La profession était très courue : en Gironde, département fortement peuplé, on comptait trois cents candidats pour trente places à l'EN. Mes parents décidèrent de me faire tenter ma chance dans le Loiret où les ambitions pédagogiques étaient plus clairsemées. Mon oncle y serait mon correspondant.

Il habitait Cepoy, un charmant village sur le Loing, dans la banlieue de Montargis. J'y passai un mois de vacances et fis ainsi la connaissance de ce « tonton

Henri » que je n'avais aperçu qu'une fois ou deux dans ma vie. Frère de mon père et fils, donc, de mon grand-père gendarme, il avait, à ce titre, été de longues années enfant de troupe, avait fait la guerre dans je ne sais quelle arme de terre puis, blessé, avait poursuivi le combat dans l'aviation où il avait été « descendu », décoré, promu capitaine avant de prendre jeune une retraite dont il profitait, je crois, assez joyeusement.

Tout de suite, il me plut. A cause de cette gaieté bien sûr mais aussi pour son autorité : elle me paralysait et faisait mon admiration. Affligé d'une timidité qui ne me quittera jamais, je ne pouvais qu'être impressionné par un homme aussi empli d'assurance. Un peu trop parfois : un jour, il me raconta que, lorsqu'il était officier en Afrique du Nord, il faisait marcher les soldats — ou au moins son ordonnance — à coups de pied dans le bas du dos. Sans doute, avec Salvador Dalí, estimait-il que « le coup de pied au cul est l'électrochoc du pauvre ».

Je n'étais pas de cet avis. Pour tout dire, le propos me choquait.

Pas lui :

— Ce ne sont pas des gens comme nous. Ils sont habitués et c'est la seule façon de les faire avancer.

Il était convaincu. Pas moi. Plus tard, lorsque les Algériens mirent leurs babouches dans les fesses de nos défenseurs, je pensai que le pied de mon oncle — et de quelques autres sans doute — les avait aidés à les chausser.

A la vérité, en cet été 39, mon oncle était, ce qui à cette époque était rare, un homme jeune de cinquante ans.

Avec lui, je faisais du vélo, je nageais (pas mieux qu'à Lacanau), je pêchais (sans prendre plus de poissons), j'assistai à une fête nautique assurée à Nemours par les Pompiers de Paris : l'un d'eux, sur le plongeoir, tenta de battre le record d'Europe du lever de la gueuse. Il était de soixante-douze tractions. Au fur et à mesure que, tous ses muscles bandés, l'athlète approchait du chiffre, depuis les berges la foule augmentait son soutien. A soixante-douze, ce fut un soulagement ; à soixante-quatorze, de l'enthousiasme, à soixante-quinze, une ovation ; à soixante-seize, le héros était mort de fatigue. Il s'écroula, tomba à l'eau et... la gueuse en carton-pâte se mit à flotter paisiblement sur le Loing. C'est ce canular qui, peut-être, donna pour la vie de la prudence à mes admirations.

Dans une guinguette, les gens dansaient la Chamberlaine en se passant un parapluie[1]. Sur le Lambeth Walk, ils se tapaient sur les cuisses. Au propre et au figuré.

Pourtant, la guerre était là, on n'en pouvait plus douter. Surtout en voyant la tête de ma mère lorsque, écourtant mes vacances, elle vint me chercher à Cepoy.

Depuis toujours, Anglais et Français espéraient détourner vers l'Est les ambitions expansionnistes d'Hitler. Depuis toujours, Staline se disait que si, au nom de l'espace vital, Hitler devait déclarer la guerre à quelqu'un, il serait bienvenu de se diriger vers l'Ouest. Depuis quelque temps, Hitler pensait que s'il lançait ses chars vers la France, il lui serait désagréable que, au même instant, l'URSS pointât ses canons vers Berlin.

Cette situation venait de donner un résultat : le 23 août, les deux dictateurs avaient signé un pacte dit de non-agression.

Il fit en France l'effet d'une bombe : auprès des grands dont il détruisait les plans ; auprès des petits qui, endormis dans les douces béatitudes où les enferment

---

1. Premier ministre britannique dans la fin des années 30, sir Arthur Neville Chamberlain était toujours porteur d'un très british parapluie.

tous les pouvoirs, éprouvent une coléreuse indignation lorsqu'on les réveille en sursaut.

Nous sommes rentrés par Paris, nous arrêtant un jour ou deux dans le minuscule appartement que les cousines charentaises habitaient avenue de Saint-Ouen. Sous les toits. L'une d'elles, la tante Yvonne, était mariée à Pedro, venu quelques années auparavant « manger le pain des Français », comme déjà disaient les poètes. Pedro devait pouvoir même manger de la brioche : il exerçait tour à tour les lucratives professions de maçon et de garçon de restaurant. Tout en prenant des cours d'espéranto qu'il disait maintenant parler « comme un habitant du pays ». Yvonne et Pedro avaient recueilli l'une de ces enfants espagnoles que, pour les soustraire aux dangers de la guerre civile, des organisations populaires plaçaient chez des personnes de bonne volonté.

Je revois le visage de l'enfant de Murcia — j'ai oublié son prénom — qui, comme moi, entendait les mots et percevait les frayeurs.

Ses yeux disaient : « Mais alors… où vais-je aller si, venue ici pour fuir la guerre, ici la guerre me rejoint ? »

Trois semaines auparavant, la gare d'Austerlitz avait les gaietés de mon arrivée en vacances. Aujourd'hui, sur toutes les lèvres et dans tous les regards, dans les silhouettes courbées, on lisait la tristesse des bonheurs terminés.

A Bordeaux-Saint-Jean, l'accablement de tous s'aggravait des larmes de quelques-uns. Jusqu'au départ du train, des femmes se serraient contre des maris, des sœurs contre des frères qui déjà obéissaient à leur fascicule de mobilisation. Une mère serrait un jeune marin sur sa poitrine, ses yeux aussi rouges que le pompon du béret. Les valises des hommes étaient lugubres, rafistolées. On voyait que les familles avaient choisi la plus vieille : dans le cas où elle ne reviendrait pas.

C'étaient des images déjà vues. Au cinéma, dans les magazines, dans les livres scolaires, depuis notre plus jeune âge nous vivions les malheurs de la guerre. Dans les maisons jaunissait la photo d'un soldat endeuillée d'un ruban noir. Ici, un autre cadre ornait la cheminée. On y lisait une citation à l'ordre du régiment. Accordée à titre posthume. Là, pendue à son ruban, une croix disait la petite récompense des grands sacrifices, la grande fierté des petites gens. Le père Sourgens montrait son pantalon de zouave, le père Saubesty lisait son journal portant sur la première page « Unis comme au front ». Valentine était veuve de guerre. Un copain, Laubian, était pupille de la Nation. Les mots « gazé », « trépané », « amputé » parcouraient les conversations. Gilbert Labarthe feuilletait des illustrés aux images colorées par les uniformes montant à l'assaut, les bombes éclatant devant eux, les corps déchiquetés par les explosions. Oui, depuis notre plus jeune âge, tout nous avait dit les traces de la guerre. Ses drames. Ses horreurs.

Lorsque, le 3 septembre 1939, selon la tradition venue du fond des temps, le tocsin ébranla le clocher de Lacanau, sur la route blanche qui menait à l'étang, m'arrêtant devant le portillon des Campmas, je dis à Robert :

— On va voir si c'est aussi terrible qu'on nous le raconte.

Et, plus bas :

— Enfin ! Il va se passer quelque chose.

Ces phrases depuis bientôt soixante ans tournent dans ma tête. Longtemps, elles y ont fait naître une honte. Qui s'atténua avec les ans. Resta une interrogation.

Elle monte en moi lorsque, aux jeunes, j'entends dire des mots imprévus. Lorsque je les vois accomplir des actes inattendus. Violents. Emplis de danger. « Pour vivre », comme ils disent. En prenant le risque d'en mourir.

En ce temps où nos éducateurs de tous ordres nous répétaient « La curiosité est un vilain défaut », sur le cahier d'écolier qui recevait mes confidences déjà j'avais écrit : « Si Pasteur n'avait pas été curieux, nous serions tous morts de la rage. »

La santé de mon père s'aggravait.

Mon frère, avec la classe 40, allait, comme on disait, être appelé sous les drapeaux.

A Lacanau pendant les week-ends comme à Bordeaux pendant la semaine, nous occupions une même chambre.

Ce matin-là, j'étais seul dans le lit en fer aux montures vert olive.

Ma mère entra.

A sa mine, je vis que la nouvelle n'était pas bonne.

Elle murmura :

— Il faut que tu travailles.

Je restai silencieux.

Elle m'expliqua la situation.

Je la connaissais.

Je ne dis pas un mot.

Je ne bougeai pas.

Ainsi en sera-t-il toujours dans mon existence : explosant parce que je ne retrouve pas mon crayon, capable, pour une broutille, d'une colère qui, sur-le-champ, me fait honte, je suis, devant les plus néfastes secousses du destin, d'un stoïcisme sans parole qui surprend tout le monde.

Ma mère se trompa-t-elle à ce silence ? Un jour, je l'entendis dire à une amie :

— Il l'a mieux pris que je l'aurais cru.

Qu'en savait-elle ?

Et moi ?

Je sais seulement que, rentré au « dépôt » du chemin de fer pour, le matin, allumer le poêle et balayer le plancher d'un bureau minuscule, dans la journée, répertorier des papiers sur lesquels des ouvriers du fer à la conscience tranquille avaient tenu à imprimer leurs empreintes digitales, je restai là vingt-trois jours : le temps d'apprendre ce qu'étaient un train montant et une machine HLP (lisez : haut le pied).

Puis, mes parents étant amis avec un charmant garçon, Jean Pradier, qui à l'intérieur des Ponts et Chaussées s'apprêtait à en devenir ingénieur, j'entrai dans cette vénérable institution. Par la petite porte : dans un appartement de deux pièces transformé en bureau sis rue Bouthier à la Bastide, j'établissais la fiche de salaire des cantonniers du canton de Carbon-Blanc, je vérifiais que les manches de pelle sur lesquels, entre deux efforts, ils devaient s'appuyer étaient suffisamment solides pour supporter leur poids et, surtout, chaque jour à 14 heures, j'allais avec délice sur les bords de la Garonne signer le « bordereau du goudron » : cette mission me faisait prendre l'air et je l'accomplissais avec conscience. Du moins le croyais-je... jusqu'au jour où, revenant des armées, l'ingénieur titulaire me demanda :

— Vous avez bien vérifié le poids ?

— Quel poids ?

— Ben... le poids du goudron... sur le bateau... à l'appontement...

Il devait y avoir un malentendu : à 14 heures à l'appontement, je n'avais jamais vu ni goudron ni bateau. Seulement un homme qui, dans une minuscule cabane en bois, me tendait le « bordereau de goudron ». On m'avait dit de le signer : je le signais. Discipliné. (Sûrement le bonhomme de la cabane devait peser sans moi. Avec les mariniers. Pour ne pas me causer trop de travail…)

Non, je n'étais pas fait pour les Ponts et Chaussées. Dès les premiers jours, je compris que la trigonométrie et le métré d'ouvrage d'art resteraient toujours hors de mes compétences.

Pourtant, je trouvais un avantage à ma nouvelle fonction : je profitais de mes soirées sans le remords de ne pas avoir fait mes devoirs, appris mes leçons. Au cinéma, j'ajoutais donc le théâtre, fréquentant assidûment le Trianon où alternaient comédies, revues et opérettes légères : bonheur de retrouver dans un spectacle nouveau les pensionnaires d'une «troupe», présence élégante de Jacqueline Delubac dans une pièce de Sacha Guitry, éblouissant Fernand Ledoux jouant *Les affaires sont les affaires*, Tichadel et Rousseau triomphant dans *Les Débrouillards de la Garonne*…

C'est sans doute la vue de ces artistes en chair et en os qui me donna l'idée de m'inscrire dans une société dite «d'éducation populaire», la Girondine. Le local était crapoteux mais, aux murs, les photos des anciens élèves donnaient confiance. Pierre Larquey, au faîte de sa gloire cinématographique, Marie Bell, sociétaire de la Comédie-Française, l'illustre Félix Galipaux, vedette du cinéma muet. Là, assisté de Robert Sandrey — qui, parallèlement à sa carrière de comédien, assurera pendant trois décennies la charge de secrétaire puis de président du Syndicat français des acteurs —, un professeur, Henri Dartois, donnait des cours de comédie qui, dès ma première leçon, me comblèrent. Le nouvel arrivant était invité à dire une fable de La Fontaine. C'était mon univers. Je «jouai» donc *La Laitière et le pot au lait*, tout de suite guidé par Henri Dartois m'indiquant que, lorsqu'on disait «Perrette, sur sa tête», il

70

n'était pas utile de montrer la tête avec son doigt : les gens savaient où elle était ; de même pour les « souliers plats » : le public subodorait qu'elle les portait à ses pieds ; il n'était donc pas indispensable de les désigner plus avant. Bref, il me fit comprendre que la sobriété faisait partie de la panoplie de l'artiste et m'invita à me passer de ces gestes un peu simplets qui, quarante années plus tard, assureront la gloire de Chantal Goya.

Parmi ses gestes à lui, un seul me gênait : homosexuel, lorsqu'il serrait la main, il exerçait sur nos phalanges trois ou quatre petites pressions nerveuses qui me mettaient mal à l'aise. Arrivant de ma campagne, je ne savais pas vraiment ce qu'était l'homosexualité mais, les leçons et les condamnations de ma mère aidant, je le savais suffisamment pour penser qu'il s'agissait de l'abomination des abominations. Très sincèrement, je me disais que si, par malheur, la main d'un homme tâtait un jour mon postérieur, à coup sûr je serais déshonoré sur cette terre en attendant de brûler dans les flammes éternelles de l'enfer.

C'est pourquoi, arrivant à une répétition de je ne sais quelle pièce, je fus très malheureux de rencontrer au bas de l'escalier « l'ami » de Dartois. Encore plus malheureux lorsqu'il me pria poliment de passer devant lui. Je sais bien que la sagesse nous enseigne à dédaigner ce qui se passe dans notre dos mais, en cette circonstance, je ne pus m'y résoudre : je gravis les marches une à une, puis deux à deux, trois à trois, terminant mon ascension au sprint… Heureux d'avoir sauvé mon honneur… que sans doute personne ne menaçait.

Oui, j'avais besoin de me dégrossir, de m'affirmer, de prendre confiance en moi : c'est un peu pour cela, je dois le dire, que je m'étais inscrit à la Girondine.

C'est, au début, le contraire qui se produisit.

Ma première scène fut choisie dans *Miquette et sa*

mère, de De Flers et Caillavet. Le personnage d'Urbain de La Tour Mirande était drôle.

L'ayant bien travaillé, j'entre en scène. Dès les premières répliques, les rires des copains fusent. Cela m'assure : j'en rajoute, les rires redoublent… jusqu'au moment où un doute me saisit : « Ils ne rient pas parce que je suis bon mais parce que, au contraire, je suis très mauvais… Ils se moquent de moi ! » Je faillis m'arrêter de jouer.

Heureusement, à la fin de la scène, les applaudissements de ces nouveaux amis me rassérénèrent pleinement.

Non. Pas pleinement : mes complexes, mon peu de confiance en moi me suivront toute ma vie.

Il est donc facile d'imaginer ma mine lorsque, aux Ponts et Chaussées, un jour sonne le téléphone :

— Allô… Vous êtes bien rue Bouthier ?

— Oui.

— Ici, l'hôpital Saint-André. L'un de nos malades vient de décéder. Il habitait rue Bouthier. Il faudrait prévenir la famille. Elle n'a pas le téléphone. Je viens de regarder dans l'annuaire : vous êtes le voisin le plus proche.

J'ai dix-sept ans, je n'ai jamais vu la mort, ma timidité devant les inconnus — ou simplement devant les adultes — me fait bafouiller et voilà que je dois aller dire à une épouse, un fils, une mère que…

Je reste sans voix.

La dame, au bout du fil, s'en rend compte :

— Il s'agit de monsieur Dupont. Vous le connaissez ?

— Non.

Je crois que cette ignorance va me sauver. Pensez-vous ! La dame est formelle :

— Ça n'a pas d'importance. Le principal est que vous préveniez tout de suite ses proches. Ils ont peut-être des dispositions à prendre.

Quelques jours auparavant, j'avais fait embaucher mon copain Menvielle, connu à l'EPS de Talence.

Je lui explique la mission :

— Tu veux y aller ?

Sa réponse est logique :

— C'est à toi qu'on l'a demandé.

Allez donc vous occuper des amis !

Le numéro indiqué est de l'autre côté du pont Bouthier.

J'y arrive.

Je frappe au carreau.

Un homme répond :

— Monsieur Dupont ? Non. Ce n'est pas ici.

Il me ferme la porte au nez.

Je m'aperçois alors que le numéro correspond à plusieurs appartements en mauvais état. Autour de l'une de ces cours qui, même sous le plus grand soleil, savent rester boueuses.

Je reprends ma mine de croque-mort :

— Madame Dupont ?

— Non. Vous vous trompez.

— Vous ne la connaissez pas ?

— Non.

Je vais plus loin. Même accueil.

J'arrive à la dernière porte.

La locataire est jeune. Mal peignée. Avec un visage sale et gentil :

— Ici, je connais tout le monde. Il n'y a pas de Dupont.

Elle voit ma mine piteuse. Elle compatit :

— C'est grave ?

J'explique. Elle compatit plus encore. Mais elle ne peut rien pour moi.

Je m'en vais. Entre deux sentiments. Au soulagement de n'avoir plus à annoncer un deuil se mêle le blâme de ne pas avoir accompli ma mission.

— Hep ! Monsieur !

La jeune femme courait derrière moi :

— Ça m'est revenu : je le connais, ce monsieur Dupont. C'était un clochard. Tenez : il habitait là.

Elle me montre un petit toit en éverite fixé à 1,20 mètre du sol, appuyé en appentis à un mur de parpaings qui n'avait jamais été fini. Sous l'appentis : des cartons qui devaient servir de draps et de couvertures à monsieur Dupont.

A nouveau, je quittai la jeune femme.

A nouveau, elle me rappela :

— Hé ! monsieur !…

Sa voix était convaincante. Pensive :

— Je l'aimais bien, moi, ce bonhomme. Il était gentil.

Elle regagna son domicile.

Je m'arrêtai sur le pont Bouthier.

C'était un beau jour d'un beau mois de mai.

Venant de la gare de la Bastide, les longs rails vides partaient vers Paris.

Je me dis : «Je vais écrire un conte. Cela s'appellera : *Mort d'un clochard.*»

Je restai là, faisant le premier bilan de mon début d'existence : j'avais fait le projet d'écrire des histoires pour mes élèves… Ma vie changeait : je n'aurais pas d'élèves mais j'écrirais quand même.

Pour le prouver, je quittai le pont, je me mis à mon bureau.

J'écrivis : *Un mort sans importance.*

Je ne sais plus si j'ai, un jour, fini le conte. La nouvelle.

Il y avait tellement de morts en ce mai 40 ! Des morts au champ d'honneur dont les journaux ne nous parlaient guère, des morts sur les routes, mitraillés par les stukas à sirène hurlante des Allemands ; et puis ces maisons mortes elles aussi, dévastées par l'invasion, devenues des intimités brisées, que, au bout de la rue Bouthier, sur l'avenue Thiers, nous voyions passer dans leur cortège de misère : lente marche des réfugiés emportant, ils ne savaient où, des casseroles et des guéridons, une armoire, un lit en fer, un matelas, tout un bric-à-brac enchevêtré sur des camions, des charrettes, une voiture à bras poussée par un vieux qui, penché en avant, semblait retenu par les brancards. Un soldat débraillé se faisait traiter de salaud, de lâche, de déserteur. Assis en équilibre sur la haute ridelle d'une bétaillère, il ne répondait pas, semblant indifférent à tout, ses yeux fascinés par un oiseau qui chantait dans sa cage. Au milieu de tous ces gens qui avaient perdu leur nid.

Oui, je serais écrivain.

Je dirais cela : les réalités du monde.

Des réalités que personne ne percevait plus.

Surtout pas mon père qui, lorsque j'allai à Lacanau pour le week-end, scrutait toutes les nouvelles du journal en essayant de comprendre. Déjà, avec beaucoup d'autres, il n'avait pas compris cette « drôle de guerre » où la France, après avoir abandonné la Tchécoslovaquie, laissait son armée l'arme au pied pendant que Hitler tranquillement s'emparait de la Pologne pour laquelle nous avions mobilisé nos forces. Et maintenant, il ne comprenait pas que cette armée, que tous les Gamelin et tous les Weygand, tous les Reynaud et tous les Pétain proclamaient invincible, fût enfoncée en quelques jours, qu'elle arrivât sur les rives de la Seine pendant que le gouvernement s'installait à Bordeaux.

Il murmura :

— Il y a quelque chose qui nous échappe.

Je répondis :

— Oui : la Victoire !

Je crus que ma mère allait me gifler.

Mon père, je l'ai dit, aimait l'humour. Je crois bien aussi qu'il aimait son fils. Qui le faisait rire. Il s'amusa de la boutade. Je me suis parfois demandé si, puisqu'on lui avait demandé de ne pas m'embrasser, il n'en avait pas déduit qu'il n'avait pas, non plus, le droit de me punir.

Ma mère ne vivait pas dans le même sentiment.

Un jour, avec Robert Campmas, nous nous mettons à chanter *La Marseillaise* ornée de ces paroles que bien d'autres avaient chantées avant nous :

> *Allons enfants de la Patrie,*
> *Le jour de boire est arrivé !*

Ma mère pâlit. Sa voix est sourde :

— Ce que vous faites est scandaleux !

Cela ne l'était pas.

C'était jeune.

Je le compris très vite : dans ces jours où, si rapidement, j'allais vieillir.

A midi, depuis la rue Bouthier, je me rendais dans un restaurant ouvrier, sis sur l'avenue Thiers, à côté de l'église Sainte-Marie.

Je dis « restaurant ouvrier » parce que la clientèle était visiblement prolétarienne et aussi parce que la salle n'était pas meublée de tables séparées mais occupée par deux longues tables recouvertes de toile cirée rouge et blanc. Là, quelque quatre-vingts personnes mangeaient au coude à coude un menu unique commençant, été comme hiver, par une soupe de légumes.

Nous sommes le 17 juin 1940.

Il y a, sur ma droite, un poste de TSF.

Dans le brouhaha des verres et des fourchettes, le speaker annonce :

— Le maréchal Pétain vous parle.

Verres et fourchettes s'assagissent.

Dans un silence total, monte la voix fatiguée :

— « C'est le cœur serré que je vous dis aujourd'hui qu'il faut cesser le combat. »

Je sens un choc dans ma poitrine. Un véritable choc. Physique. Comme un cri devenu pierre pour frapper ma gorge, mon estomac :

— Non !

Le Maréchal poursuit :

— « Je me suis adressé cette nuit à l'adversaire pour lui demander s'il est prêt à rechercher avec moi, entre soldats, après la lutte et dans l'honneur, les moyens de mettre un terme aux hostilités. »

Dans ma poitrine, la pierre continue de frapper. Ou alors, ce sont de gros flots de sang qui se bousculent. Qui hurlent :

— Non ! Non ! Non !

Le Maréchal dit qu'il fait le don de sa personne à la France.

Je ne veux pas de son don. Ni de sa personne.

La radio joue *La Marseillaise*.

Tout le monde se lève.

Tout le monde pleure.

Je sors.

Sur l'avenue, l'armée française attend de pouvoir passer le pont, tanks sous branchage, longs canons ornés de filets dont j'ignorais l'utilité. Quelques jours auparavant, j'avais vu un soldat parmi les civils : il y a aujourd'hui quelques civils parmi les soldats. Les civils et les soldats ont même visage. Gris. Vert. Comme les véhicules.

Je suis content de rencontrer un copain. Cela va me permettre de cacher mes pleurs.

Le serrant dans mes bras, je chuchote :

— Ce n'est pas fini.

Sanglotant, il me répond :

— Oh ! Si ! C'est fini.

J'ai envie de le battre.

Si on me donnait un fusil, je partirais.

J'aurais tort : je ne sais pas m'en servir.

Existaient alors, à côté du marché Victor-Hugo, des urinoirs publics.

Le soir, je m'y arrête. Sur le mur, une équation : « Pétain = Hitler = crapule ».

Je viens d'entendre mon appel du 18 juin ! Modeste texte en un modeste lieu. Il a su me dire l'essentiel : « Tu n'es pas seul. »

La preuve : le lendemain, j'embrassai la sœur du copain défaitiste.

Elle n'avait pas la mentalité de son frère : elle ne me repoussa pas. Elle ne sanglota pas.

Menvielle embrassa la sœur de la sœur.

Je crois même que, dans le couloir du bureau, nous les embrassions toutes les deux. A tour de rôle. On avait tellement besoin de se sentir unis ! Entre Français.

Car le plus dur restait à vivre.

Un après-midi, nous apprenons que les Allemands vont faire leur entrée dans la ville.

Je ne veux pas les voir.

Vite, je marche le long de l'avenue Thiers : il n'y a personne. Des volets ont été fermés. D'autres se ferment.

A l'entrée du cours Victor-Hugo, peu de monde. A partir de la grosse cloche : quelques curieux. Sur les cent mètres qui séparent la rue Sainte-Catherine du cours Pasteur, les gens sont sur un rang. Deux en certains endroits. Silencieux.

Ne le seraient-ils pas que j'aurais entendu le grondement, le tremblement qui ébranle mon âme : le premier tank arrive à ma hauteur. Je n'ai pas le courage de regarder ! Je tourne dans la petite rue Canihac, je traverse le cours : je vais me cacher. La minuscule place Mabit me sert de refuge. Je reste là deux heures, trois peut-être. Mille pensées, mille leçons, mille exemples tournent dans ma tête. Jaillissant de mes livres d'Histoire, de Morale, des propos de mon père, de ma mère : Jeanne d'Arc, Du Guesclin, Bara auxquels s'ajoutent les noms sans renom inscrits sur le monument aux morts de Lacanau.

Je suis anéanti.

Lorsque, le soir, j'arrive cours de l'Argonne, des soldats allemands sont attablés devant le bar où nous prenons pension.

Un instant, je reste sur le trottoir d'en face, contemplant stupidement ces intrus. Le patron s'affaire autour d'eux. Canette de bière à la main. Il virevolte.

Je me décide à gagner ma chambre.

Je dois prendre ma clé.

Lorsque je passe près de lui, le patron, mâchant son éternel mégot de papier maïs, cligne des yeux vers moi. J'entends pour la première fois les mots que nous allons entendre si souvent :

— Ils sont corrects.

Rassuré sur ce point, il veut être rassurant. A la vérité, il est émerveillé. Il fait aller devant moi son pouce sur son index :

— Ils payent !

Il n'a plus qu'à repartir vers la terrasse.

Les Boches l'appellent.

Je monte dans ma chambre.

Je me jette sur mon lit.

Le samedi lorsque j'arrive à Lacanau, je trouve mes parents anéantis.

Dans ma chambre, le soir, agenouillé, je m'adresse à « ma copine » : sainte Thérèse. Je lui confie ma peine. Son visage a, devant tous les événements, la même douceur aux tons pastel.

Le lendemain, nous allons à la messe.

L'église est archipleine : le malheur est germe de prière.

Elle l'aurait été de toute façon : c'est jour de première communion.

Je regarde les fillettes dans leur robe blanche de petites mariées.

Les garçons portent fièrement leur brassard, leur missel. Comme moi voici quelques petites années.

Monsieur le curé monte en chaire.

Je l'écoute vaguement.

Soudain je l'entends :

— C'est Dieu qui a voulu notre défaite pour punir les Français… CE PEUPLE DE JOUISSEURS !

Je suis abasourdi : entre les Allemands fauteurs de guerre, créateurs de camps de concentration selon mon père, violeurs de bonnes sœurs selon ma mère, et les Français, Dieu a choisi de faire gagner les Allemands !… Et l'abbé Luguet, dont ma mère depuis toujours me vante les vertus, choisit, pour dire cela, le premier dimanche où les Allemands sont devant lui : dans l'église. En quelque sorte, il leur dit : « Vous êtes mieux que nous. »

Je suis incapable de bouger.

Pourtant je n'attends pas le *Ite, missa est.*

Je sors.

A grands pas, je vais dans le chemin que, alors, on appelait « le chemin de Mathilde ». Seul.

Je m'arrête.

A haute et intelligible voix, je dis :

— S'ils manquent à ce point de dignité, je n'aurai pas besoin d'eux pour me diriger dans la vie.

Sans doute m'objectera-t-on que ce « S'ILS manquent », que ce « besoin D'EUX » comportent des pluriels qui peuvent paraître singuliers.

Ils ne l'étaient pas : pour son prêche, l'abbé Luguet

80

s'était inspiré d'un message de monseigneur Feltin, archevêque de Bordeaux.

Les communiantes sortaient.

Elles demandaient à leur mère de rajuster leur voile blanc.

Je revins sur la place. Près du porche.

Un communiant me tendit une image souvenir.

Je me penchai vers lui. Je l'embrassai.

Je lui demandai :

— Tes souliers ne te font pas mal ?

Le gosse me répondit :

— Oh ! Non ! Ils sont neufs !

Sur les planches
et dans les bois

Enfant, adolescent, jeune homme, je ne lisais pas le journal. Comme mes parents n'avaient jamais pu s'offrir le poste de TSF dont ils rêvaient, je vivais dans l'indifférence absolue des événements.

Evidemment, à partir de cette fin juin, la rencontre quotidienne de soldats allemands, les drapeaux nazis flottant sur certains édifices, l'interdiction des bals, de tout rassemblement me tirèrent de ma tour d'ivoire. Aux carrefours, dès son arrivée, la Wehrmacht plaça de grands panneaux. Peints en lettres noires sur fond blanc, encadrés de noir, ces panneaux me faisaient l'effet de gigantesques faire-part endeuillant le pays. Aussi, je ne pouvais pas tolérer les personnes qui, parce que les Allemands installaient un sens giratoire à l'entrée du Pont de pierre, se croyaient obligées de se faire leurs laudateurs : « Ah ! C'est une autre organisation que chez nous ! » J'avais beau voir que des bottes donnaient aux guerriers teutons une allure plus virile que les bandes molletières dont on avait affublé nos troupiers, je ne supportais pas ceux qui se plaisaient à le constater. A accorder la moindre supériorité, en quelque domaine que ce soit, à ces intrus. Je crois que, si l'on m'avait affirmé « Ils parlent l'allemand mieux que nous », j'aurais répondu : « Ça n'est pas sûr ! »

C'est pourquoi, lorsque sur les écrans d'un cinéma bordelais apparaissaient Hitler et ses Ribbentrop, Mussolini précédé de son menton, avec d'autres spectateurs je tapais des pieds, je criais : « Hou ! Hou ! »… Cela ne dura pas : bientôt, au moment des actualités, la salle se ralluma cependant que, de chaque côté, deux, trois vert-de-gris ou deux, trois civils à leur solde s'alignaient dans l'allée pentue, scrutant les visages… Alors, je remplaçai mes manifestations par un modeste « Conard ! » murmuré pour moi seul… avec l'espoir que mon voisin de fauteuil l'entendrait.

Vous l'avouerai-je ? Moi qui aujourd'hui vois avec la plus grande satisfaction s'estomper les haines ancestrales, moi qui souhaite une Europe unie, fraternelle, sachant se défendre contre les dangers venus d'ailleurs, oui, vous avouerai-je que lorsque, dans des images du passé, le petit écran met devant moi un Hitler en noir et blanc, ses troupes paradant au pas de l'oie, seul dans mon fauteuil je murmure : « Conard ! » On a du mal à se débarrasser de ses maladies de jeunesse. Il me semble même que je rechute lorsque, levés par des jeunes gens au crâne rasé, des bras se tendent, main à plat, vers le plus vulgaire, le plus néfaste des hommes politiques français.

Pour autant, je ne pris pas conscience tout de suite des mutations opérées à l'intérieur du pays : dans la micheline Lacanau-Bordeaux, ayant un jour le père Campmas assis en face de moi, je fus abasourdi par le discours qu'il me tint.

Le père Campmas, je l'ai montré tendant le poing pour saluer, sur le quai de la gare, ses frères : les républicains espagnols. J'aurais pu le montrer en d'autres lieux, en d'autres circonstances : partout, toujours il parlait, il se comportait en communiste. Certes, il n'était sans doute pas le seul communiste du village mais, lui, c'était sa personnalité. On peut le dire : à Lacanau, en ce temps-là il y avait le maire, l'instituteur, le docteur, le pharmacien et puis le communiste : le père Campmas. C'est pourquoi, ce jour-là, je fus anéanti en entendant cet antinazi notoire me demander de penser que, sous les uniformes des Allemands, il y avait des ouvriers («comme moi, comme ton père», disait-il), qu'il convenait non de les écarter de notre route mais, au contraire, d'aller vers eux, de leur parler, de leur expliquer les choses afin de nous unir, tous, Français et Allemands — et Russes, bien sûr — pour abattre ce qui était le véritable ennemi du genre humain : le capitalisme international représenté aujourd'hui par la banque de Londres.

J'avais trop de timidité, trop peu de connaissances pour affronter un adulte aussi instruit des choses de la politique mais rougissant, malheureux, paralysé par cette volte-face d'un ami de mon père, je roulais dans ma tête des arguments simples : non, les Boches et moi n'étions pas du tout semblables. La preuve c'est que, français, je vivais en France, exerçant un emploi civil alors que ces vert-de-gris, ces haricots verts, ces doryphores paradaient dans mon pays, en armes et en m'imposant leur loi.

Oui, il me fallut quelque temps pour comprendre l'importance de la mutation s'opérant chez les êtres, dans leurs habitudes, dans les institutions.

Un matin, un agent cycliste livra au bureau des Ponts et Chaussées des papiers à lettres, bordereaux, tous les imprimés à utiliser désormais : découvrir les deux mots «Etat français» à la place de cette «République française» que l'école nous avait appris à aimer me traumatisa vraiment.

Ma rancune à l'égard du Maréchal s'accentua. Amplifiée bientôt par ses attaques contre cette école que — je le pense aujourd'hui — il aurait dû remercier à deux genoux : si sa personne fut facilement acceptée par les Français c'est parce que, pour une part, à ces Français l'école avait appris le respect du chef, particulièrement du chef militaire ; si la formule « Travail, Famille, Patrie » ne choqua pas ces Français c'est — on ne l'a peut-être pas assez remarqué — parce qu'elle correspondait en tous points à ce que, depuis toujours, l'école enseignait.

Le Travail ? En sciences, c'était l'admiration que l'on nous invitait à éprouver pour la folle activité des fourmis, des abeilles œuvrant sans répit à l'œuvre commune. En récitation, c'était *Le Laboureur et ses enfants* avec son « Travaillez, prenez de la peine », *La Guenon, le Singe et la Noix* : « Sans un peu de travail, on n'a point de plaisir. » Ne parlons pas des leçons de Morale nous ressassant tout au long de l'année que « l'oisiveté est la mère de tous les vices » et, à l'opposé, que le travail est « la sainte loi du monde » *(sic)*. Ceci pour ne rien dire de l'arithmétique arrivant parfois à la rescousse : « Si un ouvrier perd un quart d'heure de travail par jour, combien de jours de travail aura-t-il perdus à la fin de l'année ? » (On remarquera à cette occasion que c'est l'ouvrier qui perd son temps : ce n'est pas le patron.)

La Famille ? Est-il besoin de citer Hugo :

Lorsque l'enfant paraît, le cercle de famille
Applaudit à grands cris.

Ou encore :

Ô l'amour d'une mère, amour que nul n'oublie.

… Sans parler de ce pêcheur misérable qui, dans *L'Affaire du Bon Dieu*, chargé de cinq enfants, décide de leur donner pour frère et sœur les deux petits dont la mère vient de mourir ; sans parler encore d'Alfred de

Musset nous contant le sacrifice d'une mère qui, le passeur ne pouvant sauver deux personnes, lui confie son bébé et se laisse couler au fond de la rivière.

Encore s'agit-il d'une mère : il y avait aussi la petite fille consentant le même sacrifice pour sauver son petit frère ; elle l'enfermait dans la huche à pain pour le protéger du loup, se retrouvant elle-même face à la sale bête qui, malgré mes larmes, la dévorait. Et je n'oublie pas cette histoire qui me ravissait : un monsieur donne une grappe de raisin à sa petite voisine ; la fillette l'offre à son petit frère ; le petit garçon la porte à sa maman ; la maman la porte à son mari lequel, en rentrant le soir sans y avoir touché, la rapporte à la fillette qui l'avait reçue du voisin ! L'histoire se terminait autour du dîner où chacun se réjouissait d'appartenir à une si belle famille !

Quant à la Patrie, comment aurais-je pu oublier monsieur Allard qui, chaque 10 novembre, réunissait les deux classes pour nous expliquer la signification de la cérémonie du lendemain ? Oublier que madame Allard nous faisait chanter *La Marseillaise* ? Que monsieur Chevillon avait gravé dans nos mémoires :

Mourir pour la Patrie,
C'est le sort le plus beau, le plus digne d'envie.

Et encore :

Amour sacré de la Patrie,
Conduis, soutiens nos bras vengeurs.

Oui, je me demande s'il est utile de rappeler que Napoléon et Jeanne d'Arc étaient nos héros ; que, au soleil d'Austerlitz ou au grand jour de Verdun, nous enlevions les places fortes grâce au courage de nos vaillants soldats ; que nous les perdions seulement sous le poids d'un ennemi supérieur en nombre ou alors s'étant livré à une abominable trahison. Pas patriotes, nous ? C'était oublier que, sur la couverture même de notre Histoire de France, monsieur Lavisse nous avait donné l'ordre de l'être : « Enfant, tu dois aimer la France parce que la nature l'a faite belle et parce que son Histoire l'a faite grande. » Et, à cette injonction d'amour, nous avions obéi ! Ô combien ! Et voilà que Pétain, bien secondé par son président Laval, nous disait — en quelque sorte — que c'étaient nous qui avions trahi la France ! C'était la première fois que je constatais combien « les grands » pouvaient mentir. Cela ne devait pas être la dernière mais, en l'occurrence, le mensonge était tellement gigantesque qu'il prenait l'ampleur d'un canular. Triste.

Heureusement, je trouvais ailleurs des raisons de me distraire : tout d'abord, en constatant que, dans les fermes, même chez les plus pétainistes des agriculteurs, du jour au lendemain tous les cochons avaient pris le nom d'Adolphe. Ensuite, il y avait les graffitis. Je me souviens de celui-ci découvert un matin sur le long mur de la gare bordant l'avenue Thiers : « La Société protectrice des animaux rappelle qu'il est interdit de faire du mal aux Allemands. » Et puis, il y eut les blagues, jaillies de la rue, inventées on ne sait par qui, et celles, plus discrètes, à double sens, que les chansonniers, les amuseurs racontaient sur scène.

Il y avait beaucoup d'artistes à Bordeaux en ces jours de tristesse : la débâcle avait précipité vers le sud des réfugiés — auxquels on donnait le nom de « repliés ». Certes les pauvres gens avaient été « pliés » par les événements mais de là à les dire « repliés », je trouvais cela abusif ! Des vedettes, des demi-vedettes, des quarts de vedette avaient suivi le chemin des « repliés ». Pour vivre ou pour se rendre utiles, ils participaient à des spectacles donnés au profit des combattants d'abord, des prisonniers ensuite... Spectacles tellement importants que les interprètes des premiers numéros ne savaient pas quels protagonistes les suivaient dans le programme. Ainsi entre en scène un fantaisiste d'origine bordelaise qui, en costume et chapeau blancs, avait, entre les deux guerres, atteint en France et à l'étranger les petits sommets de l'affiche : Adrien Adrius.

Entre deux chansons, il se lance dans l'imitation d'un chanteur alors «grande vedette du disque et de la radio» : Reda Caire. Ledit Reda Caire étant, de notoriété publique, homosexuel, Adrius enjolive son imitation de marches déhanchées et de «Prout! Prout!» prononcés en agitant avec préciosité un petit mouchoir de soie. Il fait un gros succès.

Hélas! Une heure après sa joyeuse prestation entre en scène... Reda Caire, surpris d'entendre dans la salle un «Prout! Prout!» lancé par un plaisantin, repris par un deuxième puis gloussé par une vingtaine de joyeux drilles et bientôt par tous les spectateurs agitant leur mouchoir :

— Prout ! Prout ! Prout !

Le pauvre Reda Caire, qui avait l'habitude d'être accueilli par des applaudissements, était désemparé. Alors célèbre pour avoir composé *Les Papillons de nuit*, *Les Beaux Dimanches de printemps* et bien d'autres succès de chansons, le pianiste Gaston Gabaroche, fou furieux, jaillit de la fosse d'orchestre en criant :

— C'est Adrien qui a fait le con !... Adrius ! C'est lui ! Il fait toujours le con !

... Cela pour un Reda Caire qui ne comprenait pas davantage ce qui se passait et... un public hurlant de rire.

Le rire : soupape de sécurité dont les situations étouffantes ont besoin.

Car, étouffantes, les circonstances le devinrent vite.

Aux Ponts et Chaussées, chacun de nous dut certifier sur l'honneur qu'il n'appartenait pas à la franc-maçonnerie, qu'il n'était pas de race juive. Certes, je n'avais aucune peine à signer ces attestations mais je sentis devant ces imprimés une indignation. Une fois encore, l'enseignement reçu dans mes écoles, petites et « grandes », était bafoué : la liberté de conscience, la liberté de pensée, la liberté de culte, la liberté d'association n'étaient plus que des mots… Aussi, hier affligé que l'on ne fût plus en République, j'en étais aujourd'hui presque heureux. Au moins soulagé : la République ne serait pas marquée par l'infamie.

Une infamie véritable : les commerçants israélites devaient placer dans leur vitrine le panneau « Magasin juif » ; les journaux publiaient les noms, les adresses des francs-maçons ainsi désignés à la vindicte publique. Parmi ceux-ci : monsieur B…, notre professeur de sciences à Saint-Médard. Mon peu de goût pour la physique et la chimie ne m'avait jamais poussé vers lui, mais cette destitution d'un professeur consciencieux me révolta.

Le cours complémentaire de Saint-Médard comptait en tout et pour tout deux professeurs : monsieur B…, qui, soupçonné donc de ne pas aimer les nazis, fut révoqué à leur arrivée ; monsieur L…, le directeur, qui, convaincu de les avoir trop aimés, fut révoqué à leur départ. Ceci montrait de manière éclatante le bel équilibre de l'enseignement républicain. Auquel, on l'aura compris, je restais fidèle : jamais la formule « Tous les… sont des… » ne me parut plus dangereuse qu'en ces jours de condamnations collectives où des affiches, des conférences, des journaux, des expositions prétendaient nous apprendre à nous défier de cette judéomaçonnerie s'engraissant sur le dos du pauvre peuple. La découverte, entre la place de la Victoire et le marché des Capucins, d'un monsieur Lévy « coupeur à façon », d'un Vénérable exerçant la luxueuse profession de réparateur de machines à coudre, entamait le crédit de toutes ces propagandes.

Elles ne pouvaient pas m'atteindre car j'avais, dès 1939, mesuré dans la gaieté la niaiserie de tous les racismes.

Ceux qui m'ont entendu chanter auront de la peine à le croire : j'ai fait mes débuts d'artiste professionnel dans *Aïda*, l'opéra de Verdi. Débuts modestes, certes : nous étions quatre esclaves, portant un plateau rond dont les quatre coins s'appuyaient sur notre épaule. Oui, je sais : les coins d'un plateau rond sont difficiles à trouver. Aussi veux-je dire par là que, disposés en carré, nous entrions en scène portant ce plateau sur lequel chantait, mâle et prestigieux, monsieur José Luccioni de l'Opéra, qui, en coulisse, avant d'attaquer son grand air avait soin de nous recommander :

— Ne me faites pas casser la gueule !

C'est dire que nous avancions conscients de l'importance de notre rôle pour lequel le régisseur, monsieur Abribat, nous avait fait revêtir maillot et collant noirs, notre visage et nos mains étant, eux aussi, maquillés de la plus belle ébène.

Or, un soir, s'ajouta à la voix de monsieur José Luccioni la voix de la sirène. Pas une sirène charmeuse jaillie des eaux du Nil : l'impérative sirène d'alerte qui, dès qu'elle se faisait entendre, intimait l'ordre aux artistes et aux spectateurs de rejoindre les abris.

Nous arrivons donc dans une cave du cours du Chapeau-Rouge dans laquelle propriétaires et locataires de l'immeuble étaient déjà entassés.

Dès que nous paraissons sur le seuil, nous percevons un frisson, un malaise, un recul cependant que, effrayée vraiment, une dame s'écrie :

— Des nègres !

Aussitôt, les autres dames se placent sous la protection de leur mari ; d'autres s'abritent derrière un pilier, les plus proches, pour ne pas nous offenser sans doute, restent sur place, serrant de toutes leurs forces leur manteau sur leur chemise de nuit : bref, elles se parent des violeurs.

Je percevais la situation avec calme, ironie, une vague commisération et, il faut bien le dire, une belle envie de rire.

Le bombardement commença. Est-ce la nervosité ? D'un coup, cette envie de rire devint une hilarité sonore, débordante, enflant à chaque explosion, à chaque tir de DCA. Un rire qui faisait trembler les voûtes de la cave et trembler encore plus fort les dames qui m'entouraient : non seulement elles étaient, presque nues, devant un nègre mais ce nègre, subitement, était devenu fou.

Cette joyeuse soirée m'incita à poursuivre ma carrière au Grand-Théâtre de Bordeaux. Après *Aïda*, je triomphai dans *Les Maîtres chanteurs de Nuremberg, Tannhäuser*, et autres wagnèreries destinées à charmer l'oreille délicate de messieurs les membres de l'armée d'Occupation.

Mon triomphe vint dans *Cyrano de Bergerac* où avec panache (et avec vingt autres copains) je fus un fougueux cadet de Gascogne.

Cyrano — monsieur Denis d'Inès, sociétaire de la Comédie-Française — nous présentait orgueilleusement :

> *Ce sont les cadets de Gascogne,*
> *De Carbon, de Casteljaloux,*
> *Bretteurs et menteurs sans vergogne,*
> *Ce sont les cadets de Gascogne*
> *Qui font cocus tous les jaloux !*

Ces mots me galvanisaient. Je pensais : « S'il pouvait dire vrai ! » Aussi, je bombais le torse avec une grande virilité. Jusqu'au moment où arrivait notre tirade. Je veux dire que, dans la nuit du siège d'Arras, vaincus, nous traînant sur le sol, nous lancions d'un même chœur une même plainte :

— J'ai faim !

Je l'affirme : jamais réplique ne fut dite avec plus de conviction. Nourris d'assiettes d'eau chaude baptisée « potage de clairette », de rutabagas bouillis qui me soulevaient le cœur, dans un repas sans pain terminé au plâtre de camembert, nous trouvions dans l'interprétation de notre rôle des accents pathétiques.

A ceux qui n'ont pas connu cela, je vais donner une idée de mon martyre : amateur de pommes de terre, j'ai toujours eu — j'ai toujours — horreur des navets. Eh bien, je me vois un jour, sortant de l'un de ces déjeuners de famine en disant à mon frère :

— Je voudrais avoir devant moi une bassine de navets bouillis. Je la mangerais toute. En deux minutes.

Et puis je me vois aussi en plein Bordeaux, au coin du cours d'Alsace-Lorraine et de la rue Ravez. Un camion découvert était là, stationnant. Rempli de ces boules de pain noir qui ne ressemblaient guère aux madeleines ou aux croissants d'avant-guerre. Le soldat allemand montait la garde, l'arme à la bretelle, allant du moteur à l'arrière du véhicule, revenant sur ses pas, repartant. J'étais fasciné.

Je suis resté longtemps.

Je me disais : « Dès qu'il tourne le dos, je bondis, j'en attrape une, je pars en courant. Il y a des passants : il n'osera pas tirer. Même s'il tire, il peut me manquer. » Le va-et-vient de l'affameur n'était pas régulier : « Il va se retourner avant que j'aie pris la boule. Il me verra venant vers lui. Il comprendra ; il va m'abattre comme un chien. »

Je suis parti.

Mon estomac vide me faisait plus mal que les autres

jours : il avait faim et il avait honte. J'avais envie de revenir. Pas pour sauter sur le camion : pour sauter sur l'Allemand. L'étrangler. Lui qui étranglait mon pays. Sans étrangler ma faim.

Une affiche se dressa devant moi : au Trianon, un artiste de revue, Lestelly, jouait une opérette née des circonstances : *La vie continue.*

C'était un titre sage : j'allai voir l'opérette. D'autres spectacles. Mon emploi de figurant me donnait droit à entrer gratuitement au Grand-Théâtre. Au « poulailler » bien sûr. J'applaudissais l'opéra, l'opéra-comique et surtout les comédiens en tournée : Pierre Bertin dans *La Belle Aventure*, Elvire Popesco et Victor Francen dans *Tovaritch*, la compagnie Christian Casadessus dans *Hamlet*, Edwige Feuillère toussant très fort dans *La Dame aux camélias*. Et puis... j'apprenais des fables. Pour rien. Pour moi. Pour le plaisir de « me les dire ». Dans ma chambre. Dans la rue. Moi qui, à Lacanau, étais toujours sur mon vélo, je pris à Bordeaux une habitude qui ne me quittera jamais : du cours de l'Argonne où j'habitais (du moins au début), j'allais rue Bouthier à pied ; j'en revenais le soir à pied, suivant la longue avenue Thiers dont je ne savais pas, en ces temps, qu'elle portait le nom du plus grand assassin de l'Histoire de France (domaine où, pourtant, on constate une certaine concurrence).

Bientôt, je n'eus plus à effectuer quotidiennement ma « longue marche » : la direction des Ponts et Chaussées m'appela en son siège, sis rue Vauban, à côté de la place des Quinconces. Pas pour seconder l'ingénieur en chef : pour tenir le standard téléphonique.

La sonnerie tintait :

— Allô ! qui demandez-vous ?

On me donnait un nom, le nom d'un service : avec compétence, je plaçais la fiche dans le trou correspondant.

Une lumière s'allumait sur le tableau : je plaçais une autre fiche.

— Passez-moi la préfecture. Vite.

Je composais le numéro.

Autre lumière.

— Donnez-moi la mairie de Lormont.

— Vous avez le numéro ?

— Non. Trouvez-le. Vous êtes là pour ça, il me semble.

Là, dans ce vestibule de quatre mètres sur deux, assis face à la porte d'entrée, je pensais que, oui, vraiment oui, je serais écrivain.

La galerie de portraits commençait à s'animer le matin à 8 h 30. Elle battait son plein aux environs de 9 h, perdait sa vitalité à 9 h 30 pour se ranimer à partir de 11 h 30. Il y avait des grands, des petits, des grosses, des maigres de naissance, des amaigris par les circonstances, une pimpante qui, ayant posé son parapluie dans son bureau pour montrer qu'elle était arrivée, repartait pour une course urgente. Il y avait ceux qui, passant près de moi, grognaient un vague bonjour, ceux qui — très rares — me tendaient la main, ceux qui, voulant conserver leur rang, ne se seraient pas permis cette familiarité et ceux pour lesquels j'étais, je crois, peint sur le mur. Ou alors, ils croyaient que je faisais partie du standard, qu'on m'avait acheté avec lui : comme le téléphone ou les fiches de cuivre. Parmi ceux-ci : madame Revêche, une comptable approchant la soixantaine dont je me plaisais à imaginer la vie. Un jour, j'écrivis : «Elle n'a jamais dû tromper son mari.» Le lendemain : «C'est bien fait pour elle.» Le surlendemain : «Ce n'est pas une raison pour nous le faire payer !»

Ces idées réjouissantes — et immorales — m'étaient suggérées par le comportement d'un ingénieur d'une trentaine d'années, monsieur Repain, qui avait le don

94

d'inspirer sa secrétaire : lorsque l'après-midi il devait s'absenter, sa secrétaire, par mimétisme, sortait aussi. Ils revenaient aux environs de cinq heures, à un quart d'heure d'intervalle mais montrant la même gaieté.

J'écrivis sur un petit papier : « L'amour est agréable pour ceux qui le font et pour ceux qui les entourent. »

Car monsieur Repain était agréable vraiment.

Il s'arrêta près du standard :

— Vous devez passer l'examen d'adjoint technique. Si vous voulez que je vous aide, je suis à votre disposition.

Je le remerciai pour son offre. A laquelle je ne donnai pas de suite.

Il la renouvela.

Je finis par lui dire que je n'avais pas l'intention de poursuivre aux Ponts et Chaussées une carrière si bien commencée. Rougissant, presque honteux, j'avouai la Girondine, les cours de comédie…

Je m'attendais à une admonestation, un « Ce n'est pas sérieux ».

Mais non ! Monsieur Repain revint. Il s'arrêta chaque jour. Il me demanda le genre de rôles que j'aimerais jouer, de pièces, il me parla cinéma, fut étonné de mon savoir en noir et blanc. Je lui parlais de Gabin et de La Fontaine, de Ginette Leclerc et de Molière dont je lui citais des vers, des répliques. Je crois même que, pour ne pas être pris au dépourvu, je lisais le soir *L'Avare* ou *Le Misanthrope* afin de pouvoir lui en parler le lendemain.

Après notre petite conversation, monsieur Repain s'en allait en murmurant :

— C'est bien d'avoir une passion… C'est très bien.

Un jour, il me dit, sincère :

— J'espère que vous réussirez.

Traversant l'esplanade des Quinconces, nous allions déjeuner à la cantine de la préfecture.

Chaque jour à midi, les autorités essayaient les sirènes d'alerte.

Ce jour-là, comme nous arrivons rue Esprit-des-Lois, face à l'entrée, les mugissements se font entendre.

Je ne vois pas trop ce qui se passe.

Dans un brouillard, j'entends seulement mon copain Fragnaud qui me dit :

— Eh ! Qu'est-ce que tu fais ? Hé ! attention !

Je ne vois pas où je suis.

Je sens seulement sur mes lèvres le goût du rhum.

Il me semble que je suis entouré. Par des gens qui, dans un murmure, expriment un soulagement.

J'entends ces paroles que je garantis exactes :

— Il a faim... Qu'est-ce que vous voulez... Il a faim.

Je me rends compte que je suis dans une pharmacie [1].

Le pharmacien me fait boire encore quelques gouttes.

Il me demande :

— Ça va mieux ?

Je ne sais pas ce que je lui ai répondu. « Merci », sans doute. Du moins, je l'espère.

Oui, à dix-huit ans, je suis tombé d'inanition sur les pavés de Bordeaux.

Ma mère décréta que j'abandonnais la ville, les Ponts et Chaussées, les rutabagas et les carottes Vichy. Et même le manque de navets.

Amis lecteurs qui voyez ma bouille sur mes livres, vous qui, dans une fête ou dans la rue, me rencontrez, ne dites pas que j'ai de l'embonpoint : ce que je porte là, sous ma ceinture, c'est une vengeance.

1. Pharmacie disparue : elle se trouvait rue Esprit-des-Lois, face à l'aile nord du Grand-Théâtre.

Comment gagner sa vie à Lacanau ?

La question se serait sans doute posée si, comme j'y revenais, l'Administration des eaux et forêts n'avait eu besoin de marqueurs. J'ai dit dans *L'Enfant sous les étoiles*[1] en quoi consistait ce métier qui, je le pense, n'exista qu'en ces années d'Occupation.

Les Allemands installaient à trois kilomètres du village un camp peuplé de prisonniers français d'origine africaine.

Le matin, encadrés par les Teutons en armes et leurs chiens, ces prisonniers se rendaient dans la forêt où, munis de haches, de passe-partout, ils abattaient les pins. L'arbre couché, selon sa grosseur nous faisions à la dimension voulue une petite encoche : deux prisonniers sciaient à l'endroit marqué, transformant ainsi le tronc en deux, trois, quatre poteaux de mine, poteaux télégraphiques, pièces de marine, déchet pour pâte à papier, etc. En même temps, l'un de nous pointait sur une feuille le nombre de bibelots ainsi réalisés.

C'était un travail plutôt simple que nous exécutions sans zèle intempestif.

Les Allemands gueulaient très fort : « *Markurt, arbeit ! Los ! Los !* » Nous répondions à mi-voix : « Crève, ordure ! » Cela nous unissait.

Cette unanimité de sentiment me fit du bien. Et puis mes prières à sainte Thérèse. Qui restait mon soutien. Car ma confiance dans l'abbé Luguet s'amenuisait de jour en jour. J'avais beau ne pas être politisé, il me fut facile de comprendre que ses sermons sur les Français jouisseurs ne dénonçaient ni ce notable partant chaque année « prendre les eaux » en même temps que mademoiselle X, ni ce commerçant prolongeant à Bordeaux

1. Georges Coulonges, *L'Enfant sous les étoiles*. Presses de la Cité, éd., 1996, Pocket n° 10234.

ses achats du lundi en des soirées aux multiples plaisirs, ni même le pharmacien « aidant » une jeune fille, une dame menacées de maternité moyennant quelque séjour amoureux dans son arrière-boutique. Non : monsieur l'abbé Luguet suivait monseigneur l'archevêque pour lequel, sans cesse rapprochée des revendications, la jouissance venait de ces quinze jours de congés payés obtenus en 1936 par les ouvriers forestiers de Lacanau, par ces vacanciers se vautrant sur la plage en maillot de bain, voire circulant en short dans le village.

Ces phrases tombant du haut de la chaire eurent en moi des conséquences graves. J'avais toujours entendu ma mère dire : « Monsieur le curé ne fait pas de politique : il n'en a pas le droit. » Je découvrais soudain qu'il ne faisait que cela : ma mère m'avait donc menti. J'en ressentis un véritable désarroi. Il s'ajouta aux autres : l'abandon de l'école, aujourd'hui l'obligation de travailler loin de Bordeaux, de la comédie, des spectacles auxquels j'avais pris goût…

Heureusement, ce travail avait lieu dans le parfum des pins. Chaque matin, arrivant sur le chantier, je le respirais à pleins poumons. Comme si, emplissant mes bronches d'air pur, j'emplissais toute mon âme de joie. Et, devant ces fridolins : de Liberté. De forces pour les combats qui viendraient, j'en étais sûr.

Notre emploi de marqueurs avait un avantage. Avec nos encoches sur les pins couchés, nous tracions le travail des prisonniers. Cela signifiait que nous terminions le nôtre avant eux et que, comme ils devaient être revenus au camp après une ou deux heures de marche, nous étions libres dès le milieu de l'après-midi.

Je mis ce temps à profit : ne pouvant plus suivre de cours de comédie, je me mis à en donner ! Les fables de La Fontaine revinrent dans ma vie. J'avais dix-neuf ans : les élèves en avaient quinze ou seize. Avec eux, avec d'anciens copains d'école, je montais des spectacles que, à cette époque, bien qu'ils ne fussent pas consacrés à la musique, on appelait des concerts : composés de quatre pièces en un acte entre lesquelles mon frère présentait son tour de chant fantaisiste, Janot Meyre faisait pleurer la salle en chantant *Les Roses blanches* et j'ajoutais à l'humidité ambiante en détaillant (sur des vers de Miguel Zamacoïs, je crois) l'aventure d'un couple qui, se séparant, se partage les meubles et la vaisselle… jusqu'au moment où les deux époux trouvent la robe de la petite fille qu'ils ont perdue. Alors, avec des sanglots dans la voix — les miens — ils s'écrient :

— Restons ensemble !

A mes sanglots — sur lesquels je ne lésinais pas — répondaient les reniflements du public dont, derrière le brouillard de mes larmes, je n'apercevais plus que les mouchoirs.

Heureusement, j'effaçais bien vite ce désastre en jouant *Feu la mère de madame, On purge bébé, L'Article 330, Lidoire*, toutes pièces de Feydeau ou de Courteline auxquelles j'ajoutais d'autres *Bureau central des idées* de je-ne-sais-plus-qui, *Veilleur de nuit*, de Max Maurey, ou le grand succès de Tristan Bernard, *L'Anglais tel qu'on le parle*.

Alors, nous arrivions au final… «chanté par toute la troupe», comme il était de règle.

Quel final ?

Je le voulais significatif, susceptible de raviver dans le public une confiance quelque peu ébréchée par les événements.

Il y avait un garçon de Lacanau, Guy Maleyran, qui, ayant «fait» le conservatoire de Bordeaux puis celui de Paris, était devenu flûtiste-saxo dans le prestigieux orchestre de Ray Ventura. En ces temps de persécutions antisémites, Ray Ventura s'était expatrié en Amérique. Alors, comme moi, comme d'autres, Guy Maleyran était revenu au pays natal. Pour la première fois de ma vie, j'écrivis un texte de chanson. Guy composa la musique. Dès lors, ayant joué nos pièces en un acte, tous les interprètes, tous les jeunes entraient en scène et, d'un même chœur, chantaient ma première chanson :

> *C'est un chant d'espérance*
> *Qui monte de partout.*
> *Du Nord jusqu'en Provence :*
> *Un chant de chez nous.*

La chanson française a produit des œuvres plus originales mais, à dix-huit, vingt ans, chanter cela devant un public qui nous comprenait, quelques Allemands qui, nous l'espérions, nous comprenaient aussi, mettait dans nos cœurs une bouffée de bonheur.

Un jour, ce bonheur devait devenir grandiose.

Yvan Blimont n'était pas de Lacanau. Mais, de Bordeaux où il travaillait à la Société des chemins de fer, il venait y coucher tous les soirs, chez son oncle, monsieur Lorblanchet.

Il avait mon âge et, en quelques mois, nous étions devenus amis.

Je le vois ce jour-là s'arrêtant sur le petit pont qui, devant la maison de mes parents, enjambait le fossé.

Et surtout, je l'entends :

— Il faudrait recevoir des armes.

Je n'en croyais pas mes oreilles.

Il m'expliqua qu'il avait fait la connaissance d'un agent britannique, qu'il convenait d'organiser des parachutages et, pour cela, de former au plus tôt une équipe. J'entends encore la question telle qu'il la formula :

— En qui crois-tu que nous puissions avoir confiance ?

100

Nous pouvions avoir confiance dans tous les copains, j'en étais sûr, mais, tout de suite, je mis un bémol à notre recrutement :

— Il ne faut pas prendre d'homme marié parce que… l'homme marié… ou bien il le dit à sa femme et cela fait deux personnes dans le secret au lieu d'une… ou bien il ne le lui dit pas et… laisser sa femme au lit alors qu'il s'éclipse pour la nuit risque de poser des problèmes. A lui d'abord. A nous ensuite.

Yvan fut de cet avis.

Voilà comment les jours suivants, nous, les anciens de la communale de Lacanau, avons fondé un groupe de Résistance que nous aurions pu appeler : le club des célibataires.

Je l'ai dit : mes parents n'avaient jamais pu s'offrir le poste de TSF dont ils rêvaient.

Or, après la débâcle, Robert Blanc, qui à Lacanau « faisait le cinéma » et s'occupait de radio, était arrivé à la maison portant un appareil que, d'autorité, il se mit en devoir d'installer. Ma mère s'y opposait : la santé de mon père se faisait chancelante et les médicaments, de plus en plus nombreux, n'étaient pas entièrement remboursés. En cas de maladie importante, la Société des chemins de fer accordait parfois ce complément de remboursement. Mon père avait écrit au directeur pour en bénéficier. La réponse était arrivée : « Vous avez trop souvent fait valoir vos droits pour vous et pour les autres pour ne pas comprendre que je n'use pas du mien aujourd'hui en vous refusant cette faveur. » Ce genre de lettre compte dans la vie d'un jeune garçon. Elle lui dit de quel côté il est. Et, tout autant que la lettre, la mère, mâchoire serrée, murmurant un mot bien inhabituel dans sa bouche : « Salaud ! » Et, tout autant que le refus du directeur de la Société générale des chemins de fer économiques, la formule « pour vous et pour les autres ». A cette seconde où le jeune garçon adopte le

« Salaud ! » de la mère, le père devient un exemple. Il
sera suivi.

Ma mère craignait d'autant plus de ne plus pouvoir
acheter les médicaments que parfois, en ce temps de
manque de tout, elle faisait « un sacrifice » pour acheter de la viande à son malade. « Pour le tenir », comme
elle disait.

Que mes lecteurs pardonnent ce qui, ici, apparaîtra
comme une marque de sensiblerie ; je veux dire un
« merci » très tardif — et même posthume — à l'un des
bouchers de Lacanau, monsieur Dubos, qui, à la viande
bien pesée de la répartition, ajoutait parfois une mince
tranche de bœuf : « Pour votre mari », murmurait-il.

C'est à peu près ce que disait Robert Blanc le jour
où il apporta le poste de TSF :

— Londres fait des émissions en français. Il faut que
monsieur Coulonges puisse les entendre.

On sentait, dans son propos, l'estime portée à mon
père, dont, sans doute (comme monsieur Dubos), il ne
partageait pas les idées politiques mais qu'il aurait
deviné malheureux de ne pas être informé.

Il emporta les dernières réticences de ma mère en lui
disant qu'il s'agissait d'un poste d'occasion — ce qui
se voyait —, que, pour l'instant, il ne l'avait pas payé
et qu'elle lui donnerait « ce qu'elle voudrait, quand elle
pourrait ».

Ainsi avons-nous pu, le soir, écouter ces « Français
qui parlaient aux Français », découvrir — tardi-
vement — ce de Gaulle que nous ne connaissions pas.

Ainsi ai-je pu, à partir de février 1943, attendre le
message qui, dans le bruit des crécelles allemandes
brouillant les ondes, nous disait : « C'est pour ce soir. »

J'ai longtemps gardé en mémoire ces phrases mira-
culeuses dont l'une, je m'en souviens, évoquait les
cigognes et l'autre la poésie. Une seule a résisté aux
attaques du temps : « Dans une belle vie, il n'est que de

beaux jours. » Si elle est toujours présente dans mes souvenirs, c'est peut-être, c'est sans doute parce qu'elle fut la première.

Comment, l'entendant « dans le poste » devant mes parents que je n'avais évidemment pas informés de mes nouvelles activités, ai-je pu maîtriser mon émotion ?

Je suis parti me coucher comme d'ordinaire. Dans l'ombre de la chambre, mon frère et moi avons attendu l'heure du couvre-feu puis, ouvrant les volets avec précaution, nous avons enjambé la fenêtre, pris nos vélos. Devant la maison, nous avons guetté, « au son », le lieu où était la patrouille et... nous avons pédalé pour vivement sortir du village. Après le cimetière, nous avons retrouvé les copains, qui avaient agi comme nous. Alors, évitant de parler, nous avons pris la route blanche qui menait à Saumos, guettant là aussi le passage des soldats avant de foncer vers Le Temple où, après quelques difficultés, nous avons trouvé la ferme de notre rendez-vous.

Je ne me souviens pas du visage des propriétaires, les Féron, mais je me rappelle combien les hommes groupés autour d'eux m'impressionnèrent par leurs certitudes, l'habitude que déjà ils avaient prise des manœuvres à exécuter.

Ces hommes rudes, plus âgés que nous, nous conduisirent dans la lande où, assis, priés de nous taire, nous avons attendu.

Bientôt, chacun de nous dressa l'oreille.

L'avion ronronnait au loin.

Il arriva.

Il était au-dessus de nos têtes.

Il partit.

J'étais terriblement déçu, inquiet.

Un homme chuchota :

— Il va revenir.

Il revint en effet.

Alors, dans un émouvant bruit d'oiseaux, les parachutes s'ouvrirent, masses sombres sur nuages d'argent, avant de poser devant nous leurs grandes ailes de soie.

J'étais fasciné.

Les autres déjà couraient pour détacher les containers.

Je ne bougeais pas.

Une phrase venait de se former… Elle tintait dans ma tête : «La Liberté descend du ciel.» Je l'écrirai… près de trente années plus tard.

Je rejoignis les autres.

Nous les avons regardés faire. Nous avons appris leurs gestes.

Reprenant nos vélos, à nouveau nous avons parcouru les dix-huit kilomètres nous séparant de Lacanau, nous arrêtant comme à l'aller à Saumos pour attendre le passage de la patrouille et, dans son dos, partir dans le seul bruit des pneus groupés, ce chant du caoutchouc sur le sol qui, depuis cette date, m'émeut toujours lorsque, d'aventure, sur route ou sur piste, j'applaudis au passage d'un peloton cycliste.

Quelques jours plus tard, dans la salle des fêtes de la Gaieté, nous chantions notre final :

> *C'est un chant d'espérance*
> *Qui monte de partout.*
> *Du Nord jusqu'en Provence :*
> *Un chant de chez nous.*

Nos voix, j'en suis sûr, avaient pris de l'ampleur.

Les yeux dans les nuages,
le ciel sur la tête

Encouragé par les succès des pièces en un acte, je décidai de frapper un grand coup.

Je dis à Guy Maleyran :

— Je vais monter une opérette : *Mam'zelle Nitouche*. Il faut que tu t'occupes de la musique.

Il me demanda si je n'étais pas fou.

Plus tard, il me dira avoir ressassé les difficultés pendant toute la nuit.

Le lendemain, à la première heure, il était devant ma porte :

— D'accord.

Alors, dans un pays où le couvre-feu empêchait les réunions nocturnes, où toute réunion diurne devait, à l'avance, être signalée à la Kommandantur, où il était impossible de trouver le moindre centimètre de toile, de tissu, où nul n'avait jamais joué la comédie, Guy rassembla les musiciens locaux auxquels, des communes environnantes, se joignirent des hommes portant leur trombone sur leur dos pour venir à bicyclette participer aux répétitions cependant que je parvenais à faire bâtir deux décors, à mettre sur la scène, à habiller une distribution dont l'enthousiasme fit merveille autour d'une « Nitouche » de Lacanau étonnamment douée : Reine

105

Coumette. Nous fîmes trois représentations ! On n'avait jamais vu une chose semblable !

On nous demanda d'aller jouer dans les villages voisins : Arès, Carcans, Hourtin, Castelnau… Nous y allâmes dans des camions à gazogène et je laisse imaginer ce que fut le périple Lacanau-Saint-Ciers-sur-Gironde en empruntant la micheline sur voie unique Lacanau-Bruges, le chemin de fer de ceinture Bruges-Bordeaux-Saint-Jean, la ligne du grand réseau jusqu'à Saint-André-de-Cubzac, le réseau secondaire Saint-André-de-Cubzac-Saint-Ciers-sur-Gironde ! Phileas Fogg, pour accomplir son tour du monde en quatre-vingts jours, n'eut pas plus de mal ! Encore n'emportait-il pas décors et costumes avec lui !

Qu'importe ! Les gens applaudissaient à tout rompre et, si cela n'était une insulte à tous ceux qui souffraient, à tous ceux qui tombaient, j'écrirais que j'étais heureux. Le rôle de Célestin-Floridor était amusant à jouer et cette double vie d'un organiste de couvent qui, la nuit, animait des lieux plus joyeux était un peu à l'image de mon existence de marqueur-comédien au grand jour, résistant nocturne.

Car après nos visites au Temple où nous avions «appris notre métier», nous avons eu notre propre terrain de parachutage.

Cela commença comme avait commencé la formation de l'équipe. Yvan me demanda :

— Où pouvons-nous faire ça ? En qui pouvons-nous avoir confiance ?

Trouver un propriétaire mettant sa terre à notre disposition impliquait de contacter des adultes : je ne les connaissais pas.

Me vint l'idée que, lors du bal des Anciens Combattants, l'un d'eux dansait, valsait toute la soirée, montrant des yeux toujours rieurs, un entrain de tous les instants.

Oui, c'est sur ce critère que je choisis Armand Segaunes, dont la ferme se situait hors du village, ce qui évidemment était indispensable.

J'ai toujours en mémoire le soir où nous arrivâmes chez lui pour notre premier parachutage. Ses yeux plus que jamais pétillaient de malice : les yeux de l'ancien combattant de 14 qui, une fois encore, va baiser les Allemands.

Avec des gestes simples, sa femme mit sur la table un jambon.

En cette période de disette, le spectacle me parut féerique.

Nous partîmes dans la lande où, comme nous avions appris à le faire, nous disposâmes les trois torches électriques blanches sur une même ligne, la torche rouge venant à angle droit de la dernière torche blanche pour indiquer la direction du vent.

L'avion arriva.

Un opérateur radio que nous ne connaissions pas se mit en rapport avec le pilote, évoquant en anglais des robinets et une colline qui nous impressionnaient beaucoup.

Aujourd'hui, je pense que le type devait avoir pour nom de code Robin et que, simplement, il répétait : « Robin is calling, Robin is calling. »

Le pilote sans doute l'entendit. L'avion fit le tour qui lui était imposé. Il revint et, prenant en enfilade la ligne tracée par les torches, il libéra douze parachutes tigrés plus un parachute blanc marquant la fin de l'opération.

A dire vrai, nous nous serions bien passés du tour de l'avion repérant les lieux et de ce dernier parachute que nous trouvions un peu voyant.

Dans le village, l'ancien moulin à vent servait de piédestal à une tour d'incendie à laquelle, dès que sonnait le tocsin, montait un guetteur chargé de repérer le lieu du sinistre. Depuis qu'ils s'étaient installés à Lacanau, les Allemands occupaient nuit et jour ce poste d'observation d'où, détectant un raid venant d'Angleterre, ils prévenaient téléphoniquement Bordeaux des risques de bombardement.

A vol d'oiseau, cette tour se situait à deux ou trois kilomètres de notre terrain. C'est-à-dire que l'avion devait passer près d'elle, peut-être au-dessus.

Nos parachutages avaient lieu aux nuits de pleine lune : à coup sûr, les guetteurs, alertés par le bruit de l'avion, apercevaient dans leurs lunettes ce parachute dont le blanc, sous la lune, se voyait « comme le nez au milieu de la figure ».

Aussi, nous activant à enterrer les containers, nous nous disions que lorsque nous aurions terminé notre ouvrage, nous trouverions « les frisés » autour de nous.

Ils ne sont jamais venus (tant mieux). Il faut dire que, à partir de 1943, les troupes allemandes avaient été remplacées par ces soldats à la tête enturbannée que les gens appelaient « les Hindous ». En vérité, ils étaient des Indiens faits prisonniers par les Allemands à la suite de la capitulation de Tobrouk le 21 juin 1942. Entre la vie dans un camp et l'existence du militaire en Occupation, beaucoup avaient opté pour la deuxième solution. Pour autant, même si l'Anglais était leur ennemi héréditaire, il serait osé d'affirmer qu'ils étaient prêts à offrir leur vie pour assurer le triomphe du IIIe Reich : s'ils voyaient notre parachutage, ils n'avaient peut-être pas l'envie d'en découdre avec un adversaire estimé plus fort qu'il ne l'était en réalité.

Nous avons donc toujours enterré nos armes sans alerte. Ainsi étaient les ordres : elles serviraient au jour J.

En de rares occasions, nous en tirions de leur cachette.

Je me souviens du premier voyage que nous fîmes, Yvan et moi, pour porter à Bordeaux une valise chargée de plastic : nous arrivâmes gare Saint-Louis ; nous en sortîmes sans encombre. Yvan monta à l'avant du tramway. Je me tins debout à l'arrière avec la valise à mes pieds. Place Picard, apercevant Yvan, un homme monta dans le tramway et vint se placer près de moi. Yvan me rejoignit et, laissant la valise aux bons soins du nouveau venu, sans lui avoir dit un mot nous descendîmes place Gambetta en riant de notre constatation : il était vraiment facile de faire de la Résistance !

Cela n'était pas tout à fait vrai.

En une autre occasion, arrivant gare Saint-Louis par la micheline, nous nous apercevons que, portant sur la poitrine leur « couvercle de boîte de sardines », les feldgendarmes contrôlent les bagages à la sortie.

Nous envisageons les hypothèses : laisser la valise dans le filet à bagages puis aller la récupérer lorsque la micheline serait sur une voie de garage. Oui, mais… quelqu'un risquait de la voir, de la remettre aux « frisés », à un cheminot curieux. Ou alors… mettre à l'instant le conducteur au courant en essayant de nous assurer son concours. Cela n'était pas sans risques dont, pour le moins, celui de perdre du temps. De manquer notre rendez-vous.

A cet instant, Yvan — qui, je le rappelle, travaillait aux chemins de fer — aperçoit sur le quai un « collègue » d'outre-Rhin.

Il me dit :

— Je le connais. C'est un rigolo. Je vais passer avec lui.

Ce qu'il fait : interpellant en riant le cheminot à l'uniforme noir et rouge, il prend la valise comme on prend un ballon de rugby, fait semblant de faire une passe à ce coéquipier inattendu et, lui frappant fraternellement sur les omoplates, il entre avec lui dans son bureau.

Les feldgendarmes ne m'ont rien demandé.

Je suis allé me planter à l'arrêt du tramway où j'ai

trouvé le temps long, très long… jusqu'au moment où Yvan arriva, riant, faisant semblant de me faire une passe de rugby avec la valise.

Est-ce ce jour-là ? Est-ce un autre ? Nous devions déposer la valise dans un magasin de la rue Dauphine [1]. Magasin de fleurs, si j'ai bonne mémoire, situé à côté de Cisneros, le libraire-bouquiniste.

Nous descendons place Gambetta. Yvan attend sur le terre-plein. Pendant ce temps je dois m'assurer que, dans la boutique, tout paraît normal.

Si c'est le cas, afin de ne pas attirer l'attention par nos va-et-vient, je traverserai la rue et entrerai dans un bar en face où j'attendrai Yvan.

Ainsi est fait : j'inspecte les lieux de mon mieux ; pensant que tout est calme, je traverse et je m'assois dans le café. Quelques hommes jouent aux cartes.

Je vois Yvan arriver avec la valise.

Il entre dans le magasin.

Là encore, le temps me paraît long.

Il ressort. Sans la valise.

Au lieu de venir vers moi, il descend la rue.

Je pense que quelque chose a accroché.

Mais non : après avoir marché vers le jardin de la mairie, il remonte la rue sur le trottoir opposé, celui du bar.

Il entre.

Calmement, il me demande :

— Je ne suis pas en retard ?

Les joueurs de belote nous regardent. Du moins, je crois me rappeler qu'ils nous ont regardés.

Nous restons quelques instants puis nous partons avec la satisfaction du devoir accompli.

1. Aujourd'hui rue du Docteur-Nancel-Pénard (du nom d'un médecin communiste fusillé à Souge avec les otages du 24 octobre 1941).

110

Cette mission ne mériterait pas d'être contée si, au moment d'écrire ces lignes, je n'avais voulu avoir des précisions : ce magasin était-il bien celui d'un fleuriste ? Le patron appartenait-il à un réseau ? Lequel ? La maison servait-elle de boîte aux lettres ?

Depuis des décennies, Michel Slitinsky s'est fait, se fait l'historien de la Résistance en Gironde. Je l'appelle.

Il me dit seulement :

— J'ai entendu parler de ça, oui… C'était une filière… Un fleuriste… mais je ne sais pas qui c'était… Ce que je sais c'est que, en face, il y avait un café mal famé.

— Mal famé ?

— Oui, un bar… le Cirnéa. Poinsot et Dehan[1] s'y retrouvaient souvent. Ils s'en servaient même de souricière. Leurs hommes, les indics, les gestapistes y étaient toujours fourrés.

J'ai conté l'anecdote seulement pour montrer qu'on s'instruit à tout âge.

A Lacanau, parfois les prisonniers essayaient de s'évader. Certains y parvenaient ; d'autres, après une battue, étaient repris ; d'autres, encore moins heureux, se faisaient tirer dessus à l'instant où ils tentaient la belle.

Je me souviens de l'un d'eux, rapporté au milieu du chantier, les jambes brisées par les balles, et laissé en plein soleil alors qu'il eût été facile de l'allonger à l'ombre des pins, à dix mètres de là.

---

1. Pierre-Napoléon Poinsot, chef de la police politique de Vichy, fut sans doute le plus sanglant tortionnaire de l'Occupation bordelaise. Condamné à mort par la cour de justice de Riom, il fut exécuté le 12 juillet 1945. Dehan, spécialisé dans la chasse aux Juifs, responsable de l'arrestation et de la déportation de bon nombre d'entre eux, fut également condamné et exécuté.

Bientôt, je n'y tiens plus : je coupe deux ou trois fougères et, m'agenouillant, avec quelque branchage je commence à bâtir un petit toit protecteur au-dessus de la tête du blessé.

La sentinelle gueule :

— *Raus !*

Je continue mon ouvrage.

Le vert-de-gris vient à moi et, appuyant le canon de son fusil sur ma poitrine, il me fait relever. Je ne veux pas reculer. Il arme. Je pensais bien qu'il n'allait pas m'abattre ainsi mais, tout de même, je cède. Il y a des jours où l'on est conservateur.

Heureusement, d'autres évasions comportaient une meilleure suite.

Un Algérien — Deradji — m'informe de son désir de s'enfuir avec un camarade.

Je lui indique une cabane où je le retrouverai le soir lorsque « toute la troupe » sera rentrée au camp.

Dans l'après-midi, sentant le moment propice, il s'éloigne légèrement du chantier. Nous, les marqueurs, à l'aide de quelque jeu, nous attirons l'attention sur nous.

Lorsque, un peu plus tard, la sentinelle compte ses hommes, elle constate les manques.

Les chiens commencent à chercher.

Ils reviennent bredouilles.

L'embêtant est que, au lieu de notre rendez-vous le soir, je le suis aussi ; les deux Algériens ont-ils été repris ? Se sont-ils perdus ? Je suis très inquiet.

Lorsque, la nuit tombée, je reviens à la maison, ma mère me dit :

— Ils sont là.

Nous vivons le moment le plus difficile de cette odyssée : alors que nous usions nos vêtements jusqu'à la corde, comment habiller deux hommes de pied en cap ?

Nous y parvenons pourtant. Pour être franc : ils ont l'air de deux mendigots. Alors, ils déclarent que, sous ces loques, avec leur visage bronzé, leur accent, ils ne peuvent qu'attirer l'attention des « frisés ». Cela n'est pas tout à fait faux. Je décide donc de les accompagner à Bordeaux.

Le lendemain matin, par un temps superbe, Deradji garde, bien fermé sur lui, mon ancien imperméable noir dont la toile cirée, très mince, se rabat ici et là en longues effilochures laissant voir la toile grise de la trame.

A la gare, il ne veut pas se montrer. Il ne veut pas parler. Son copain non plus.

Je vais au guichet :

— Deux billets pour Bordeaux.

— Tu payes le train, maintenant ? me dit le préposé, qui, évidemment, sait que j'ai la carte assurant les transports gratuits aux fils de cheminots.

Je n'avais pas pensé à ça. Cela doit être difficile d'être agent secret. Flic. Résistant.

Nous trouvons un compartiment vide en queue de train. Mes deux voyageurs sont rassurés.

A Saumos, les jeunes d'un chantier de jeunesse investissent le compartiment voisin. Ils chantent. Ils rient. Ils font beaucoup de bruit.

En gare de Saint-Médard, catastrophe : une centaine de soldats allemands attendent sur le quai. Mes deux voyageurs commencent à trembler : ils ont une peur physique — compréhensible — de les voir monter avec nous, d'être repris.

Par-dessus le dossier en bois tenant lieu de séparation entre nos compartiments, j'appelle le garçon qui me semble être le chef de ces « chantiers de jeunesse » :

— J'ai avec moi deux prisonniers évadés ; il ne faut pas que les Boches les voient.

Cela n'a pas demandé trois secondes : les jeunes sont

passés par-dessus le dossier. Notre compartiment est plein.

Mes deux compagnons sont rassérénés.

A Bordeaux-Saint-Louis, je me dirige vers le tramway : ils refusent de le prendre. Je dois les conduire à Caudéran où un petit chef d'entreprise embauche de semblables candidats. C'est à cinq ou six kilomètres. Je pars à pied. Nos deux héros (qui n'en ont pas l'air) me suivent à cinquante mètres.

A Caudéran, le patron de l'entreprise me dit qu'il ne prend personne.

Il se méfie. Je tente de le persuader. Il finit par avouer :

— Oui, je l'ai déjà fait mais je ne peux plus.

Il me donne pour conseil de me rendre quartier Saint-Pierre où existe une espèce de ghetto :

— Les Allemands ne s'y aventurent pas. Vos protégés trouveront des coreligionnaires.

Nous repartons. «Moi devant, les autres derrière», comme dit la chanson.

La place du Parlement n'a pas les beautés retrouvées qu'elle a aujourd'hui. Elle est bordée de bistros sordides, remplis de Noirs, de cuivrés. Nul ne veut de mes pensionnaires.

Enfin, un grand escogriffe m'indique un centre qui, me dit-il, les prendra à coup sûr : je n'ai qu'à expliquer leur cas.

Je crois qu'il veut se débarrasser de moi, de nous : comment, dans la France occupée, un organisme officiel accueillerait-il des prisonniers français évadés d'un camp allemand ?

Je doute, oui. Seulement… je n'ai pas d'autre solution.

Le type me donne l'adresse : au Pont-de-la-Maye. A huit ou dix kilomètres de là.

Il n'est plus question d'aller à pied.

114

Dans le tramway, mes deux amis s'assoient face à face : ils feront tout le trajet la tête tournée vers l'extérieur.

Nous trouvons l'endroit indiqué. Je m'attends à discuter ferme. A ma grande surprise, Deradji et son copain ne m'en laissent pas le temps, ils entrent. Ils ont lu une inscription en arabe. Que disait-elle ? Je n'ai pas eu le temps de le leur demander.

Ils reviennent. Transformés vraiment :

— On nous prend.

Ils n'ont plus peur.

Nous nous disons « adieu ».

A tort : je reverrai Deradji.

Le lendemain, en arrivant au chantier, je demande si l'adjudant allemand n'a pas fait le rapprochement entre mon absence et la double évasion de la veille.

— Lui ? Remarquer ça ? fait « l'Aoüset[1] ».

Il n'en revient pas :

— Tu sais bien qu'il est con comme le chien de Lagune !

Ah ! oui, je n'ai pas parlé du chien de Lagune.

Dans la pâtisserie, cause de mes tourments juvéniles, Paul maintenant avait succédé à son père. Il avait un chien, un pauvre clébard tout cabossé qui avait une spécialité : il ne se passait pas une semaine sans qu'il ne se fît accrocher par une voiture, un vélo ou même par une charrette.

Tout le monde le savait. Tout le monde le connaissait.

Vous étiez au carrefour de la Gaieté. A l'autre bout du village, vous entendiez un coup de frein. Aussitôt suivi de lamentables « ahin ! ahin ! ahin ! ».

---

1. « L'Aoüset » (l'oiseau) : surnom donné à Robert Sourgens, mon premier copain d'enfance.

— Ça y est ! disaient les gens. C'est encore lui !

Effectivement, deux minutes plus tard vous voyiez arriver le chien de Lagune : à pas lents, mous, portant sur l'oreille, sur le dos, une écorchure de plus. Les gens étaient désolés. Lui ne protestait pas. Il semblait même accepter son sort. Avec fatalisme. Son museau, ses yeux, tout en lui disait : « Avouez que je n'ai pas de chance ! »

Cette nuit-là, Yvan et moi devions coller quelques affiches. Je veux dire quelques exemplaires d'une affiche que je ne risquais pas d'oublier : entourée de tricolore, elle était signée de Gaulle. C'était la première fois que je voyais la signature du Général.

Attendre le passage de la patrouille pour sortir du village en appuyant de toutes nos forces sur les pédales était un exploit relativement facile à réaliser : parcourir le village à pied en tenant à la main notre pot de colle et en nous méfiant non seulement de la patrouille mais de tout Allemand qui, pour son service ou pour son agrément, pouvait sortir d'une maison était un exercice plus délicat.

Nous décidons de commencer par le lieu du plus grand danger : en face de la Kommandantur, de l'autre côté de la place de l'église, sur une vieille baraque en planches ne semblant être là que pour servir de panneau d'affichage.

Notre affaire faite, la sandale souple, l'oreille aux aguets, nous partons vers la gare.

Soudain, nous percevons derrière nous un frôlement, un rien, un caillou dérangé par un pas.

A coup sûr, on nous suit.

Nous nous retournons : le chien de Lagune !

Il arrive de sa marche nonchalante, le corps mollasson, en bestiau n'ayant, depuis longtemps, rien de mieux à faire qu'à poser une patte devant l'autre.

— Il ne nous manquait que lui ! grommelle Yvan.

Il essaie de le chasser.

Le chien s'arrête. Ne bouge plus.

Nous ne voulons pas faire de bruit.

Nous repartons.

Le chien repart aussi.

Nous arrivons à la bascule de la gare.

Je passe la colle sur les planches vieillies.

— Va-t'en ! dit Yvan.

Le chien reste là.

— Fous le camp !

Je dis :

— Laisse-le : il ne nous gêne pas.

Yvan :

— Il va se mettre à aboyer, j'en suis sûr.

— Mais non !

— Mais si : il est tellement con !

Le chien de Lagune n'a pas aboyé. Avec nous, il est venu au dépôt des chemins de fer où nous tenions à ce que les ouvriers connaissent le message du Général. Il nous a suivis partout. Si j'ose écrire : sans dire un mot. Jamais.

Lorsque, devant chez Yvan, nous l'avons quitté, il s'est assis sur son cul.

Il semblait nous demander :

— C'est déjà fini ?

Peut-être se rendait-il compte, pour la première fois de sa vie, qu'il convient d'être prudent.

Et puis un soir, attendant notre message, nous avons entendu celui-ci :

— « Alerte à tous les patriotes du Sud-Ouest. Grand-clément a trahi. »

Londres nous demandait de quitter nos domiciles, de mettre nos armes en sûreté.

Cela nous affola quelque peu. Pas trop : nous ne savions pas qui était Grandclément.

Aussi vais-je conter ici ce que j'apprendrais deux ou trois décennies plus tard.

Fils d'amiral comme ses pairs servant Pétain (on connaît le mot : «Vichy ou la Société protectrice des amiraux»), André Grandclément s'était démarqué des options maréchalistes de son père au point de devenir le grand patron de la Résistance pour tout le Sud-Ouest. Perquisitionnant à son cabinet d'assurances cours de Verdun à Bordeaux, les Allemands découvrirent cent trente ou cent quarante polices, ou plutôt «projets de polices», établies aux noms et adresses de chefs de réseaux, responsables de tous ordres. Un vaste coup de filet ramena tout ce monde dans les prisons de la Gestapo. A Grandclément, arrêté lui aussi avec sa femme, Dohse, patron de la Gestapo bordelaise, laissa entendre que Hitler avait perdu la guerre. Le combat donc ne se situait plus de ce côté :

— Les Soviétiques avancent. Si personne ne les arrête, bientôt ils seront chez vous. Voulez-vous d'une France, d'une Europe asservies sous le joug communiste ? Non, n'est-ce pas ? Or, vous avez des armes : qui s'en emparera, qui les utilisera si vous les conservez ? La réponse est claire : les maquis rouges de la Dordogne, du Lot, du Lot-et-Garonne, tous les FTP qui bientôt vont déferler vers Bordeaux.

André Grandclément était un homme de droite. Léger. Mais pas légèrement de droite : il fut ébranlé par cette perspective.

Dohse proposa une transaction :

— Vous me donnez toutes les armes que vous possédez : je libère les deux cents résistants qui sont dans nos prisons.

Le marché fut conclu. Grandclément indiqua les lieux des dépôts. Les containers furent enlevés. Respectant son engagement, Dohse libéra les prisonniers. La Résistance alors se divisa en deux camps. D'un côté, on disait : «Grandclément roule les Allemands : nos camarades sont libres.» De l'autre : «Nous n'avons pas fait des parachutages pour libérer des hommes mais pour avoir des armes : Grandclément est un traître.»

L'affrontement entre ces deux clans provoqua la mort de patriotes authentiques : se suspectant de plus en plus, ils se détruisirent mutuellement.

Cinquante ans après ces événements, j'utiliserai ce thème pour écrire *Les Flammes de la Liberté* [1] où, sans conter l'histoire véritable de Grandclément [2], je trouverai intéressant, dans une action romanesque, de placer mon héroïne, Millette, dans un camp et Elyette, son amie d'enfance, dans l'autre.

En cet hiver 1944, je ne pensais pas à mes futurs romans. Nous étions, Yvan et moi, mon frère, Robert Sourgens, Pierrot Déjean, tous les autres, devant une situation que nous n'avions pas prévue. Un message qui

1. Georges Coulonges, *Les Flammes de la Liberté, op. cit.*
2. En juillet 1944, laissant croire à Grandclément et à sa femme qu'un avion allait les conduire à Londres où ils pourraient s'expliquer sur leurs actes, des résistants les attirèrent dans les bois où ils les abattirent. Dans un livre paru récemment, un auteur bordelais, René Terrisse (*Grandclément*, Aubéron éd.), laisse entendre que, vivant, Grandclément aurait pu démontrer ne pas avoir été le seul à livrer des dépôts d'armes aux Allemands. Ceci, qui est peut-être vrai, n'enlève rien à la réalité : Grandclément et les Allemands passèrent un marché. La preuve en étant que, tellement satisfait de ses résultats, Dohse fit personnellement franchir la frontière espagnole à deux résistants chargés d'aller proposer au général de Gaulle d'étendre cet accord à toute la France. A leur arrivée à Alger, sans autre forme de procès, de Gaulle fit emprisonner les deux émissaires.

nous laissait perplexes. L'ordre de mettre les armes en sûreté nous surprenait : Londres pensait-elle que nous les avions entreposées devant la mairie ? L'ordre de déguerpir aussi. Pour aller où ? Franchir les Pyrénées ? Par où ? Avec qui ? Nous n'avions aucune filière.

Petite anecdote : un musicien de Carcans (à onze kilomètres de Lacanau) apportait son soutien à notre orchestre. Il venait aux répétitions à bicyclette, évidemment, portant son instrument sur son dos. Avec moins de mérite que le joueur de violoncelle : il jouait de la petite flûte.

Au printemps 44, je rencontre son père sur un terrain de sport. Je lui demande d'informer son fils de mon projet de remonter Mam'zelle Nitouche : nous comptons sur lui pour tenir sa partition.

Le père me répond qu'il est parti.

Il cligne de l'œil. Fier. Très fier :

— Ce qu'il a fait, il y en a peu qui sont capables de le faire.

Je ne vois pas du tout ce qu'il veut me dire.

Oui, en 1944, moi, le résistant, je ne savais pas que des maquis s'étaient créés. Pour une grande raison : il n'était peut-être pas facile mais il était pour le moins possible de faire vivre des jeunes gens dans la clandestinité forestière des Alpes ou du Massif central. Cacher des maquisards dans les vignobles du Médoc eût été plus malaisé.

A cela, je pourrais ajouter que tous les jeunes gens de Lacanau qui ont été appelés à aller travailler en Allemagne par le STO ont répondu à cette gracieuse invitation : y compris l'ami Claude Gayet, qui, jusque-là, participait avec nous aux parachutages. Parti. Comme je l'aurais fait moi-même si ma classe avait été appelée. Parti faute de pouvoir, de savoir faire autrement.

Donc, nous sommes restés, nous réjouissant peu à peu de l'évolution des événements.

La victoire des troupes soviétiques à Stalingrad, leur lente reconquête du terrain perdu stimulaient l'espoir. A cette occasion, rentrant un soir à la maison, je fis une découverte qui me stupéfia : sur une carte d'Europe découpée dans un journal, ma mère avait planté des épingles. D'une épingle à l'autre courait un bout de laine mauve figurant le front : ma mère, l'ennemie de l'athéisme communiste, avait placé sa foi dans l'Armée rouge. Peut-être faisait-elle brûler des cierges pour sa victoire ?

Ceci n'allait pas sans contradictions.

Comme bien d'autres habitants, nous devions loger un soldat allemand à la maison. Notre premier «pensionnaire» parlait correctement le français. Il était de bonne éducation et cherchait volontiers le contact avec mes parents. Eux, traumatisés par la défaite, ne lui faisaient pas de longs discours. Ils ne lui jouaient pas non plus *Le Silence de la mer*[1]. Ces rapports parcimonieux leur permettaient pour le moins de lui faire part des mauvaises nouvelles le concernant. Je crois bien que mon père retenait sa délectation lorsque, en juin 1941, il lui avait annoncé que Hitler venait de lancer ses troupes à l'assaut de l'Union soviétique.

L'Allemand s'était assis et avait pris la liberté de murmurer :

— Il est fou.

Phrase bien imprudente qui nous avait mis du baume au cœur.

Un jour qu'il s'était enrhumé ma mère lui servit une tisane.

Comme, surpris, mon père et moi la regardions, elle dit :

---

1. Roman de Vercors, publié clandestinement en 1942 aux éditions de Minuit : contraints de loger un membre de l'armée d'Occupation, un homme et sa nièce décident de ne jamais lui adresser la parole.

— Je fais pour lui ce que je voudrais qu'on fasse pour mes enfants s'ils étaient en Allemagne.

C'était pour moitié une justification, pour moitié une leçon de morale chrétienne comme elle aimait à en donner.

Le comble de ses contradictions — ou du moins de ce que l'on pourrait prendre comme tel — vint avec le soldat qui, rentré ivre à la maison, s'endormit avec sa pipe allumée. Dans la nuit, la fumée réveilla toute la famille. Les draps, le matelas, le sommier étaient brûlés. Voulant se faire rembourser ou, plutôt, en ces temps de disette, se faire remplacer la literie détruite, ma mère alla faire sa déclaration à la Kommandantur.

Dans l'après-midi, le soldat revint. Livide. Sans un mot, il fit son paquetage : il partait pour le front de l'Est.

Une heure après, j'aperçus ma mère sortant de l'église. J'ai toujours pensé qu'elle était allée prier pour lui.

De parachutages en *Nitouche*, nous sommes arrivés à ce jour de mai où Yvan me dit :

— Un agent va venir. Il s'appelle Noël. On pense qu'il est avec Grandclément. Il veut voir où se trouvent les armes. C'est pour les livrer aux Boches. On va le descendre.

Certes, Grandclément était un traître ; puisque Londres l'avait dit.

Toutefois, ce « on pense » sonnait mal à mon oreille.

A cette époque, contrairement à ce qu'il en était au début, chacun de nous devait conserver une arme, des munitions à la maison.

J'arrive à la gare sur mon vélo, en poussant un autre à la main. Mon revolver est sous mon blouson, six balles dans le barillet.

Noël saute du train. Une symphonie d'automne : costume marron, chaussures en daim marron, cravate marron, chemise beige. Evidemment, il était plus élégant que nous. Je me disais : « Il doit gagner plus d'argent. Par la trahison ? »

Après lui avoir fait faire quelques détours figurant nos incertitudes, Yvan et moi le conduisons dans la forêt.

Je revois ce moment où, dans un sentier, Yvan ouvre la marche. Noël le suit. Moi, derrière « le traître », je caresse mon revolver… Je n'ai jamais tenu une arme de ma vie. Je me dis : « Je vais la lui appliquer sur la nuque. J'appuierai. Très vite. Ce doit être facile. »

Je n'ai pas tiré.

Yvan non plus.

Nous avons montré à Noël l'endroit où les armes étaient enterrées.

Nous sommes revenus à la gare.

Lorsque le train arriva (il s'agissait d'un chemin de fer à voie unique), Yvan chuchota :

— Le train « croise » à Salaunes. En y arrivant, je « le » descends et je saute dans le train qui arrive de Bordeaux.

— Je t'attends.

Je n'étais pas trop inquiet : ce que nous n'avions pas fait seuls dans la forêt, comment Yvan le ferait-il dans un train ? Susceptible d'être vu ? Dénoncé ?

Lorsqu'il revint, Yvan bafouilla une explication. Une excuse en quelque sorte.

Il n'avait pourtant pas à m'en fournir. La sienne, la mienne étaient la même : n'est pas tueur qui veut.

Surtout à vingt ans.

Surtout quand on n'a jamais tenu une arme de sa vie [1].

---

1. En 1944, le corps d'André Noël fut retrouvé dans les eaux de la Garonne, à Lamarque, un pavé pendu à son cou.

Le vrai message arriva. Ou plutôt : deux messages.

Yvan les tira de sa poche.

Il en mit un dans mes mains.

Demi-page à bandeau tricolore : « Je soussigné, lieutenant-colonel Charly, alias René Cominetti, commandant militaire du Médoc, donne l'ordre à… »

Nous devions rallier le camp de Brach (à dix kilomètres de Lacanau) avec nos armes.

Modulant ses effets, Yvan me tendit le deuxième papier. Ses yeux étaient fixés sur moi. Il souriait, guettant ma réaction. Elle ne se fit pas attendre. Nommant Charly commandant militaire du Médoc, la note portait la signature entrevue une seule fois dans ma vie. Sur l'affiche collée avec la complicité du chien de Lagune : Charles de Gaulle. Mais, à cette seconde, je ne pensais pas au chien. Bouleversé, je pensais au Général, à la France, aux prochains combats auxquels, d'ores et déjà, nous allions apporter notre concours. Tout d'abord en déterrant nos armes, en les convoyant au camp de Brach où elles furent les bienvenues : il n'y en avait pas d'autres. Là, nous reçûmes l'ordre de réquisitionner quelques voitures. Nous le fîmes dans les meilleures règles : nous laissions une attestation aux propriétaires. Un seul ne nous en laissa pas le temps : monsieur le curé de Saumos. Plusieurs fois, nous avions fait tinter la sonnette de son jardinet lorsque la porte du presbytère s'ouvrit brusquement. Monsieur le curé parut, droit dans sa soutane noire, tenant au bout de son bras levé une lampe-tempête.

Il cria :

— Entre, qui que tu sois !

Nous étions impressionnés : on aurait dit Lazare sortant du tombeau (encore que je ne sache pas si Lazare sortant du tombeau tenait une lanterne à bout de bras).

Yvan expliqua :

— C'est pour la Résistance : nous venons chercher votre voiture.

— Eh bien, prenez-la ! cria monsieur le curé de Saumos, qui rentra dans son presbytère en faisant claquer la porte.

On le disait collaborateur. Je ne sais pas s'il l'était vraiment. Avec nous, dans tous les cas, il ne le fut pas du tout.

Avec sa voiture, avec d'autres, nous sillonnions la région, allant chercher ici un fusil abandonné par les Allemands, là un lot de grenades que nous n'osions pas trop manipuler : nous n'en avions jamais vu.

Bientôt courut le bruit que les Allemands se regroupaient à la pointe de Grave. Nous pensions qu'ils comptaient y trouver des bateaux les conduisant vers le nord, en Allemagne où ils poursuivraient le combat. Je suggérai à Yvan de monter une embuscade sur la route de Carcans. Nous décidons d'aller repérer un endroit propice.

Roger Grassian conduit la traction (nous, évidemment, nous ne savions pas conduire). Dans la voiture, il y a aussi le bon René Beniteau, dit « Toto ». Par la petite route de Cantelaude, nous arrivons au lieu-dit « le Pin franc », à la sortie de Lacanau. Malheur ! Sur notre gauche paraît, venant du bourg, un camion découvert portant entre ses ridelles une quarantaine de soldats casqués, en armes, avec, sur le toit de la cabine, un fusil-mitrailleur, canon pointé devant lui. Si nous ne nous arrêtons pas, nous allons être dans sa ligne de mire. C'est un camion méfiant : il roule lentement. Très lentement...

Quoi faire ? Nous sommes quatre, armés chacun d'une mitraillette Sten que je croyais précédemment le dernier cri de la technique guerrière et dont, le matin, Gilbert Fort m'avait révélé qu'elle était imprécise, sans portée ; pour tout dire, inefficace :

— Avec ça, tu ne tuerais pas une vache dans un corridor !

Oui, que faire ? J'ai beau me dire que, dans notre livre d'histoire, à un contre dix les soldats français remportaient facilement la victoire sur un ennemi supérieur en armes, un doute s'empare de moi. Pour la première fois, je mets en question ma confiance dans l'enseignement de l'école de la République.

Soudain, les événements se précipitent : le camion menaçant accélère à fond et, enfilant prestement sur sa gauche la route de l'Océan, il disparaît de notre horizon, effectuant ainsi ce qui restera toujours pour moi le plus beau mouvement stratégique réalisé par l'armée allemande.

Le lendemain, on nous chargea d'aller récupérer au camp des « droits communs » du Huga un soldat allemand que je-ne-sais-qui avait fait prisonnier (peut-être, sentant venir des jours mauvais, s'était-il planqué).

A l'entrée du camp, un interné — français donc celui-là — se mit à tourner autour de nous. Il portait un nom aimable que je ne veux pas rapporter ici mais puisqu'il reviendra dans ce récit et puisqu'il était « droit commun », je l'appellerai D.C.

Il nous aborda avec un accent qui n'était pas celui de la région :

— Ah ! Les gars ! Vous avez de la chance ! Vous faites quelque chose de bien. Moi, je suis là, bouclé la nuit. Le jour, je fabrique du charbon de bois. Tout ça, pour une connerie de rien du tout.

Nous n'avons pas cherché à savoir ce qu'était cette connerie de rien du tout qui l'avait conduit en prison. Comme il était sympathique, nous lui avons dit que, s'il se libérait par ses propres moyens, il pouvait nous rejoindre à Brach.

126

Puis nous sommes partis, Yvan assis à côté du conducteur, moi derrière à côté de l'Allemand auquel, au mépris de toutes les lois de la guerre — dont j'ignorais même l'existence —, j'avais passé les menottes. Comme si cela ne suffisait pas, je tenais mon revolver pointé sur lui. Au bout d'un instant, craignant mon inexpérience autant que les cahots de la route, mon prisonnier d'un doigt détourna le canon et il a dû se sentir rassuré d'arriver au camp où D.C. nous rejoignit quelques jours plus tard, tout de suite accepté par nous dans le « groupe de Lacanau ».

Là, peu à peu, nous faisions la connaissance de notre chef : Charly.

Il nous groupait, nous parlait, nous montrait sa main amputée de plusieurs doigts : coupés sous la charnière d'une porte par les Allemands pour le faire parler. Il avait besoin de leur faire payer cette barbarie. Il comptait sur nous pour l'y aider. Il stimulait notre courage car, disait-il, la France n'était pas encore libérée, loin de là. Lorsqu'elle le serait, nous ferions la fête tous ensemble. Alors, il nous montrerait qu'il était capable de vider la bouteille et de trousser les filles. Bref : c'était notre héros. D'autant qu'à ses exploits proclamés son état-major savait ajouter discrètement que, s'il était là, c'est que, en 1940, il avait sauvé la famille du général de Gaulle en la conduisant lui-même hors de France. Nous étions en admiration.

Le camp était fait de quelques baraquements en planches au bout desquels, un matin, nous découvrîmes une tranchée.

On annonça qu'il allait y avoir exécution.

Immédiatement, je pensai à mon prisonnier allemand : c'était peut-être un « gros poisson », un espion, un officier nazi travesti en simple soldat pour passer à travers les mailles de la justice. Ou alors l'un de ces collaborateurs que nous avions vus arriver solidement encadrés par des camarades puis enfermés dans la baraque-prison.

Non. On amène devant le trou deux garçons de notre âge dont l'un, voyant approcher sa fin, se met à parler de plus en plus vite, de plus en plus fort, s'adressant aux copains auxquels le lieutenant Tricoche ordonne de mettre en joue :

— Camarades, vos armes ne tremblent pas ? On vous trompe. Nous sommes des Français comme vous. Plus tard, vous aurez toujours ce crime sur la conscience.

Charly s'en va, comme pour ne pas voir :

— Trop tard !

Tricoche ordonne :

— Feu !

Le garçon sent qu'il n'a plus qu'une seconde devant lui. Il crie :

— Vive la France !

Son copain, d'une voix très faible, lui fait écho :

— Vive la France !

Les mitraillettes crépitent.

Les corps tombent.

Tricoche s'approche. Il pose le canon sur la tempe d'un supplicié. Je n'avais jamais entendu parler du coup de grâce. Je ne savais pas ce que c'était. Je l'apprends à cette seconde où le lieutenant appuie sur la détente. En détournant son regard.

Nous sommes environ deux cents. Jeunes pour la grande majorité.

Tous muets. Absolument.

Lorsque, le soir, nous parlerons de ce silence, Hubert Laley dira :

— On aurait entendu tomber une armoire à glace !

Ne vous indignez pas : aucun de nous ne pensait que l'événement offrait matière à rire. Mais tous, sans doute, nous en sentions le besoin.

J'ai ri. Comme les autres. Plus que les autres, peut-être. Je l'ai déjà dit : la blague qui fait image…

… et la soupape devant l'oppression.

Ceci n'empêchera pas la réalité : pendant des nuits, j'ai peu, j'ai mal, je n'ai pas dormi. Je peux le dire aussi : dix années plus tard, je me réveillai en sursaut. Transpirant :

— Camarades, vos armes ne tremblent pas ? On vous trompe. Nous sommes des Français comme vous. Plus tard, vous aurez toujours ce crime sur la conscience.

Je l'ai su à la seconde où je l'entendis : ce copain de mon âge que je ne connaissais pas n'avait pas la voix de la peur. Il avait les accents de la sincérité.

L'adieu aux armes

Après Brach, nous nous sommes installés à Saint-Laurent-de-Médoc.

Charly écrasa une larme lorsque, pour la première fois, le drapeau s'éleva devant nous figés au garde-à-vous sur la place publique.

Il glissa même un billet dans la main du garçon qui, sur son clairon, envoyait son salut aux couleurs. Cela — ce mélange de la Patrie et de l'argent — fit partie des petits gestes qui, chez ce militaire, me surprirent.

Il se tourna vers ses troupes :

— Ceux qui ont un grade dans l'armée avancent d'un pas et l'annoncent.

Les hommes de son état-major — qui, il faut le dire, sentait plus les Chartrons que les maquis de Corrèze — se présentèrent :

— X, lieutenant à deux galons, mon colonel.

— Bien : capitaine, décréta Charly.

— Y, sous-lieutenant, mon colonel.

— Bien : lieutenant.

Il y eut deux ou trois autres nominations.

Yvan et moi étions au garde-à-vous devant le « groupe de Lacanau ».

— Présentez-vous : nom, grade, dit Charly.

— Blimont Yvan, pas de service militaire.

130

— Bien : adjudant.

— Coulonges Georges, pas de service militaire.

— Bien : sergent.

Zut ! Je serais passé le premier, c'était peut-être moi l'adjudant !

D.C., auquel on ne demandait rien, sort de notre groupe. Il se place devant nous :

— D.C., quartier-maître de la marine, mon colonel.

— Bien : lieutenant.

La cérémonie est terminée.

D.C. fait quelques pas vers la droite. Il ordonne :

— Groupe de Lacanau, à mon commandement : garde à vous !

Nous exécutons.

D.C. continue :

— Direction : le cantonnement. En avant, marche !

Nous exécutons encore.

Une, deux ! Une, deux !

Sous les ordres du « droit commun ».

Le cantonnement, c'était l'école communale, dont on avait enlevé les bureaux, les cartes, tous les meubles. Remplacés par des bottes de paille qui nous servaient d'oreillers, de la paille sans bottes qui nous servait de matelas.

Malgré l'odeur de la paille, de la tambouille, de la transpiration, on percevait encore le parfum tenace de la craie.

Je pensais que je ne serais pas instituteur. Je regrettais l'assurance que cela m'aurait donnée.

Une Histoire de France traînait par là. Au chapitre « Guerre 14-18 », le papier était troué : le portrait de Pétain avait été découpé ; enlevé par un élève... ou par sa famille. Quand ? En 40 ? En 44 ?

J'étais persuadé que le fait de ne pas avoir poursuivi mes études m'interdisait — au vrai sens du terme — de devenir auteur. Le plaisir que j'avais à être sur scène

compenserait cela : faute de créer des textes, j'inter-
préterais ceux des autres.

La filière « normale » pour les apprentis comédiens
bordelais était de préparer le concours d'entrée au
Conservatoire de Paris, d'avoir un prix... Des circonstances particulières me barraient désormais cette voie.
M'empêchaient d'envisager un départ. Je m'interrogeais sur mon avenir.

Je m'interrogeais — nous nous interrogions — sur
Charly aussi. Des bruits circulaient : X, incarcéré à
Brach pour ses activités « commerciales » pendant l'Occupation, aurait obtenu son élargissement rapide grâce
à quelques générosités impossibles à vérifier. Les
parents écrivaient des villages : là, Charly avait tenu une
réunion publique avec son revolver sur la table. De
temps à autre, il le prenait, affirmant qu'il saurait mettre
au pas « les récalcitrants ». Ailleurs, il avait demandé
qu'on lui signale les « collabos ». On ne savait pas si la
population avait répondu à son appel. Certains affir-
maient seulement que, le soir, Charly avait fait la java
avec les « collabos ». Auxquels, disait-on, s'étaient
jointes les « professionnelles » qui, depuis le départ des
Allemands, se trouvaient sans clientèle.

Dans tout cela, qu'y avait-il de vrai ?

Une certitude : à Notre-Dame, lors de la messe du Te
Deum rendant grâce au ciel de la libération de la capitale, de Gaulle le catholique n'avait pas souhaité la présence de monseigneur Suhard, archevêque de Paris.
Cette nouvelle me comblait et m'attristait. Me comblait
parce qu'elle « punissait » l'Eglise, dont les propos, les
actes, la passivité totale [1] devant le crime m'avaient tel-

---

1. Au moment où j'écris ce livre, l'Eglise vient de demander pardon à la communauté juive pour cette passivité. Pour un bout de
chocolat dérobé, ma mère m'envoyait sur-le-champ confesser ma
faute à l'abbé Luguet : le repentir est un sentiment à spontanéité
variable.

lement offusqué. M'attristait parce que le Dieu que l'on m'avait enseigné à aimer me paraissait bien mal servi. Pour un peu, dans mes prières, je ne lui aurais pas demandé sa protection : je lui aurais offert la mienne.

On nous informa qu'un rassemblement aurait lieu un soir dans la salle des fêtes.

Le clairon était là, faisant entendre ses sonneries auxquelles Charly était si sensible.

Il s'avance, Charly. La voix mâle :

— Soldats !… Les Allemands sont à la pointe de Grave. Les ordres sont de les en déloger dans les plus brefs délais. Préparez vos bardas. Nous partons sur-le-champ.

Il prend un temps :

— Il n'y a pas de consigne.

Ou plutôt, il n'y en avait qu'une :

— Celui qui plante le drapeau tricolore sur l'église de Soulac en premier a gagné.

Je sens un léger frémissement : ce type ne connaît rien à l'armée. Il va nous faire tous bousiller.

D'autres pensent-ils comme moi ? Charly le perçoit-il ?

Il fait quelques pas. S'arrête. Droit. Catégorique :

— S'il y en a parmi vous qui ont peur, ils sortent des rangs. Demain, ils pourront rentrer chez eux.

Il y a une petite hésitation.

Un type s'avance… Un autre… Ils seront sept ou huit.

Vingt ans plus tard, lorsque je retrouverai les copains, l'un me confiera :

— Je pensais : « S'il y en a un de Lacanau qui y va, j'y vais aussi. »

L'autre :

— Je m'étais dit : « S'ils arrivent à être vingt, je les rejoins. »

Il n'y en eut pas vingt.

Le lendemain, nous sommes partis pour Soulac. Pour le front en quelque sorte.

Heureusement, nous nous sommes arrêtés à Lesparre.

Mon galon de sergent fit de moi le chef de poste de la gare.

Bientôt, Charly vint en inspection.

Il me demanda si j'avais placé des sentinelles sur la ligne de chemin de fer.

Heureusement, j'y avais pensé :

— Deux hommes sont là-bas.

Je montrai la voie en direction de Soulac.

Charly me montra la voie en direction de Bordeaux :

— Et par là ?

J'en restai muet.

Charly commença à se fâcher :

— Tu protèges ton poste d'un côté et pas de l'autre ?

Ahuri, intimidé, gêné, je finis par expliquer que « par là », c'était l'arrière :

— Ce sont les nôtres qui y sont.

Ce fut au tour de Charly de rester muet.

Pas longtemps.

Il se mit à rire et, tel Napoléon à Austerlitz, il me saisit l'oreille :

— Avoue que je t'ai bien eu, hein ?

Moi, montrant la satisfaction d'un grognard de Sa Majesté l'Empereur, j'observais un garde-à-vous impeccable en même temps que je pensais : « Tu ne m'as pas eu du tout. La vérité c'est que tu es un rigolo. »

Cependant, j'avais établi des contacts avec les cheminots se trouvant en « zone occupée ». Ils me communiquèrent des renseignements précieux : un camion se dirigeait vers Lesparre. Un groupe des nôtres tendit une embuscade avec à sa tête le père Campmas, le communiste, que j'étais heureux de voir avec nous. Il était le plus âgé, presque le seul à avoir tâté de la chose militaire. A ce titre, il tenait le FM, que malheureusement il laissa sur le « coup par coup » : le pare-brise du camion vola en éclats mais le tir s'arrêta là. Alors, pestant contre lui-même, jurant, le père Campmas bondit hors de son fossé et, debout au milieu de la route, FM à l'épaule, ce grand gaillard vida son chargeur sur le camion bourré d'Allemands. Ils ripostèrent avec des grenades.

René Darthial prit un éclat dans la cuisse. Il arriva, saignant, à la gare. Nous voulions le conduire chez un docteur, dans une clinique. Il refusa obstinément. Ayant été fait prisonnier en 40, il répétait :

— Une fois ça suffit. Je reste avec vous.

Les cheminots « occupés » nous renseignèrent à nouveau :

— Cette fois, c'est du sérieux : une colonne entière. Il y a même un canon.

Le PC était à la mairie. J'appelle.

Au bout du fil, le copain s'affole un peu. Il finit par me dire :

— Je te passe Charly.

Le grand chef au contraire reste calme :

— Tu as bien fait de me prévenir. Je prends immédiatement des dispositions.

— Qu'est-ce que je fais ?

— Tu tiens ton poste en attendant mes ordres.

J'obéis : je tiens le poste. C'est-à-dire que, pendant des minutes, je me demande en quoi ça consiste. Nous sommes six : si la colonne allemande vient à la gare, comment l'accueillir ? Un moment, j'ai l'idée (astucieuse) de monter sur le toit avec un camarade. Nous nous cacherons derrière les cheminées. Lorsqu'un camion se présentera à nos pieds, vlan ! nous lâcherons nos grenades au milieu des bidasses. S'ils ne nous ont pas vus, cela pourrait les surprendre. Oui mais, s'ils nous aperçoivent, ils nous tireront comme des lapins. Des lapins sur un toit, évidemment.

Les minutes passent. Longues. Vraiment longues. La colonne allemande ne doit plus être loin. Je me demande même comment elle n'est pas là.

Je me décide à appeler la mairie :

— Allô. Pouvez-vous me passer le colonel ?

— Le colonel ? Charly ?... Il y a longtemps qu'il est parti !

— Parti ?

Au bout du fil, le type doit imaginer ma figure :

— Ici, c'est le secrétaire de mairie. Des vôtres, il n'y a plus personne.

Conscient de mon désagrément, il ajoute :

— Il reste encore un de vos camions devant la porte... Si vous vous dépêchez...

Je raccroche. Je rameute mes troupes. Nous partons, courant de notre mieux, chargés de nos bardas et de René Darthial que nous portons, que nous aidons à marcher, que nous soutenons de notre mieux.

Devant son jardinet, une vieille femme nous apercevant joint les mains. Elle fait le signe de croix :

— Oh ! Mes petits !... Mes petits !... Tout le monde est parti... Les Boches vont vous tuer !...

Evidemment, comme encouragement il y a mieux.

Mais la brave femme se trompait, nous le voyons en arrivant à la mairie : le camion est toujours là. Ou plutôt : il y est à moitié. Fonctionnant au charbon de bois, chargé, surchargé par un surcroît de copains, il tousse, il crache, il tressaute mais il n'arrive pas à prendre sa vitesse de croisière. Nous jetons nos sacs parmi les camarades dont les derniers, assis jambes pendantes, nous aident à hisser René Darthial : il se retrouve allongé sur leurs genoux cependant que, parvenant à monter nous-mêmes, nous pénétrons cette marée

136

humaine en bénissant l'invention du gazogène : si le moteur avait été à essence, nous restions là.

Vingt kilomètres plus loin, Charly nous arrête. Il a déjà placé ses hommes de chaque côté de la route, prêts à tirer. Il nous donne l'ordre de les rejoindre. Nous obéissons. Il n'est pas de coutume, dans l'armée, qu'un sous-officier engueule le colonel. A cette seconde, j'ai dû le regretter.

La colonne allemande ne dépassa pas Lesparre. Elle avait fait cette sortie, semblait-il, uniquement pour nous effrayer. En ce qui concernait le groupe de la gare, elle avait pleinement réussi : je n'ai jamais su si elle en avait été informée.

Nous avons passé deux ou trois jours sur le bord de la route. Un peu plus haut : vers Saint-Laurent. Histoire de rester deux nuits sous la pluie. Sans abri. Allongés sur le sol avec une couverture sur le ventre et les pieds qui dépassent. Dormant malgré tout.

Puis Charly annonça que nous allions prendre position «en première ligne» :

— Pour tout le monde : rendez-vous à 15 heures devant l'église de Vendays.

Nous y sommes arrivés à 15 heures précises. En même temps que les obus allemands. Ça éclatait partout autour de nous. En une seconde, tout le monde avait sauté des camions. N'ayant, pour tout uniforme, que la tenue verte des chantiers de jeunesse dont on m'avait doté, à Saint-Laurent j'hésitais, lorsqu'on nous avait fait faire quelques manœuvres, à ramper sur le sol boueux. Ici plus d'hésitation. Jamais musulman devant La Mecque n'embrassa le sol avec plus de ferveur.

A l'explosion des bombes s'ajoutait le sifflement des éclats. Ils volaient au-dessus de nos têtes puis se fichaient dans les murs. Devant nous.

Heureusement, cela ne dura pas : les Allemands avaient seulement voulu nous montrer qu'ils connaissaient tous nos mouvements de troupe. Avec les horaires. Et, pour régler leur tir d'artillerie, le repère appréciable du clocher de Vendays.

Prenant position dans la nature, nous avons, avec d'autres groupes, formé une ligne de feu allant de la Gironde à l'Océan. Notre mission était de bloquer les Allemands dans la poche où ils s'étaient repliés. C'est ce que, pendant deux mois, nous avons fait. Surtout parce qu'ils ne voulaient pas en sortir.

Cela n'empêchait pas des vaillants de tirer. Certains aimaient ça. La nuit, depuis leur poste, ils arrosaient la nature. L'inconnu. Pour le plaisir d'utiliser des armes automatiques qui, devant eux, faisaient flac-flac lorsque les balles coupaient les branches, les feuilles.

C'est ainsi qu'un matin l'infirmière nous fit comprendre que l'un des nôtres, venu d'un village voisin de Lacanau, allait mourir. Il râlait. Très fort. Elle leva sa chemise : son dos portait, en pointillé, les impacts d'une mitrailleuse.

L'infirmière nous dit :

— Le tireur ne savait pas qu'il était devant les lignes.

Fin novembre, on vint nous relever.

On nous cantonna à Macau, au château Cantemerle, propriété de monsieur Binaud qui se trouvait être le commandant de notre compagnie.

Là, je pensais à l'émotion de nos premiers parachutages. A cette liberté descendant du ciel. Depuis, j'avais vu trois morts. Trois Français. Tués, les trois, par des balles françaises.

Le groupe s'effilocha. Les plus âgés rejoignirent Lacanau. D'autres partirent je ne sais où.

En permission à Bordeaux, je rencontrai le commandant Vimeney. C'était un ami de mon père. Il me laissa

138

entendre que mes suspicions au sujet de Charly pourraient bien être fondées.

Je voulais m'engager dans une unité régulière. Evidemment, la 2ᵉ D.B. avait toutes nos faveurs. Il me dit qu'aucune unité combattante ne m'incorporerait avant que j'aie fait mes classes. Il me dit aussi que lorsque je les aurais faites, la guerre serait finie. Ce qui était optimiste.

A brûle-pourpoint, il me demanda :

— Tu étais aux Ponts et Chaussées, je crois ?

— Oui.

— Tu es l'homme qu'il me faut : nous remontons le service cartographique.

Il fallait un deuxième « spécialiste » : je proposai Yvan, qui, au chemin de fer, maniait le tire-ligne et le compas.

Nous nous retrouvâmes à l'état-major de la rue Vauban (alors que mon frère entrait comme secrétaire à l'état-major de la rue Vital-Carles).

Une joie m'y attendait : monsieur Allard était là, sous son uniforme de capitaine.

Heureux de me rencontrer, il m'accueillit par cette phrase :

— Inutile de te dire que je ne suis pas surpris de te voir là.

Voulait-il dire : sous cet uniforme de FFI, arrivant de ce que l'on appelait un peu pompeusement le front du Médoc ? Pourquoi n'en était-il pas surpris ? Pensait-il à l'enseignement qu'il avait voulu me donner ? Je sus plus tard qu'il avait, avec mon père, tissé quelques liens du côté de l'estime. Du sport. Du socialisme.

A peine installé au service des promotions, mon frère me donna un coup de fil :

— Passe me voir ce soir. Je te montrerai quelque chose.

Le soir, je suis rue Vital-Carles.

Mon frère tire une fiche de son tiroir :

« Cominetti René, alias Charly : faux, usage de faux, chèques sans provision, abus de confiance, recel… Au total : dix condamnations, agrémentées d'un acquittement pour le meurtre de sa femme. »

Pire que tout devant mes yeux de vingt ans : un trait barrant la fiche. Avec mention : « Amnistié le… »

Quelle autorité avait été assez puissante pour effacer un tel passé ?

Dans mon esprit, cela ne fit aucun doute : de Gaulle. Dont Cominetti avait sauvé la famille.

Le Général devait avoir besoin de types comme ça.

On parlait d'un prochain coup de force de sa part. A l'état-major circulait le bruit que, lors de sa venue à Bordeaux, il avait écarté les résistants ; il leur avait infligé des vexations publiques [1].

Certains officiers s'en réjouissaient ouvertement.

Rue Vauban, Yvan et moi ne nous mêlions pas à ces conversations.

Nous étions trois dans le service cartographique : nous deux, dirigés par un chef d'escadron, militaire de carrière, dont j'ai oublié le nom et qui était plutôt brave type.

Il ne nous surchargeait pas de travail. Il est vrai que, l'eût-il voulu, il aurait eu du mal à le faire. Dans mon premier roman, *Le Général et son train* [2], j'ai donné une image fidèle de ce service cartographique ayant la particularité de ne pas avoir de cartes. La pénurie de papier laissait même prévoir qu'il n'en aurait pas de sitôt. Alors, nous confectionnions des panneaux que l'on

1. Le bruit était fondé. Dans ses *Mémoires*, de Gaulle évoque brièvement ces incidents, insistant un peu plus longuement sur son étape toulousaine, justifiant son attitude par le désir de soumettre les chefs de la Résistance à l'autorité de l'Etat.

2. Georges Coulonges, *Le Général et son train*, Calmann-Lévy, éd. Grand Prix de l'Humour 1964.

plaçait sur les portes : « 1er bureau », « Chef du 1er bureau », « Le chef du 1er bureau revient tout de suite », « Le sous-chef aussi »…

Et puis, nous recevions les visiteurs. Pas tous. Ceux qui voulaient s'engager. La libération de Bordeaux avait eu lieu en août. Nous étions en décembre. En les voyant entrer nous pensions : « Mieux vaut tard que jamais. » Ainsi avons-nous vu un adjudant de réserve qui, mâchoires serrées, nous avertit qu'il venait pour venger son frère tué par les Allemands. Il ne mettait qu'une condition à la signature de son engagement : marié, ayant un pavillon en banlieue, il voulait avoir la garantie qu'on ne lui ferait pas quitter Bordeaux.

Cet élan guerrier n'était en rien comparable à la fougue animant celui qui, pour nous, devint « l'homme qui fait reposer ses costumes ».

Il entra, vêtu d'un superbe « prince-de-galles » gris, nous révéla qu'il était lieutenant d'active et qu'il désirait poursuivre sa carrière malencontreusement interrompue par la débâcle, l'Occupation qu'il avait passée dans un service de ravitaillement où il était encore. Comme, bien involontairement, nous osions sourire, il nous administra une leçon mémorable : l'homme de devoir sert *où il se trouve* et nous semblions oublier qu'il y avait encore des restrictions. Au ton de sa voix, nous comprîmes qu'abandonner la distribution des cartes de matières grasses correspondrait pour lui à une désertion devant l'ennemi !

Il fut affecté à l'état-major. Nous le rencontrions parfois dans les couloirs. Il nous expliqua le secret de son élégance civile : elle tenait au fait qu'il possédait cinq ou six complets (ce qui nous semblait extraordinaire) et qu'il les portait à tour de rôle : une semaine chacun pendant que les autres « se reposaient ».

Lorsque nous avons quitté l'état-major, il était capitaine.

Cette nomination méritée compensait un peu les promotions hâtives des FFI dont les gens se gaussaient. Je ne me sentais pas concerné par leurs lazzis : mon galon de sergent ne permettait pas de dire que j'avais abusé de la situation.

C'est de ce galon que vint le changement.

Une circulaire nous apprit que, promus sur le terrain ou dans la clandestinité, nous devions «justifier» notre grade.

Nous étions donc invités à partir pour Tours (quartier Beaumont) où nous attendait l'Ecole des cadres du train (affectés à l'état-major, nous étions obligatoirement devenus tringlots).

Dans le cas où nous serions inaptes, nous serions rétrogradés ; aptes, nous serions confirmés ; supérieurement aptes, nous partirions pour Coëtquidan où, après épreuves, nous serions promus aspirants. Pour être dignes de cette dernière hypothèse, les candidats devaient être titulaires du baccalauréat. Ceux qui ne l'avaient pas — dont j'étais évidemment — devaient satisfaire à un examen probatoire.

Pour la région Sud-Ouest, nous fûmes trois cents, dans différents centres, à nous y présenter. Ayant interrompu mes études depuis plus de quatre ans, j'étais sans illusions.

Un soir, le chef d'escadron arriva. Il me regarda, souriant :

— Alors, vous êtes major ?

— Moi ?... non, fis-je de la meilleure foi du monde.

— Je ne vous demande pas si vous l'êtes, je vous le dis : vous êtes major.

— Mais... non.

Une idée effleura ce brave homme :

— Vous ne savez pas ce qu'est un major ?

— C'est un docteur.

Il ne se moqua pas de moi. Il m'expliqua que j'étais classé premier. Yvan était neuvième.

Pour fêter cela, il partit en permission chez lui : dans le Blayais.

Rue Vauban, j'assurai seul le service.

Mon frère m'appela :

— Il y a six médailles à attribuer.

— Quoi ?

— Le colonel doit remettre sa liste ce soir. Restent six médailles de la Résistance à attribuer.

Je ne comprenais vraiment pas ce qu'il voulait dire. Il me parla des parachutages.

Moi : Mais… nous étions douze…

Mon frère : Le colonel dit qu'Yvan et toi…

Moi : Pas question.

Plus tard, mon livret militaire portera « Chef du groupe de Résistance de Lacanau ». Je suppose que celui d'Yvan montrait la même mention. Mais à cette époque, non, vraiment je ne pensais pas que j'étais chef. C'est pourquoi je ne m'imaginais pas revenant au pays en disant aux copains : « Vous voyez : moi, j'ai le ruban. »

Mon frère coupa court :

— Le colonel te fait dire d'être là dans un quart d'heure. Il t'attend.

Je partis, traversant les Quinconces en ressassant dans ma tête une lecture faite par madame Allard : un homme voulant donner un secours important à un malheureux attendait que celui-ci fût endormi pour glisser le billet dans sa poche. A cela, ma mère ajoutait l'obligatoire discrétion qui devait accompagner nos bonnes actions.

J'avais aussi en mémoire un événement vécu dans « ma jeunesse ».

Nous, enfants, sommes rassemblés dans la grande cour de l'hôtel Marian. Devant la population, un monsieur au nom bizarre — monsieur Du Périer de Larsan — fait monsieur Gérard Marian, le conseiller général, chevalier de la Légion d'honneur.

Il y a la musique et c'est la première fois que j'entends la formule : « Au nom du président de la République et en vertu des pouvoirs qui me sont conférés… »

La solennité de la cérémonie est en moi atténuée par la teneur du télégramme adressé quelques semaines auparavant à monsieur Gérard Marian, conseiller général, par monsieur Georges Mandel, député de la Gironde : « Enfin, vous l'avez… selon mon bon vouloir. » A la campagne, le secret professionnel est toujours relatif : arrivée sur le télégraphe de la poste, la phrase avait fait le tour du village, provoquant chez les « gauches » — chez mon père, donc — une certaine envie de rire.

En moi, elle avait fait naître cette pensée : « Une décoration… on la doit à quelqu'un. »

Arrivant rue Vital-Carles, je ne veux rien devoir à personne. Ni à mon frère ni à ce colonel que je ne connais pas et qui, pensais-je, ne devait pas avoir été bien résistant pour n'avoir pas, dans son entourage, suffisamment de poitrines à épingler.

Le colonel me demande d'expliquer mon refus.

J'avais préparé ma phrase :

— Lorsque je fais quelque chose de bien, je n'ai pas pour habitude de présenter la note !

Il faut avoir vingt ans pour dire des choses pareilles !

Le colonel en fut désarçonné.

Néanmoins, il mit à me convaincre une certaine bonne volonté :

— Vous ne vous rendez pas compte qu'une décoration vous aidera dans votre commandement ?

Moi (imperturbable) :

— Je ne veux pas commander.

Là, le colonel s'étouffa : il avait devant lui un candidat à l'Ecole du train, ce candidat avait toute chance de devenir prochainement officier et il déclarait benoîtement qu'il ne voulait pas commander !

— Ni commander ni être commandé, mon colonel.

Le colonel montrait un visage vide.

J'ai pensé : « Sûrement, il va me flanquer quatre jours ! »

Je suis parti.

Sans me poser de questions. Sauf une qui, à la vérité, vint plus tard : quelles boutonnières de trafiquants de marché noir ont fleuri les six médailles de la Résistance qui, ce soir-là, embarrassaient tellement le colonel ?

Il faut dire que, depuis quelque temps, je me fixais d'autres perspectives que les rubans et même les galons : ayant appris l'existence du Théâtre aux armées, je me disais que, si je parvenais à me glisser dans ses rangs : 1° Je jouerais la comédie ; 2° Je me ferais des relations dans le milieu du spectacle ; 3° Je risquais fort, le Théâtre aux armées étant « domicilié » à Paris, d'être démobilisé dans la capitale, ce qui faciliterait mes débuts de carrière.

Je partis donc pour Paris où je rendis visite à ce Théâtre aux armées dont les bureaux, si j'ai bonne mémoire, se trouvaient boulevard de Courcelles.

L'officier responsable me reçut aimablement mais il me laissa entendre qu'avoir monté *Mam'zelle Nitouche* à Lacanau n'était pas une référence suffisante pour m'affecter dans ses services où, présentement, on étudiait un projet avec la Comédie-Française.

Toutefois, il ajouta :

— Si vous étiez officier, ce serait autre chose. Je manque de lieutenants qui soient de la partie et auxquels je puisse confier l'administration d'une tournée. Repartez à Bordeaux. Passez votre examen. Je vous garantis que, si vous êtes sous-lieutenant, en septembre vous êtes avec moi.

Je pris donc la décision d'aller à Tours. Cela enchanta le chef d'escadron Salabert qui commandait le 18e train et qui, connaissant mon désir de Théâtre aux armées, avait eu peur de me voir renoncer à l'Ecole des cadres du train.

Il me disait :

— Vous êtes major, donc vous serez reçu à coup sûr : pour moi, ce sera un fleuron de plus.

Cela avec un résultat immédiat : le conducteur Boulin Robert, qui ne nous faisait pas du tout sentir sa supériorité de futur ministre du Général, me baptisa « le fleuron ».

Toute la caserne en fit autant.

Car, en attendant notre départ pour Tours, nous étions « pensionnaires » de la caserne Niel, à La Bastide, où l'on nous soumettait à quelques exercices pratiques.

Un après-midi, nous partons en colonne de deux ou trois camions sous la conduite de l'adjudant Lacrouts, secondé par un sergent de style tonnelet — pour ne pas dire barrique. Nous l'appelions Bouboule. Les camions s'arrêtent dans une nature qui n'existe plus : aux Quatre Pavillons, au-dessus de Bordeaux.

Debout sur notre P45, nous écoutons l'adjudant Lacrouts nous expliquer la manœuvre :

— Vous êtes surpris par une attaque aérienne. Dès qu'elle se déclenche, vous sautez des camions et vous vous planquez dans le fossé. Compris ?

C'était assez simple à comprendre. Donc, nous acquiesçons.

L'adjudant Lacrouts croit devoir mieux préciser sa pensée :

— Vous entendez bien : dès que l'avion paraît, vous sautez.

Nouvel acquiescement.

L'adjudant Lacrouts se tourne vers un buisson :

— Sergent, vous êtes prêt ?

146

— Paré, mon adjudant, répond le sergent.

En homme qui a bien préparé sa manœuvre, l'adjudant Lacrouts ordonne :

— Partez !

Alors, de derrière le buisson, sort Bouboule, qui, bras étendus à l'horizontale, tourniquant dans la garrigue, se met à imiter le moteur de l'avion :

— Brrrr ! Brrrr ! Brrrr !

Tout le monde saute, se planque… sauf Boulin et moi. Fascinés, nous étions. Tétanisés par le gros sous-off qui, avec une conscience rare, poursuivait ses arabesques, ailes au vent, comme jouant dans un jardin d'enfants :

— Brrrr ! Brrrr ! Brrrr !

L'adjudant Lacrouts nous aperçoit.

Il était navré :

— Et voilà ! Il y en a toujours qui ne comprennent rien !

Nous désignant à l'opprobre général, il fait remonter tous les copains dans les camions :

— Allez ! On recommence ! A cause de deux idiots !… Vous êtes prêt, sergent ?

— Paré, mon adjudant.

— Partez.

Et Bouboule est revenu. Tel un lourd quadrimoteur :

— Brrrr ! Brrrr ! Brrrr !

Cette fois, nous avons sauté.

Allongés dans le fossé, pleurant de joie, à cette seconde Robert et moi avons compris que nous devenions non seulement copains de régiment mais surtout amis de rigolade.

A Tours, nous n'avons pas cessé de l'être.

Les trois cents élèves étaient divisés en dix brigades. Nous étions dans la 9e brigade qui, bientôt, fut dite brigade d'élite.

J'étais un élève appliqué bien que contrarié dans mes

efforts par le directeur de l'école, un capitaine qui, comme « l'homme faisant reposer ses costumes », avait dû pendant l'Occupation faire reposer à la fois son uniforme et ses sentiments patriotiques. Portant toujours, sur mon éternelle tenue verte des chantiers de jeunesse, mon brassard FFI, je finis par penser que je devais être pour lui un reproche vivant. Au rassemblement, en manœuvres, dans la cour du quartier Beaumont, il m'appelait volontiers, me demandant de me présenter.

Je joignais les talons avec fermeté :

— Maréchal des logis Coulonges.

Alors, avec un air de dire « C'est là que je voulais en venir », il rectifiait :

— Maréchal des logis... à titre FFI.

Cela finit par me faire rire.

Il s'en aperçut.

Devant les trois cents élèves rassemblés, un jour, il me demanda :

— Pourquoi riez-vous ?

— Parce que je suis gracieux, mon capitaine.

Boulin en fut plus amusé que lui.

Il le fut encore plus lorsque, par un bel après-midi de mai, nous pénétrâmes dans Tours à pied, l'arme sur l'épaule, rentrant fourbus, crottés par des manœuvres exécutées le matin.

Soudain, nous voyant déboucher de la rue Nationale, les passants se massent sur les allées.

Ils se mettent à nous fêter du geste et de la voix :

— Bravo, les p'tits gars !

— On vous embrasse !

— Vive la France !

Certes, nos uniformes boueux témoignaient de notre pétulance à servir la Patrie : de là à nous ovationner...

Un bruit bientôt court dans les rangs : l'armistice venait d'être signé ; la radio l'avait annoncé.

— Hardi, les enfants !

— Vive l'armée !

Bombant le torse, Boulin me glissa :

— C'est facile d'être un héros !

Héros de jour, le capitaine à parfum de naphtaline — qui, avant la fin du stage, comme le tardif engagé bordelais, reçut un galon de plus — nous voulait aussi héros de nuit. Un matin, nous rassemblant dans la cour du quartier Beaumont, dans une apostrophe d'une belle envolée, il nous fit savoir qu'il était absolument immoral qu'un soldat français ayant le bonheur de vivre dans le beau pays de Touraine « détournât de sa fidélité » la femme d'un soldat français ayant le malheur de vivre entre les barbelés, au-delà du Rhin. En conséquence, tout élève de l'Ecole du train surpris dans cette dégradante situation se verrait exclu de toute promotion.

Il y avait de la rigolade dans les rangs : si la femme d'un soldat fait prisonnier en 1940 devait « se laisser détourner de sa fidélité », il était probable qu'elle n'avait pas attendu 1944 pour ce faire.

La Morale sentait son pétainisme. Hilare, Boulin scandait entre ses dents :

— A Vichy ! A Vichy !

Quant à moi, je pensais à cette malheureuse épouse m'ayant déjà montré combien elle avait besoin de mon soutien nocturne. La priver subitement de mon affection me paraissait inhumain. Je la retrouvai donc un samedi soir dans un petit hôtel proche du jardin des Prébendes. La dame me rappela que, un train de prisonniers arrivant chaque matin à 7 heures, elle devait absolument me quitter une heure auparavant afin de ne pas donner, devant le retour du guerrier, le spectacle désolant d'une chambre vide.

Hélas ! (si j'ose dire) la nuit fut luxueuse, luxuriante, luxurieuse : nous nous endormîmes au petit matin.

Soudain notre repos est troublé : du clocher voisin, une horloge égrène les heures.

Ma camarade se réveille en sursaut. Affolée. Elle me demande :

— Tu as compté les coups ?

Moi, d'une modestie charmante dans mon demi-sommeil, je me demande pourquoi j'aurais tenu une telle comptabilité.

Alors, devant ma bévue, ma partenaire éclate de rire. Moi aussi. Et il en fut ainsi encore le lendemain, le surlendemain lorsque, le mari n'étant toujours pas rentré, nous nous retrouvions, elle risquant son honneur d'épouse de prisonnier, moi mon galon de maréchal des logis du train.

Ainsi arriva la fin du stage.

Je fus classé soixante-douzième. Cela — compte tenu de mes mérites — me parut un peu loin du premier mais, puisque quatre-vingt-dix élèves étaient admis à partir pour Coëtquidan où ils cueilleraient leur galon d'aspirant, je me contentai de ce résultat… lorsque je découvris que, parmi ces quatre-vingt-dix bienheureux, deux ne seraient pas du voyage : un maréchal des logis-chef de carrière et moi.

Je demandai le rapport du chef d'escadron. Il me reçut dans son beau bureau, son bel uniforme, avec sa belle prestance, m'expliquant tranquillement que, pour avoir le droit de poursuivre en sol breton leurs brillantes études, les sous-officiers devaient être classés avant le soixante-cinquième.

Je me permis de faire observer que cette disposition n'avait pas été énoncée avant l'examen.

Mon interlocuteur se borna à répondre :

— C'est comme ça.

J'argumentai :

— Mon commandant, que l'on prenne une décision semblable pour X…, qui, étant sous-officier de carrière, avait sans doute quelque avantage sur les autres candidats, est peut-être logique... mais pour moi... qui n'ai même pas fait de préparation militaire...

Le chef d'escadron haussa le ton :

— Je vous dis que c'est comme ça.

Je sentis que l'entrevue allait être de courte durée. Aussi, très vite, j'en vins à ce qui me paraissait être le cœur du problème :

— ... ce qui signifie, mon commandant, que si, au lieu d'avoir été résistant, FFI, j'avais attendu chez moi l'appel de ma classe 43, avec ce même classement je serais promu ?

Le chef d'escadron me donna un renseignement qui me parut être une exigence. Tranchant :

— Dans l'armée, on ne discute pas.

Et comme j'avais encore un mot à dire, il lança un ordre :

— Garde à vous !

J'obéis.

Alors, poursuivant sur sa lancée, là dans son bureau, le chef d'escadron enchaîna les commandements :

— Demi-tour à droite : droite ! En avant, marche !

Discipliné, je partis vers la porte de mon meilleur pas cadencé cependant que, dans ce solitaire défilé du 14 Juillet, je sentais se creuser dans mon dos, entre l'armée et moi, un fossé qui serait difficile à combler.

C'était la faute de l'armée, il faut le dire : je ne voulais pas être décoré, elle me disait : « Voilà votre médaille. » Je voulais être comédien, elle me disait : « Non, vous serez officier. » J'acceptais d'être officier ; alors, tapotant son stick sur ses belles bottes rouges pas du tout abîmées dans les maquis, un chef d'escadron me répondait : « Officier, vous ne pouvez pas l'être : vous avez été résistant. » On n'avait jamais vu une institution aussi contrariante !

Elle poursuivit dans la même voie. A Bordeaux,

revenu à la caserne Niel, j'entendis le lieutenant Bellosta me dire :

— Coulonges, les recrues arrivent. Vous allez leur apprendre la technique auto.

Qu'on me comprenne bien, il ne s'agissait pas d'être moniteur de conduite : il s'agissait de devenir professeur de mécanique.

Je répondis ce que vous auriez répondu à ma place :

— Mais... mon lieutenant, je ne connais rien à la mécanique.

Le lieutenant comprit cela. Il me dit :

— Peut-être, mais je n'ai personne d'autre.

L'argument était tellement convaincant que, désormais, apprenant le soir la leçon que je devais dispenser le lendemain, en quelques démonstrations au tableau noir je gagnai la confiance — peut-être l'admiration — de mes élèves... jusqu'à cet après-midi où, arrivant faire mon cours magistral, je les vois groupés au milieu de la pièce, penchés, prêts, me semble-t-il, pour une mêlée de rugby. Je m'approche. Malheur ! Un quidam zélé avait apporté un moteur ! Un vrai moteur : en coupe et bien propre.

Je n'hésitai pas.

— Ah ! On *l*'a apporté ? Ça tombe bien : j'ai quelque chose à faire à l'armurerie. Travaillez sans moi.

Craignant les questions, je m'enfuis : je n'étais pas capable de repérer le carburateur.

Dès lors, je me suis spécialisé dans la manœuvre à pied. Magnifique : au bout de deux mois, tous les « bleus » placés sous mon autorité savaient présenter les armes. Tous... sauf un Pyrénéen lourdaud auquel, malgré des heures de patience, je n'ai jamais réussi à inculquer les notions pratiques du demi-tour. Je lui disais « Mettez votre pied droit en arrière » : il plaçait le pied gauche. Je lui disais « Placez-le en équerre » : il le mettait en ligne et, tel un funambule sur son fil, menaçait

152

de tomber. J'ai dû renoncer à accomplir ma mission : il était indécrottable. Du moins l'ai-je pensé jusqu'à ce 14 octobre 1997 où, écrivant ces lignes, pour la première fois une idée vient de m'effleurer : est-ce que ce type que je prenais pour un imbécile n'aurait pas, par hasard, porté sur moi le même jugement ? Est-ce que cet obtus que je ne parvins jamais à faire défiler de façon correcte ne m'aurait pas fait marcher de manière ahurissante ? Ce serait tragique parce que, s'il en était ainsi, je connais, dans les couloirs de *La Dépêche du Midi*, voire en certain Musée pyrénéen de Niaux, quelques Ariégeois qui n'auraient pas fini de rire.

Ce qui, dès que je quittai la vie militaire, ne fut pas particulièrement mon cas.

Bombardée par les Allemands en 40, par les Anglo-Américains ensuite, Bordeaux vivait une crise du logement sans précédent. Heureusement, ma situation familiale me donna droit à un logement : trois pièces dont l'une était saine, l'autre insalubre, la troisième entre les deux.

En revanche, elle ne me donna droit à aucune ressource financière.

Le matin, je lisais les offres d'emploi. J'écrivais. Je téléphonais. Je courais me présenter : dans le centre, en banlieue, sur les quais.

Ils partent le matin aux petites annonces
Où l'on se trouve cent quand il faut être deux.
Ils reviennent le soir et leur femme renonce
A chercher la réponse écrite dans leurs yeux[1].

1. Georges Coulonges, *Le Chômage*, musique de Francis Lemarque.

Certains me diront : la Résistance aurait pu vous aider...

Justement, non. Pour obtenir mes certificats de patriote de l'ombre, je devais aller les chercher auprès de René Cominetti, alias Charly, qui, fortune faite, se retrouvait directeur-propriétaire d'une importante salle de spectacles bordelaise : l'Alhambra.

J'y allai une fois.

Charly fut très intéressé par ce que je lui racontai. Il me posa des questions sur les parachutages, nos transports d'armes, l'emplacement des blockhaus repérés sur la côte. Lorsque je lui indiquai les textes des messages que nous recevions, je le vis prendre un crayon. Il se mit à noter. Je m'arrêtai de parler. Il m'invita à poursuivre :

— Continue parce que moi... je supervisais tout ça d'en haut mais... je ne connais pas les détails.

Je décidai qu'il ne les apprendrait pas par moi.

Par la même occasion, je décidai de me passer de toute attestation, de n'adhérer à aucune association : j'avais été résistant pour chasser l'Allemand. Il était parti. Le reste, médaille, galon, association, n'appartenait pas à mon univers.

Univers un peu pitoyable, il faut le dire : les denrées continuaient à être rationnées. Les changements espérés tardaient à venir.

Il est vrai qu'un petit événement m'en avertit.

Pour le deuxième anniversaire de la libération de Bordeaux, on nous avait demandé, à nous jeunes comédiens, de dire des poèmes en plusieurs points de la ville d'où des cortèges s'ébranleraient pour rallier, à la lueur des torches et des flambeaux, le plus que jamais symbolique monument des Girondins.

Par chance, je déclamai non dans un quartier d'où partait un cortège mais au pied même du monument où se rassemblaient tous les défilés. Toutes les foules.

154

Ma prestation fut encadrée par une musique militaire.

Puis on annonça l'arrivée des élus dont — c'était la première fois que je voyais cela — la poitrine était barrée de tricolore.

Pour donner quelque majesté à leur entrée, la musique joue les dix notes de «Le peuple souverain s'avance». Les élus sans doute n'étaient pas prêts : rien ne se passe. Le chef de musique lève sa baguette, les exécutants obéissent : «Le peuple souverain s'avance»... A nouveau : le vide, le silence. Huit fois, les trompettes attaquèrent le motif.

— Ça n'est pas encore aujourd'hui que le peuple va s'avancer, soupira une dame.

— Il est peut-être souverain, le peuple, mais il est en retard ! répondit un monsieur.

— Vous n'avez pas vu le peuple ? On le demande sur les marches !

Ce ratage me parut un mauvais présage.

J'essayais de le combattre en gagnant ma vie. C'est-à-dire en vendant du bois pour un marchand de bois qui n'avait pas de bois à vendre ; en plaçant des timbres publicitaires dans les magasins d'alimentation (ce qui est une façon de parler : personne n'en voulait) ; en me lançant dans le commerce princier de ligots auprès des épiciers ; en pratiquant le courtage en assurance vie (j'étais tellement timide que je n'osais pas sonner chez les gens : lorsque j'eus assuré mes amis, ma carrière s'arrêta). Enfin, ayant épuisé les joies de fonctions toutes aussi lucratives les unes que les autres, je rencontrai Jean Mille, un comédien qui avait fait une véritable carrière professionnelle. Il me proposa d'entrer à la station de Radio-Bordeaux. Pas par la porte triomphale : comme bruiteur.

Travail assez simple ; lorsque l'acte de la comédie était fini, je tapais sur le gong : bing ! A la fin de la pièce, je renouvelais mon jeu : bang !... Entre-temps, frappant des noix de coco entre elles, tressautant pour agiter les grelots enroulés autour de mon cou, je laissais imaginer à l'auditeur l'attelage entrant dans la cour du château, les sabots des chevaux tapant sur les pavés. Là, grâce à ma plaque de tôle adroitement agitée, l'orage se déclarait. Je laissais tomber mes billes de plomb sur un tambour : c'était la pluie. Je les faisais tourner sur la peau du tambour : c'était l'averse succédant à l'averse. A laquelle succédait le beau temps : je me saisissais de ce que nous appelions le *zoziau* : appareil assez simple dans lequel je soufflais de mon mieux et qui, en récompense, envoyait sur les ondes le chant du merle. A ce moment, je m'élançais vers le micro et je jouais mon rôle. Quel rôle ? Toujours le même : le petit. Pas le petit enfant : le petit rôle. Nos deux vedettes s'appelaient Jane Lobis et Pierre Sanson. Ils avaient soixante-dix ans et, dans une distribution facile à établir, que les héros soient Roméo et Juliette ou Philémon et Baucis, ils leur prêtaient leur talent. En revanche, que la tirade « La voiture de Monsieur est avancée » soit dite par le vieux domestique de famille ou par le groom de quinze ans, le rôle me revenait.

C'est pourquoi, au bout de quelques mois de pratique, je fus heureux de me voir élevé à la dignité de producteur d'émissions de variétés. Coproducteur plus exactement avec un camarade, Jacques Morny, qui abandonna très tôt le métier, et William Stein, qui accompagnait les chanteurs au piano ou sur l'accordéon de ses débuts dont, malgré son mauvais état, il ne parvenait pas à se séparer.

D'où ma surprise, arrivant un jour au studio, de le voir manier un instrument neuf.

Avec sa verve habituelle, il m'expliqua :

— L'autre, ça n'était plus possible. Il avait des trous partout : il me soufflait dans le nez. Chaque fois que je jouais, je m'enrhumais !

156

Oui, ce que dès mes débuts j'ai aimé, ce que toute ma vie j'aimerai dans le spectacle c'est, en dehors du métier lui-même, la bonne humeur, l'humour dont chacun fait preuve. Ceci à tous les échelons de la hiérarchie. Sur un plateau de télé, impossible pour un comédien d'entamer un flirt avec sa jeune partenaire sans qu'un machiniste ne lui lance :

— Ah ! J'ai oublié de te dire : ta femme a téléphoné pour la pension alimentaire !

A Toulouse, en 1985, j'arrive sur le tournage de *La Liberté, Stéphanie* porteur de vêtements roulés dans un sac en plastique. Bientôt, j'entends chuchotements, gloussements parmi les jeunes comédiens. Je comprends que j'en suis la cible, fais semblant de les ignorer. Pas longtemps car l'un des farceurs se met à pérorer :

— Il y a des auteurs qui sortent en ville tenant à la main un sac à l'enseigne d'une librairie, de la FNAC, de Presses Pocket… Mais… il y en a d'autres qui, loin de cette hypocrisie, préfèrent affirmer leur véritable personnalité…

Evidemment, aussitôt je regarde ce qui est écrit sur mon sac : «Cufiniéris, charcutier-traiteur à Cahors.» Eclats de rire. Pour le reste du tournage, pour Yannick Le Poulain et ces juvéniles impertinents, je devins «le commissaire Magret» !

A la radio de Bordeaux, en cette fin des années 40, la gaieté était faite de notre jeunesse à nous, de nos blagues, canulars auxquels répondaient les rires de mes premières «pensionnaires», Lily Jenny, qui, pendant dix années, sera mon espiègle interprète féminine et une élève du Conservatoire de comédie, Odette Agramon, qui me fera des infidélités pour servir Truffaut, André Roussin, Shakespeare sous le nom de Claire Maurier.

Dans cette gaieté, une bombe éclata un matin : «Charly a été arrêté.» Cela ne me surprenait pas. Et même, cela me réjouissait. Ce qui me surprenait grandement c'était le motif de l'inculpation : Charly était accusé d'avoir récupéré chez des patriotes qui les cachaient neuf parachutistes anglo-américains ayant dû sauter dans la lande et, leur faisant miroiter une filière d'évasion, de les avoir livrés aux Allemands contre une somme de cinquante mille francs.

Il fut condamné à quinze ans de prison.

Les gens disaient : « Heureusement qu'il a livré des étrangers. C'est pour cela qu'ils l'ont coffré : pour ne pas avoir d'incident diplomatique. Pour tout ce qu'il a fait en France, personne ne l'inquiète, vous le voyez bien. »

Sans trop savoir « ce qu'il avait fait en France », on pouvait s'interroger, c'est vrai, sur cet homme dont les débats d'audience révélaient qu'il menait avant-guerre une existence de petit aventurier et que, l'Occupation terminée, on avait retrouvé propriétaire du théâtre de l'Alhambra où, à la salle de spectacles de mille deux cents places, s'ajoutaient la salle de danse d'une aussi grande contenance, les jardins des Ambassadeurs réservés aux soirées d'été. Ceci en plein centre de Bordeaux... Oui, Cominetti, alias Charly, était protégé. Je n'en doutais pas. Et j'en doutais moins que jamais lorsqu'il passa en jugement pour ces exécutions qui, à Brach, m'avaient tellement impressionné. Comment en aurais-je douté ? Il y avait eu deux exécutions : Charly n'était jugé que pour l'une d'elles, celle de Max Leydier, le garçon qui, devant les mitraillettes, criait son innocence. Comment en aurais-je douté : pour cette exécution décidée de sa propre autorité, Charly fut acquitté.

Oui, il était protégé et, pour moi, son protecteur puissant avait un nom : Charles de Gaulle.

Il le conservera longtemps et, dans tous les cas, sera confirmé lorsque, quatre années plus tard — en 1952, je pense —, arrivant à la radio, je serai accueilli par Roger Ducamp alors directeur des programmes :

— Devinez qui sort d'ici ?

— ...

— Charly !

— Charly ?... De...

— Oui : Charly... celui du Médoc... de l'Alhambra... Il a été libéré... Il vit maintenant dans son château [1].

Ducamp me montrait la carte laissée par le visiteur.

J'étais anéanti. Un condamné à quinze ans de prison vivant en liberté ! En châtelain ! De Gaulle dans cette boue !

Mais ne mélangeons pas les dates : en 1948, nous en étions seulement à la condamnation de Charly.

Elle eut pour moi un bienfait : je consentis à revenir à l'Alhambra, qui, entre l'accueil de deux tournées, montait des spectacles gais, des comédies de Louis Verneuil, de Jean de Letraz, de Maurice Hennequin. Ce furent mes véritables débuts. Sur une véritable grande scène. Prolongés par des représentations dans villes et villages qui, à cette époque lointaine, lors de leur fête locale, présentaient l'une de ces pièces joyeuses destinées présentement à faire rire leur public, vingt ans plus tard à amuser les fidèles téléspectateurs de « Au théâtre ce soir » : *Les Surprises du divorce, Bichon, Le Contrôleur des wagons-lits, Mademoiselle ma mère, La Petite Chocolatière...*

Pour la radio, j'écrivais des sketches. Cela n'était peut-être pas l'écriture dont j'avais rêvé sur les bancs de l'école mais c'était tout de même une écriture. Animée par ma voix. J'y prenais goût.

1. Dans le Lot-et-Garonne, si j'ai bonne mémoire.

C'est au cours de l'une de ces émissions qu'on m'appela de Lacanau.

Je partis aussitôt.

Mon père était dans son lit. M'attendant peut-être pour apprendre ce qu'il voulait savoir. Pour faire ce qu'il devait faire. Le plus difficile.

Amaigri, faible, très faible, il rassembla ses dernières forces pour me demander :

— Ça va… toi ?… Tu es content ?

A sa voix, à son regard, je compris que mes histoires de saltimbanque, de bruitage, de timbres publicitaires et même de producteur d'émissions de variétés n'étaient pas ce dont il avait rêvé pour son fils. Qu'il trouvait intelligent. Et plein d'humour.

Ses paupières se baissèrent sur ce regard que je n'avais pas eu la force de rassurer.

Deux jours plus tard, nous l'avons conduit au cimetière.

Beaucoup de gens suivaient le corbillard.

Le cercueil était recouvert du drapeau de l'Association sportive de Lacanau.

Lorsqu'il descendit dans la terre, je me raidis.

C'est après, le lendemain, que, m'isolant dans la grange, j'éclatai en sanglots.

Je pensais : « Mon père est mort et je ne l'ai jamais embrassé. »

Un tramway nommé plaisir

Ces premiers chapitres voulant montrer les influences qui déterminèrent mes actes et ma morale d'homme, il était normal et même indispensable que j'y évoque la figure de mes parents.

Ce sera la seule incursion de ce livre dans ma famille même si, je m'en rends compte, ma vie privée inspirera, guidera, imposera souvent des décisions prises dans ma vie professionnelle.

Comme tout le monde, je connaîtrai des échecs et des succès. Aucun échec professionnel ne suscitera en moi les déprimes et les colères que je vis marquer certains camarades auteurs, chanteurs, réalisateurs. Mes larmes furent toutes affectives et aucun triomphe ne me procura une joie comparable à la joie que j'éprouvai — par exemple — lors de la naissance de chacun de mes trois enfants.

Ces trois enfants sont Alain, Jacqueline et Philippe. Ils sont issus de deux mariages. Avec Josette puis Maïté. Alain, Jacqueline et Philippe conduisirent à la maison Michèle, Jean-François et Isabelle, ce qui donna naissance à Nicolas, Sylvain, Caroline, Aurélia, Ariane et Nelly.

Ici s'arrêtent mes confidences.

Dans cette fin des années 40, je n'avais qu'un impératif : assurer l'existence des miens. C'est pourquoi, mettant en scène, jouant, inventant sketches et gags, j'allais d'école en école assurant l'administration, l'interprétation, l'installation des décors d'un spectacle médiéval conçu par Jean Lagénie ; j'animais jeux et concours dans les bals, sur les plages, à l'arrivée des courses cyclistes. A la Nuit de la voile du Pyla je lançais des ballons au-dessus de la tête de danseurs dont je découvrais avec stupéfaction qu'ils aimaient passer leurs vacances en smoking blanc ; je présentais des élections de reines allant de l'élection de Miss France au Grand-Théâtre de Bordeaux (madame de Fontenay avait déjà de grands chapeaux) à l'élection spirituelle de « Miss Erables [1] » à Bègles ; je faisais jouer les enfants à « Poil et Plume » devant les arbres de Noël des magasins du Louvre ou des Pompiers de Bordeaux ; sur la place des Quinconces pendant la foire, j'étais le maître d'œuvre d'un concours organisé quotidiennement par le journal *La Nouvelle République*. Les invités d'honneur s'appelaient un jour Marcel Merkès, qui chantait au Grand-Théâtre, un jour Swiateck, le footballeur capitaine des Girondins, sans oublier Jean Nohain venu présenter sa « Reine d'un jour » à l'Alhambra.

C'était l'émission phare de la radio : le public, les auditeurs étaient subjugués par le nombre et l'importance des cadeaux récompensant une femme de grand mérite : à la salle à manger Lévitan s'ajoutaient la 4 CV Renault, le service en porcelaine de Limoges, le voyage au Canada pour toute la famille… Ceci donna l'idée à un imprésario bordelais, Emile Laluven, dit « l'Empereur du spectacle », d'annoncer à Ambarès ou à Saint-Laurent-de-Médoc l'élection de… « la Reine d'un soir » qu'il me demanda de présenter. Nous arrivions dans le

1. Les Erables étaient le nom d'un quartier.

village en fin d'après-midi. L'Empereur du spectacle faisait une visite au coiffeur, à l'épicier et, le soir, au cours d'un bal, je présentais la reine élue par le public à laquelle, pour récompense, je remettais un demi-litre d'eau de Cologne, à une demoiselle d'honneur un bocal de haricots blancs, à l'autre une boîte de petits pois.

Mais revenons sur les Quinconces. Le jeu du jour terminé, Jean Nohain me fait mille compliments sur mes talents d'animateur. Il me dit être en train de fonder une société de production radiophonique :

— Il nous faut des voix nouvelles, des talents nouveaux, vous avez de la repartie, nous n'avons pas besoin de vous apprendre votre métier, vous êtes l'homme que nous cherchons.

Il me donne rendez-vous le soir à l'Alhambra où il me confirme sa proposition :

— En août, vous m'écrivez chez moi, square Alboni. Comme je suis débordé, je ne vous répondrai que si cela ne se fait pas. Si vous ne recevez rien de moi, c'est que ça se fait. Alors, en septembre, vous arrivez : vous commencerez tout de suite.

Paris ! Du travail immédiatement ! La radio ! Nohain ! Je passe un été de rêve : déjà dans la capitale ! Fêté ! Adulé par les foules ! Mes enfants près de moi : mes gains me permettent de vaincre la crise du logement !

En août, j'écris la lettre demandée. Pas de réponse : je suis fou de joie.

Me voici à Paris :

— Allô ! Pour monsieur Nohain, s'il vous plaît ?

— Mon mari est absent jusqu'à la semaine prochaine… C'est à quel sujet ?

J'explique. Je demande s'il n'y a pas un rendez-vous pour moi.

Madame Nohain est charmante :

— Voici un mois que monsieur Nohain n'est pas

venu à Paris… Il a sur son bureau plus d'un mois de courrier qui n'est pas ouvert : votre lettre est sans doute dans le tas.

Je sens le sol qui se dérobe.

Mon interlocutrice montre à mon égard beaucoup de sollicitude, à l'égard de son galopin de mari une indulgence amusée :

— Ah ! Le vilain ! Oh ! Le polisson ! Il n'en fait jamais d'autres !

Je ne connais personne dans la capitale. Pendant dix jours je bats le pavé. Inutile. Inquiet. Voulant espérer.

Enfin, je verrai le grand homme dans le bureau d'un journal, je ne sais plus lequel. Il y a là dix personnes, des célébrités. Chacun expose son problème en public. Tassé dans mon coin, je n'ose pas parler.

Nohain enfin me regarde :

— Je suis désolé : la société de production que nous devions monter avec Vital et Gillois ne s'est pas faite… Je n'ai rien pour vous.

L'un des animateurs de sa compagnie est là. Nohain lui expose notre rencontre sur les Quinconces, toutes mes qualités, ce qu'il m'avait promis…

Soudain, une idée lui vient. A nouveau, il s'adresse à moi :

— On me demande quelqu'un pour la radio de Casablanca. Voulez-vous y aller ?

J'explique que, trouvant Bordeaux un peu loin de Paris, je ne vois pas bien l'utilité d'aller m'installer au Maroc.

Alors, l'animateur se tourne vers moi.

Tout d'une pièce :

— Vous ne voulez pas aller à Casablanca ?

Il ne peut pas croire que je refuse une telle aubaine et, avec une verve qu'apprécieront longtemps les auditeurs, il m'explique que l'avenir de la radio, de la télévision qui arrive, l'avenir du monde est à Casablanca.

Je garderai le meilleur souvenir de ce garçon : si j'avais dit « oui », je suis sûr qu'il m'aurait conduit lui-même à Orly. Il aurait même payé mon billet d'avion !

Je n'eus besoin que d'un billet de chemin de fer : pour revenir à Bordeaux… où, heureusement, je n'avais pas averti la direction de la radio que j'étais engagé par Jean Nohain ! Je repris mes émissions, pestant un peu contre ma naïveté, beaucoup contre la légèreté de « Jaboune ». Plus tard, lorsque, parolier « en place », je le rencontrerai à Paris, il se réjouira sincèrement de ma réussite. Dans le hall de la SACEM, dans des réceptions, il m'interpellera de loin. Gentil. Charmant. Presque affectueux. Et puis, tout d'un coup, alors que je me garderai bien d'évoquer notre première rencontre, il se mettra en colère tout seul, me disant :

— Ah ! Non ! Vous n'allez pas encore me reparler de cette histoire !

La radio de Bordeaux était dirigée par Roger Bonal, un homme pas désagréable qui avait, à mes yeux, un défaut. Ancien comédien, il voyait le spectacle à travers les auteurs qu'il avait joués dans sa jeunesse, les Porto-Riche, les Pierre Wolf que je jugeais non seulement dépassés mais surtout n'ayant rien à voir avec les émissions de variétés que nous présentions à sept heures le soir. Craignant toujours une dérive de l'humour, il redoutait les personnages, le langage populaires. Bannissant toute expression argotique, il entendait que le porteur des halles s'exprimât comme un académicien.

Lassé par cette situation, je décidai de ne plus faire de radio ce qui, cinquante années plus tard, ne vaudrait pas la peine d'être rapporté ici si ce départ volontaire n'avait été le premier d'une petite série dont chaque épisode eut même motivation : aimant le succès, ayant horreur des affrontements inutiles, des altercations, dès que je perçois un élément prépondérant dont l'attitude à l'avance condamne l'entreprise, je pars. Sur la pointe des pieds. Définitivement. Sans souci d'aucune considération matérielle. Ce qui était le cas ici.

J'avais retrouvé monsieur Allard.

Directeur de l'école primaire Paul-Bert, dans le centre de Bordeaux, il m'avait demandé d'enseigner le théâtre aux plus grands de ses élèves. Il assistait à mon cours. Il me répétait : « Tu as vraiment le sens de la pédagogie. » Il aurait voulu étendre à toute l'académie l'expérience qu'il faisait avec moi. A toute la France peut-être. Précurseur : la suite le prouvera... longtemps après.

J'aimais le dynamisme de cet homme toujours à la recherche de l'intérêt que, chez l'élève, l'école doit éveiller sous peine de rendre stérile tout enseignement. Pour la première fois de ma vie, je m'interrogeais sur l'éducation artistique, sur ces enfants qui, si nombreux, aiment la poésie et qui, devenus des adultes, ne consentent plus à lire un poème ; je regardais ces gosses si nombreux aimant dessiner, devenant des adolescents qui ne prennent jamais un fusain, un crayon, un pinceau : même lorsque, à dix ans, ils savent d'instinct donner de la tendresse à un visage, du mouvement à un corps, une âme à une fleur. Je ne connaissais pas encore l'opinion un peu tranchée d'Alexandre Dumas : « Quand on voit que les enfants sont si intelligents et que les adultes sont si cons, on est bien obligé de penser que cela tient à l'éducation. » Mais déjà, je commençais à percevoir que, si le grand mérite de la République avait été de créer l'école, son plus grand mérite devrait être de lui donner bientôt une suite.

C'est pourquoi, heureux d'initier les scolaires de Paul-Bert, puis les scolaires de Pessac, je fus plus heureux encore, dans cette banlieue bordelaise, d'exercer mes talents (?) auprès des anciens élèves des écoles publiques, en cet « Espoir pessacais » où, à Molière, j'ajoutais des auteurs modernes et où j'eus la fierté de voir s'inscrire un, puis deux, puis trois élèves du Conservatoire venant de Bordeaux pour travailler avec nous ; je n'étais sans doute pas le professeur le plus émérite que l'on pût trouver mais j'étais à coup sûr le plus appliqué : que d'enseignements tire-t-on des leçons que l'on donne !

A l'Espoir, je fis la connaissance d'un ancien élève de l'école de Capeyron à Mérignac. Il me dit : « Je n'aimais pas la classe. Je la manquais souvent. Lorsque j'ai eu monsieur Allard comme instituteur, la veille des vacances, j'ai pleuré. »

A l'Espoir, j'ai surtout fait la connaissance d'un homme qui sera sans doute mon mauvais génie mais, tout aussi sûrement, le meilleur ami que j'eus jamais : Géo Roulleau. Aimant à rappeler son titre de « maître imprimeur », cachant sous son éternel sourire les chagrins qu'il éprouvait, il estimait toujours qu'il n'était pas l'heure de rentrer chez soi. Si on lui disait qu'il avait assez bu, ses yeux parfois s'embuaient de larmes. Il demandait :

— Qu'en savez-vous ?

Le dimanche matin, il s'asseyait au fond de la salle de cours et là, paisible, il suivait le travail des élèves, le mien, avec un vrai bonheur : la joie de voir vivre cet « Espoir » auquel il donnait tant.

Après cela, nous prenions l'apéritif qui, un dimanche, fut suivi du déjeuner. J'avais vingt-sept ans : c'était la première fois que je mangeais au restaurant. Je veux dire : en « sortie » ; pour le plaisir. Après le repas, il m'offrit un cigare. Le premier d'une farandole qui durera près de trente ans… avec des modèles de plus en plus importants.

Il venait me voir jouer au théâtre, je lui faisais visite en son domaine : cet atelier dont, couché à 10 heures le soir ou à 6 heures le matin, il leva toujours le rideau métallique lui-même à 8 heures précises. Ayant lancé le travail des ouvriers, il filait au coin de la rue où il dégustait son premier «remontant».

Avec lui, j'ai découvert ces bouche-trous, ces bouche-tout que sont les bistros, le comptoir au bout duquel, à minuit, le plombier-zingueur ingurgite son huitième pastis en traçant l'avenir du pays :

— Moi, si j'étais président de la République…

L'ami console le mari trompé :

— Pleure pas, Gustave. Il vaut mieux être cocu que sénateur : au moins t'es pas obligé d'assister aux séances !

Veston crème et œillet rouge, cravate de soie et col douteux, frère illustre et fortune engloutie, le fils de famille blanchi sous l'anisette s'interroge sur cette déchéance qu'il n'a pas vue venir.

> *Les copains m'appellent « six roses »*
> *Et je ne comprends pas pourquoi…*
> *Bien sûr, ils savent que j'aime les fleurs*
> *Mais… pourquoi justement six roses*
> *Plutôt que… une… ou deux ou trois[1] ?*

Moi, devant ces gens qui avaient raté leur vie, je riais comme un qui est en train de rater la sienne : jamais je n'écrirais. Jamais je n'aurais l'assurance nécessaire.

Dans ces lieux de gaieté rendez-vous des tristesses, je ressentais le bien-être des armagnacs mêlés d'amitié, des moqueries exercées aux dépens de l'autre qui est tellement pareil à vous. J'appréciais le langage inventif arrivant d'où on ne l'attend pas, d'un pauvre bougre qui

---

1. *Six Roses*, paroles de Georges Coulonges, musique de Michèle Auzépy. Publications musicales, RMC, éd.

ne rêvait pas d'être auteur, lui, mais qui, l'espace d'une réplique, le devenait.

Cinq ans après Hiroshima, on commençait à parler des dégâts réels causés par l'explosion de la bombe atomique. A sa table, absorbé par l'observation placide de son verre, un pépère aux yeux pensifs se mit à secouer la tête :

— Il a mieux valu que ça soye là-bas que chez nous. Tu te rends compte si ça avait été à Limoges : avec toute cette porcelaine !

Oui, j'ai aimé le bistro, où la plus grande tragédie devient la plus grande rigolade, où sous les néons qui vous entubent s'abolissent les rêves perdus. Quand on n'a pas ce que l'on aime, il faut aimer ce que l'on boit.

Monsieur Roger Bonal quitta la direction de la radio. A dire vrai, il prit la direction du cimetière. Un peu prématurément.

Roger Ducamp lui succéda. Il m'appela :

— Je veux rajeunir les émissions. Faire du nouveau. Avez-vous une idée quelconque ?

Moi (réjoui par cet appel) : Mais… mes idées ne sont jamais quelconques !

Au bout du fil, Ducamp rit. Il m'invite à venir le voir.

Je lui parle des conditions. Il croit qu'il s'agit d'argent.

Ce n'est pas, ce ne sera jamais ce qui me préoccupe le plus :

— Je reviens. Je fais ce que je veux… sans avoir quelqu'un sur le dos. Si ça marche, je reste. Si, au bout de six mois, ça ne marche pas : je m'en vais.

Au bout de six mois, il n'était pas question que je parte. Un jeudi soir, marchant dans les rues alors que la douceur du printemps avait fait ouvrir toutes les fenêtres, je suivis l'émission enregistrée sans en perdre un mot : dans chaque foyer, le poste était branché sur Radio-Bordeaux. Il en sera ainsi pendant quatre années. Il en aurait été ainsi plus longtemps…

Nous devions ce succès au talent d'artistes locaux auxquels, remplissant son rôle, le poste régional donnait l'occasion d'apprendre, d'exercer leur métier : Lily Jenny à la fantaisie, à la bonne humeur si communicatives, Jacques Boyer qui chantera pendant plusieurs années dans les cabarets parisiens avant de suivre Ferrat dans sa retraite ardéchoise, Michel Brard qui franchira les Pyrénées pour être, pendant trois décennies, l'animateur de Radio-Andorre, Paul Rousseau, notre vétéran, ancien partenaire de Tichadel, et puis les chanteurs Roger Chanel, Max Estral, Roland Pujole, Bernard Alvi que j'applaudirai plus tard ténor à la Gaieté lyrique, au théâtre de la Porte-Saint-Martin, les chanteuses Janine Ribot, Monique Bost, Cathy Albert dont les talents seront salués à l'Opéra de Marseille, au Capitole de Toulouse. J'en oublie sans doute mais l'on me permettra de saluer la mémoire de Georges Chauvier, le noble baryton ayant eu la joie, avant de trop tôt disparaître, d'entendre son fils, le petit Serge — devenu Lama —, lui rendre hommage :

C'était au temps, au temps béni de la rengaine
C'était au temps où les chanteurs avaient de la voix[1].

Nous devions le succès surtout à un personnage haut en couleur : Julien, receveur des tramways, que j'interprétais et qui, tout de suite, connut la faveur des foules.

Dès la deuxième émission, Julien fut attendu par les auditeurs dans son sketch hebdomadaire ayant un lien de vérité avec l'arrêt desservi : au marché des Capu-

1. *Le Temps de la rengaine*, paroles de Serge Lama, musique d'Yves Gilbert. Salabert, éd.

cins, Julien, irascible, se fâchait contre l'épicier encombrant le « tram » de ses cageots de légumes ; à la gare Saint-Louis il riait du voyageur prétentieux constatant que, pour prendre le train de Paris, il s'était trompé de gare ; sur les quais, il connaissait d'autres déboires, d'autres gaietés qui, aussi extraordinaire que cela puisse paraître, sont restées dans les mémoires : lors de chaque salon du livre de Bordeaux, dix, vingt personnes viennent me parler de ces sketches joués il y a… quarante-cinq ans et lorsque, voici un an, j'eus l'honneur d'être intronisé chevalier de la Confrérie de la frottée à l'ail de Sainte-Hélène (Gironde), un auditeur des temps anciens monta sur la scène pour me chanter le générique… dont j'avais perdu le souvenir [1] !

Certains lecteurs penseront sans doute que je m'attarde avec une complaisance de cabotin sur un succès local dont, depuis quatre décennies, j'ai eu le temps de me remettre. C'est que, je m'en rends compte seulement en écrivant ces lignes, ces « Attention au départ » portaient en germe ce que d'aucuns oseraient appeler mon éthique professionnelle : interviewant gaiement mes invités, je voulais rendre agréable le discours de gens sérieux parlant d'un sujet sérieux ; l'origine des noms des rues de la ville me permettait de faire un peu d'histoire. Invitant les enfants à participer à des jeux de l'esprit, je faisais récompenser les meilleurs par « Monsieur Bouquin » (le bon Marcel Roche) leur remettant… un livre évidemment. Loin de toute vulgarité, les sketches étaient le reflet comique de la vie réelle et non pas la déformation outrancière que nous donne une télévision

---

1. Julien fut tellement adopté par les foules qu'il devint nom commun. Paru en… 1981, le dictionnaire du « bordelais tel qu'on le parle » indique : *Julien* n. m. Chauffeur-receveur des TEOB (autobus). Personnage créé par Georges Coulonges dans des sketches radiophoniques devenus très populaires, donc passé dans le langage. (Claude Ducloux, édité par Gret-Onix.)

trouvant trop souvent ses inspirations dans le crime, le trafic de drogue, la prostitution, la violence sous toutes ses formes.

Prolongeant sur scène ce succès radiophonique, je montai un, puis deux, trois, quatre spectacles dont Julien était la vedette. Nous partions pour soixante-dix représentations dans tous les cinémas de Bordeaux, Libourne, Langon, dans toutes les fêtes locales, appelés par tous les comités, l'été aux casinos d'Arcachon, Andernos, Soulac, partout accueillis sinon comme des sauveurs, au moins comme les libérateurs du rire dont, après ces années sombres, les gens avaient grand besoin.

Certains spectateurs nous suivaient de salle en salle, assistant à toutes nos représentations. Jouant les sketches, nous les repérions dans la salle et, entre deux répliques, nous glissions à notre partenaire : « Ça va, il est là. Si on se trompe, il nous soufflera. » Nous avons même détourné certains d'entre eux. Ainsi le cravaté, bien rasé Jean Terrier, chef de service dans une société de charbon, quitta un jour sa cravate et ses boulets (si j'ose dire) pour, montant à Paris, devenir, en jean délavé, le barbu hirsute secrétaire-imprésario à vie de Gilles Vigneault. Rencontré récemment, radieux, il m'a dit :

— Grâce à Julien, j'ai réussi ma vie.

Il est vrai que Julien fut un artiste rare : il ne se produisit jamais que devant des salles pleines.

A une exception près : à Barbezieux, lorsque nous arrivons, nous avons la surprise de découvrir un plan de la salle orné seulement de six croix au crayon rouge ; oui : six places retenues alors que partout nous refusions du monde.

Explication du directeur de la salle :

— Ici, personne ne connaît votre receveur des tramways.

Nous sommes vexés. Offusqués. Nous nous demandons quelles peuplades barbares hantent ces contrées.

La vérité était que l'antenne de Radio-Bordeaux ne « portait » pas jusque-là.

Ce fut, en quatre années d'exercice, notre seul échec. Il me fut salutaire : lorsque, à Saint-André-de-Cubzac, vous êtes superstar (!) et que, à Barbezieux, vous ne l'êtes plus, vous vous interrogez sur la relativité de la gloire.

Or, cette gloire était réelle. Tangible : pensant, dans cinémas et rendez-vous populaires, avoir épuisé le succès de l'un de nos spectacles, nous fûmes très surpris de voir le Trianon nous demander de venir présenter ce même spectacle sur sa scène de la rue Franklin. Là, devant le public « bourgeois » de la ville, j'ai appris que le rire efface les classes sociales : proviseurs de lycée et juges au tribunal, pinardiers des Chartrons, médecins, chirurgiens, avocats s'esclaffèrent plus fort que les vignerons de Pauillac et de Saint-Emilion, que les cégétistes en leurs fêtes de la Bourse du travail. Kléber Harpain, le directeur, fut impressionné par la réussite comique du spectacle et tout autant — peut-être plus — par sa réussite financière : pendant trois semaines, il afficha complet. Ce qui l'incita, l'âge de la retraite approchant, à me faire une offre de codirection. Réaliser des mises en scène avec des comédiens chevronnés, parfois des vedettes, jouer de temps à autre le rôle de son choix dans une pièce de son choix : quelques années auparavant la proposition m'aurait fait bondir de joie. En 1956, je l'écartai. Plus tard, Kléber Harpain confiera à la presse, à la radio qu'il l'avait regretté. Moi : non. Sauf sur un point : après s'être vaillamment battu pour, en ces temps ignorant les subventions, rester lui-même, le Trianon abandonna la partie. Il devint cinéma.

Ma collaboration l'eût-elle sauvé ? Pendant quelque temps, peut-être.

Oui mais… j'allais avoir trente-quatre ans, je me disais : « Si je ne pars pas maintenant, je ne partirai plus. »

— Partir ? Pour quoi faire ? demanderez-vous.

— Toujours la même chose : écrire.

Oh ! Plus écrire ce dont ma jeunesse avait rêvé, bien sûr. Mais… une petite idée m'était venue.

Je l'ai dit : à la radio, les « gens de l'équipe » intercalaient leurs chansons entre les rubriques. Les partitions des chansons m'étaient envoyées par les éditeurs et périodiquement nous nous réunissions autour du piano pour les entendre. Les interprètes faisaient leur choix. Je donnais mon avis, me contentant surtout d'équilibrer les émissions. C'est ce qui, peu à peu, me donna le goût de la chanson car, je peux le dire, si dans mon enfance, mon adolescence j'aimais la chanson, jamais je n'avais pensé en écrire [1].

C'était l'époque des révélations. Brassens, exprimant l'anarchie des idées dans le classicisme des vers, m'enchantait. Léo Ferré plus encore dont les phrases au vitriol permettaient à Catherine Sauvage de nous assassiner :

L'amour qu'on prend comme un express
Alors qu'elle veut faire la vaisselle :
C'est l'homme.

L'audace me paraissait saine. Le ton était nouveau.
J'avais besoin de nouveauté.
Je ne pouvais la trouver qu'à Paris.
Bien sûr, ne chantant pas, je ne pourrais être ni Brassens ni Ferré ni Lemarque ni Aznavour mais, sur les partitions, je lisais les noms d'Henri Contet, Jean

---

1. Une seule exception, ce *Chant d'espérance* écrit pour redonner confiance aux copains, au public de Lacanau.

Drejac, Eddy Marnay bientôt suivis par Pierre Delanoë et Maurice Vidalin marchant vers la gloire sur les musiques du jeune Gilbert Bécaud.

C'était décidé : je serais parolier.

Me voici sur le quai de la gare Saint-Jean. Seul.

Roulleau arrive. Voulant comme toujours cacher son sentiment. Y parvenant mal.

L'heure approche.

Il me prend dans ses bras. Glisse quelque chose dans ma main.

Me présente ses excuses :

— Je sais que pour vous ce n'est pas beaucoup… Je pensais pouvoir mettre le double mais… en ce moment… Non, je ne peux pas faire mieux.

Je monte dans le train : cinq cent mille francs !

Je suis bouleversé. Je veux descendre pour remercier. D'un geste, Roulleau m'arrête.

Je baisse la vitre.

Comme à son habitude, il sourit. Comme à son habitude, il semble heureux de sa blague.

Il explique :

— Si ça marche, vous me les devez. Si ça ne marche pas, vous ne me devez rien.

Le train démarre.

Je ferme les yeux.

Pendant des années, j'ai vécu une amitié sans tempérance. Elle rebondira le jour où, à Paris, j'étalerai sur la table cinq liasses de cent mille francs.

Roulleau en fut transfiguré.

Parce qu'il retrouvait son argent ? Non : parce que j'avais les moyens de le lui rendre.

Ce bonheur, je devais le lire encore une fois sur son visage.

Quelques années plus tard : en 1964.

Roulleau est, me dit-on, « au plus mal ».

Je pars pour Bordeaux.

Je suis à la clinique.

Allongé, immobile, affaibli, me voyant entrer, il retrouve son sourire qui masquait tout. Et qui, aujourd'hui, ne masque pas l'essentiel : « C'est la fin, je le sais. » Il est lucide. Je crois lire dans ses yeux : « La farce est terminée. » Une complicité : « Nous les avons bien eus tous les deux. » Je crois bien que j'ai approuvé. Car, ensemble, nous les avions bernés, ceux qui croyaient que, parce que nous nous amusions, nous étions heureux.

Soudain, sur la table de nuit, je vois le journal. *Sud-Ouest*. Sur la première page : ma photo. Avec la légende : « Pagnol l'a choisi pour être son boulanger. »

Cela était vrai et je conterai le moment venu cette aventure qui, lorsqu'elle se produira, n'aura pas l'importance qu'elle aurait prise si elle était survenue plus tôt. Je ne le dis pas à Roulleau : il semblait si heureux du bonheur que, pensait-il, elle me procurait…

Il murmura :

— C'est un beau cadeau.

Pour moi ? Pour lui ?

Pour lui à coup sûr : si en 1964 avec d'autres il se réjouissait de mes succès de parolier, avec d'autres, avec beaucoup d'autres il ne comprenait pas que j'aie abandonné le théâtre.

Au fait : pourquoi, en 1956, l'ai-je abandonné, ce théâtre dont j'aimais les projets, les réalisations, le décor que, avant le spectacle, on respire, le trou du rideau par lequel peu à peu on voit la salle se remplir ? Pourquoi l'ai-je abandonnée, cette scène où j'avais eu l'ambition de passer mes jours, où j'aimais entendre les applaudissements et, plus encore que les applaudissements : les rires du public ?

Pourquoi, du jour au lendemain, ai-je renié ce métier

de comédien patiemment appris dans des vaudevilles comme *Madame et son filleul*, des comédies comme *L'Abbé Constantin*, des matinées classiques où, dans *Les Femmes savantes*, j'étais Trissotin cependant que, avec « La Nouvelle Compagnie », au Grand-Théâtre, j'étais je-ne-sais-quel-personnage dans *L'Alchimiste*, de Ben Jonson ?

J'aurais sans doute dix réponses à faire à ces questions mais je sais aujourd'hui ce que, alors, j'ignorais : je tourne la page.

Molière refermait son parchemin.

Désormais j'aurais, devant moi, une partition.

Sur laquelle je devais, en premier, faire mes gammes.

C'est pourquoi, débarquant à Paris, je me dirigeai vers la maison Paul Beuscher.

Chansons dans un Paris découvert

Chez Paul Beuscher, le directeur de l'édition musicale, René Desmarty, était bordelais.

Il m'accueillit sympathiquement et m'invita à venir
le soir rencontrer les artistes en compagnie des compositeurs maison Jack Ledru, René Denoncin, Marc
Fontenoy.

A vrai dire, la coutume des interprètes venant écouter les nouveautés chez l'éditeur touchait à sa fin.
Désormais, le lancement des chansons ne se faisait plus
sur les scènes du caf'conc' mais à la radio et les « lanceurs de disques » n'avaient pas besoin de se déplacer
pour trouver leur répertoire : auteurs, compositeurs,
éditeurs allaient les solliciter à domicile. On ne voyait
chez Beuscher que des artistes de petite renommée, des
artistes dont la plus grande renommée s'était ternie au
fil des années. Toutefois, pour moi qui arrivais de ma
province, parler chanson avec Tohama chantant si
gaiement *Fanfan la Tulipe*, avec Andrex si simple malgré ses succès de disque et de cinéma, avec Georgette
Plana applaudie au Trianon lorsque j'avais seize ans
m'apparaissait comme une promesse de carrière, de
bonheur.

Le malheur était… que je n'avais pas de chansons à
montrer.

C'est que, dès mon arrivée, les habitués du succès m'en avaient persuadé : le « tube » est une question de musique. Il convient donc de la trouver en premier. Après, « on l'habille ».

Le corollaire était imparable :

— Si un compositeur en vogue sent qu'il tient un tube entre ses doigts, vous ne pensez tout de même pas qu'il va le confier à un débutant ?

A cela s'ajoutaient des encouragements superbes :

— Quand je pense à la position que vous aviez à Bordeaux et que je vous vois venir à Paris, je me dis que vous êtes fou.

Ou, chez un compositeur plus prétentieux que talentueux auquel je venais de soumettre un texte :

— Avec ce que vous écrivez, moi, à votre place, je me ferais copain avec les accordéonistes. Vous écririez des paroles sur leurs valses, leurs polkas. Ce sont des paroles qu'on ne chante jamais mais si vous en écrivez beaucoup, vous gagnerez beaucoup d'argent.

Voilà des appréciations qui vous donnent le moral.

Au bout de quelques mois, Jack Ledru se jeta à l'eau. Je veux dire qu'il se mit au piano.

Lorsqu'il eut terminé :

— Qu'est-ce que tu en penses ?

C'était la première fois que l'on tentait de me faire confiance : cela ne pouvait que me plaire.

Je dis :

— Je vais essayer de trouver quelque chose.

Je pars. Je trouve. Je reviens.

Ledru est enchanté. Denoncin, qui travaillait souvent avec lui, aussi. Desmarty me regarde avec satisfaction. Il dit à mes deux compères :

— Patachou fait l'Olympia en avril. Elle prépare son disque. Essayez de la joindre.

Réponse de Patachou :

— Oui, je vais enregistrer mais ma séance est complète. Je regrette.

Insistance de mes compagnons.

Patachou finit par accepter de nous recevoir.

Ledru joue. Nous chantons.

L'artiste est contente, très contente :

— C'est excellent. Mais… cela ne change rien : mon tour est complet, mon disque aussi.

Nous sommes déçus. Elle est déçue de laisser partir la chanson. Elle dit :

— Allez ! « On se la refait ! »

Cette fois, c'est gagné !

Avant que je la quitte, elle me demande ce que je faisais jusque-là, pourquoi elle ne me connaît pas, si j'ai d'autres textes « comme celui-là » !

Ni comme celui-là ni comme d'autres : je n'avais qu'une chanson.

Et cette chanson devint un succès :

> *La musique, la musique*
> *C'est pour les amoureux*
> *Qui l'écoutent, qui l'écoutent à deux.*

Pour la présenter, Patachou me présenta. Dans la presse. Comme une révélation. Elle disait que je possédais la qualité la plus rare qui soit : « l'élégance dans le populaire ». J'avais trente-quatre ans, à cet âge-là certains déjà sont blasés : j'avais, moi, besoin de soutien ; ces mots en furent un grand. Merci, madame.

J'en eus d'autres : en cette année 57, les événements se précipitèrent. Pour moi.

Pour les interprètes, ils allaient à la vitesse des chars à bœufs. Ah ! Ils n'enregistraient pas, comme aujourd'hui, avant d'avoir débuté ! En 1950, à Bordeaux, Marcel Amont m'avait dit : « Tu écris des sketches comiques : tu devrais me faire une chanson. Je veux partir à Paris avec un répertoire personnel.» C'est en 1957 qu'il enregistra son premier disque, comprenant évidemment ce qui, en sept ans, était devenu sa chanson-phare, celle par laquelle invariablement il terminait son tour de chant : *Escamillo* ou l'histoire surprenante d'un toréador tellement maladroit que, depuis vingt ans, il n'avait jamais réussi à mettre son taureau à mort. Cela avait créé, entre la bête et lui, des liens. Et même des habitudes :

> *Comme il ne savait pas écarter,*
> *C'était le taureau qui l'évitait.*
> *La foule criait d'admiration.*
> *Le taureau saluait sous l'ovation !*

Il est difficile, quarante années après, de parler de ces succès anciens. «La vie ne va pas sans de grands oublis», dit Balzac : la chanson non plus. Pourtant, je le dis comme cela est : *La Morte-Saison* fut un succès. Pas comme *La Mer* ou *Les Feuilles mortes*, bien sûr, mais, tout de même, un succès. «Nous l'allons démontrer tout à l'heure.»

La chanson, qui devait sa musique à Marc Fontenoy, était enregistrée par Bourvil et Annie Fratellini mais c'est la presque débutante Lucette Raillat qui fit connaître l'irréfutable constatation :

> *Y a de la morte-saison*
> *Dans la vente des cocardes*
> *Du 14 juillet !*

Paris possédait encore des vespasiennes.

Je suis dans l'une d'elles : boulevard Saint-Martin.

Un monsieur entre. Il prend la position et se met à chanter. Il connaît toutes les paroles, toute la fragilité de ce métier vraiment aléatoire :

> *Car s'il y a du pébroc*
> *Parce que la pluie s'amène*
> *On perd toute son année :*
> *Pour liquider le stock*
> *Faut attendre que revienne*
> *Le 14 juillet !*

Pour mes débuts dans la capitale, j'entends une de mes chansons dans la rue ! J'étais figé par l'émotion.

Le monsieur s'en va, chantant toujours.

Un autre « client » le remplace qui, entraîné par le précédent, reprend le refrain. Sans les paroles celui-là mais, tout de même, connaissant parfaitement la mélodie.

J'ai dû m'arracher à l'extase : les gens sur le boulevard commençaient à penser que je faisais les pissotières.

Henri Génès, je l'avais interviewé à Bordeaux : à la radio d'abord puis sur la scène de l'Olympia où, avec Jeannette Batti, il était venu présenter un film dont ils étaient les vedettes.

Il m'accueillit à bras ouverts. Parce que c'est son tempérament ; parce que nous étions du Sud-Ouest ; parce que, à Paris, il était sans doute le seul artiste à connaître Julien... Cela s'était fait grâce à son oncle, un vigneron du Blayais qui, tant que le soleil était là, ne pouvait quitter sa sulfateuse, ses sécateurs :

— Lorsque c'était la soirée de Julien, me racontait Henri, à sept heures, il abandonnait tout pour venir écouter. Il me disait : « Toi, tu es rigolo mais Julien, crois-moi, c'est autre chose ! »

Henri prétendait en être vexé. En vérité, il ne l'était pas du tout et nous avons tout de suite sympathisé.

182

Malgré son illustrissime *Tantina de Burgos*, contrairement aux vedettes dont il fallait « aller tirer les sonnettes », il arrivait le matin vers 11 heures dans mon studio de la rue La Condamine, puis dans l'appartement de la rue Hélène et là, pendant deux heures, nous travaillions. Je veux dire que pendant une demi-heure nous travaillions et que pendant une heure et demie il enchaînait les blagues et les souvenirs de métier. Personne dans la vie ne m'a fait plus rire que lui.

J'écrivis le drame épouvantable de ce chanteur argentin susurrant ses tangos dans un courant d'air : la chanson s'appelait *El Coryza*. Elle fit rire mais son succès ne fut en rien comparable à celui que devait connaître une chanson dont Henri un matin m'apporta l'idée : *Les Fatigués de naissance*.

Lorsque je l'eus terminée, il était tellement sûr de l'impact que, passant en vedette à l'Olympia (avec les Platters en vedette américaine !), il la chanta sans l'avoir testée dans des galas.

Ce fut un vrai boom.

J'apportai la chanson chez Beuscher où désormais, consciencieusement, je mettais des paroles sur tous les tangos qui me tombaient sous la main. Marie-José, Tino Rossi en enregistrèrent deux ou trois sans que cela ajoutât rien à leur gloire. Rien à la mienne non plus. Qui, en 1958, fut consolidée par le rendez-vous que se donnèrent tous les « O » de la chanson (Tino, Mariano, Gloria Lasso, Maria Candido, Patrice et Mario) sur une chanson que je semblais avoir écrite pour les malentendants :

> *Je t'aimerai, t'aimerai, t'aimerai*
> *Je t'aimerai jusqu'à la fin du monde,*
> *Je te dirai, te dirai, te dirai,*
> *Je te dirai toujours des mots d'amour.*

Est-ce à la suite de cette réussite commerciale, est-ce à la suite de l'enregistrement d'une chanson d'une autre facture, un soir René Desmarty me dit :

— Je ferai de vous le plus grand parolier de Paris.

Je me retins — je vous assure que je me retins — pour ne pas lui répondre :

— Je m'en fous !

Oui, cela peut paraître incroyable et même extravagant : venu à Paris pour être parolier, alors que la chanson si rapidement faisait plus que me sourire, alors qu'elle me disait que, désormais, elle mettrait mes enfants à l'abri du besoin, je commençai à m'en désintéresser.

Il y avait à cela une grande raison : la découverte de Jean-Louis Barrault au théâtre Marigny, puis à l'Odéon, puis à… l'Elysée-Montmartre (je l'ai suivi partout) et surtout, surtout la découverte au palais de Chaillot de la permanente grande fête du Théâtre national populaire.

Salle immense. Archipleine. Public bourgeois et ouvrier. Etudiants. Parisiens et banlieusards, retraités de l'enseignement et du militantisme : tout le monde communiait dans l'admiration du spectacle. Pour ceux qui ne le sauraient pas : dans *La Résistible Ascension d'Arturo Ui*, Brecht établit une similitude facilement perceptible entre la montée d'un gangster des bas-fonds de Chicago et la montée d'Hitler. J'étais écrasé par la grandeur de l'œuvre. Son audace. Son utilité. Les acteurs. La mise en scène.

Lorsque, le spectacle terminé, Jean Vilar s'avançait vers le public pour, enlevant la perruque du personnage, prendre à son compte d'homme l'avertissement « Le monde est encore fécond d'où a jailli la bête immonde », je ne me levais pas, je n'applaudissais pas : je tremblais.

Ecrasé, oui : par la valeur de tous ces gens et par ma nullité. Je me disais : « Voilà ce que j'aurais dû faire. » Et surtout : « Je ne sais rien. » L'école, si elle ne donne pas toujours à ceux qui la fréquentent l'instruction qu'ils peuvent en attendre, a au moins le mérite de donner de solides complexes à ceux qui n'y vont pas.

Je fus pris d'une boulimie de lecture.

Je crois pouvoir le dire ici : pendant dix années, la nuit, le jour, chez moi, à la Bibliothèque nationale, à l'Arsenal, à la Bibliothèque historique de la Ville de Paris, ailleurs, j'ai lu tout ce qu'un homme peut lire. Pour écrire des pièces semblables ? Mais non ! Je m'en sentais bien incapable ! Lire pour ne plus être imbécile. Au moins à mes yeux (aux yeux des autres, non seulement on l'est mais on le reste).

Ecrasé aussi par les événements : moins de quinze ans après la Libération, ce nazisme que dénonçait Vilar montrait à nouveau ses menaces. En Algérie. Donc : en France.

Pour les en préserver, les Français faisaient confiance à de Gaulle. Moi, pas trop. A cause de Charly. De la fiche aux dix condamnations barrées d'une diagonale providentielle, de la vie de châtelain menée par ce condamné à quinze années de prison. A cause des militaires qui, en décembre 44, s'engageaient dans une odeur de naphtaline leur donnant droit de me chasser de leur bureau au pas cadencé sous le motif que j'avais été résistant ; à cause des civils qui avaient suivi le même chemin : ne pouvant plus chanter *Maréchal, nous voilà !*, ils pleuraient en écoutant *Le Chant des partisans*. Je les avais vus en mai 58 lorsque, sur les Champs-Elysées, ils appelaient de Gaulle au secours : parés de brassards, munis de sifflets, ils avaient essayé de me transformer en défileur. Une ! Deux ! Certains avaient des cannes. Comme, en 1934, à Biscarrosse les Croix-de-Feu empêcheurs de musique. Des jeunes filles étaient assises sur les ailes de voitures découvertes, jupes longues étalées sur le capot : comme pour un concours d'élégance. Elles semblaient dire au Général : « Protégez nos surprises-parties. » Semblables à la Marianne de Faizant qui, dans *Le Figaro*, courait vers le Général bras ouverts, implorant : «Papa!» Sauf qu'elles n'avaient pas le bonnet phrygien. Je me demandais si elles auraient aimé s'en coiffer. Si le Général, sous son képi, le portait autant qu'il voulait bien le laisser entendre.

Oui, je me méfiais de lui. Pourtant, je peux le dire, je n'ai jamais été de ceux qui, dans la rue, clamaient : «De Gaulle = facho!» Pourquoi ?... Parce que, justement, j'avais vu cette manifestation : si, ce soir-là, le Général avait dit : «Je suis votre dictateur», une grande partie des Français aurait répondu : «Bien, mon général.»

Il avait — il aura toujours — à mes yeux un autre mérite : il tenait la dragée haute aux Américains.

Et puis encore un autre : son écriture claire, précise. Oui, en ce temps où je découvrais le bonheur qu'il y a à rentrer chez soi pour passer une nuit de lecture, entre Voltaire et Maupassant, dans un caravansérail allant de Jules Renard à Dostoïevski, de Tolstoï à Flaubert en passant par Simenon et Roger Martin du Gard, les *Mémoires de guerre* du Général m'avaient comblé. Sur ma lancée, je me plongeai dans *Le Fil de l'épée*. Quelques affirmations du style «Le chef ne se conçoit guère sans une forte dose d'orgueil, de dureté, de ruse» me déplurent beaucoup. Exactement le contraire de ce que ma communale m'avait enseigné !

Ma défiance grandit.

Elle devint totale lorsque le Général, qui écrivait avoir dû renoncer, en 1944, à être reçu à Notre-Dame par les plus hautes autorités de l'Eglise[1], décida, dès son

---

1. «L'Etat de tension d'un grand nombre de combattants au lendemain de la bataille et ma volonté d'éviter toute manifestation désobligeante pour monseigneur Suhard m'ont amené à approuver ma délégation qui l'a prié de demeurer à l'archevêché pendant la cérémonie», Charles de Gaulle, *Mémoires de guerre*, tome II, Plon, Pocket n° 2001.

retour au pouvoir, de faire entrer la hiérarchie épisco-
pale dans la hiérarchie enseignante de la Nation. Aux
pourfendeurs de la « barbarie anglaise » et du « terro-
risme » résistant, le premier résistant de France disait :
« Je vous donne mission d'éduquer les petits Français.
Vous les éduquerez au nom de la République à la mort
de laquelle vous avez applaudi et la République vous
paiera pour cela. »

Monsieur Allard était battu par monseigneur Feltin !
J'étais abasourdi. De Gaulle, que tant de républicains
avaient servi, frappait l'école de la République. Comme
Pétain. Moins violemment dans les mots mais aussi violemment dans les actes. L'Eglise parle volontiers de la
multiplication des pains mais il est bien connu que, à
son grand dam sans doute, elle ne peut l'assumer : il
était évident que l'argent du service public allait filer
dans les caisses d'entreprises privées. C'est ce qui arrivera, entraînant dans chaque département la diminution
du nombre des normaliens dont j'aurais tant voulu être,
le recrutement de maîtres non formés, bientôt la stupé-
fiante raréfaction des cours d'histoire, de morale et
d'instruction civique : de tout ce qui attache l'enfant à
son pays.

Non, je n'aimais pas cette politique gaulliste.

Mais… en aimais-je une autre ?

Qu'étais-je au juste ?

A Bordeaux, pendant dix années, non seulement je
n'avais pas fait de politique mais je ne la suivais guère.
Je n'en parlais pas. Hostile à rien mais désintéressé.
Comme un jeune ayant eu une mauvaise jeunesse. Avec
devant soi des choses à ne pas voir. Cela donne envie
de détourner les yeux. Quant à Roulleau que j'avais
découvert radical-socialiste, il avait une seule fois, d'un
seul mot, tracé son idéologie :

— Tous les partis politiques font un banquet par an :
les radicaux, monsieur, ils en font deux !

Je me l'étais tenu pour dit et mon seul acte politique était le vote que je considérais — que je considère toujours — comme un devoir. Pour l'accomplissement duquel je glissais discrètement dans l'urne un bulletin pour la SFIO. Comme mon père. Ceci en vertu d'une réalité que je découvrirais plus tard sous la plume de l'illustre Béranger, chansonnier de son état, qui, au milieu du siècle dernier, écrivait : « Les premières idées que nous défendons sont toujours les idées des autres. »

En 1936, ces « congés payés » regardant l'Océan éternel comme une nouveauté m'avaient ancré dans cette conviction : le socialisme, voilà le radieux avenir du monde.

Or, en ces années 50, était venu à la tête du parti socialiste, à la tête du gouvernement un certain Guy Mollet que je ne considérais pas comme le radieux avenir du socialisme.

Bien que suivant les événements d'un œil un peu lointain, je n'avais pas admis l'envoi d'un corps expéditionnaire français en Egypte pour veiller à ce que Nasser n'exécutât pas la mesure la plus socialiste qui fût : la nationalisation du canal de Suez. Dans lequel évidemment des possédants français avaient de gros intérêts. Cela alors que se terminait à peine la guerre d'Indochine dans laquelle était tombé Popaul Douence, mon copain de la communale : monsieur Guy Mollet pensait-il que la vocation du Français était de répandre son sang sur tous les continents ?

Il en fut de moi envers la SFIO de mon père comme il en avait été de moi envers l'Eglise de ma mère : ici, je gardais Dieu mais je réfutais ceux que j'osais à peine nommer ses serviteurs ; là, je chérissais le socialisme mais je bannissais ceux qui disaient le représenter. Et je les bannissais encore plus en ce temps où, de Gaulle revenant au pouvoir, les parlementaires socialistes se divisaient pour les uns accepter, les autres refuser cette loi Debré bafouant l'esprit laïque de la République.

Debré n'était pas seulement le contempteur de l'école publique : annonçant à la radio la prochaine arrivée sur Paris des parachutistes venus d'Alger, il trouvait des trémolos affligeants pour demander à la population d'aller à leur rencontre. Pour leur dire : « Rengainez vos armes, chers amis : vous voyez bien que vous n'êtes pas raisonnables. »

De Gaulle me décevait : Debré me faisait pitié.

Dans les quartiers, se créaient des comités antifascistes. J'adhérai. Et comme j'adhérais très fort, je devins responsable du mien.

Cela me conduisit au Mouvement de la Paix. J'y rencontrai des catholiques, des communistes. L'un d'eux, Bassompierre, dit Basson, m'impressionna. Arrêté comme résistant, il avait été déporté à Buchenwald où le premier gars qu'il avait trouvé en débarquant sous les miradors était le copain qui l'avait donné aux Allemands. En 1945, Basson avait pris sa part dans la libération du camp par les internés. Lorsqu'il était revenu à Paris, décharné, un ami était allé lui rendre visite :

— Que vas-tu faire maintenant ?

Simple, Basson avait répondu :

— Je vais prendre le mois de vacances auquel j'ai droit. Puis, je reprendrai mon métier et j'irai me mettre à la disposition du Parti.

C'est avec de tels hommes que le Parti avait gagné cette aura dont les jeunes aujourd'hui ont parfois du mal à comprendre l'ampleur. Et même les fondements.

Dans l'arrondissement, je devins président du Secours populaire : avec de très faibles troupes, le dimanche matin nous montions les étages pour apporter un colis à des familles dans le besoin et, plus souvent, à des hommes, des femmes dans la solitude. Ainsi ai-je découvert à la lisière du riche XVIIe des misères

189

et des taudis comme je ne pensais pas qu'il pût en exister dans la capitale de la France : appartements sans sanitaires, sans eau courante, sans électricité pour certains, escalier ayant perdu sa rampe, portes ayant perdu leur loquet, pièces uniques au plancher en pente, vermoulu, montrant de larges brèches[1]. Cela sentait la crasse des murs et des oripeaux. Des corps malades. Un matin, pénétrant mon colis à la main dans l'un de ces galetas, je faillis marcher sur les excréments déposés sur le parquet par le mal-en-point qui n'avait pas eu le temps d'aller plus loin. Je m'en souviens parce que je n'avais pas pris mon petit déjeuner.

Chaque dimanche pour partir vers ma tournée, je me donnais des coups de pied. Je m'obligeais à penser à ma mère. Seulement, elle, pour la soutenir, elle avait le petit Jésus. Moi, je ne l'avais plus. Dieu et moi avions fini par nous séparer. En bons termes, je dois le signaler. Je ne disais pas de mal de lui et je me dois de reconnaître que personne ne me rapporta jamais qu'il tînt sur moi des propos désobligeants.

J'allais donc sans soutien. Me rendant compte de surcroît que le soutien que nous apportions n'était pas suffisant : à ces déshérités, nous ne donnions pas l'essentiel. Nos paquets de biscuits et nos boîtes de lentilles déposés sur la table, nous voulions partir : les bénéficiaires voulaient que nous restions. Ils nous retenaient. Nous parlaient. Posaient des questions pour gagner du temps de présence. Un jour, un vieux qui, lorsque je le quittais, avait pris l'habitude de m'embrasser ne me lâcha plus. Il me serrait, répétant : « Je suis seul. Tout seul. » Il pleurait.

Je descendis l'escalier en me disant que je n'étais bon à rien : qu'on me demande de tuer un homme dans les

1. Ce quartier, entre XVIIᵉ et Levallois, est aujourd'hui rasé, reconstruit.

bois ou de faire la conversation à un autre en plein Paris, je faillissais à ma mission.

J'en acceptai une autre pourtant : utiliser mes relations professionnelles pour rapprocher du Secours des personnalités du spectacle.

Donc, j'allai voir Bourvil. Pour lui montrer une chanson ? Non : pour qu'il enregistre un message en faveur de la campagne-vacances du Secours (ce qu'il fit). Et puis Jacqueline Joubert [1]. Pour qu'elle m'introduise à la télévision ? Non : pour qu'elle participe à la prochaine kermesse du Secours (ce qu'elle fit). Pour les remercier de leur participation, je faisais un grand portrait d'eux dans *La Défense,* qui était alors le journal du Secours. Ainsi en fut-il pour Marcel Amont, Jean Wiener, Félix Marten, Francis Lemarque, beaucoup d'autres : j'écrivis pendant quatre ans dans *La Défense.*

Et puis, il y avait les manifs. Elles m'ont beaucoup appris.

Certains de mes camarades tapent sur les CRS (je veux dire : moralement. Physiquement...). Je ne suis pas de ceux-là : derrière leur visière en Plexiglas et leur bouclier pour tournois moyenâgeux, vêtus de leur seyant imperméable plombé, s'ébranlant matraque levée au premier commandement, les CRS m'ont aidé à comprendre que, dans le domaine du sprint, je n'étais pas aussi mauvais que j'avais pu le croire sur le stade de Lacanau : dans le sport, ce qui compte, c'est la motivation.

En dehors de l'exercice physique qui m'était salutaire, je rencontrais cette gouaille populaire qui m'a toujours émerveillé.

Nous sommes sur le boulevard du Temple, allant vers la place de la République.

Sur notre gauche est un magasin de tissus. Le nom de la maison est écrit sur un panneau, au-dessus de la

---

1. Jacqueline Joubert a été la première speakerine de la télévision.

porte d'entrée. Sur la gauche, c'est-à-dire sous une fenêtre du premier étage, le mot : Gros. Sous la fenêtre de droite : Demi-Gros. Pour photographier toute la manif — imposante —, un reporter — énorme — est monté à l'étage. Il s'est placé dans la fenêtre de droite : il a, sous lui, le panneau Demi-Gros. Alors, avec un ensemble touchant, tout le cortège lui lance :

— Change de fenêtre !… Change de fenêtre !

Oui, j'ai ri souvent aux jaillissements de la verve plébéienne : jamais je crois comme à cette minute où, ne pouvant pas lire le panneau qu'il dominait, le photographe aux cent vingt kilos se demandait bien ce qui lui valait un tel succès.

Et puis, enfin, cessez de vous demander pourquoi, au lieu de me consacrer à la chanson pour laquelle j'étais « monté » à Paris, je m'adonnais à la joie populiste des manifs : vous oubliez que, à cette époque, j'étais étudiant.

Car j'étudiais, je vous prie de le croire.

Ou plutôt : je lisais. Sans prendre de notes, hélas !… Et plus je lisais, plus je comprenais qu'on ne pouvait pas suivre Balzac sans connaître les conséquences de la Révolution de 1789, qu'on ne pouvait pas lire Voltaire sans connaître ses combats, Diderot sans savoir sa lutte pour l'*Encyclopédie*, pas prendre du plaisir au Victor Hugo des *Châtiments* en ignorant le règne de Napoléon III.

Particulièrement intéressant ce règne de Napoléon III terminé par le siège de Paris où j'observais, fasciné, comment le peuple, qui a un talent rare pour jouer son rôle de cocu, l'avait interprété ici de la plus magistrale façon.

Dans *Les Boulets rouges de la Commune*[1], j'ai mon-

1. Georges Coulonges, *Les Boulets rouges de la Commune*, Fixot, éd.

192

tré ce moment grandiose où, sur les fortifications, les défenseurs de la capitale interrompent leurs exercices pour, de leurs vivats, honorer monsieur Jules Favre, ministre des Affaires étrangères, partant, leur dit-on, inspecter les lignes avancées. En vérité, l'homme du « Pas un pouce de notre territoire, pas une pièce de nos forteresses » lancé quelques jours plus tôt s'en va benoîtement discuter de la reddition de Paris avec Bismarck qui l'attend à quelques kilomètres de là : au château de Ferrières.

Ayant pris connaissance du roman, des lecteurs m'écrivirent, me demandant si le fait était historique. Hélas ! oui, il l'est !... Comme sont historiques les fausses sorties du général Trochu, gouverneur militaire de Paris, lançant ses soldats au-delà des lignes pour un combat symbolique puis, après en avoir fait tuer un bon nombre, les ramenant en deçà des remparts.

De ce général Trochu, Victor Hugo a laissé un portrait définitif :

> *Participe passé du verbe Tropchoir, homme*
> *De toutes les vertus dont la somme*
> *Est zéro, soldat brave, honnête, pieux, nul,*
> *Bon canon, mais... ayant un peu trop de recul.*

Et sont historiques encore les souscriptions que les Parisiens au patriotisme sans faille organisèrent pour fabriquer des canons.

Ils sont sur la butte Montmartre ces canons lorsque monsieur Thiers décide de les faire enlever. Les défenseurs de Paris, qui depuis la Butte voient toujours les Prussiens encerclant leur capitale, refusent de les donner. Le général Lecomte, commandant le détachement, ordonne de tirer sur les récalcitrants. Les femmes se placent devant les fusils. Les soldats mettent l'arme à terre. Ils fraternisent avec la population, qui, improvisant un tribunal à la justice expéditive, fusille le général... en compagnie d'un autre qui avait le tort de passer par là.

Que fait monsieur Thiers, chef du gouvernement ? Vient-il sur le terrain pour calmer les esprits ? Réunit-il ses ministres pour prendre les mesures nécessaires au maintien de l'ordre ? Non : *dans l'après-midi même*, il se carapate pour Versailles d'où il donne l'ordre à l'armée, à la police, aux services administratifs, sanitaires, de le rejoindre : les hôpitaux n'ont plus de directeur ; on ne sait pas comment nourrir les vivants, enterrer les morts.

Que fait le peuple de Paris ? S'empare-t-il du pouvoir laissé vacant par le premier des « francs fileurs[1] » ? Non : il organise des élections. Ainsi naît cette Commune de Paris qui, aux tâches immédiates qui l'accablent, a le goût et peut-être la naïveté de vouloir ajouter un programme social, scolaire, artistique nécessitant un temps de réalisation dont elle ne dispose pas : deux mois après avoir quitté Paris, monsieur Thiers y revient avec ceux que l'on appellera « les Versaillais ».

Le terme est abusif : aux soldats de l'armée régulière, monsieur Thiers a ajouté les cent mille prisonniers français qu'il vient de se faire remettre par monsieur de Bismarck pour abattre les Français de Paris.

Ces Français de Paris dressent des barricades.

Devenus des soldats aux consciences civiles
C'étaient des fédérés qui plantaient un drapeau
Disputant l'avenir aux pavés de la ville
C'étaient des forgerons devenus des héros[2].

C'est la « semaine sanglante ». La Commune est vaincue et, alors que les combats sont terminés, l'hor-

1. Nom donné par les chansonniers aux Parisiens qui, craignant les mauvais jours, quittèrent précipitamment la capitale.
2. *La Commune*, paroles de Georges Coulonges, musique de Jean Ferrat. Editions Gérard Meys.

reur : monsieur Thiers fait fusiller dans les rues, dans les squares, sur places et boulevards communards et moblots, promeneurs, tout ce qui, semble-t-il, peut étancher sa soif de sang.

Combien d'hommes ainsi passés par les armes alors que les armes se sont tues ? Vingt mille, écrit le plus modéré des historiens, monsieur Jacques Chastenet, de l'Institut, qui peut difficilement passer pour un dangereux révolutionnaire. Paris est un charnier.

Certains me reprocheront peut-être de m'être étendu trop longuement sur cette page ignoble, sale, étouffante — et aujourd'hui indiscutée — de notre histoire.

C'est que, lorsque dans les années 60 je la découvris, je m'y arrêtai déjà longuement. Toujours à la recherche d'éléments nouveaux, de démentis, de confirmations : de certitudes.

C'est aussi que cette page ignoble, sale, étouffante de notre histoire n'eut d'égale dans l'ignoble, le sale, l'étouffant que la relation qui en fut faite (ou qui n'en fut pas faite) aux générations futures. Journaux, livres, récits des historiens à gages et de ceux qui rêvaient de le devenir s'en donnèrent à cœur joie pour parler des « horreurs de la Commune » : formule grandiose permettant de mettre les crimes sur le dos des victimes.

Dans ce concert d'indignations, de condamnations, l'enseignement religieux prit la part qui, à cette époque, lui revenait de droit. Qui veut noyer son chien l'accuse de la rage : les communards furent présentés comme des enragés.

Oui mais... que dire de l'école de la République ?

Lorsque, à Lacanau, je m'asseyais devant le tableau noir, il n'y avait pas soixante ans que ces événements s'étaient produits : madame Allard nous parlait des massacres de la Saint-Barthélemy (1572). Il en avait été de même à l'école, dite supérieure, de Talence et ceci avait fait de moi l'un de ces innombrables Français ignorant tout de cette tragédie nationale, ignorant jusqu'au nom de la Commune.

J'eus, chez d'autres, l'occasion de vérifier cette lacune : en 1971, publiant mon livre *La Commune en chantant*, je fus invité à participer à une vente-dédicace organisée par le syndicat des employés municipaux de Montreuil. Notez bien : Montreuil, municipalité communiste, syndicat CGT.

Une employée de la mairie passe devant mon stand. Elle prend mon livre dans ses mains, me pose des questions. Je commence à expliquer.

La syndicaliste abandonne mon livre en disant :

— Oh ! La commune…, la commune… si elle nous payait un peu mieux, on pourrait acheter des bouquins !

Oui, il convient d'instruire le peuple. Je m'en persuadais en ces temps où je m'instruisais moi-même.

Les plaques bleues de nos cités ne contribuent pas toujours à cette éducation. Chaque ville, presque chaque village de France a son avenue, son boulevard portant le nom de monsieur Thiers. Avait du moins : habitant désormais le Quercy, j'ai eu la satisfaction voici quelques années de voir la place Thiers de Cahors devenir la place Charles-de-Gaulle. Ceci sur l'honnête initiative du maire de l'époque, Maurice Faure, qui, faute d'être un révolutionnaire créateur de désordre, a pour le moins le mérite d'être agrégé d'histoire.

Dans ce tout début des années 60 où je constatais que le peuple devait être instruit sur le passé, je constatais aussi la nécessité de ne pas lui masquer le présent.

C'était le temps des affrontements de rue. Devant les commissariats, les plantons ouvraient l'œil, le corps protégé des balles éventuelles par des petits murets individuels d'où leur tête seule dépassant donnait des envies de fête foraine à certains membres du FLN. Cela, on le voyait. La nuit s'organisaient des « opérations de net-

toyage » discrètes où des membres de l'OAS baston-
naient des Algériens pour leur apprendre à aimer la
France.

Marchant sur l'avenue de Clichy, je vois devant moi
un rapide tumulte. Des hommes franchissent le trottoir.
Une voiture démarre sur ma droite. Sur ma gauche, dans
un café je distingue des silhouettes s'agitant, protestant,
gesticulant. J'entre : deux musulmans sont allongés sur
une table, le front fendu. Un autre, saignant lui aussi,
s'accroche au comptoir pour ne pas tomber. J'offre mon
secours mais des Arabes auxquels on n'a pas dû enseigner « Méfiez-vous de la formule : "Tous les… sont
des…" » semblent ne pas vouloir me tenir pour un ami.
Je perçois le signe du patron leur intimant de me laisser tranquille. Je pars.

Sur ces ratonnades, la presse évidemment faisait le
silence. Encore plus lorsqu'elles avaient pour auteurs
les policiers eux-mêmes.

Ceci permettra à Siné, le caricaturiste que n'arrêta
jamais aucun sabre ni aucun goupillon, de se couvrir de
gloire.

Sur les Champs-Elysées, son ami Albert Monier,
photographe, traverse en dehors des clous (comme
disent les gens de ma génération). Un agent l'interpelle.
Le ton monte un peu et bientôt Monier, qui a une petite
difficulté de prononciation, lance au représentant de
l'ordre :

— Vous ne… c… comptez p… pas me fou… foutre
à l'eau… c… comme vous fai… faites avec les za… les
Arabes !

Il est embarqué.

Convoqué au tribunal.

Siné est cité comme témoin. Il s'avance.

Le président. — Monsieur Siné, vous étiez donc sur
les Champs-Elysées le…

— Non, monsieur le président.

— Alors… que faites-vous ici ?

— Je viens dire ce que j'ai vu, monsieur le président.

— Vous avez vu quelque chose alors que vous n'étiez pas là ?

— Oui, monsieur le président.

— Puis-je vous demander ce que vous avez vu ?

— J'ai vu les flics foutre les Arabes à la Seine, monsieur le président.

Perché sur son estrade, le magistrat commence à percevoir le traquenard :

— Ce n'est pas ce que je vous demande.

— Je sais. Mais c'est ce que je vous affirme : ils les foutaient à l'eau.

Et, devant un juge écarlate qui ne parvient pas à l'arrêter, Siné donne tous les détails sur cette nuit où il a vu effectivement les agents de la force publique balancer les corps des morts et des vivants[1].

Quelques années plus tard, Siné illustrera les couvertures de deux de mes livres, il créera les décors d'une farce lyrique jouée au théâtre Récamier[2]. Chaque fois que nous passerons une soirée ensemble, chaque fois que je le verrai se livrer à une provocation envers un quidam (son sport favori), je l'imaginerai redressant sa petite taille pour, citoyen conscient, apporter sa pierre à l'établissement de la vérité devant la justice de son pays. Il devait boire du petit lait.

---

1. On parlera de deux cents Arabes ayant connu une mort clandestine au cours de ce mois d'octobre 1961. C'est le chiffre que semble adopter Jean-Luc Einaudi dans l'ouvrage qu'il consacre à ces événements (*La Bataille de Paris*, Le Seuil, éd.). Dans un ouvrage plus favorable à la police, *La Guerre d'Algérie en France* (Presses de la Cité), Raymond Muelle conteste l'importance du chiffre tout en reconnaissant la réalité des disparitions.

2. *L'Oiseau sans plume*, livret de Georges Coulonges, musique de Louiguy.

La paix arriva. En 1962.

Et, avec elle, une lettre signée Deradji.

Vous souvenez-vous de Deradji ?... Si vous ne vous en souvenez pas, vous êtes priés de revenir à la page 112 du présent ouvrage.

Après la Libération, Deradji m'avait écrit pour me remercier. Pendant trois ou quatre années, nous avions échangé des vœux. Puis, sous le poids du travail, des ennuis ou simplement de la négligence, j'avais laissé tomber.

Deradji ne l'entendait pas de cette oreille. Il venait d'écrire à la mairie de Lacanau pour avoir mon adresse. Il voulait me remercier encore. Il souhaitait me revoir. Me présenter sa famille. J'étais touché par cette persévérance dans la gratitude.

Je ne connaissais pas l'Alsace. C'était une occasion : à Pâques 63, nous partons.

Deradji me reçoit avec une joie visible. Il travaille sur les bords du Rhin, habite une mini-cité ouvrière, quelque chose que, si l'on était dans le Nord, on appellerait un coron. Son fils, Majid, lui ressemble, sa femme est française cent pour cent.

Il m'étreint :

— Tu m'as sauvé la vie !

Je réponds par un modeste : « Mais non ! »

Au cours de notre court séjour, il répétera son affirmation. Plusieurs fois. Je répéterai la mienne.

Plus tard, je regretterai de ne pas l'avoir laissé parler : peut-être savait-il des vérités sur ses anciens compagnons de barbelés. J'ai cru entendre que, après la Libération, certains d'entre eux n'avaient pas eu le loisir de revoir la terre africaine.

Au repas, le gosse parla de son école. De ses copains. Ils s'appelaient Jacques, Ahmed, Hans, François. Tous devaient réciter « Nos ancêtres les Gaulois... ».

Deradji racontait notre odyssée à sa famille. Pour la centième fois sans doute.

Il me regardait. Il disait :

— Ce que tu étais calme...

Sa femme renchérissait :

— C'est une chose qu'il me répète toujours : « Je n'ai jamais vu quelqu'un d'aussi calme que Georges. »

Dans ce livre, je me suis expliqué sur ce calme des grands moments. Qui cesse lorsque je cherche un timbre-poste.

Ecoutant Deradji en 1963, je pensais que, même ce calme-là, profond, avait un peu perdu de sa plénitude. Des événements l'avaient déchiré : les jeunes criant leur innocence sous les balles de Charly, les casiers judiciaires pour blanchisserie automatique, ce qu'on appela la Libération, les cent métiers des sans-métier, la faillite des gouvernements de la République... Et puis les Arabes jetés à l'eau par ceux qui auraient dû les protéger. Parmi ces noyés involontaires, il y avait peut-être, il y avait sûrement des Deradjis. Des tirailleurs algériens, des goumiers arrachés à leur bled pour, dans les rues de Paris, devenir des suspects. Sans la gandoura, un spahi n'est plus qu'un bicot. Un harki : un melon.

Le lendemain, je me décidai :

— Tu n'as pas été embêté ?

Deradji prend un air sincère. Profondément :

— Oh ! Si ! J'ai été embêté, tu peux le dire.

Tout de suite, je crains le pire. Les flics l'ont embarqué, les CRS l'ont tabassé, l'OAS lui a mis la tête dans une baignoire...

J'ai la gorge sèche :

— Ils t'ont embêté... vraiment ?

Deradji acquiesce à nouveau.

Il m'explique : le FLN était là tous les samedis. Il devait prêter sa voiture pour les missions :

200

— Tu te rends compte : s'ils s'étaient fait prendre…
J'étais pris avec eux !

Et puis, il y avait la cotisation. Obligatoire. Pas question d'y échapper :

— Trois mille cinq cents francs par mois : c'était lourd, tu sais ?

Dans la voiture du retour, nous avons éclaté de rire. A la pensée de nos courses autour de l'Hôtel de Ville, dans le Marais : nous, en tête ; les flics toujours derniers. Mais mieux armés.

Puis notre rire s'est assagi. La réalité a repris ses droits : Deradji était né dans l'Algérie française. Il parlait le français. Avait été soldat français. Il avait fait la guerre pour la France, s'était retrouvé prisonnier. Il s'était évadé, avait épousé une Française. Ils avaient eu un fils. Né en France : dans la métropole. Et voilà que, alors que ce fils, sa femme et lui habitaient sur les bords du Rhin, des gens qu'ils ne connaissaient pas venaient leur demander de prêter la voiture. Qu'ils avaient tant de mal à payer. Cela pour libérer un pays qui se trouvait là-bas : de l'autre côté de la Méditerranée.

Je n'ai plus revu Deradji.
J'ai souvent pensé à lui. A son fils surtout.
Une voisine ouvrait ses volets en disant :

— Tous ces gens-là, il faudrait les jeter à la mer.

A la télévision, un crâne rasé proclamait :

— Ils nous ont mis à la porte de l'Algérie : mettons-les à la porte de la France.

Les journaux ajoutaient qu'on organisait des rafles dans le métro.

Certains appelaient cela : la chasse au faciès.

C'était immédiat : devant mes yeux montait l'image de ce garçon qui avait la France au cœur.

Et l'Algérie sur son visage.

Comme mes lectures, ces circonstances, ces inquiétudes, mon militantisme m'éloignaient de la chanson : elle me paraissait futile. Les préoccupations, les sentiments de ceux qui la servaient aussi. Parfois, ils me stupéfiaient.

Nous téléphonons à une vedette. Un rhume lui avait fait arrêter ses représentations dans une opérette. A Mogador.

— Je reprendrai vendredi. Soyez à 20 h 30 dans la loge du concierge.

Nous y sommes. Il arrive. Dans le petit escalier en colimaçon, nous rencontrons un choriste toussant lamentablement.

Aimable, notre vedette lui dit :

— Ça ne va pas mieux, toi ?

— Non ! Mais j'ai repris quand même, répond le pauvre bougre qui, faisant glisser son index sur son pouce, indique que le manque d'argent est la cause de son retour.

Notre vedette approuve, compatissant :

— Hé ! Oui, c'est comme moi !

Puis, à la réflexion, avec son inimitable accent corse :

— Et encore… toi, tu ne perdais que cinq mille francs par jour[1] mais moi, en une semaine j'ai perdu un million !

Après quoi, il se tourne vers nous, convaincu :

— Et pourtant… c'est vrai !

Des inconsciences de ce genre me désarçonnaient. Elles m'incitaient à agir. J'écrivais peu. Rêvant de

1. C'était avant les nouveaux francs.

chansons de combat. Contre les égoïsmes. Les crimes. La guerre.

Parfois, des éditeurs m'appelaient. Ils me faisaient entendre des musiques. Chez Chappell, Lucien Soula m'offrit *The Little Drummer Boy*, un air du folklore dont les paroles un peu « cantique » ne me plaisaient pas. Tout en gardant le côté « miraculeux » de la version, je donnai à mon texte les allures d'un hymne à la Paix.

Les Petits Chanteurs à la Croix de Bois l'enregistrèrent :

> *Sur la route, pa la pa pa pa...*
> *Petit tambour s'en va, pa la pa pa pa...*

De 1959 (ou 1960) à 1965, année où Nana Mouskouri l'adopta, trente chorales la firent entrer dans leur discographie. On adopta même ma version à l'étranger. Je me frottais les mains... lorsque j'appris que, le titre original étant anglais, je ne possédais les droits que pour les pays de langue française.

— Mais... ce sont mes paroles qui sont traduites...

— Peut-être, mais c'est l'auteur anglais qui percevra l'argent.

— Ah ! bon.

La même aventure — ou mésaventure — m'advint avec un autre texte. Si j'ose dire : en plus grandiose.

Un samedi, Paul Durand, compositeur, chef d'orchestre célèbre, cherche à me joindre. Il n'y parvient pas.

Je le rencontre le dimanche matin. Il est désespéré :

— Catarina Valente[1] enregistre en français mardi en Allemagne. Je prends l'avion demain à midi. Je dois

---

1. Fille de Maria Valente, première femme clown, Catarina Valente était alors une très grande vedette internationale.

emporter la traduction de cette chanson dont, pour tout arranger, je n'ai même pas le texte allemand. Est-ce que vous croyez qu'on peut arranger le coup ?

— Je vais essayer.

Je travaille l'après-midi sur cette musique dont je n'ai que le titre allemand. Evidemment, je ne le comprends pas. Il était très long avec tout plein de *ein, acht, kroupt, chtarg*, et autres *klaïndorff*.

Le lundi matin, je revois Paul Durand avec quelque chose de plus simple : *Jérémie*.

Paul Durand est ému. Par le texte et parce que je lui sauve la mise.

Le mardi, Catarina Valente enregistre.

Un mois plus tard, elle est à l'Olympia :

> *Jérémie, Jérémie, voici l'heure*
> *Voici l'heure où tu venais.*
> *Jérémie, ne dis pas que je pleure*
> *Puisque tu n'as pas pleuré.*

La chanson en France fit un petit succès. Sans plus. Sans moins.

Trois mois plus tard, Albert Raisner rentre d'une tournée au Canada. Il me téléphone, heureux de m'annoncer une bonne nouvelle :

— Là-bas, ta chanson est première au hit-parade.

A nouveau, je me frotte les mains : au Québec, on parle français.

— Peut-être, me dit le préposé aux droits d'auteur, mais officiellement, il n'est même pas bilingue : vous ne percevrez rien.

Je dis que l'aventure fut plus grandiose parce que, à partir de là, non seulement mes paroles furent traduites dans plusieurs pays mais elles le furent avec mon titre : *Jérémie*.

C'était un grand honneur pour moi. L'argent, lui, fila

dans les poches de l'auteur des *ein, acht, kroupt, chtarg* et autres *klaïndorff.*

Tout cela pour vous dire que, moi aussi, j'ai failli avoir des succès internationaux.

Dans la chanson, la fortune tient à un rien.

Un jour, Tino Rossi me dit :

— Je vais enregistrer des noëls. Il me faudrait des textes nouveaux.

Sans trop de génie, j'écris :

> *C'est le Noël des enfants corses,*
> *C'est le Noël de mon pays...*

... qui ne révolutionne pas les foules.

Or, voilà que cette œuvre que je n'entends jamais nulle part apparaît sur mon feuillet de répartition des droits pour un montant remarquable. En une rubrique du moins. Une seule. Toute nouvelle : le juke-box.

Pour établir la répartition des sommes encaissées auprès des possesseurs d'appareils, la SACEM envoyait dans les cafés des inspecteurs chargés de relever les morceaux les plus demandés.

Il était à croire que *Le Noël des enfants corses* était parmi ceux-ci.

J'ai failli ne jamais éclaircir ce mystère. Les auteurs sont comme les autres humains : ils ne cherchent à savoir que lorsqu'ils constatent un manque ; pour les « plus », ils jugent superflu de déclencher une enquête.

Je suis place Pigalle. J'ai soif. J'entre dans un bistro.

Le juke-box joue *Le Noël des enfants corses*. Je bois mon Vittel : content. Le disque terminé, une fille s'approche de l'appareil. Elle met une pièce : *Le Noël des enfants corses*. Cela me donne les moyens de boire un autre Vittel. La fille revient : troisième *Noël des enfants corses*.

Je sors, pensant que j'ai eu affaire à une maniaque.

Square d'Anvers, je rencontre un copain. Il m'invite à boire un verre. Je n'ai plus envie de Vittel. Mais comme je commence à ressentir l'envie de me séparer de ceux que j'ai pris, nous entrons.

Au juke-box : *Le Noël des enfants corses*.

Même jeu que tout à l'heure : à la fin du disque, une fille s'approche. Elle glisse sa monnaie dans la fente. Et ça repart :

> *C'est le Noël des enfants corses,*
> *C'est le Noël de mon pays.*

La fille passe dans l'arrière-salle où, dans la pénombre, ces messieurs tapent le carton. L'un d'eux lâche ses cartes pour tapoter sur les fesses de sa protégée un remerciement vraiment affectueux : un œil sur le roi de pique et l'autre sur le souvenir de la mamma qui, lorsqu'il était enfant, près de Calvi ou de Bonifacio, accrochait des joujoux dans son sapin.

Voilà comment on fait fortune dans la chanson : parce que les maquereaux corses sont des sentimentaux ; que leur(s) dame(s) le savent et qu'elles veulent leur faire plaisir.

Aux éditions Chappell, le pianiste s'appelait Claude-Henri Vic. C'était un bon musicien avec lequel j'aurais pu avoir une bonne collaboration s'il n'avait souffert à mes yeux d'un handicap terrible : il était plus timide, plus complexé que moi.

Avant d'aller chez une vedette, je lui disais :

— Tu chanteras. Tu es au piano. Ça t'est plus facile qu'à moi.

Il acquiesçait.

La vedette nous recevait :

— Je vous écoute.

Pour se donner du courage, Vic faisait craquer ses doigts. Il attaquait l'introduction. Après quoi on n'entendait plus que des borborygmes, des onomatopées ayant l'apparence de soupirs auxquels on ne comprenait rien.

L'artiste nous regardait avec des yeux ronds.

Je disais :

— Reprenons.

Vic rejouait l'introduction. Ce qui est une façon de parler : il en jouait une autre sur laquelle je n'arrivais pas à trouver le moment d'attaquer. Je partais à l'aveuglette, furieux, chantant ma romance amoureuse en ayant l'air de dire : « Tu me le paieras ! » Lui continuait à taper sur son piano. Sans s'occuper de moi. Transpirant. Rouge. Espérant que l'artiste très vite allait nous mettre à la porte. Je me suis toujours demandé comment nous avons réussi à placer quelques chansons. Pas beaucoup. Parmi elles : *Don Léon*, le roi des toréadors auquel, lorsque noblement il entrait dans l'arène, les Frères Jacques donnaient ce conseil affectueux :

Tu devrais pas, pas, pas garder tes lunettes
Car ça te donne, donne, donne un air tatillon
Non, moi je crois que, pour le chic de ta silhouette,
Tu devrais pas, pas, pas garder tes lorgnons !

Pendant dix années, les Frères Jacques, dont j'admirais tellement l'invention, la rigueur de la mise en scène, terminèrent la première partie de leur spectacle avec *Don Léon*. Pendant dix années (ou presque) ils m'appelèrent pour me demander un autre texte. Je ne leur en ai jamais montré.

Pourquoi ? Parce que, après *La Musique,* je n'ai rien montré à Patachou ; après *L'Enfant au tambour,* je n'ai rien montré à Nana Mouskouri. Parce que Michel Emer me demanda vingt fois de « penser à sa femme » (Jacqueline Maillan), que Francis Lopez m'invita à déjeuner et que notre collaboration s'arrêta là ; parce que j'admirais Piaf et Montand et que je n'ai jamais cherché à les joindre. Timidité sans doute. Mais aussi stupide complexe de l'âge : venu tard à Paris, j'éprouvais une gêne à me retrouver devant des gens de ma génération depuis longtemps installés dans le métier. Un métier que, je m'en rendais compte chaque jour, je n'avais pas vraiment choisi : ma jeunesse n'en avait pas rêvé. Un métier qui me faisait bien vivre, ce que j'appréciais évidemment, mais qui n'était pas tel que je l'avais vu depuis ma province : le parolier « habille » des vedettes ; sa personnalité s'efface devant la leur ; cette acrobatie n'est pas désagréable mais... les textes qui me tenaient à cœur me restaient « sur les bras ». Les partitions des compositeurs — parfois des meilleurs — s'accumulaient sur mon bureau. Je ne les regardais pas.

Vic ne se décourageait pas : il me donnait toujours des musiques nouvelles. Je lui promettais d'y travailler. Et puis... je pensais, je passais à autre chose.

Un jour, timidement, il me dit :

— Je... t'ai proposé une musique de... style espagnol... Je... j'ai trouvé un jeune... un débutant... Cette musique l'intéresse...

Evidemment, je libérai le texte.

Le débutant s'appelait Jean Ferrat.

Il écrivit les paroles (et c'est, je crois, la seule fois où Jean écrivit des paroles sur une musique d'un compositeur autre que lui). Cela devint *Federico García Lorca*. Magnifique : jamais je n'ai regretté d'en avoir abandonné la musique. Si j'avais fait le texte, Vic et moi serions allés présenter la chanson à Piaf[1] et, nous

1. C'est une image : comme je l'ai dit, je n'ai jamais présenté de chanson à Piaf.

208

voyant pataugeant, soufflant, ahanant, elle nous aurait
sûrement dit :

— Ce n'est pas pour moi ! Vous devriez aller voir
Bourvil.

Au lieu de cela, avec Ferrat, nous sommes devenus
copains.

Nous nous comprenions avec peu de mots. Heureusement : avec Jean, si on en attend beaucoup, la conversation s'étire. Au téléphone, de temps en temps, je lui
demandais :

— Tu es toujours là ?

Au bout d'une minute, il répondait :

— Oui : je suis là.

Il devint vedette en deux disques. Presque en un seul.

Un soir à Ivry, dans le minuscule appartement de ses
débuts, il me dit :

— Georges, c'est curieux : maintenant tout le monde
me propose des textes et toi… qui es mon ami… tu ne
m'en proposes jamais.

Non, je ne lui en proposais pas : parce que lorsqu'il
était inconnu je ne lui en avais pas proposé. Je me
disais : « Si je lui en propose maintenant, il va penser
que je veux profiter de sa réussite. »

A cette minute, c'est lui qui m'y invitait. Quelques
jours plus tard, je revins avec un texte. La chanson fut
enregistrée par lui, Christine Sèvres, Juliette Gréco.
C'était bien d'avoir des interprétations différentes.
Intelligentes toutes les trois :

> *C'est la fête aux copains*
> *C'est la fête à Pantin,*
> *C'est la fête à Paname…*

Plus tard, lorsque je serai appelé à parler de mes
romans à mes lecteurs, il se trouvera toujours quelqu'un
dans l'assistance pour me questionner sur mon style.

Vif, alerte, diront les uns. Percutant, diront les autres. Dépouillé, prétendront les intellectuels.

Chaque fois, je répondrai la même chose :

— C'est la chanson qui m'a appris la concision.

Et je citerai le couplet de *La Fête aux copains* :

> *14... C'est fou c'que t'es triste*
> *Quand, sur un édifice,*
> *T'es suivi de 18...*
> *14... C'est fou c'que t'es gai*
> *Quand au calendrier,*
> *T'es suivi de juillet !*

Je ne sais pas si Jean s'en souvient : un jour, il était revenu de vacances méridionales avec trois ou quatre chansons nouvelles.

Il prit sa guitare, les chanta.

L'une d'elles me bouleversa : *Nuit et brouillard*.

Je lui demandai de la rechanter. Il le fit mais il revenait toujours à une autre de ses nouveautés : *Napoléon IV*.

Il me répétait :

— Tu ne l'aimes pas ?

Je lui disais que j'aimais bien son Napoléon, mais que *Nuit et brouillard* était un chef-d'œuvre.

Je crois qu'il ne s'en rendait pas compte.

> *Ils étaient vingt et cent, ils étaient des milliers*
> *Nus et maigres, tremblants dans des wagons*
> *plombés*[1]...

Etayée par nos sentiments communs sur l'Occupation, notre amitié s'appuyait sur une même pudeur. Il

1. *Nuit et brouillard*, paroles et musique de Jean Ferrat. Editions Gérard Meys.

ne me dit pas la source de son inspiration. J'appris par d'autres le drame de sa jeunesse : je ne lui ai jamais dit que j'avais été résistant.

Nuit et brouillard obtint un véritable triomphe. Malgré toutes les difficultés qu'il y avait, à cette époque, à faire programmer par les radios des chansons à texte.

De ces difficultés, *Nuit et brouillard* porte témoignage :

On me dit à présent que ces mots n'ont plus cours
Qu'il vaut mieux ne chanter que des chansons
d'amour
Que le sang sèche vite en entrant dans l'Histoire
Et qu'il ne sert à rien de prendre une guitare.
Mais qui donc est de taille à pouvoir m'arrêter ?
L'ombre s'est faite humaine aujourd'hui c'est l'été.
Je twisterais les mots s'il fallait les twister
Pour qu'un jour les enfants sachent qui vous étiez !

Car l'époque changeait : les grosses compagnies phonographiques avaient pris le pas sur les éditeurs papier (ceux qui, comme Paul Beuscher, éditaient la partition de la chanson imprimée). Elles découvraient le pouvoir d'achat de la jeunesse. Pour satisfaire cette clientèle juvénile, elles voulaient du twist. Leurs efforts rejoignaient ceux de la radio et de la télévision gaulliennes, répétant aux auteurs, aux compositeurs :

— Occupez-vous de chanter. Le monde, ses drames et ses joies, les guerres et les génocides, les menaces atomiques, le goulag : cela ne vous regarde pas[1].

C'est dans ce climat que je proposai à Jean le texte de *Potemkine*.

Pourquoi cette chanson ?

Parce que je venais de découvrir le film d'Eisenstein

1. Pour le goulag, il y aurait peut-être eu une exception...

à la télévision. Parce que pendant trois jours, j'avais vécu sous l'emprise de ces images en noir et blanc. Parce que, sans avoir jamais pensé que l'odyssée de ces marins protestant contre la viande avariée qui leur servait de repas pût donner matière à chanson, le troisième soir, rentrant chez moi je m'étais mis à écrire :

M'en voudrez-vous beaucoup si je vous dis un monde
Qui chante au fond de moi au bruit de l'océan ?
M'en voudrez-vous beaucoup si la révolte gronde
Dans ce nom que je dis au vent des quatre vents ?
Ma mémoire chante en sourdine...
Potemkine.

Pourquoi demander au public s'il m'en voudrait d'écrire ma chanson ?

On l'a compris : ce n'était pas à lui que la question était posée. C'était aux antennes vigilantes de la radio, de la télévision gaulliennes.

J'avais des raisons de me méfier d'elles.

J'avais présenté à Bourvil *Du côté de l'Alsace*, histoire très simple d'un homme regrettant d'avoir connu son vingtième anniversaire à la guerre :

J'ai eu vingt ans du côté de l'Alsace
Je suis de la classe
Qui n'eut jamais vingt ans [1].

Bourvil l'avait reçue avec émotion : lui aussi avait eu vingt ans «du côté de l'Alsace». Il l'avait enregistrée tout de suite.

1. *Du côté de l'Alsace*, paroles de Georges Coulonges, musique de Michèle Auzèpy, propriété des auteurs.

Et voilà que cette chanson inoffensive est censurée. Motif : peut nuire au rapprochement franco-allemand.

Soyons précis : il n'y avait pas, à proprement parler, de censure. Il y avait seulement un comité d'écoute composé de gens bien-pensants. Ils interdisaient un peu, se contentant la plupart du temps de publier des listes de « Chansons déconseillées » que l'on affichait dans tous les bureaux, tous les studios. Le courage des programmateurs faisait le reste.

Potemkine, lui, fut vraiment interdit.

Je revois Jean dans le studio de la télé.

Les responsables de l'émission lui disaient :

— Tu ne vas pas manquer un passage à la télévision parce qu'on te refuse d'y chanter une chanson ? Chantes-en une autre.

C'est bien ce qui se passait habituellement.

Jean ne voyait pas la vie de cette façon :

— Je chante ce que je veux ou je ne chante pas.

Il ne chanta pas.

Il était en pleine ascension, attendu par des millions de téléspectateurs. Son absence fut remarquée. Il s'en expliqua dans les journaux, à la radio. Il y eut une levée de boucliers. Des étudiants, des lycéens, des militants firent signer des pétitions contre cette atteinte à la liberté d'expression. Il faut dire qu'on était en 1965 : les élections présidentielles étaient là, au cours desquelles comités d'écoute et directeurs de chaîne donnèrent la pleine mesure de leur talent. On supprima des programmations, l'inoffensif *Dis-lui non* de Françoise Hardy. Un candidat à la présidence s'appelait Barbu : on interdit à Adamo de chanter : *Avez-vous vu un barbu sans barbe ?*

Lorsqu'on met le cap sur la censure, il est bien rare qu'on n'échoue pas sur le ridicule.

Premier roman...
dernier rideau

Il ne m'est pas très facile de revenir sur toutes les activités qui remplissaient ma vie en ces années où tâches sociales, chansons, lectures, recherches historiques se mêlaient avec, comme si cela n'était pas suffisant, la renaissance de mes anciens rêves.

L'écriture des chansons m'avait donné une petite — très petite — assurance : pourquoi pas un roman après tout ?

Me disant que mes probables faiblesses de style s'effaceraient sous le rire de mes lecteurs, je commençai prudemment par un livre d'humour, *Le Général et son train*. C'était en 1961. L'ouvrage terminé, je l'avais déposé chez tous les éditeurs de Paris. De chacun, j'avais reçu la même réponse : « Votre livre est excellent mais on ne le prend pas. » Concluant que, en ce domaine, je n'avais pas de talent, j'avais couché mon *Général* au fond d'un tiroir. Il y dormait depuis deux ans lorsque Maurice Renaud, connu de tous les auditeurs de radio pour être, si j'ose dire, le maître des... « Maîtres du mystère[1] », me téléphona. C'était un homme charmant que j'avais rencontré une fois, chez

---

1. « Les Maîtres du mystère » : série d'émissions radiophoniques très suivie, pendant plusieurs années, par les auditeurs.

des amis. Je lui avais confié mon ambition. Il voulait monter une collection de romans policiers :

— Avez-vous quelque chose ?

— En policier ? Ah ! Non.

Il insista, finissant par me demander si, hors le polar, je n'aurais pas un petit truc qui traîne ?

Bien sûr, je pensai à mon *Général*. Mais… il m'avait valu tant de refus que je n'osais pas en parler. Je m'y décidai pourtant.

L'après-midi, je déposai le texte chez Maurice Renaud.

Le lendemain, il m'appelait :

— J'ai ri dans mon lit jusqu'à trois heures du matin. Ma femme me disait : « Tu ne vas pas bientôt dormir ? »… Je le propose tout de suite chez Calmann-Lévy.

Je faillis l'en dissuader : Calmann-Lévy l'avait refusé.

Par un salutaire réflexe, je retins ma phrase.

Deux mois après, Jean-Charles, visage radieux, m'accueillait en cette collection Labiche qu'il dirigeait et à laquelle il venait d'offrir le plus éclatant de ses succès : *La Foire aux cancres*.

Trois mois plus tard, coup de téléphone à la maison :

— L'Académie de l'Humour vient de vous attribuer son Grand Prix pour 1964. Jules Romains va vous le remettre. Venez tout de suite : ces messieurs vous attendent au restaurant.

« Ces messieurs » de l'Académie de l'Humour ! Monsieur Jules Romains de l'Académie française ! Je savais bien qu'ils ne me donnaient pas le prix Nobel, même pas le Goncourt mais, pour la première — et la dernière — fois de ma vie, j'ai senti physiquement ce coup de rasoir dans les jarrets qui a fait inventer l'expression « avoir les jambes coupées ».

J'avais tort d'être ainsi impressionné : je ne sais pas

si « ces messieurs de l'Académie de l'Humour » avaient mal mangé mais je les ai trouvés lugubres.

Rentrant à la maison, j'écrirai : « Ce qui gâte le plaisir de recevoir un prix littéraire, c'est que, tout de suite après, on fait la connaissance des membres du jury. »

Mon émotion, trop grande, j'en savais les raisons : depuis que j'avais embrassé les professions du spectacle, ma mère vivait dans l'inquiétude. Pour elle, pour beaucoup de gens, on devait avoir un « mois ». Le mois donnait une sécurité. Une honorabilité aussi.

De temps en temps, elle soupirait :

— Quand je pense qu'il aurait pu rester aux Ponts et Chaussées !... Il serait ingénieur maintenant[1] !...

Maïté, qui me préférait tel que j'étais, répondait sans l'ombre d'un sourire :

— Il est passé à côté : vous vous rendez compte de la chance qu'il a eue !

Ma mère ne comprenait pas.

Or, si les métiers de comédien, d'animateur, de parolier lui paraissaient futiles, je savais que cette grande lectrice de Claude Farrère et de Henry Bordeaux, de Delly et de Pierre Loti serait éblouie par la parution d'un roman sur la couverture duquel elle trouverait le nom de son fils.

Je voulais lui en faire la surprise.

Le Général et son train fut mis en fabrication en décembre 63. En janvier 64, ma mère s'éteignait : au chagrin que j'éprouvai s'ajouta mon regret de ne pas lui offrir la joie de cette parution. S'ajoutèrent aussi les reproches que je m'adressais pour l'avoir tourmentée.

En 1960, nous venions d'apprendre que le fils d'une famille amie partait pour la guerre d'Algérie avec son contingent. Pour faire passer cette mauvaise nouvelle — et aussi peut-être parce que j'avais faim — je m'étais

1. Ce qui était une erreur totale : je ne l'aurais jamais été.

fait un petit sandwich au saucisson. Ma mère avait pâli. Pas à cause du garçon qui, avec d'autres, allait risquer sa vie : à cause du saucisson. Nous étions vendredi. Peut-être vendredi saint, je ne sais plus. J'étais révolté. Par ces pratiques visant à donner aux gens des mentalités de coupables alors que d'autres culpabilités, non condamnées, faisaient le malheur du monde.

A chacune de mes protestations, à chacune de mes ironies, ma mère répondait :

— J'aime le petit Jésus.

Cette naïveté désarmante ne me désarmait pas. J'élevais la voix. Bientôt ma mère ne répondait plus. Ses lèvres seules remuaient : elle avait pris son chapelet et s'était mise à prier. Pour moi, peut-être : pour que le petit Jésus protège son fils des flammes éternelles de l'Enfer.

Ah ! Oui ! Comme elle aurait aimé voir que ce fils blasphémateur devenait écrivain. Loin des coulisses où elle subodorait toujours les relents du péché. Comme elle aurait été fière de voir mon front ceint des lauriers d'un prix littéraire, bientôt d'un deuxième puisque mon second livre *La Lune papa* recevait le prix Alphonse-Allais. Heureuse aussi, naïvement fière de me voir édité par cette ancestrale maison Calmann-Lévy, de monter un jour avec moi l'antique imposant escalier de bois dont, jadis, souvent Balzac avait gravi les marches. Heureuse même de faire la connaissance du si courtois Lucien Psichari dont la seule profession qu'il eût jamais exercée fut celle de petit-fils d'Anatole France. D'entendre ce petit-fils d'illustre écrivain s'adresser à son fils à elle avec mille prévenances :

— Mon cher Georges, je vous raccompagne au bas de l'escalier.

— Non, Lucien, ce n'est pas la peine, voyons…

— Mais si, je dois cela à votre talent… et à votre personne… si attachante. D'ailleurs, nous devons des

égards à tous les êtres humains et France disait toujours…

Là, sur la troisième marche descendante, j'apprenais
une parole de grand-père Anatole. Nous repartions.
Cinq marches plus bas, j'en enregistrais une autre :

— France disait encore…

Cher Lucien Psichari ! Il a su rester pour moi
l'homme de la plus urbaine inefficacité que j'aie jamais
rencontré.

Et puis, il y avait monsieur Robert Calmann-Lévy,
directeur-propriétaire de la vénérable maison. Un
homme charmant, vraiment. De bonne éducation. Sincèrement, je l'aimais bien.

Il y avait, tombant de la haute verrière très XIXe siècle,
un long fil terminé par une ampoule. Pas un lustre. Pas
un abat-jour : une ampoule seule, destinée, aux jours
sombres, à éclairer le travail des deux ou trois personnes
qui ficelaient les colis, écrivaient les adresses.

Lorsque monsieur Robert Calmann-Lévy sortait de
son bureau, passant près du commutateur il éteignait
l'ampoule. Monsieur Eugène, chef des expéditions,
marmonnait. Ayant vu la personne qu'il avait besoin de
voir, monsieur Robert Calmann-Lévy rentrait dans son
bureau : monsieur Eugène, chef des expéditions, rallu-
mait l'ampoule. Dans la journée, le manège se renou-
velait aussi souvent que monsieur Robert Calmann-
Lévy sortait de son bureau, y entrait. C'était un rite.

Jean-Charles étant parti vers de plus lucratives occupations, je dirigeai pendant quelque temps la collection
Labiche. Sans passion, je dois le reconnaître. Mais la
fonction me permit de chercher dans le cahier « Manus-
crits reçus » pourquoi en un premier temps on avait
refusé *Le Général et son train*. En face de mon titre, en
face de la plupart des titres, la colonne « Observations »
était vierge. Jeunes auteurs, si un, deux, dix éditeurs

vous refusent un texte, ne vous découragez pas : il est possible que le onzième le lise.

Lorsque je reprochais à monsieur Robert Calmann-Lévy de n'avoir rien fait pour le lancement de mon livre, il prenait un air malheureux, presque pitoyable :

— Mon pauvre Coulonges... que voulez-vous que je fasse ? Je suis là... derrière mon petit bureau... Je ne connais personne... C'est à vous de trouver des articles... des critiques... Cela se fait par copinage. Vous êtes jeune : allez-y ! Foncez !

Je ne fonçais pas.

Je proposais de prendre des dispositions pour la sortie du prochain livre. Il me répondait :

— Parlons-en.

Il me donnait un rendez-vous :

— Mardi à 11 h 45. Cela vous va ?

Le rendez-vous était toujours à 11 h 45.

Monsieur Robert Calmann-Lévy était toujours aussi affable :

— Mon cher Coulonges, je suis heureux de vous voir. Comment va votre femme ? Vos enfants ? Parlez-moi un peu de vos chansons.

Je m'exécutai. Pas très longtemps. J'abordai la question du lancement.

Monsieur Robert Calmann-Lévy avait appris que j'avais acheté une maison dans le Quercy :

— Je connais mal le Quercy. Mais c'est bien d'avoir une maison de campagne. Parlez-m'en un peu. J'adore les vieilles maisons.

Je donnais quelques renseignements. Puis, je murmurais :

— Pour le lancement...

— Et surtout, mon cher Coulonges : autour de votre maison, plantez des arbres. Plus tard, vous comprendrez à quel point j'avais raison. La maison, c'est le bonbon : les arbres, c'est la bonbonnière.

Soudain, comme j'affermissais ma voix pour en venir au but de notre entretien, monsieur Robert Calmann-Lévy s'interrompait lui-même. Il bondissait sur son fauteuil :

— Nom d'un chien ! Il est midi un quart ! J'ai un déjeuner à midi et demi. Excusez-moi, mon cher Coulonges : nous nous verrons une autre fois.

Il allait jusqu'à la porte, il revenait :

— Ah ! Savez-vous à quoi je pense, mon cher Coulonges ? Nous devrions déjeuner ensemble… un de ces jours… Nous parlerions de nos petites affaires.

Je n'ai jamais déjeuné avec monsieur Robert Calmann-Lévy.

L'une des dernières fois où je l'ai vu, je suis sorti de son bureau hilare. Je me suis appuyé au mur, sur le palier, riant tellement que j'en avais des soubresauts.

Michèle Truchan, sa secrétaire, me découvrit dans cet état :

— Qu'est-ce qui vous arrive ?

Je ne pouvais plus parler.

Je finis par montrer le bureau de monsieur Robert Calmann-Lévy :

— Il… Il… Les nouvelles de ma famille… la maison… les arbres… le déjeuner… Il… Il m'a encore fait le coup !

Michèle Truchan, interdite, finit par se réjouir avec moi : c'était la première fois, je crois, qu'elle voyait un auteur s'amuser parce qu'un éditeur se moquait de lui.

Je finis par annoncer à monsieur Robert Calmann-Lévy que, puisqu'il ne faisait rien pour mes livres, je le quittais.

Il prit l'air surpris dans lequel il excellait :

— Me quitter ? Mais… nous avons un contrat.

Dix, vingt fois, il m'avait dit : « Je ne retiens jamais un auteur qui veut partir. » Je le lui rappelai.

— Bien sûr, bien sûr, mon cher Coulonges, mais vous n'êtes pas un auteur ordinaire…

— De toute façon, nous avions signé pour cinq livres. Je vous en ai donné quatre : je ne vous en dois plus qu'un.

— Un ?... Oh ! Je ne voudrais pas vous induire en erreur mais...

Pour être certain vraiment de ne pas se tromper, monsieur Robert Calmann-Lévy se fit apporter notre dernier contrat.

Il triompha :

— C'est bien ce que je pensais : vous êtes chez moi encore pour cinq livres.

C'était la règle en ce temps-là : lorsqu'il signait le contrat de son premier roman, l'auteur s'engageait à montrer les cinq romans suivants à l'éditeur de ce premier roman. Ce qui n'était pas la règle c'est que... chaque fois que j'avais donné un livre nouveau, monsieur Robert Calmann-Lévy m'avait fait signer le contrat type, c'est-à-dire que... le fait de lui avoir donné un roman nouveau ne changeait rien à l'affaire : je lui devais toujours cinq livres ! Jeunes auteurs, soyez tête en l'air lorsque vous cherchez une idée : pas lorsque vous signez un contrat.

Je suis parti. Poliment.

Lorsque j'arrivai à la porte, monsieur Robert Calmann-Lévy me lança :

— Vous n'irez nulle part ailleurs ! Je vous en empêcherai.

Evidemment, publiant mon premier ouvrage à plus de quarante ans, je me serais passé de cet épisode mais, en ces années 60, j'avais plusieurs fers au feu. J'en eus même un peu trop.

Henri Génès avait voulu que je lui écrive une opérette se passant « chez nous » : dans le Sud-Ouest. Je l'avais écrite. Entièrement. Livret. Lyrics. Le doux

Franck Barcellini, qui avait donné à Henri la musique de son illustrissime *Facteur de Santa Cruz*, en avait composé les chansons.

Henri invita Bruno Coquatrix, directeur de l'Olympia, et Ray Ventura, propriétaire de plusieurs maisons d'édition, à venir l'entendre.

Nous voici dans son appartement, à Neuilly, où Jeannette Batti nous reçoit comme elle savait si bien le faire. Mis en confiance par Henri, par son rire généreux ponctuant toutes les répliques drôles (lorsque certains directeurs parisiens montaient une pièce comique, ils invitaient Henri à la générale : son rire seul entraînait toute la salle), je lis la pièce, je joue tous les rôles, nous chantons toutes les chansons.

Le lendemain matin, coup de téléphone de Ray Ventura :

— Bruno et moi avons passé une excellente soirée… la pièce est très bonne mais c'est un budget très lourd… Il faut trouver une grande salle. Nous allons nous en occuper. En attendant, quel jour puis-je vous inviter à déjeuner ?

Nous nous attablons. Ventura prononce des phrases que, je peux vous le certifier, trente-cinq années plus tard je rapporte mot à mot :

— Je n'ai jamais vu personne lire une pièce de cette façon-là. Vous êtes un comédien fabuleux. Je veux m'occuper de vous.

S'occuper de moi ? A quel titre ?

Après avoir été le créateur de *Tout va très bien, Mme la Marquise* et de cent autres *Petit souper aux chandelles*, Ray Ventura avait fondé Hoche-Productions, sa firme de cinéma dont il avait rempli les caisses avec *Nous irons à Paris*, *Nous irons à Monte-Carlo*, bien d'autres réalisations dont *En effeuillant la marguerite*, le premier film de Brigitte Bardot.

Ray Ventura veut que je tourne. Il est sûr que, comme acteur, « je crèverai l'écran »…

— … Et avec vos idées, vos dialogues, vous allez faire un malheur.

Il a cette appréciation que, entre la poire et le fromage, je trouve bizarre :

— Vous n'êtes pas connu comme acteur. Créez un personnage comme l'a fait Noël-Noël avec Adémaï. Si nous réussissons le premier film, nous en ferons une série.

Je suis abasourdi. Flatté dans mon ego mais très réticent. En ce temps où chaque soir je côtoyais Stendhal et Montaigne, Adémaï n'était plus dans mon univers. Le métier d'acteur non plus.

— Qu'avez-vous fait jusqu'à maintenant ?

Je raconte la radio de Bordeaux, les tournées, le receveur Julien.

Ventura bondit de joie :

— Voilà ce qu'il faut faire ! Vous avez les textes de vos sketches ?… Bon. Nous allons en enregistrer quatre chez Versailles[1]. Après nous verrons.

Ce n'est peut-être pas facile à faire comprendre mais je l'ai déjà laissé entendre : je tourne la page. Ma page « comédien » était tournée depuis longtemps. Encore plus ma page Julien.

Je demande à réfléchir.

Ventura me rappelle.

J'expose mes réticences. Il balaie toutes mes objections… jusqu'à ce repas où il s'écrie :

— Il faut vraiment vous violer !

Il me violera.

Un jour, je reçois à la maison un gros paquet. Un mot dessus : « Essayez-le. Vous devez vous faire photogra-

1. Sa maison de disques. En fait, les enregistrements parurent sous étiquette « Odéon ».

phier pour la pochette du disque. » C'est un costume de receveur de la RATP ! J'essaierai le costume, je me ferai photographier, j'enregistrerai les sketches.

Un autre jour, coup de téléphone :

— Venez déjeuner mardi. Je vous présenterai votre imprésario.

Ah ! bon ? J'ai un imprésario ?

Oui, j'en avais un. Qui, comme je devais roder mes textes en public, fit bien son travail : il me programma dans quelques-uns de ces cinémas qui, à l'entracte, présentaient encore des attractions dont, il faut le dire, le public venu pour voir un film se moquait éperdument. C'est une bonne école : si votre numéro marche dans ces conditions-là, il a de grandes chances de fonctionner ailleurs. Il fonctionnait. De mieux en mieux. Du moins auprès des gens. Pour moi, j'étais très mal à l'aise : à Bordeaux, le personnage de Julien était cueilli sur le vif, «plus vrai que nature». A Paris, il n'avait plus rien d'authentique. Je montais dans l'autobus. J'écoutais : aucun receveur n'avait l'accent du Sud-Ouest, aucun n'avait les expressions, les tournures de phrase qui étaient celles de mes sketches.

Coquatrix m'appelle : il me donne les dates de mon passage à l'Olympia.

Brassens est la vedette. Moi, je présenterai le spectacle. Avec une fille que je ne connais pas. Pourquoi m'avoir fait roder mes textes seul si nous devons présenter à deux ? J'avais l'impression d'être un fétu de paille. Emporté avec mon tramway.

Neveu de Coquatrix, Jean-Michel Boris — aujourd'hui directeur de l'Olympia — est bordelais. Il connaît les succès de Julien. Le soir de la générale, il me met en garde contre les spectateurs :

— Ils ne rient pas, ils n'applaudissent pas. Ce sont des têtes-à-gifles : le Tout-Paris. Ne te laisse pas impressionner.

Allons bon ! Ça commence bien !

Ce n'est rien à côté de ce qui m'attend. J'entre dans la loge. Ma partenaire me dit :

— Georges, un garçon va venir tout à l'heure. S'il entre, je vous demande de ne pas sortir : il veut me tuer.

J'en reste pantois. Un peu incrédule aussi.

Ma partenaire insiste :

— Vous entendez, Georges : même si je vous le demande, vous restez.

Le tueur entre. Le ton monte entre les belligérants.

— Vire ce mec, dit le tueur.

Moi :

— Non. Non. Je reste.

— Je te dis de le virer !

Ma partenaire me prie d'obtempérer.

Moi, receveur d'autobus devenu chevalier sans peur et sans reproche :

— Non. Non. Non.

La fille me pousse vers la sortie.

Je reste devant la loge, attendant le *pan !* fatal.

C'est l'appel du régisseur qui arrive :

— Julien ! Dernier appel !

Nous descendons précipitamment l'escalier, suivis par le tueur. Il vient sur la scène. Se place sur le côté, derrière un pendillon. Ma partenaire a seulement le temps de me glisser :

— Il a son revolver : placez-vous toujours entre lui et moi.

C'est ainsi que nous avons envoyé nos répliques, un œil sur le public et l'autre vers la coulisse, moi avançant d'un pas quand notre menaçant avançait d'un pas, reculant quand il reculait, soulagé soudain parce qu'il avait disparu, le découvrant de l'autre côté de la scène, son imperméable sur son bras : comme dans un polar ; alors, virevoltant avec naturel, je gagnais précipitamment la place que doit occuper le défenseur des personnes en danger : sur la trajectoire.

Certes j'avais déjà été menacé par une arme. La différence avec ce séjour à l'Olympia c'est que, ici, je devais faire rire une salle en répondant à des répliques qu'une partenaire au visage préoccupé avait à peine la force d'articuler.

C'est pourtant dans ces conditions que quelques jours plus tard Coquatrix me téléphona :

— Je vais vous faire plaisir : hier soir, vous aviez dans la salle quelqu'un qui vous a trouvé remarquable. Il vous fait demander de l'appeler dès que vous le pouvez. C'est Jacques Tati.

J'appelle. Tati me donne rendez-vous à Colombes ou à Bois-Colombes, je ne sais plus : dans un studio de montage.

Il est vrai qu'il était enthousiaste :

— C'est très fort ce que vous faites à l'Olympia.

J'avais envie de répondre : « Vous ne pouvez pas savoir à quel point ! » Quand il affirma que je savais prendre une distance par rapport à mon personnage, je faillis lui dire que je la prenais surtout par rapport au tireur mais c'eût été mal venu : Jacques Tati était l'un de ces hommes qui parlent du comique avec le plus grand sérieux. Un peu comme Raymond Devos qui commençait à mettre le calembour à la disposition des intellectuels et qui, bientôt, plutôt que de nous faire rire, passera les émissions de Jacques Chancel à nous expliquer pourquoi nous rions.

Pendant trois heures, ce quinquagénaire aux allures d'étudiant prolongé me donna l'impression que monsieur Hulot était en vacances avec moi.

Les vacances terminées, nous nous sommes séparés charmés l'un de l'autre : il me demanda de le rappeler dès que j'en aurais l'envie. Je ne l'ai jamais fait. Mais… ici je sais pourquoi : je ne m'imaginais pas venant périodiquement le visiter pour, un jour lointain, entrer dans l'anonymat de ses distributions.

Exit donc Tati. Terminé le spectacle Brassens à l'Olympia. Un Brassens souffrant terriblement de calculs : on venait lui faire des piqûres avant chacune de ses entrées en scène. Un soir, le médecin, un grand ponte, sortit de la loge en proclamant : « C'est l'homme le plus lâche devant la douleur que j'aie jamais rencontré. » J'eus envie de l'engueuler. Bien que, par son propos hors de toute morale professionnelle, il confirmât un trait que déjà j'avais cru devoir remarquer. Jeunes ou vieux, compétents ou non, les médecins ont en commun une même vertu : ils prennent notre mal en patience.

Je l'ai dit : Christine Sèvres avait enregistré *La Fête aux copains*. Pour aider au lancement de son disque, Gérard Meys[1] organisa une soirée où tous les « copains » devaient présenter leur numéro. Déjà « sur le reculoir » face à Julien, complexé, m'imaginant assez mal débitant mes monologues populaires parmi les artistes « rive gauche » qui entouraient Christine, je déclinai l'offre de me produire. Christine, Jean, Gérard « refusèrent mon refus ».

Bobino était une salle magique, aux vraies proportions de l'artiste comique. Dès que je pénétrai sur scène, comme disent les sportifs d'aujourd'hui : « je retrouvai mes sensations ». Le public éclata de rire. Je fis un véritable malheur. Si vous préférez : « Je cassai la baraque. »

René-Louis Lafforgue, hilare, m'attendait en coulisse :

1. Depuis le premier disque de Jean, Gérard Meys est son éditeur, producteur, imprésario... et ami.

— Je ne te connaissais pas. Quand viens-tu chez moi ?

« Chez lui », c'était son cabaret L'Ecole buissonnière qu'il avait créé rue de l'Arbalète lorsque sa demi-gloire d'auteur-interprète avait commencé à le fuir. Comme tout le monde, j'avais aimé son gros succès *Julie la rousse* mais aussi des chansons comme *Le Poseur de rails*. J'aimais surtout sa voix. Ce que je n'aimais pas du tout — mais alors pas du tout — c'était l'idée de me produire dans un cabaret : je trouvais que Julien n'était pas fait pour ça.

Pourquoi ai-je accepté ? C'était, je crois, comme avec Ray Ventura. Comme pour la soirée de *La Fête aux copains*, comme j'acceptais des tâches militantes, comme aujourd'hui, malgré mon âge, j'accepte d'aller dans une minuscule fête du livre, de parler à un petit nombre de lecteurs dans la petite bibliothèque d'un petit village, de me déplacer pour rencontrer des écoliers ; je dis « oui » pour faire plaisir ou, si l'on préfère, comme le prétend Maïté : parce que je ne sais pas dire non.

Je me retrouvai donc faisant mon numéro devant des gens qui mangeaient. Je trouvais cela horrible.

Au bout de quelque temps, je dis à René que je partais.

Il fut péremptoire :

— Tu abandonnes ton receveur si tu veux mais tu restes.

Pourquoi tenait-il à moi ? Il me parlait de son père, le républicain anarchiste qui avait fui Franco. Je me rendis compte qu'il cherchait des béquilles. Ses airs de matamore cachaient une angoisse. Il souffrait d'avoir, comme on dit, « descendu la pente ». Cela nuisait à son inspiration. Ses dernières chansons ne valaient pas les premières.

Il me demanda des paroles.

Un jour, je posai un texte devant lui : l'histoire de

guitares arrivant d'Espagne pour fuir les prisons de Franco...

Pour ceux qui s'aiment et pour ceux qu'on sépare
Pour ceux qui ont pour mémoire une croix,
Je trouverai toujours une guitare
Et je jouerai, Pasionaria, pour toi!

René resta sans bouger. Longtemps. Je me disais : « Il la relit. » Puis je pensais : « Il la relit plusieurs fois. »

Enfin, il leva la tête. Il pleurait. Il pleurait vraiment.

Il fit une bonne musique et, à partir de ce moment, la chanson ne quitta jamais son tour de chant.

Je dirais même qu'il l'enjoliva.

Un soir, dînaient dans le cabaret des personnalités de l'ambassade franquiste.

Finissant la chanson, René se planta devant eux et, après « Je jouerai, Pasionaria, pour toi », il lança :

La Canción de la Libertad!

Il y eut un petit froid chez les soupeurs de l'ambassade.

Néanmoins, ils revinrent (ou alors c'en était d'autres). Ce soir-là, après *La Canción de la Libertad*, René, figé comme devant des morts, ajouta :

España!

Puis, prenant l'addition à son compte, il vira les Espagnols.

Ils ne sont plus revenus.

Tant mieux : de colère en colère, la chanson serait devenue un oratorio.

Un réalisateur qui, à la télévision, avait une certaine cote, Jacques Krier, vint voir mon « Julien » au concert Pacra. Il voulait faire un feuilleton d'une semaine, *Le Match* : la vie d'un village des Landes entre les deux matches de rugby du dimanche. Je n'ai jamais regretté cette expérience qui ne nous conduisit pas à la gloire mais me permit, en capitaine d'équipe vieillissant qui ne veut pas « raccrocher les crampons », de tirer mon épingle du jeu.

Maurice Failevic, qui fera plus tard l'une des meilleures carrières de réalisateur télé, était l'assistant de Krier. A la fin du tournage, venant vers moi, il me dit plaisamment :

— Ce que j'ai vu n'est pas tombé dans l'oreille d'un sourd !

Ventura regardait le feuilleton chaque soir. Il était aux anges :

— Je savais que vous crèveriez l'écran. Vous allez faire une grande carrière.

Un coup de téléphone d'un inconnu sembla confirmer cet optimisme :

— Je suis chargé par Marcel Pagnol de monter *La Femme du boulanger*. La pièce n'a jamais été jouée sur scène. Nous allons la présenter sept ou huit fois en province et si ça marche, nous la jouerons à Paris. Marcel Pagnol vous a choisi pour être le boulanger.

Marcel Pagnol m'avait choisi ? Moi ? Où ? Comment ?

En vérité, c'était Jacqueline Pagnol qui m'avait vu dans mon capitaine d'équipe de rugby. Elle avait dit à Marcel : « C'est ton boulanger. » Pagnol avait regardé l'épisode du lendemain : il avait approuvé.

Nous avons joué la pièce à Vendôme puis l'été, nous avons fait quelques représentations en Provence dont trois ou quatre en plein air, sur les collines dominant Marseille : au festival d'Alaux. Les gens applaudissaient à tout rompre. La pièce était retransmise par France-Inter. On m'écrivit d'un peu partout. Lorsque j'y pense aujourd'hui, je me demande, voyant les gens aller et venir devant leur télévision, comment, à cette époque, ils pouvaient rester des heures l'oreille collée à leur poste.

Pagnol avait promis de venir à la première représentation. Souffrant, il s'était fait représenter par un message enregistré.

Jacqueline était venue. Elle lui avait dit du bien de nous. A la rentrée, il nous demanda de jouer la pièce pour lui.

Nous voici, un après-midi, dans l'un des plus prestigieux théâtres de Paris, le théâtre Hébertot. Qui, ce jour-là, a une particularité : la salle est vide. Avec, au milieu de ce vide : monsieur Marcel Pagnol, de l'Académie française, entouré de deux ou trois personnes que nous ne connaissons pas. Après les rires, les larmes, les bravos du public, nous avions l'impression de jouer dans un réfrigérateur.

Après la représentation, le Maître nous entraîna, Maria Latour (boulangère pulpeuse qui, par la suite, fit quelques petits pas au cinéma) et moi, chez lui, avenue Foch. Il nous offrit le champagne, nous parla de sa carrière, laissant apparaître les rancœurs souriantes qui l'avaient animé jadis :

— Avant-guerre, ce n'était pas moi que l'on saluait dans les journaux. Les critiques célébraient d'autres auteurs.

J'avais envie de lui montrer ma culture : élève de la Girondine, j'avais suivi sa série d'articles « Critique des critiques » dans *Comœdia*. Bien entendu, ma timidité étouffa mon propos. Pagnol poursuivit son monologue, nous révélant au passage qu'il avait confié la renaissance de *La Femme du boulanger* au fils de l'un de ses amis de jeunesse — pour l'aider — et que, désormais, pour des raisons sur lesquelles il resta discret, il n'avait plus confiance dans ce garçon.

Nous avons passé une heure avec lui. A boire du champagne et du petit lait :

— Une chose est sûre : si je parviens à monter la pièce par ailleurs, c'est vous deux qui la jouerez.

Cela me parut un peu vague.

Au moment où je l'avais connu, Ray Ventura produisait *Henri IV*. Au fil de nos rencontres, il me parlait de la distribution, du tournage. Un jour, il me fit part de ses difficultés avec ses associés — notamment un coproducteur allemand.

Il me convia à l'une des présentations du film. Devant une trentaine, une quarantaine de personnes «du métier», un après-midi sur les Champs-Elysées.

Professionnellement, je n'ai jamais été si malheureux que ce jour-là.

A la fin de la projection, Raymond était debout à l'entrée, inquiet, voulant croire au succès. La plupart des gens lui serraient la main comme on le fait à la sortie du cimetière. La dame qui me précédait se borna à le prendre dans ses bras en disant :

— Hein, Raymond ! On peut dire que nous en avons des souvenirs tous les deux !

Je ne voulais pas me joindre aux fuyards.

Lorsque la salle de réception fut vide — elle le fut rapidement — Raymond me dit qu'il aurait aimé passer la soirée avec moi :

— Mais… mon banquier m'attend.

A la tête du banquier, on voyait qu'il avait dû mettre de l'argent dans l'affaire.

Henri IV fut un bide.

Ventura, trop confiant, en avait assumé seul le budget : quatre cents millions. Les francs nouveaux n'existant pas, je suis incapable d'établir une correspondance avec les francs d'aujourd'hui. Je sais seulement qu'il se trouva ruiné. En un film. Ce qui, évidemment, mettait fin aux projets qu'il avait formés pour moi. Je n'en ressentis pas de déception : mes espoirs étaient ailleurs. Mais j'étais, pour lui, sincèrement chagriné.

Nous nous sommes revus pendant quelque temps. Nous dînions dans un petit restaurant près du palais de Chaillot.

Il arrivait : souriant. Il évoquait Untel ou Untel : souriant. Pas une fois je ne l'ai entendu dire un mot désagréable sur les coactionnaires qui l'avaient laissé tomber. Sur d'autres qui le trompaient. Sur personne. Il regardait le monde, les hommes, le temps qui passe avec une sorte d'amusement placide. De Sacha Distel, il disait :

— Quand il a débuté, on disait : « C'est le neveu de Ray Ventura. » Maintenant, de moi on dit : « C'est l'oncle de Sacha Distel. »

Un soir qu'il m'affirmait être un Français moyen, j'avais montré une moue dubitative. Il avait soutenu sa thèse :

— Mais si, Georges ! Je suis vraiment un Français moyen… Le malheur c'est que… il y a trop de Français au-dessous de la moyenne !

Nos routes se séparèrent.

Une quinzaine d'années plus tard, il m'appela :

— Je voudrais vous voir.

Autrefois, j'allais le prendre en son hôtel particulier de l'avenue Henri-Martin. Un chambellan m'introduisait. Ce jour-là, je me retrouvai dans un appartement qui devait être un deux-pièces cuisine.

Il m'ouvrit lui-même : souriant.

Je venais d'avoir quelques succès à la télévision.

Sa première question fut :

— Pourquoi ne jouez-vous pas vous-même ?

Je donnai mes raisons. Ce qui était inutile. Son œil exercé les avait perçues : même si j'avais eu l'envie d'entrer dans l'une de mes distributions, l'amateurisme de certains metteurs en scène aurait suffi à m'en dissuader.

Au bout d'un instant, Raymond laissa tomber :

— J'aimerais bien composer une musique pour l'un de vos films, un feuilleton…

Je compris le tragique de la situation : son « j'aimerais bien » amusé était un SOS.

Je n'avais pas de film en préparation. Je parlai du cas Ventura à deux ou trois abonnés de la caméra.

J'obtins des : « Oh ! Ventura maintenant c'est fini ! »

Le pire est que n'ayant rien à lui proposer je n'ai pas osé le lui dire : je ne l'ai pas rappelé.

Quelque temps après, j'appris son décès. Et aussi que, au temps de sa splendeur, dans son éternelle gentillesse il avait fait placer sur la tête de l'un de ses directeurs sa retraite professionnelle dont il aurait eu, aujourd'hui, grand besoin : quelque temps avant sa mort, il tapait sur les touches d'un piano-bar.

Tout va très bien, Mme la Marquise…

Raymond, vous que je n'ai jamais tutoyé, si je savais que vous vous êtes éteint en pensant que j'étais « comme les autres », j'en pleurerais.

Si j'apprenais que vous n'avez jamais pensé une chose pareille, j'en pleurerais aussi. Me disant : il est mort comme il a vécu.

Indulgent.

Grâce à Ray Ventura — ou par sa faute ! — j'avais fait ce qu'un bélier — dit-on — ne fait jamais : j'étais revenu sur mes pas.

A la suite du *Match*, une dame spécialisée dans le cinéma avait tenu à me prendre dans « son écurie » :

— Vous allez travailler, je vous le prédis.

Il est vrai qu'elle me trouva des contrats. Dans je ne sais quel film, pendant trois jours, je conduisais une voiture remorquant un bateau en me disant qu'un chauffeur de taxi ferait aussi bien l'affaire ; au fort d'Ivry, je débitais un texte pour mettre les jeunes recrues en garde contre les oreilles ennemies qui pouvaient les entendre ; Yves Ciampi me promit le rôle d'un officier de marine dans son prochain film… qu'il put tourner trois années plus tard… Bref, tout cela (et quelques autres choses) ne me grisa pas.

Aussi, lorsque l'un des messieurs qui se trouvaient autour de Pagnol dans la salle du théâtre Hébertot me fit passer un scénario écrit et dialogué par lui dont je devais jouer le principal rôle (le scénario était sans intérêt, le réalisateur n'en avait pas davantage), lorsque le comédien qui, ce jour-là, nous avait servi de régisseur m'appela pour me demander de jouer Orgon du *Tartuffe* qu'il mettait en scène dans une série de matinées classiques au Vieux-Colombier, lorsque plus tard Maurice Failevic m'appela pour servir quelques-unes de ses réalisations, ma réponse fut la même : non.

Parmi ces activités que je n'avais pas cherchées, certaines m'avaient intéressé, d'autres m'avaient paru déprimantes. Toutes avaient en commun de me rapporter moins d'argent que la chanson.

Je décidai donc de m'y consacrer.

Notamment en m'occupant du Syndicat national des auteurs-compositeurs dont je venais d'être élu secrétaire : une fonction absolument bénévole.

Les pitres
selon saint Marx

Au SNAC, en vérité, nous étions deux secrétaires. L'autre était Jean Dréjac, qui, du *Petit Vin blanc* à *Sous le ciel de Paris*, de *La Cuisine* à *L'Homme à la moto*, avait cent fois prouvé son talent. Il m'inspira de plus en plus de sympathie et avec lui, avec les Michel Emer et le bon Henri Contet, les Henri Lemarchand, Eddy Marnay, André Lutereau, Claude Valery, Bernard Deharbre, un temps Pierre Delanoë, plus tard Michel Rivegauche et le «jeune» Jacques Demarny (aujourd'hui président de la SACEM), nous tentions de mener le combat contre le soudain envahissement des ondes par la chanson d'outre-Océan.

Au milieu d'un paysage radiophonique peuplé jusque-là des enregistrements de Piaf et Tino Rossi, de Brassens et des Compagnons de la chanson que chaque producteur d'émission choisissait librement, un poste s'était créé auquel la programmation centralisée entre les mains de sa direction permettait de remplir sa mission : répandre la chanson américaine sur le territoire français. Cela avec un nom destiné à masquer les faits : Europe. Et même Europe N° 1 : ce qui nous promettait une suite.

Europe programmait quatre-vingts pour cent d'œuvres

236

étrangères. Pour « faire moderne », les autres chaînes lui emboîtaient le pas.

Nous nous battions donc, espérant éveiller la bonne volonté des personnes que nous interpellions : journalistes, programmateurs, parlementaires, directeurs de chaînes que, lorsqu'ils voulaient bien nous recevoir, nous rencontrions en délégation. Dont j'étais toujours. Les copains l'exigeaient. Je sais pourquoi : dans la vie éternel conciliateur, redoutant, chez les autres et chez moi, propos violents et paroles vexatoires, à la tête du syndicat je traitais nos vis-à-vis en adversaires déclarés. « Je fais la guerre », disait Clemenceau pour expliquer sa détermination : j'étais le Clemenceau de la création française. Sauf que je ne connus pas mon novembre 1918 : c'est en 1996 que, pour la première fois, les créateurs français obtiendront des pouvoirs publics un contingentement obligatoire de chansons françaises sur les antennes françaises. Apprenant la nouvelle « sur mes pierres lotoises », j'ai imaginé la somme d'heures, de jours, de mois que, pendant plus de trente années, des hommes et des femmes de talent avaient usés pour obtenir ce résultat : il était désormais obligatoire que quarante pour cent des titres programmés dans leur pays fussent quarante pour cent de titres conçus dans leur pays.

Réactionnaires, mes amis [1], ne venez pas devant moi critiquer le droit de grève : si j'avais eu les moyens d'en déclencher une avec occupation de ministères et de la Maison de la Radio, manifestations dans toutes les rues Cognacq-Jay, Bayard et François-Ier, je l'aurais lancée sur-le-champ.

Mais le Syndicat des auteurs n'est pas le Syndicat des routiers : par notre nombre capables tout au plus de former un cortège long de cent mètres sous réserve de

---

1. Il convient de ne pas prendre la formule au pied de la lettre.

l'aligner en file indienne, nous ne faisions peur à
personne.

L'Amérique m'inquiétait. Ceux qui la laissaient faire
me révoltaient.

Alors que la guerre froide et ses suites faisaient
qu'une bonne partie des Français claquaient des dents
devant une possible attaque de l'Armée rouge (dont
l'éventualité ne me réjouissait pas non plus), je voyais
les Américains s'infiltrer entre nos frontières de façon
beaucoup plus insidieuse. On savait déjà que, dès 1946,
l'Amérique avait lancé un combat souterrain acharné
significativement appelé *Other War* : l'autre guerre.
Pour cela, son Congrès avait voté — en 1946 donc —
la loi Webb-Pomere rompant les effets de sa fameuse
loi antitrusts en faveur de ce qu'il avait appelé son
« industrie d'exportation culturelle ». Ainsi s'étaient
groupées en des cartels puissants des compagnies de
disque, radio, cinéma, information ; ainsi avait été fon-
dée la *Motion Picture Export Association of America*,
dont la direction était assurée par un haut fonctionnaire
de la Maison-Blanche, chargée de mener la lutte pour
ce qu'elle appela « la conquête des esprits ».

Cette conquête des esprits — ou, si l'on préfère, cet
anéantissement des esprits —, je la trouvais en Amérique même : entre mes Stendhal et mes Hemingway,
entre Maurice Genevoix (si reposant) et Chateaubriand
(vite reposé), j'avais intercalé quelque Vance Packard,
qui, aux Etats-Unis, dénonçait les mouchards permanents intégrés au personnel des entreprises, les dossiers
d'embauche comportant obligatoirement la religion du
candidat, le refus de cette embauche pour raison d'opinion, la multiplication d'enquêtes à domicile, la vente
des renseignements ainsi obtenus à la police, les micros
espions dans les bureaux, les caméras secrètes dans les

238

usines, les magasins et jusque dans les toilettes, bref l'homme enchaîné du pays de la liberté ; ce pays créé sur le génocide du peuple indien, enrichi sur l'exploitation la plus dégradante du peuple noir, ce pays qui était le seul — qui est toujours le seul — à avoir osé utiliser la bombe atomique et qui, dans tous les pays du monde, se posait en gendarme moralisateur, à commencer par le Vietnam sur lequel il déversait un napalm vraiment humanitaire. Cela sous l'œil d'un Américain moyen décervelé dont la chanson avait pour mission de nous faire accepter le modèle.

Non, ce n'est pas pour cela que j'ai adhéré au Parti communiste. Mais cela, cet envahissement sournois du pays et des cerveaux, a sans doute compté dans ma décision de me situer farouchement « dans l'autre camp ».

Cela faisait huit ans que Khrouchtchev avait dénoncé les méfaits de Staline, l'homme dont, sans connaître alors le détail de ses crimes, la seule photo me faisait peur. J'avais beau faire un effort, je ne lui trouvais pas un visage de « Petit Père des peuples ». Au contraire, la bonne bouille de Khrouchtchev, sa jovialité, sa politique de désarmement conduisant à ce qu'on appela la détente m'inspirèrent confiance. Malheureusement, comme « j'entrais en communisme », Khrouchtchev dut quitter le pouvoir. Je me dois de préciser que mon arrivée n'y était pour rien. Je me dois de préciser aussi que là fut ma première surprise de militant : constater que le PC français niait toujours les procès, le goulag, la nomenklatura, les hôpitaux psychiatriques dénoncés par Khrouchtchev dans ce que, sans rire, Maurice Thorez appelait « le soi-disant rapport Khrouchtchev »… alors que, à Moscou, il avait assisté au Congrès du Parti au cours duquel le premier secrétaire soviétique en avait donné lecture.

Cela, la pratique vite entrevue de mœurs non conformes à mon idée de la vie démocratique, quelques incidents significatifs, quelques «petits riens» permettant de déceler des liens troublants entre le Parti et l'Union soviétique firent que, au bout d'une année, je ne repris pas ma carte. La Fédération de Paris m'envoya un émissaire pour me convaincre que toutes les remarques que je faisais étaient justes, qu'on était bien d'accord avec moi sur la nécessité qu'il y avait de démocratiser le Parti, «d'ouvrir les fenêtres» comme le dit l'aimable camarade mais que, de l'extérieur, je ne changerais rien à rien alors que, de l'intérieur, tous unis nous allions faire de grandes choses.

Je restai donc, tissant des liens d'amitié avec des communistes de base mais aussi avec des dirigeants importants auxquels je disais volontiers que les mensonges de groupe étaient très dangereux car, tôt ou tard, ils retombaient sur le groupe : ils discréditaient le Parti.

Pour adhérer, je m'étais «battu les flancs» contre le souvenir du père Campmas, le communiste cheminot de Lacanau, m'invitant, dès l'arrivée des Allemands, à aller à leur rencontre les bras ouverts. Mes «études d'histoire» me montraient maintenant que le père Campmas puisait ses théories dans *L'Humanité* clandestine. Par exemple, celle du 4 juillet 1940 : «Il est particulièrement réconfortant, en ces temps de malheur, de voir de nombreux travailleurs parisiens s'entretenir amicalement avec les soldats allemands. Bravo camarades ! Continuez même si cela ne plaît pas à certains bourgeois aussi stupides que malfaisants !» Celle du 13 juillet : «Les conversations amicales entre travailleurs parisiens et soldats allemands se multiplient. Nous en sommes heureux. Apprenons à mieux nous connaître.» Ainsi, disait l'article, travaillerait-on à la «fraternité franco-allemande» *(sic)*.

A quoi bon nier une telle ligne de conduite puisque n'importe quel historien pouvait exhiber ces textes ?... Et d'autres.

Alors que les communistes avaient tourné le dos à cette politique de collaboration seulement lors de l'entrée en guerre, en 1941, de Hitler contre Staline [1], à quoi bon affirmer que le PC s'était levé comme un seul homme dès le début de l'Occupation, répondant ainsi à l'appel dit « du 10 juillet » signé Maurice Thorez et Jacques Duclos, puisque ce texte, visible notamment au Musée d'histoire de Montreuil (où j'allai le consulter), appelait à lutter contre Vichy certes, mais contre Vichy allié à… l'Angleterre pour le plus grand bénéfice du capitalisme international ?

Dès l'arrivée des Allemands à Paris, le PC — fort de l'alliance Hitler-Staline garantie par le pacte germano-soviétique — avait demandé aux Allemands l'autorisation de faire reparaître au grand jour *L'Humanité* jusque-là interdite par le gouvernement Daladier. Les Allemands avaient refusé, rendant là le plus grand service qu'ils pouvaient rendre au futur « parti des fusillés ». Dans les années 50, 60, cette démarche auprès des autorités allemandes n'était sans doute pas facile à avouer mais à quoi bon insulter les militants qui en parlaient, à quoi bon les chasser du Parti en un fulminant *Vade retro Satanas* puisque ce fameux appel du 10 juillet demandait la liberté de la presse, puisque *L'Humanité* clandestine du 13 s'indignait de ne pouvoir paraître au grand jour alors que… le journal de Doriot, lui, paraissait [2].

Et puis… militant discipliné, j'assistais à quelques meetings et… je n'aimais pas, mais alors pas du tout, Jacques Duclos martelant sans cesse son « jamais le

1. Ceci n'enlève pas que, négligeant les ordres de leur parti, des communistes comme Charles Tillon à Bordeaux, Marcel Paul à Nantes, Auguste Lecœur dans le Nord avaient, dès l'arrivée des Allemands, entrepris des actions courageuses contre l'occupant.

2. Journal de la Collaboration.

peuple de France n'acceptera de prendre les armes contre l'URSS, patrie du socialisme». Certes je n'oubliais pas ce que la France devait à l'Armée rouge et à ses seize millions de soldats morts pour repousser les hordes nazies. Ceci n'empêchait pas ma conviction : si cette Armée rouge demain se présentait à nos frontières pour « assurer l'ordre » dans mon pays, j'éprouverais le sentiment que j'avais éprouvé lorsque les Allemands s'étaient installés chez nous : l'envie énorme de les mettre à la porte.

Bref, j'étais un communiste turbulent. Discipliné, oui. Dévoué, oh combien ! Mais d'autant plus turbulent que nous avions, nous communistes de la chanson, un désaccord avec le Parti, qui, pour suivre la mode, avait remplacé *L'Avant-Garde*, le journal des « Jeunesses » au passé glorieux, par *Nous, les garçons et les filles*, que nous trouvions un peu beaucoup voué au culte des nouvelles idoles de la chanson.

Certes, nous n'avions rien contre ces nouveaux venus aux mérites divers schématiquement englobés sous le nom de *yé-yé*. Rien sauf que… beaucoup parmi eux ne chantaient pas des chansons françaises mais des chansons américaines que les éditeurs français faisaient habiller de paroles françaises : ils participaient à cette invasion dont nous savions les raisons, au blocage des ondes au détriment des compositeurs français, à la fuite de droits d'auteurs vers les caisses américaines.

Un jeune journaliste de NGF rentra à *L'Humanité-Dimanche*. Et, avec lui, les couronnes tressées à la chanson des « envahisseurs », les mots d'ordre d'une industrie du disque devenue internationale qui se serait satisfaite d'un « produit » international : comme le chewing-gum ou le Coca-Cola, une chanson enregistrée une fois pour toutes à New York eût comblé les vœux de certains.

Un malaise s'installa.

C'est pourquoi, au cours de l'été 67, l'ami Dréjac me fit parvenir dans le Lot une lettre adressée à Etienne Fajon, directeur de *L'Humanité* et de *L'Humanité-Dimanche*. Lettre demandant que, pour clarifier la situation, un débat soit organisé entre le rédacteur responsable de la rubrique « Variétés » à *L'Humanité-Dimanche* et nous. Signée déjà par une vingtaine, peut-être une trentaine de professionnels de la chanson. A mon tour, j'apposai ma signature.

Etienne Fajon répondit à Dréjac que, favorable à ce débat, il nous fixait un rendez-vous, précisant toutefois que, avant de rencontrer le journaliste, nous devrions passer dans son bureau pour avoir contrevenu aux statuts de notre parti : nous avions signé cette lettre avec des non-adhérents.

Nous voici donc dans le bureau directorial. Qui, nous ? Jean Wiener, Philippe-Gérard, Dréjac, Claude Vinci... en tout une vingtaine de communistes de la chanson [1] reçus par presque autant de dirigeants : Etienne Fajon, membre du Bureau politique, Henri Krasucki, membre du Bureau politique, deux membres du Comité central dont René Andrieu, directeur de *L'Humanité*, André Carel, directeur de *L'Humanité-Dimanche*, les secrétaires généraux des deux journaux, d'autres encore. Devant un aréopage aussi impressionnant, Etienne Fajon, pendant un long temps, déversa sur nous l'admonestation que, pensait-il, nous méritions, nous expliquant que, tant le Parti devait se méfier de ses ennemis extérieurs, à la fin de chaque réunion du Comité central un camarade ramassait sur les tables, les bancs, à terre, tous les papiers qui traînaient : une note, un simple mot de l'un des participants pouvaient mettre un esprit mal intentionné, voire « un ennemi de classe »,

---

1. Certains de ces camarades ayant quitté le Parti, je ne crois pas utile de faire figurer leurs noms ici.

dans le secret des délibérations. Evidemment, cela n'avait pas grand-chose à voir avec notre lettre mais, voyant combien Fajon était heureux de nous initier aux rigueurs du Parti, nous écoutions. Sages.

Son discours terminé, le camarade Etienne nous affirma qu'il ne nous en voulait pas. Ce que nous trouvâmes très indulgent de sa part.

— Pour vous le prouver, je vais vous offrir l'apéritif.

Nous n'avions rien contre cette initiative mais tout de même nous demandâmes à quelle heure aurait lieu le débat.

Alors, le camarade Etienne nous fit savoir que le camarade journaliste n'était pas là.

Une petite maussaderie s'installa. Ce que voyant et sur notre insistance, le camarade Etienne fixa le débat à trois semaines plus tard.

Trois semaines plus tard, nous étions là. Nous ? Jean Wiener, Philippe-Gérard, Dréjac, Vinci... Nous n'avions pas perdu un seul délégué. Les dirigeants en revanche en avaient perdu un : Etienne Fajon.

La réunion commença par un préambule du camarade président de séance auquel, lorsqu'il eut fini son laïus, nous demandâmes où était le camarade journaliste.

C'est bête à dire : il était absent.

L'un de nous fit entendre sa mauvaise humeur.

Pour nous calmer, un membre du Comité central crut devoir nous informer que « ce n'était pas parce qu'on était membre du Parti qu'on avait droit d'avoir son nom en première page de *L'Humanité* ». Sur ce mot, je vis Dréjac blêmir en même temps qu'il signifiait à l'aimable éducateur qu'il volait un peu bas et qu'il ferait bien de s'élever un peu.

Donc, l'ambiance fraternelle monta d'un cran cependant que, considérant Henri Krasucki, membre du Bureau politique, René Andrieu, membre du Comité central, tous les autres, je me sentis envahi par une idée soudaine (et tragique) : ces gens-là n'ont rien à faire.

Enfin, harcelé, agacé comme quelqu'un qui, de bonne foi, ne voit pas pourquoi on s'acharne sur lui, le président de séance annonça que le débat allait être organisé.

— Quand ? demanda le doux Jean Wiener.

— Dans les huit jours, affirma superbement le président de la séance.

— C'est sûr, cette fois ?

Le président de séance leva la main droite :

— Parole d'honneur.

Nous sortîmes. Rassérénés. Sauf l'un de nous, un compositeur qui, retrouvant le parfum vivifiant des tuyaux d'échappement, s'écria :

— Vous ne comprenez pas qu'ils se foutent de nous ?

A dire vrai, l'idée commençait à nous effleurer mais nous avions une promesse solennelle faite devant de très hauts dignitaires…

Le débat n'eut pas lieu : le camarade compositeur donna sa démission. Un autre le suivit lorsque, quelques mois plus tard, revenant de Cuba, Ferrat — qui n'a jamais été membre du Parti — se moqua de nous :

— Savez-vous qui était là-bas pour le compte de *Paris-Match* ?… C'est votre camarade X... (ici, le nom du journaliste avec lequel nous souhaitions avoir un débat).

Nous ne pouvions pas le croire : un journaliste communiste passant dans l'hebdomadaire « de la bourgeoisie » dont André Wurmser dénonçait périodiquement les méfaits en première page de *L'Humanité* !

Mai 68 arriva. Avec Marchais qui appelait Cohn-Bendit un Juif allemand. Aussitôt, dans les rues, les

245

étudiants martelèrent : «Nous sommes tous des Juifs allemands.» Nous, au Parti, nous étions quelques-uns à avoir envie de dire : «Nous ne sommes pas tous des Georges Marchais.» Et puis, l'URSS envoya ses tanks en Tchécoslovaquie : pour normaliser le pays frère. Nous étions quelques-uns au Parti qui ne trouvions pas cette normalisation très normale.

Ce que nous n'avons pas trouvé normal non plus c'est, en septembre, de retrouver notre camarade journaliste de *Paris-Match* à la fête de L'Huma. On nous expliqua que, voyant venir la réussite de la Révolution, il avait déployé son drapeau rouge devant monsieur Prouvost, patron de *Paris-Match*. Or, monsieur Prouvost n'aimait pas le drapeau rouge. La Révolution terminée, il l'avait fait comprendre à notre camarade, qui avait donc quitté le journal de Prouvost pour retrouver le journal de Jaurès.

L'un de nous suggéra à un grand dirigeant que, tout au long de cette affaire, on s'était légèrement moqué de nous.

Le grand dirigeant prit un air réfléchi :

— Vous êtes des gens prestigieux mais il faut bien comprendre que, au Parti, vous ne constituez pas une instance régulière. Ah si vous aviez formé une commission...

A ces mots, j'ai eu la sensation (très nette, je vous le jure) que non seulement on s'était moqué de nous mais qu'on avait bien l'intention de continuer.

Néanmoins, comme en ce temps-là j'ignorais que Clemenceau avait dit «Si vous voulez régler un problème, réglez-le ; si vous ne voulez pas le régler, formez une commission», la commission fut créée.

J'en fus élu secrétaire.

Un camarade m'appela. Il voulait me voir. Il vint.

C'était une espèce d'apprenti apparatchik ayant fait ses classes chez madame Arthur :

— Je voulais me présenter à toi : je suis votre président.

— Quoi ?

— Il vous faut un président : le Parti m'a désigné.

J'expliquai au jeune homme que nous voulions défendre la chanson française et que, pour cela, nous n'avions pas besoin d'un président ne connaissant rien au sujet.

Alors, se dressant sur ses ergots de coq raté, le président délégué me fit savoir qu'il avait eu dans sa jeunesse un accessit de flûte au Conservatoire, ce que Charles Trenet n'avait jamais eu ! *(sic)*

Je jugeai prudent de ne pas le contrarier.

La « Commission de la chanson auprès du Comité central » tint sa première séance.

Pour nous honorer, le Parti s'y fit représenter par un universitaire, agrégé de je-ne-sais-plus-quoi qui, sans jamais se départir de son sourire, nous infligea un discours d'une heure duquel il ressortait nettement que non seulement il ne savait pas ce que nous voulions mais qu'il ne savait pas non plus très exactement pourquoi il était là. Cela se voyait aux camarades qui, si j'ose cette expression audacieuse, l'écoutaient avec des yeux ronds.

Le camarade agrégé de je-ne-sais-plus-quoi, membre du Bureau politique, se présenta à nouveau lors de notre deuxième réunion. Pas pour renouveler ses exploits oratoires : pour nous signifier que le Parti attendait de nous un projet définissant les contours du petit monde de la chanson dans le grand monde socialiste auquel nous allions accéder (prochainement).

Certains mauvais esprits osèrent penser à une manœuvre de diversion. Or, on n'adhère pas à un parti pour penser mais pour obéir : tout le monde se mit au travail et, au bout de quelque temps, nous remîmes un rapport particulièrement inventif au Comité central, qui, sans doute, l'apprécia à sa juste valeur. Bien qu'il oubliât de nous en donner des nouvelles.

Je commençais à ne plus en avoir besoin.

Avec d'autres écrivains, j'avais été invité à signer mes livres lors du 19e Congrès.

En attendant l'heure de la dédicace, j'étais entré dans la salle des délibérations où des places nous étaient réservées aux galeries : nous dominions l'assemblée.

Le camarade Plissonnier vint au micro. Il annonça l'élection du Comité central :

— Mes chers camarades, comme vous le savez, notre Comité central est composé de cent vingt membres. Nous avons remis à chacun d'entre vous une liste de cent vingt noms. Nos élections sont libres : chaque votant peut rayer le nom du ou des camarades dont il ne souhaite pas l'élection.

Entracte.

Nous nous dirigeons vers le stand de la librairie. Nous dédicaçons nos livres. Nous revenons dans la salle.

Le camarade Plissonnier reprend le micro :

— Mes chers camarades, nous venons de dépouiller les bulletins. Sur les cent vingt noms proposés, quelques-uns ont été rayés une ou plusieurs fois. Ceux qui l'ont été le plus l'ont été vingt-cinq ou trente fois. C'est pourquoi nous pouvons considérer que notre Comité central est élu à l'unanimité.

Vivats. La salle se lève pour applaudir les cent vingt vainqueurs de ces libres élections.

De ma vie d'adulte, jamais comme à cette seconde je n'ai eu l'impression d'assister à une représentation du Guignol lyonnais.

Cela ajouta à mon malaise.

Dans le XVIIe notre cellule était dynamique. A chacune de ses réunions, un camarade faisait un exposé sur le sujet choisi (l'échec de mai 68, l'évolution du Parti

communiste italien, les chars russes en Tchécoslovaquie, les thèses «déviationnistes» de Roger Garaudy…).
La discussion s'ouvrait. Chaude. Passionnée.

Le secrétaire de cellule me fit savoir que l'un des prochains sujets serait «la presse du Parti». Pensant que
mon métier me mettait en rapport avec les journaux, il
voulait s'assurer que je serais présent ce soir-là.

Je me voyais mal exposant ce que je savais. Je ne
m'imaginais pas non plus me taisant.

J'invitai à dîner le responsable des intellectuels pour
lui demander conseil. C'était un garçon intelligent, très
au courant de nos aventures. Je les lui rappelai. Il me
proposa… de faire écrire une page entière sur moi dans
L'Humanité. J'étais outragé, Maïté autant que moi. Le
responsable des intellectuels tenait à son idée. Il
insista…

Je crus vraiment que le repas allait s'arrêter là.

Mais non! Nous étions des militants conscients : on
ne se vexe pas parce que la langue d'un dignitaire du
Parti a fourché.

Nous dégustâmes le dessert.

Le responsable des intellectuels s'en fut en promet-
tant de me rappeler sous peu.

Il ne me rappela pas.

J'essayai de le joindre.

Son secrétaire me donna un rendez-vous.

Je lui exposai les faits :

— Dans notre cellule, il y a des nouveaux adhérents… des jeunes… pleins d'ardeur. Si je déballe tout
ça devant eux, cela fera le plus mauvais effet.

Le permanent secrétaire me regarda. Bien en face :

— Ce n'est pas lorsque tu raconteras tout ça que cela
fera le plus mauvais effet : c'est lorsque l'affaire sera
résolue… dans le mauvais sens.

Celui-là connaissait la maison. Quelque temps après,

j'apprendrai qu'il avait quitté le Parti. Repris son métier.

Je participai donc au débat sur la presse, exposant ce que nous avions vu. Vécu.

Certains camarades étaient indignés.

D'autres atterrés :

— C'est la même chose que là-bas[1].

— Ils vont crever le Parti.

Henri, « notre militant de 36 » comme nous disions parce que, en 1936, il avait occupé son usine, était en bout de table. Il disait :

— Je ne suis pas sûr de comprendre tout ce qu'a dit Georges mais je n'admets pas que quelqu'un qui a l'honneur d'être journaliste à *L'Huma* puisse la quitter pour aller dans un journal bourgeois et, ensuite, revenir à *L'Huma*.

Il répétait :

— Non. Je ne l'admets pas.

Je mesurais la distance entre la mentalité ouvrière et la mentalité de ceux qui se disaient les dirigeants de la classe ouvrière.

A l'unanimité, la cellule décida d'écrire à la Fédération de Paris. Elle demandait que les dirigeants du Parti tiennent leurs promesses : que la réunion promise ait lieu.

Le secrétaire de la Fédération — qui nous avait conseillé de former une commission — répondit qu'il ne voyait pas du tout de quoi il s'agissait.

Deuxième lettre.

Deuxième réponse : « Le camarade X... viendra vous entendre. Informez-le de la question qui vous occupe. »

Le camarade X... est là. Tous les membres de la cellule aussi.

J'expose les faits.

1. En URSS.

250

Le camarade X... avait sorti deux ou trois stylos de sa serviette. M'entendant, il les avait remis. Il les ressort.

Lorsque j'ai fini, il dit :

— Vous m'avez attiré dans un traquenard. Je n'aime pas ça, les traquenards.

Il est pâle. Il remet les stylos dans sa serviette.

Le secrétaire de cellule lui demande ce qu'il va faire.

Le camarade X... répète :

— C'est un traquenard... Vous m'avez attiré dans un traquenard.

Tout le monde le regarde. Médusé.

Le secrétaire de cellule finira par lui dire :

— Mais... tu as les chocottes ou quoi ?

— Vous m'avez attiré dans un traquenard... Je n'aime pas ça les traquenards.

Oui, en 1971, nous avons vu cela : un camarade permanent trembler — physiquement trembler — à la pensée de devoir faire un rapport dans lequel les dirigeants de notre grand Parti ne seraient pas à leur avantage.

Enfin, au bout de quelques rappels, la Fédération fixa la date de la réunion.

La réunion promise des communistes de la chanson avec l'ex-journaliste de *Paris-Match* ? Mais non ! La réunion de la cellule avec le président de séance qui avait promis que la réunion aurait lieu.

Il vint, le président de séance. Toujours en tant que président de séance. Ou plutôt président de tribunal. Encadré par deux permanents — d'autres diraient : deux apparatchiks — qui, j'en eus vite conscience, passaient ce soir-là leur examen de saligauds. Nous, en face, nous étions les accusés. Nous, ou plutôt : moi.

D'entrée de jeu, le président de séance expliqua que le débat n'avait pas pu avoir lieu parce que... j'envoyais constamment des lettres à *L'Huma-Dimanche* pour qu'on y imprime mon nom !

J'étais pétrifié. J'avais écrit une fois : le futur pensionnaire de *Paris-Match* ayant fait savoir à ses lecteurs que je n'étais pas l'auteur de *Potemkine*, j'avais demandé un rectificatif.

Je priai le président de retirer son mensonge. Et bientôt ses mensonges.

Je n'obtins que des :

— Je sais ce que je dis.

Les deux assesseurs étaient imperturbables.

La situation m'apparut. Très claire : à l'initiative de l'un d'eux — Jean Dréjac, auteur de succès énormes, secrétaire du Syndicat des auteurs, communiste depuis vingt ans —, les communistes de la chanson unis demandent à débattre des choses de leur métier avec le journaliste chargé de parler des choses de leur métier. Ce débat portera notamment sur l'envahissement de nos antennes par les œuvres américaines. Devant trente personnes dont de très hauts responsables du Parti, le type qui est en face de moi a donné sa parole d'honneur d'organiser ce débat. Je veux le contraindre à tenir son engagement. Eh bien, si ce type, si le Parti en avaient le loisir, ce soir, me roulant dans toutes les calomnies, ils m'expédieraient du côté de la Sibérie. Ou de la Guyane. Dans tous les cas : un endroit désagréable.

Oui, voilà pourquoi quinze ou vingt années plus tard, entendant Charles Fiterman, dirigeant du Parti désormais devenu refondateur, déclarer à la télévision « Si le Parti était au pouvoir, il m'enverrait au goulag », j'eus envie de lui écrire : « Ne te frappe pas, Charles nous serions là, nombreux, fraternels, à t'attendre à la porte. Pour te remonter le moral et te montrer où sont les lavabos. »

L'un des deux assesseurs était un brave garçon pour lequel j'avais une grande sympathie. Presque une affection. L'autre — que je ne vis que ce soir-là — me fit l'effet, dès le début de la rencontre, non seulement de vouloir réussir cet examen de saligaud dont j'ai parlé mais de tout faire pour avoir le diplôme avec mention.

Je m'adressai à lui :

— J'affirme n'avoir écrit à *L'Humanité-Dimanche* qu'une fois : pour obtenir un rectificatif au sujet de *Potemkine*, dont, jusqu'à preuve du contraire, je suis l'auteur. Alors, tu ne sais pas ce que tu vas faire ? Tu vas t'engager à montrer à la cellule toutes les autres lettres que j'ai, paraît-il, écrites.

Le camarade assesseur se redressa, l'air vraiment supérieur :

— De ton propos, je ne retiens qu'une chose : tu te permets de faire rectifier ce qui est écrit dans *L'Huma* !

A cette seconde, comme devant le flûtiste à accessit (que n'avait pas Charles Trenet), je compris que j'avais affaire à de grands malades. Tout en restant à la réunion, je savais que j'étais déjà parti. Loin de ces dirigeants aux mœurs étranges : pour empêcher des adhérents de parler, ils avaient perdu, ils avaient fait perdre des milliers d'heures à eux-mêmes et aux militants.

Je donnai ma démission.

Picasso avait dit : « Je suis allé au communisme comme on va à la fontaine. »

J'avais fait de même.

J'en sortais comme on sort de la mare aux canards.

J'entends les questions : Pourquoi y être resté si longtemps ? Pourquoi, vous qui ne subissez pas facilement, avoir accepté ces outrages ? Pourquoi, vous l'homme des libertés, avoir accepté la dictature ? Parfois, bien souvent, la dictature des médiocres ? Des hypocrites ?

A ces questions, je répondrai par une question : pourquoi le cocu reste-t-il près de la femme qui le trompe ? Elle se moque de lui, elle le ridiculise : il reste. Toujours croyant à son dernier serment. Toujours croyant qu'elle va s'amender. Toujours s'enivrant des plaisirs que, entre deux trahisons, elle lui donne.

Les plaisirs que dispensait le Parti communiste étaient-ils si troublants ?

Pour moi : oui. Ils étaient grisants même. Très forts.

Privé d'école, j'appréciais hautement que le Parti fût le meilleur défenseur de l'école. Par ses votes à l'Assemblée mais aussi par son action dans les municipalités qu'il dirigeait.

Contrairement à Paris qui tardait toujours (qui tarde encore) à bâtir les établissements voulus par le ministère, les municipalités fendaient sans rechigner leur maigre budget pour construire. Des écoles mais aussi des crèches qui, cela n'était pas rare, étaient quatre, cinq fois plus nombreuses que dans les communes « bourgeoises ». Des bibliothèques d'enfants s'ajoutant aux vivantes bibliothèques d'adultes. Des équipements sportifs, culturels dont les enfants profitaient. Des cinémas dont les programmations originales permirent à des milliers de grands et de petits de voir des films réputés non commerciaux. Les cours de danse ailleurs si onéreux étaient dispensés gratuitement. Des concerts pénétrèrent ce désert de musique classique appelé la banlieue. Qui oserait nier que des municipalités communistes — je dirais : que seules des municipalités communistes — prirent le risque de mécontenter leurs contribuables à bourse plate pour créer des théâtres, assurer la lourde charge de leur entretien et présenter à des adultes un répertoire mal connu, à des enfants défavorisés un Molière vivant, un Beaumarchais éveillant les jeunes esprits ? Etre ou ne pas être ? demandait Shakespeare.

J'étais. Nous étions communistes. Pour cela : pour cet effort en faveur de la culture et parce que, pour combattre les grands maux qui dégradent le monde — la violence et tous les racismes, l'inégalité des chances

« fabriquant » une jeunesse sans espoir — je ne croyais
— je ne crois — qu'à la culture.

Avec son spectacle géant et ses spectacles « secon-
daires », sa cité internationale et ses centaines de lote-
rie champenoise, auberge gasconne, guinguette nogen-
taise, accordéons pour *p'tit quinquin*, démonstrations
d'artisans jurassiens, combats de catch, expositions de
peinture, conférences-débats, exposés scientifiques,
tests médicaux par les syndicats hospitaliers, avec ses
centaines de milliers de personnes se croisant dans les
allées en s'appelant « camarade », la fête de L'Huma ne
ressemblait à aucune autre.

Pour moi, lecteur et plus tard écrivain, je crois bien
n'en avoir vu qu'un lieu : le village du livre. On pouvait dire : le village. Trois, quatre tentes énormes occu-
pées par les libraires de Gallimard et Grasset, Le Seuil,
Fayard, tous les éditeurs avec tous leurs auteurs dédi-
caçant leurs livres, tous les scénaristes et tous les illus-
trateurs de BD, et surtout, compressés, questionnant,
des dizaines de milliers de lecteurs. Des grands parce
qu'ils cherchaient un texte d'Engels ou parce qu'ils
achetaient beaucoup, des petits parce qu'ils dépassaient
leur maigre budget pour une dernière tentation ou parce
qu'ils disaient : « C'est le Parti qui m'a donné le goût
de la lecture »... Riez, « bourgeois », de leur naïveté et
de la mienne : j'ai passé au cœur de la foule lectrice de
la fête de L'Huma quelques-unes des plus belles heures
de ma vie. Des heures profondes. Prolongées dans la
nuit de La Courneuve par un repas fraternel avec des
camarades « de base » ou des membres du Bureau politique ; les huîtres du Bassin ouvertes par un cheminot
de Bordeaux ou le couscous servi par un professeur de
latin (nous en avions deux à notre « cantine » du XVIIe) ;
le vin tiré à la barrique par un peintre en bâtiment ou
par ce joyeux grand mathématicien dont je revois le

bonheur. D'être là. Dans un monde qui, pendant deux jours, lui paraissait meilleur.

Jamais parti n'aura eu à sa disposition autant de bonnes volontés, de dévouements, de compétences. Tout cela fut piétiné, saccagé par des dirigeants montrant trop tôt, à trop de monde, le genre de communisme qu'ils préparaient. Ce communisme-là existait ailleurs : je n'en voulais pas. Je ne voulais pas laisser croire que le Parti communiste français en bâtissait un autre. Beau. Celui auquel nous avions été nombreux à croire.

Là était pourtant la seule chose que l'on nous demandait : monter sur l'estrade du cirque et, dans nos costumes pailletés d'auteurs, de chanteurs, d'artistes en tous genres, interpeller les badauds :

— Entrez, entrez, mesdames et messieurs, la démocratie est à l'intérieur.

A l'intérieur, il y avait des clowns qui n'étaient pas très blancs devant lesquels trop longtemps nous avions joué les augustes. Sans jamais rencontrer un monsieur Loyal.

Quittant le parti en mai 1971, je dis aux camarades : « Il faudra une bonne défaite électorale pour que les militants comprennent la situation. Il y en a pour dix ans. Alors, il faudra dix années pour que le Parti se redresse. » Sur le premier point, je ne pouvais pas être meilleur devin : en mai 1981, le Parti perdait le tiers de son électorat. Sur le deuxième point, je m'étais lourdement trompé. Et cela, je le savais en 1981 : le Parti ne se relèvera pas de si tôt.

Il est vrai que, alors que le monde entier connaissait la faillite morale de l'URSS, que le monde entier savait sa déliquescence économique, que beaucoup d'observateurs déjà pronostiquaient sa fin, Georges Marchais se croyait obligé de proclamer « globalement positif » le bilan de la patrie du Socialisme. En cette circonstance, il ne se ridiculisa pas, ce qui était peut-être déjà fait, mais, parce que son rapport était, comme toujours, approuvé par le 23ᵉ Congrès, une fois encore il ridiculisa le Parti. Gravement.

Cela ne me touchait plus.

Pour moi, le Parti était devenu ce que, pour beaucoup, il est resté : un souvenir d'une éblouissante tristesse.

Ecrire ce que l'on vend
ou écrire ce que l'on veut

En arrivant à Paris, j'avais fait la connaissance de
Maurice Vandair, parolier à la veine vraiment populaire.
Son répertoire, très abondant, allait de *La Chanson du
maçon* à *Fleur de Paris* et autres *A Joinville-le-Pont*.

Maurice Vandair avait été chanteur des rues. Un jour
que je devisais avec lui près de la place Blanche, nous
rencontrâmes l'un de ses anciens «collègues» : petit
homme maigrelet ayant exercé ses talents au temps,
disait-il, où l'on vendait les petits formats «au casino
des courants d'air» et où lorsque, en fin de mois, «les
pièces mettaient du temps à descendre des fenêtres» on
allait pousser la romance dans les beaux quartiers, histoire «de secouer la baronne».

Ce garçon que je ne revis plus jamais (plus tard, je
le regretterai) me raconta que lorsque, en 1871, Eugène
Pottier avait écrit le texte de *L'Internationale* il en chantait les paroles sur la musique de… *La Marseillaise*.

Il tenait le fait de Pierre Degeyter soi-même [1].

Cette rencontre, cette information eurent en moi des
résonances : intéressé par l'Histoire, je m'intéressai
désormais à l'Histoire de la chanson. Pour le plaisir.

Au bout de dix années de plaisir je pris conscience

_____
1. Compositeur de *l'Internationale* (1886).

que les « petites choses » que j'avais découvertes pouvaient intéresser quelques personnes. Ce fut *La Chanson en son temps,* dont, lorsqu'il parut, Henri Contet, auteur prestigieux et homme adorable alors président de la SACEM, me dit : « Tu as écrit le livre que chacun de nous aurait voulu écrire. » Avec toute sa gentillesse, il fit créer par ses confrères du conseil d'administration et avec le soutien de Jean-Loup Tournier, directeur général, un « Prix exceptionnel de la SACEM » auquel je fus très sensible.

Ce n'est pas cette récompense, ce ne sont pas les droits modestes que je retirai de l'aventure qui me donnèrent l'envie de poursuivre dans cette voie, c'est l'intérêt que je prenais à la lecture de ces chansons venues au monde sans espoir mercantile : seulement pour exprimer les rêves et les malheurs du peuple et, par là, devenues de remarquables témoins de leur temps. Ainsi, sous Napoléon III, percevait-on l'espoir de république qui gonflait les cœurs. Pendant le siège de 1870, la complainte peignait la grande famine parisienne. Après 1871, cinq cents chansons disaient les plaies vivaces, l'espérance revenant.

Ainsi ai-je écrit *La Commune en chantant*[1], dont, l'ayant lu, Silvia Monfort me suggéra de faire un spectacle.

Avec Mouloudji, Armand Mestral, Francesca Solleville, une dizaine d'autres artistes et musiciens, nous montâmes donc ce *La Commune en chantant* scénique qui, à travers la France, toujours devant des salles combles, pendant cent représentations, sans un mot de texte (ce dont je m'étais fait une règle), simplement avec des chansons de ce temps aidées par quelques projections de gravures d'époque, racontait la république

1. Georges Coulonges, *La Commune en chantant,* Temps actuels, éd.

attendue, le bain de sang, le souvenir que, pendant des décennies, la France en avait gardé.

A la fin du spectacle, Mouloudji s'avançait, chantant ces cerises rouges comme le sang qui avait trop coulé :

> *J'aimerai toujours le temps des cerises*
> *C'est de ce temps-là que je garde au cœur*
> *Une plaie ouverte.*
> *Et Dame Fortune en m'étant offerte*
> *Ne pourra jamais calmer ma douleur.*

Les gens étaient très émus.

Les soirs où je dédicaçais mon livre, ils venaient vers moi. Les profs d'histoire étaient les plus troublés :

— Vous racontez un événement aussi important sans un seul dialogue !…

Je répondais toujours la même chose :

— Ce n'est pas moi qui raconte : c'est la chanson.

Bientôt, j'appris que *La Commune en chantant* entrait dans des bibliothèques de facultés. Des universitaires en recommandaient la lecture à leurs étudiants.

On le comprend : cela m'éloignait un peu plus de la chanson. Plus particulièrement de ce yé-yé que les éditeurs demandaient. La plus acharnée à vouloir m'en faire écrire était une éditrice, la charmante madame Salvet que je connaissais depuis longtemps et qui toujours me disait : «Georges, avec le talent que vous avez, je suis sûre que vous saurez faire. Essayez ! Vous allez gagner beaucoup d'argent ! »

Je n'avais rien contre cette perspective mais j'étais désormais incapable d'écrire avec cette seule motivation.

Pour lui être agréable, un jour pourtant j'emportai deux des musiques qu'elle me proposait. J'en «parolai» une.

Cela devint *C'est dur d'avoir seize ans*, qui, je crois bien, fut le premier succès de Michèle Torr.

Je n'ai jamais vu Michèle Torr. Je n'ai plus revu madame Salvet.

Non : j'étais « ailleurs ».

Où ? Dans mes rêves sans doute. Peut-être : mes chimères. A la bibliothèque de l'Arsenal j'imaginais Charles Nodier offrant des soirées aux romantiques. Au cabinet des estampes de Carnavalet, je contemplais le drapeau rouge percé par les balles des Versaillais. Pour moi seul, cracheurs de feu et lanceurs de mazarinades se livraient à leurs jeux sur ce plus vieux pont de Paris qu'on appelle le Pont-Neuf. Je suivais Gavroche à la Bastille ; le peuple et les soldats ouvraient leurs rangs pour laisser passer, chapeau bas, Victor Hugo suivant le cercueil de son fils. Ainsi arrivais-je dans cette rue de Lappe où la cabrette auvergnate s'unit à l'accordéon italien des frères Péguri pour créer le bal musette : le plus parisien de tous les bals.

Rue de Lappe, rue de Lappe au Temps joyeux
Où les frappes, où les frappes étaient chez eux,

chantait Francis Lemarque.

Il est né ici, Francis.

Je ne sais plus comment, pourquoi, je l'ai rencontré.

Je sais qu'un jour, dans sa maison de La Varenne, il m'a dit :

— J'aimerais faire quelque chose avec vous [1].

Je lui ai répondu :

— Ça tombe mal : je ne veux plus faire de chansons ! Je pense à des choses plus importantes [2].

Cela tombait bien :

---

1. C'était notre première rencontre : il me vouvoyait. Les choses ont changé très vite. Le respect fout le camp !
2. Que l'on ne se méprenne pas : plus importantes en temps. En longueur.

— C'est justement pour quelque chose de plus important que je voudrais travailler avec vous.

Francis, c'est *Marjolaine, Quand un soldat, Bal, petit bal, Le Petit Cordonnier*, des tas de chansons que, dans ma radio bordelaise, je programmais avec envie. Mais, plus que tout, c'est *A Paris*… Je rentrai chez moi heureux… mais inquiet : « Si je fais une comédie musicale, j'aurai la rue, les quais, les pavés, le bar-tabac : tout ce qui a, mille fois, été chanté… »

Je ne le jurerais pas mais je crois bien que l'idée est venue le soir même : nous allions raconter — survoler, du moins, restons modeste — l'histoire de Paris. De 1789 à la Libération.

Le titre vint tout seul, *Paris Populi*, et les vers disant chaque événement. Avec le premier en date :

> *89 coups de tromblon*
> *89 coups de clairon*
> *89 coups de canon*
> *Nous ont fait un Paris tout neuf*
> *Au pays de 89 !*

Et, dans ce pays tout neuf : Napoléon le bâtisseur, la Seine et son premier bateau à vapeur, les barricades de 1830, la victoire aboutissant comme toujours à la défaite :

> *Ils veulent la République*
> *Et pourtant à chaque fois,*
> *A chaque fois qu'ils s'agitent,*
> *Ils obtiennent un nouveau Roi !*

Je ne vais pas raconter tout ce qui, de Paris, fit ce qu'il est. Je dirai seulement que, dans les jours suivant notre entrevue, j'envoyai à Francis le premier « morceau » que j'avais écrit : l'enterrement de Victor Hugo :

Hugo de Paris
Hugo des Misérables
Tous les misérables
Ont jailli de Paris
Alors, le jour de deuil devient un jour de fête
Car jamais, on le sait, ne meurent les poètes
Les poètes, vois-tu, tous les peuples ont les leurs
Mais ils aiment surtout ceux qui crient : « Au voleur ! »
Et toi, tu l'as crié bien plus haut que personne
Et je l'entends encore à ces cloches qui sonnent
A ces cloches qui sonnent aux laideurs de la vie
Lorsque Quasimodo paraît sur le parvis.
Oui mais Quasimodo avait l'âme profonde
Comme profondes l'âme et la laideur du monde.
Ainsi paraît la vie et rose et réséda
Et meurt Quasimodo près de Esméralda.
Les poètes, sais-tu, voient le meilleur en l'homme
Et puis ils nous le donnent et le peuple leur donne
Une place en son cœur : tu es parmi ceux-là
Et s'il n'en reste qu'un, tu seras celui-là.

Ce texte à peine lu, Francis m'appela :

— Viens. Il faut qu'on travaille tout de suite.

Et nous avons travaillé. Sans savoir où nous allions. Artisans aimant la belle ouvrage. Les rimes. Les notes. Les mots qui, devant nous, faisaient bâtir la tour Eiffel, le premier métro, le Moulin-Rouge… Nous assistions à la générale de *Cyrano*, nous donnions le départ du premier Tour de France cycliste, nous apprenions l'assassinat de Jaurès. Donc, la guerre. Avec, pour défendre Paris, ces voitures que nul n'attendait :

> *C'est Gallieni qui a dit,*
> *Gallieni qui a dit :*
> *« J'ai besoin des taxis. »*
> *Alors comme un seul homme*
> *Ça répond : « Nous y sommes ! »*

263

L'enthousiasme que faisaient naître ces taxis de Paris était le nôtre. Autour du piano, Francis et moi volions vers la Victoire. Celle de 1918 et, après charleston et cosmétique, février 34, été 36, après l'Occupation, l'humiliation, les privations : la Résurrection.

> *Croix de Lorraine pavoisée,*
> *De Gaulle est aux Champs-Elysées.*
> *La Marseillaise s'embrasant*
> *S'unit au Chant des partisans*
> *Alors... Alors...*
> *... Ça sent la foule et la joie*
> *Le bonheur sous les doigts*
> *Et l'accordéon-roi,*
> *La valse patrimoine*
> *Au faubourg Saint-Antoine*

Nous avions mis six mois avant de faire danser les Parisiens sur leurs pavés retrouvés.

Francis enregistra une bande, chantant seul. Nous avons minuté : cela durait deux heures.

A ce moment, écoutant, réécoutant, pour la première fois nous nous sommes posé la question : «Qu'allons-nous en faire ?»

Les amis venaient l'entendre. Comme nous, ils s'interrogeaient. Ils disaient :

— C'est magnifique mais... pour monter ça sur scène, il faut une fortune.

Nous ne l'avions pas.

Un homme débloqua la situation : Roger Kreicher. Il était emballé. Il le prouva :

— Enregistrer des extraits ne voudrait rien dire. Nous allons enregistrer l'œuvre entière. Trouvez des interprètes. Je mets à votre disposition le Grand Orchestre de Radio-Télé-Luxembourg.

Jean-Michel Defaye écrivit les arrangements. Soixante-dix musiciens. Michel Legrand prit la baguette[1]. Tous les artistes contactés répondirent présent : Marcel Amont, Estelle Castelli, Michel Delpech, Daniel Guichard, Jean Guidoni, Juliette Gréco, Serge Lama, Christiane et Michel Legrand, Francis Lemarque, Jacques Martin, Mireille Mathieu, Mouloudji, Nicoletta, Serge Reggiani, Marcel Rothel, Catherine Sauvage, Francesca Solleville, Jacques Yvart.

Ce fut magnifique. A un détail près : ayant eu vent du projet, Eddie Barclay s'était précipité à Luxembourg pour avoir l'affaire. Il l'eut. Il fabriqua les trois disques. Habillés par un beau coffret. Avec, à l'intérieur, cahier explicatif, gravures, photos… Oui mais… aucun des artistes ayant prêté leur voix n'était en contrat avec Barclay. Certes, Philips, Pathé-Marconi, Polydor leur avaient donné l'autorisation de participer à l'enregistrement. De là à les voir sur l'écran de télévision faire la promotion d'un « produit » vendu par la firme concurrente, il y avait un pas… que personne ne put franchir.

Nous avions agi comme des amateurs. Pis : de jeunes amateurs. (C'était rafraîchissant.)

Pour effacer notre désillusion, Francis décida courageusement de chanter *Paris Populi* (une grande partie du moins) seul sur scène. Aidé par ses musiciens et de très belles projections de Yann Berrier, il connut au théâtre de la Ville, pendant un mois au TEP, au théâtre de la Gaîté-Montparnasse des représentations triomphales, émouvantes. Personnellement, j'ai le souvenir d'une dame, veuve de général, venue le féliciter dans sa loge. Elle ne lui lâchait pas les mains, répétant :

— C'est la France, monsieur, c'est la France.

1. Qu'il partagea, si j'ose cette image, avec Pierre Cao.

La France, oui mais cette France était entrée dans un monde dont nous avions méconnu les lois. Ce monde nous le rappela. Durement[1].

La première de ces lois est d'entrer dans le moule. Je n'ai jamais su le faire. Plus exactement : je crois bien n'avoir jamais essayé d'y entrer. Jamais même cherché à en définir les contours. Pour m'y glisser.

Un jour, à la télévision, un interviewer me demanda :

— Que préférez-vous dans votre métier ?

Ce fut spontané :

— Je ne préfère rien… car je n'aime qu'une chose : écrire.

Alors, dans ces années 70, ayant le bonheur d'avoir, ici et là, quelques petits succès, j'écrivais. Ce que je voulais. Sans penser aux honneurs. Auxquels, on le sait, je n'ai jamais cru. A la réussite, qui est toujours relative. Au gain. Parce que cela, je le sais depuis mes débuts difficiles : le seul argent important est l'argent dont on manque. Pour soi. Pour ceux qui vous entourent. L'argent des sapins sans jouets, sans étoiles, sans chocolat. L'autre argent, celui des yachts en Méditerranée, je ne l'ai jamais eu en point de mire. Peut-être parce que je ne m'en suis pas assez approché. Ou alors, parce que j'ai facilement le mal de mer. Peut-être encore parce que j'ai vu bien des gens qui, s'engageant dans la course à la fortune, croyaient s'engager dans la course au bonheur. Passant la ligne d'arrivée fourbus, malades, cabossés, ils se rendaient compte qu'ils s'étaient trompés de circuit.

Un jour, Marcel Dassault me demanda de venir le voir. C'était un 2 novembre. Il était seul, absolument seul dans son immeuble de *Jours de France*, au rond-point des Champs-Elysées. Nous avons passé une heure

1. Introuvable désormais, le coffret de *Paris Populi* est aujourd'hui, au dire d'animateurs de radio, objet de collection.

tête-à-tête. Je dirai en son temps la raison de cette entrevue. Ici, je veux seulement rapporter l'un de ses propos :

— Ce n'est pas parce qu'on est riche qu'on va se mettre à manger deux poulets par repas.

Voilà : depuis longtemps mon poulet me suffit. J'écris pour mon plaisir. Ce qui me passe par la tête. Peut-être par le cœur. Il arrive que mon plaisir provoque le plaisir du lecteur, du spectateur. Cela me fait plaisir.

A cette époque, j'avais écrit une pièce dont, parce que j'espère un jour pouvoir en reprendre l'idée, je ne donnerai pas le titre. Appelons-la *La Cité*.

Comme pour mon premier roman, pensant que «ça se faisait comme ça», j'avais déposé le texte dans plusieurs théâtres.

Sans recevoir de réponse.

Au bout de trois mois de silence, j'appelle le TNP :

— Allô… Je vous ai adressé une pièce : *La Cité*.

La dame vérifie :

— Oui. Oui. Nous l'avons reçue.

— Est-ce que… quelqu'un l'a lue ?

— Non. Personne ne l'a lue. Vous voulez que je vous renvoie le manuscrit ?

Je suis un peu surpris. Toujours timide :

— C'est-à-dire… Non… J'aimerais autant qu'on la lise !

— Bon. Je vous la renvoie ce soir.

Mon interlocutrice était une femme de parole : le lendemain, je recevais le texte.

Fort de cette expérience, je n'appelai aucun des autres théâtres.

Au bout d'un certain temps, je n'en eus même plus l'envie : *La Cité* était une pièce erreur de jeunesse : outre que son montage devait nécessiter une bonne quarantaine de comédiens, j'avais déversé dans l'intrigue et les dialogues tout ce que, me semblait-il, le spectateur devait apprendre au plus tôt sur la vie, la mort, la paix, la guerre, l'amour, la haine et autres balivernes sur lesquelles, avant moi à coup sûr, il n'avait pas su se faire une opinion.

Malgré cela, le texte, je n'ai jamais su comment, passa de mains en mains. On m'écrivit. De France. De Belgique. Et même d'Allemagne. Une lettre d'un organisme officiel. Tellement officiel que, j'y pense maintenant, la lettre devait venir d'Allemagne de l'Est.

Dans ce courrier : un message de Silvia Monfort («Ah! quel beau, quel merveilleux langage de théâtre!») qui venait d'ouvrir son «Carré» dans le Marais et qui, dès lors, voulut que j'écrive pour elle.

Je ne le fis pas. Pourquoi? Eh bien, à cause de cela justement : pour écrire, il faut que j'aie envie. Que je croie au succès. Je peux me tromper comme tout le monde mais si au départ j'ai un doute, je me tromperai à coup sûr.

Ne me faites pas dire ce que je n'ai pas dit : lorsque dans un petit bistrot de Montmartre j'ai rencontré Silvia pour la première fois, elle était pour moi l'inoubliée Fantine des *Misérables*. J'aimais sa voix, sa sensualité et, lorsque je l'eus connue, son intelligence, sa liberté de penser, de vivre. Oui mais… je ne me sentais pas fait pour elle. Ou elle pour moi. Professionnellement s'entend.

Je lui disais :

— Dans tout ce que je fais, il y a de l'humour.

Elle se vexait :

— Vous voulez dire que je n'en ai pas ?

J'avais mon opinion :

— Vous êtes une tragédienne.

Elle avait la sienne.

— Je suis une comédienne. Je peux même être comique.

Je ne le croyais pas. Je me bloquais.

268

Elle m'en voulut.

D'autant qu'un jeune metteur en scène, cinq jeunes comédiens s'excitèrent sur la deuxième pièce que j'avais écrite, *Le Week-End des patriotes* (il n'y avait que cinq personnages : j'avais compris la leçon de *La Cité*). Le jeune metteur en scène s'appelait Jean-Louis Manceau [1]. Il monta la pièce pour le *off* d'Avignon. Avec les moyens les plus précaires, beaucoup d'invention, la spirituelle musique de l'ami Gérard Calvi et, pour lui qui ne pouvait s'offrir aucune publicité, une idée géniale : entrée gratuite le premier soir.

Le Week-End des patriotes était une vraie farce : elle faisait rire. Aux éclats. Le bruit s'en répandit dans la ville. Dès la deuxième représentation et pendant toute la durée du festival, le «lieu» afficha «complet». Dans *L'Express*, Robert Kanters estima que c'était là «le seul vrai succès d'Avignon *off* cette année». Je crois qu'il avait raison. Il voyait dans la pièce «un théâtre qui purge gaiement l'esprit de bien des sottises et de bien des préjugés». J'espère qu'il n'avait pas tort. Sur France-Inter, Pierre Bouteiller enthousiaste déclarait : «C'est l'un des meilleurs endroits d'Avignon où l'on joue l'un des meilleurs spectacles.» Dans *Le Figaro*, Claude Baignères constatait que c'était «un vrai succès». Dans *L'Aurore*, Dominique Jamet apprécia *Le Week-End* comme une «petite pièce qui n'a pas de prétention et pourrait se permettre d'en avoir... quelque chose qui ressemble à du Voltaire». Bref, on avait «l'heureuse surprise de passer dans la meilleure des compagnies la plus merveilleuse des soirées»... Je ne vais pas citer tous les articles (d'autant que je les ai perdus depuis longtemps) mais leur unanimité excita la rancœur de Silvia :

---

1. Jean-Louis Manceau était un metteur en scène très prometteur. Il se détourna de cette carrière pour devenir l'animateur fêté de France 3-Toulouse.

269

— Vous écrivez pour des inconnus et vous ne voulez rien faire pour moi !

Or, je n'avais pas écrit pour des inconnus : j'avais écrit pour moi et des inconnus jouaient ma pièce.

Alors m'arriva la plus belle surprise de ma vie.

Coup de téléphone.

Maïté décroche. Tout de suite, je la sens sur ses gardes : nous vivons un métier dans lequel on se fait beaucoup de blagues. J'en faisais ma (grande) part. Les copains me le rendaient.

Pourtant, Maïté finit par dire :

— Ne quittez pas. Je vous le passe.

Elle me souffle :

— C'est de la part de Jean-Louis Barrault... Ça a l'air vrai !

Je prends l'appareil.

Les phrases textuelles ont été :

— Allô, monsieur Coulonges ? Je suis Claire Duhamel, administratrice de la Compagnie Renaud-Barrault. Monsieur Barrault a lu un de vos textes. Il désire vous connaître au plus tôt. Il vous fait demander si vous pouvez être au théâtre d'Orsay dimanche à 14 heures.

Je pouvais y être, vous le pensez bien.

Et voilà ce que j'entendis :

— J'ai lu votre pièce *La Cité*. Je passe sans doute à côté d'une bonne pièce, peut-être même à côté d'une grande pièce (il devait exagérer), mais je ne peux pas la monter : ce n'est pas pour moi.

Il m'expliqua les raisons de son refus. Je les compris sur-le-champ et, par la suite, j'en vérifiai tout le bien-fondé.

Jean-Louis Barrault poursuivit :

— Je vous ai demandé de venir parce que je voulais vous dire ceci : vous êtes un véritable auteur de théâtre. Il faut écrire pour moi.

J'avais cinquante-quatre ans. J'en aurais pleuré. Pas

d'avoir cinquante-quatre ans : d'entendre ces mots. Et aussi parce que… j'avais envoyé ma pièce à une dizaine de directeurs, aucun ne m'avait répondu et voilà que monsieur Jean-Louis Barrault auquel je ne l'avais pas envoyée, dont je n'aurais jamais su qu'il l'avait eue entre les mains [1], oui voilà que monsieur Jean-Louis Barrault prenait la peine de m'inviter à venir le voir simplement pour me connaître, m'entendre parler de moi et me dire :

— Vous avez un véritable langage de théâtre !

Comme Silvia. Comme, plus tard, Pierre Dux.

Jean-Louis Barrault, Silvia Monfort, Pierre Dux avaient des mérites divers mais ils possédaient un même ressort : un amour immodéré pour le théâtre. Un désir toujours renouvelé de le servir.

C'est peut-être pour cela que, oubliant ma mauvaise habitude de ne pas téléphoner aux gens lorsqu'ils me disaient « rappelez-moi », à l'invitation de Jean-Louis je revins au théâtre d'Orsay.

J'y passais vers 18 h 30. Nous parlions longuement. De théâtre, bien sûr. Parfois, il me disait : « Et ma pièce ? Tu as une idée ? »

Je l'avais, oui.

J'avais entrepris le recensement des œuvres qu'il avait créées depuis la fondation de sa compagnie.

Je lui fis part de mon étonnement :

— C'est drôle, Jean-Louis : avec tous les combats que tu as menés pour défendre la liberté d'expression… tu n'as pas un seul Voltaire à ton répertoire.

Je vous livre sa réponse. Toute crue, c'est le cas de le dire :

— Voltaire, en théâtre, c'est de la merde.

1. Je l'appris plus tard : c'est le réalisateur de télévision Jean-Paul Carrère qui en avait remis le texte à Jean-Louis en lui disant qu'il devait absolument le lire. Qu'il en soit ici remercié.

— Mais… un conte?

Je sentis que cela faisait tilt. Il me regarda :

— Lequel? Tu as une idée?

— Oui. *Zadig*.

— Ecris-moi un «départ» pour me montrer comment tu voudrais faire ça.

Le «départ», je n'avais pas besoin de l'écrire : il était dans mes cartons. Car, en 1977, j'avais déjà fait de la télévision. J'y avais connu quelques petites réussites. Elles m'avaient incité à proposer un *Zadig*. La télévision m'avait répondu que cela coûterait trop cher.

J'attendis quelques jours pour ne pas laisser croire à Jean-Louis que j'avais bricolé son «départ» en une soirée ou deux puis je lui apportai les dix-huit pages — exactement dix-huit — précédemment écrites pour montrer à la télévision l'esprit dans lequel je voulais traiter le sujet.

Le lendemain, peut-être le surlendemain, Jean-Louis m'appela. Sans un compliment. Sans un commentaire :

— Vas-y. Tu continues.

Je continuai.

Un mois après, j'apportais la pièce.

Le lendemain, peut-être le surlendemain, Jean-Louis m'appela. Sans un compliment. Sans un commentaire :

— Ça va. Je la monte.

L'aventure merveilleuse était commencée. Merveilleuse parce que jamais une dispute n'intervint entre les uns ou les autres; la préparation se fit dans l'enthousiasme général et dès qu'on ouvrit les guichets, la salle fut prise en location. Pendant deux années, on joua pratiquement chaque soir à guichets fermés. Puis la compagnie partit en Amérique du Sud. Et derrière le «rideau de fer» où chaque réplique sur la Liberté faisait mouche.

Merveilleuse aussi parce que Jean-Louis était avec les auteurs un homme merveilleux. Montrant au texte, à celui qui l'avait créé, un respect que l'on ne peut imaginer.

Petite scène : Zadig est en prison. Triste. Abattu. L'Ermite arrive. Il lui dit qu'il ne faut jamais perdre l'espoir.

Zadig soupire :

— Je me demande ce que peut espérer un homme en prison ?

Je faisais répondre à l'Ermite :

— Il peut espérer en sortir !

Petite anecdote : Jean-Louis jouait le rôle de l'Ermite. Au cours d'une répétition, il s'approcha de moi :

— Ça ne te gêne pas si, à la fin de la réplique, j'ajoute : « Non ? »… Cela ferait : « Il peut espérer en sortir… Non ? »… Je crois que c'est mieux.

Bien entendu, cela ne me dérangeait pas.

Jean-Louis s'éloigna.

Une semaine plus tard, il revint. Pour s'assurer :

— Tu es sûr que cela ne t'ennuie pas ?

— Mais non ! Pas du tout.

Alors, satisfait, Jean-Louis Barrault tira un crayon de sa poche et sur sa brochure, il écrivit « Non ? » à la fin de sa réplique.

Il avait des défauts, Jean-Louis. Avec les gens qu'il n'aimait pas ou même qui l'agaçaient, il pouvait être impitoyable. Je l'ai vu cruel avec quelque comédien dans le désarroi. L'observant, je pensais parfois qu'il pouvait être le Diable et le bon Dieu. A la scène et aussi à la ville. Mais, comme l'eût dit ma mère : « C'était un monsieur. »

Notre succès le combla.

Un soir, il me dit :

— Et maintenant ? Que faisons-nous ?

— Je te le dirai à la rentrée.

Je partis pour le Lot.

J'écrivis une pièce non d'après Diderot mais à propos de Diderot et, plus généralement, des Encyclopédistes. Une espèce de conte théâtral. Avec des animaux. J'étais sûr qu'il en ferait une féerie.

En septembre, lorsque revenant à Paris je pénétrai dans le hall du théâtre, je reçus un choc : la saison commençait par un spectacle Diderot. J'étais désolé.

Jean-Louis me dit :

— Nous avons la vie devant nous ! Nous jouerons ta pièce dans deux ou trois ans.

Je n'ai jamais su si, voyant qu'il ne pouvait pas la jouer dans l'immédiat, il l'avait lue. Ce qui est sûr c'est que personne d'autre ne l'a lue : je l'ai glissée dans un tiroir. Elle n'en est plus ressortie. Pour la mise en scène, il me fallait un magicien. C'était lui : personne d'autre.

Il écouta *Paris Populi*. Il fut tenté. Très tenté même. Après quelques séances avec son musicien, Serge Franklin, il se rendit compte que, s'il est possible dans une pièce de faire chanter une chanson à un comédien, il n'était pas possible de faire interpréter deux heures de chant ininterrompu par les artistes de sa compagnie.

Il renonça mais il me fit une proposition.

Il voulait en une fresque représenter Paris à travers les âges. Un Paris personnifié par Madeleine Renaud et devant lequel s'inclineraient tour à tour Philippe Auguste, Henri IV, Napoléon… Tous les autres. J'avais conscience que cela aurait pu être grandiose… quelques années auparavant. Car Madeleine était née avec le siècle. Elle avait donc soixante-dix-neuf ans et, malgré toute l'admiration que je lui portais, je ne la voyais pas figurant ce Paris devant la beauté duquel le monde entier se prosternait.

J'avais peut-être tort mais, je l'ai dit : pour être convaincant dans mes textes, j'ai besoin d'être convaincu lorsque je les écris.

Jean-Louis, lui, était convaincu par son idée. Il insista. Je finis par lui laisser entendre mon sentiment.

L'ennui est qu'il le transmit à Madeleine. Disons les choses telles qu'elles sont : Paris me fit la gueule.

Pas Jean-Louis.

Il me remit deux cahiers emplis de son écriture en me disant :

— Ce sont des idées de pièces.

Je n'aurais jamais cru que cela pût exister. Contrairement à ce qu'il pensait, ce n'était pas des idées de pièces : c'était des idées de mises en scène. Et même : c'était des mises en scène. Pour des pièces qui n'étaient pas écrites et qu'il rêvait de réaliser. Depuis longtemps. Là était bien le malheur.

Cela me semblait poussiéreux. Anodin.

Je repoussai ses offres.

Entier dans ses choix, ne se laissant jamais détourner de la ligne qu'il s'était tracée, Jean-Louis avait la qualité de respecter le choix des autres. Sauf, bien sûr, lorsque le choix des autres détruisait son œuvre.

Dans sa vie, dans la vie de sa compagnie, dix fois, vingt fois, il avait été abattu. Par le pouvoir, par l'adversité, par ses folles entreprises dans lesquelles il engageait ses deniers ; pour lesquelles il gageait ses tableaux. Madeleine avait pris l'habitude de ces coups du sort mais, comédienne vedette, mariée au Baptiste des *Enfants du paradis*, au Berlioz de *La Symphonie fantastique*, à l'inoubliable assassin cycliste de *Drôle de drame*, elle se serait fort bien passée des risques permanents pris par son grand homme.

Aussi, en matinée, en soirée, à l'entracte de chacune des représentations, quelles que soient ses occupations, quels que soient les interlocuteurs qu'il avait en face de lui, Jean-Louis Barrault abandonnait tout. On le voyait traverser le hall d'un pas pressé et, fonçant dans les coulisses, il indiquait le montant de la recette à Madeleine : pour la rassurer.

J'ai passé quatre années auprès de lui : jamais je ne

l'ai vu se soustraire à ce que, sans doute, il considérait comme sa meilleure obligation.

Une fois encore le sort s'acharna sur lui : le pouvoir décida de bâtir le musée d'Orsay. Pour cela, évidemment, il fallait démolir le théâtre que Jean-Louis avait fait construire.

Jean-Louis demanda audience à monsieur le président de la République. Qui le reçut, lui expliquant que l'affaire était irrévocable.

Jean-Louis était abattu.

Pour atténuer sa peine, monsieur le président de la République prit un air admiratif :

— Ah ! monsieur Barrault ! Que d'efforts avez-vous faits pour le théâtre en quarante ans !

Puis, à titre de curiosité, monsieur le président de la République demanda :

— Mais… croyez-vous que ce soit vraiment utile ?

J'étais au théâtre lorsque Jean-Louis revint de l'entrevue.

Il prit un whisky et resta là. Prostré. Pas longtemps d'ailleurs mais, pendant quelques minutes : écrasé.

Plus tard, plusieurs fois il me répéta l'aventure. Voulant en rire mais on sentait bien qu'il n'y parvenait pas.

Personnalité de la culture, monsieur L… voulut arranger les choses.

C'était au temps où, pour montrer sa grande simplicité à ses « sujets », monsieur le président de la République n'hésitait pas à appeler les boueux de la rue du Faubourg-Saint-Honoré pour partager avec eux son petit déjeuner ; voire à s'inviter pratiquement à l'improviste chez le plus modeste des citoyens. Où, fort heureusement, se trouvaient quelques caméras de télévision.

Donc, monsieur L… vint au théâtre pour suggérer à Madeleine et Jean-Louis d'inviter monsieur Giscard d'Estaing à leur table.

Jean-Louis aurait peut-être acquiescé mais... c'est Madeleine qui répondit :

— L'inviter à dîner ?... Mais... ce n'est pas possible, cher ami : j'aurais trop peur qu'il s'arrête chez la concierge !

Heureusement, pressentant peut-être que, avant la fin de sa carrière, on lui imposerait encore un déménagement, dans la gare d'Orsay Jean-Louis avait fait construire un théâtre superbe mais amovible. On le démonta et on le reconstruisit sur les Champs-Elysées : dans l'ancienne patinoire où il est toujours et où, le soir de la générale, je me sentis envahi par une grande tristesse. Et même : une angoisse.

Un auteur avait accepté de traiter l'un de ces sujets que Jean-Louis rêvait de porter à la scène. C'était un auteur de talent dont l'écriture n'est pas en cause mais ce qui, dans l'esprit de Jean-Louis, était sans doute de l'érotisme, ce qui, quelques décennies plus tôt, serait peut-être apparu comme tel apparaissait en 1981, avec les audaces du cinéma, comme une bluette écrite sur le canapé de la comtesse de Ségur. Par jour de grand vent : des *vrou-vrou* montaient de la bande sonore accompagnant les évolutions d'un Eros battant des ailes. Quelques personnes commencèrent à rire et je dois dire que ce soir-là je vis ce qu'étaient de véritables comédiens. Je ne sais pas si Anny Duperey, Lambert Wilson et leurs camarades croyaient à leurs personnages mais ils défendaient le spectacle avec une fougue dont j'aurais été incapable : pour jouer comme pour écrire, j'ai besoin d'une foi entière.

Cette foi dans la réussite de ses entreprises, nul plus que Jean-Louis ne l'éprouvait. Tellement grande qu'elle l'empêchait de déceler les dangers qu'il courait.

Pourtant, à l'issue de l'une de ces représentations, au sens physique du terme : il me tomba dans les bras. Des larmes emplissaient ses yeux. De vraies larmes :

— Alors, tu ne veux plus travailler avec moi ?

Je me souviens de ma réponse :

— Travailler avec toi : oui mais… j'ai des idées, tu as les tiennes : il faut que ton rêve rencontre le mien.

— Viens demain. Tu me parleras de tout ça.

Le lendemain, j'arrive, pensant remettre en course mon Diderot ou *La Folie Turlupin* que la Comédie-Française avait jouée sur France-Culture pour le plus grand plaisir de ses Alain Pralon, François Chaumette, Françoise Seigner.

Jean-Louis est souriant. Ragaillardi. Sans me demander si j'ai un sujet, il me dit :

— J'adore Vienne. Il faut que tu me fasses quelque chose qui se passe là-bas. Avec les Strauss, les guinguettes sur les bords du Danube, cette gaieté des Autrichiens…

Pour la première fois, je décide de lui parler fermement :

— Ecoute, Jean-Louis : c'est peut-être une bonne idée. Mais *Valse de Vienne*, ça existe. Si c'est pour le refaire, je ne peux pas te suivre.

Il retrouve son air de martyr :

— Donc, tu me laisses tomber ?…

Je lui demandai quelques jours de réflexion.

Lorsque je nageais dans Voltaire et Rousseau, dans 1789 et ses suites, un fait m'avait frappé. Pendant quelques jours, je lus. Je relus.

Je revins :

— Voilà : lorsque, pressentant qu'il le dépasserait, le père Strauss fit tout pour que son fils n'apprît pas la musique, Metternich fermait les frontières de l'Autriche aux livres des Encyclopédistes français, il opprimait son peuple ; le parallèle entre ces deux autocrates, l'un familial, l'autre national, ça c'est un sujet de pièce.

Il s'emballa sur l'idée et s'emballa plus encore lorsque je lui apportai le texte.

Nous travaillions au théâtre, dans son bureau.

Parfois, il prenait la brochure, il se levait, il lisait une tirade.

J'étais heureux de le voir ainsi.

Heureux mais un peu inquiet. Il aimait ma pièce mais il montait la sienne. La partie historique lui plaisait mais il y était moins à l'aise que dans la partie « plaisir ». Alors, il faisait ce que fait un comédien jouant un rôle qui n'est pas pour lui : il chargeait. Il prenait au sérieux, il faisait prendre au sérieux par les comédiens ce qui n'était que boutade.

Nous n'avions pas besoin de ça : nous étions en 1982, c'est-à-dire que, une année auparavant, la gauche avait pris le pouvoir. Autant dire que, pour les Champs-Elysées, Mitterrand était Staline et les hôpitaux psychiatriques allaient bientôt s'ouvrir au bois de Boulogne.

Dans *Les Strauss*, pendant que les gens s'amusaient, dansaient sur les bords du Danube, un ouvrier restait devant son métier à tisser, travaillant sans cesse à l'écart de tout le monde. Dès les premières représentations, on comprit que cela déplaisait à une partie des spectateurs. Le spectacle marchait bien mais parfois Mireille Delcroix, excellente comédienne, sortait de scène en disant : « Je sens dans la salle des ondes mauvaises. » Pierre Arditi jouait magnifiquement les deux Strauss. Son jugement sur « les bourgeois qui ne comprennent rien » était encore plus abrupt.

Un soir, sortant de la salle, un couple passa devant moi. Monsieur disait à Madame :

— On se demande ce qu'un ouvrier vient faire sur une scène de théâtre !

Je me crus dans un autre monde !...

Eloigné dans tous les cas du théâtre d'Orsay où le

public était jeune d'esprit, ouvert, libéré. *Averti*, en vérité : sachant par expérience que la réalité sociale fait partie de la culture et que ce n'est pas parce qu'on montre, sur scène, le monde tel qu'il est que les gens vont descendre dans la rue pour le changer.

Néanmoins, le bouche à oreille fonctionna bien et, une fois remontée la mauvaise impression causée par la critique la plus conservatrice, les salles se remplirent. Ce ne fut certes pas le succès de *Zadig* mais ce fut tout de même un succès dont, au hasard d'une fête du livre, d'une dédicace dans une librairie, un ancien spectateur, visage ravi, me rappelle le souvenir.

Succès au théâtre du Rond-Point et triomphe au théâtre de la Criée à Marseille où, plus jeune, plus libéré dans ses pensées, le public fit chaque soir une ovation à la compagnie.

Et puis… nous devions connaître une autre grande satisfaction. Inattendue, je dois le dire.

La télévision allait filmer le spectacle.

Il était certes bien monté mais, à cause de ses dernières erreurs, Jean-Louis avait commencé à « descendre la pente ». Financièrement s'entend : le « ballet » comportait quatre couples de danseurs, ce qui, sur la scène, était à peine suffisant et risquait bien de faire pauvre sur l'écran habituant les téléspectateurs à des superproductions.

Eh bien, la diffusion à peine terminée, des amis, des moins amis, des presque inconnus m'appelèrent. De Paris. De province.

Le lendemain, la presse saluait « la pièce puissante », « inhabituelle dans le genre », les prestations remarquables de Pierre Arditi, de Mireille Delcroix, de tous les comédiens et… *France-Soir* donnait l'indice de satisfaction du public : 16/20.

C'était une note très inhabituelle et, dans tous les cas, la plus forte que j'aie jamais obtenue.

Elle me plaça devant une interrogation : si une pièce captée sur la scène (ce qui n'est jamais très heureux) réalisait un tel score, était-il utile d'écrire pour la télévision ?

C'est pourtant ce que je faisais désormais.

Grands succès
pour petit écran

A la radio de Bordeaux, j'avais reçu Guy Lefranc,
qui, en portant à l'écran le *Knock* de Jules Romains,
avait fait des débuts prometteurs de réalisateur.

Nous ne nous étions vus que ce jour-là.

J'étais à Paris depuis une dizaine d'années lorsque, à
ma grande surprise, il m'appela.

Il avait lu *La Lune papa* et désirait en faire un film
avec Fernand Raynaud. Il avait son accord.

Malheureusement, entraîné par un producteur auvergnat, Guy Lefranc se mit à tourner avec l'Auvergnat
Fernand Raynaud *L'Auvergnat et l'autobus*, qui, à sa
sortie, malgré toute la bonne volonté des bougnats arrivant coudes au corps aux guichets, ne remplit pas les
salles. Loin de là. Fernand Raynaud vit les portes des
studios se fermer (provisoirement) devant lui et Guy
Lefranc connut le même sort.

Il présenta « notre » projet à la télé. Où, à cette
époque, siégeait un comité de lecture présidé par
Jacques-Emmanuel Clancier.

Je reçus une lettre : « Votre livre nous intéresse. » Je
crus l'affaire faite. C'était une erreur : je venais de
franchir le premier échelon.

Deuxième lettre : « Votre livre nous intéresse beaucoup. » Cette fois, je me frottai les mains. C'était prématuré : je venais de franchir le deuxième échelon.

Au quatrième échelon, la télévision se dit prête à signer un contrat avec moi.

Je dus choisir ; quelques jours avant de recevoir cette lettre, j'en avais reçu une autre : « Il y a de bien charmantes pages dans *La Lune papa* et un humour de très bonne qualité. Entre autres épisodes celui de la couronne de tante Brème m'a enchanté et je pense qu'on pourrait en tirer un sketch cinématographique excellent... » C'était signé René Clair.

Oui, je n'avais jamais écrit pour le cinéma, la télévision et voilà que, avant d'avoir commencé, j'étais placé devant un dilemme.

Collaborer avec René Clair était pour moi flatteur et même grisant. Non parce qu'il venait d'être le premier cinéaste à entrer à l'Académie française mais parce que, sans bicorne et sans épée, *Sous les toits de Paris, Le Million*, plus récemment *Ma femme est une sorcière* m'avaient enchanté.

Pourtant — le cœur fendu —, j'écartai son offre : René Clair envisageait de faire d'une partie de *La Lune papa* l'épisode d'un film à sketches à tourner en Italie. A une date non arrêtée.

La télévision proposait un feuilleton de vingt-six fois treize minutes à tourner tout de suite : j'optai pour la télévision.

Elle me passa commande de l'adaptation.

Je l'écrivis.

Alors, la télévision me dit :

— Nous n'avons pas d'argent pour le tourner... Peut-être dans un an... ou deux.

Le directeur qui me parlait s'appelait Claude Désiré. Devant mon air déconfit, il m'affirma que je lui apportais ce dont la production manquait le plus : de l'humour.

Il me demanda :

— Avez-vous autre chose à me proposer ?

Pour plaire au si amical Lucien Psichari et aussi parce que cette écriture d'un classicisme aigu me séduisait, j'avais lu tout Anatole France. Dans certains écrits, je décelais une filiation avec le Voltaire des contes.

Pris au dépourvu par l'invitation de Claude Désiré, je lui proposai l'adaptation de *La Rôtisserie de la Reine Pédauque*. Je dirai très modestement qu'elle fut remarquée ; bien servie par le bouillonnant Alain Pralon, Didier Haudepin, Jacques Tournebroche, Alain Mottet, Chantal Nobel, Hélène Manesse… Georges Wilson était le docte monsieur Jérôme Coignard, ce qui, quelques années plus tard, recevant le Prix de Littérature d'une grande ville, me valut cet éloge inattendu du « culturel » de service : « Vous avez fait débuter Georges Wilson et monsieur Jérôme Coignard à la télévision ! »

Ladite télévision fut prête à tourner *La Lune papa*.

A ce moment, Guy Lefranc était pris par ailleurs.

La télévision désigna un autre réalisateur.

Le premier mot qu'il me dit fut :

— Monsieur, je dois vous dire que j'ai horreur des enfants.

Pour une œuvre qui traite des rapports de tendresse entre un père et son fils, des rapports plus turbulents entre ce fils et ses copains, je jugeai cela regrettable.

J'appris à me méfier des réalisateurs. Pourquoi accepter un sujet si l'on sait qu'il n'est pas fait pour vous ?

La réponse me fut donnée par l'expérience.

Il y avait de bons réalisateurs à la télévision. Généralement, ils avançaient prudemment sous la protection d'un événement historique, d'un roman de Hugo, Balzac, Maupassant, Zola… La plupart des autres, « le tout-venant » si j'ose cette impertinence, exerçaient tant bien que mal un métier difficile que l'on peut faire facilement. Je veux dire que lorsque deux comédiens jouent une scène, à partir du moment où une caméra tourne devant eux, on a quelque chose sur l'écran. Bon ou mauvais. Ainsi agissaient beaucoup de réalisateurs : à la légère.

Je perçus cette légèreté, qui était parfois un manque de légèreté. A la suite de la programmation de l'un de mes téléfilms, un critique écrivit : « Pour réalisateur, il fallait un ébéniste : on a mis un charpentier. »

Devenu un ami, Guy Lefranc, qui connaissait mes réussites bordelaises, m'incita à réaliser moi-même. Il s'offrait à me seconder dans la partie technique.

Aurais-je accepté lorsque, vingt ans plus tôt, j'arrivais de Bordeaux où j'avais mis en scène une trentaine de pièces ? Je n'en suis pas sûr. Présentement, j'écartai cette perspective. La réalisation est une charge lourde, accaparante, itinérante : je me trouvais mieux chez moi, écrivant mon rêve sur le papier. Comme le dit l'ami Tornade : « L'auteur, c'est celui qui écrit : "L'avion roule et s'écrase en bout de piste." Le réalisateur c'est celui qui se débrouille pour le faire ! » Il est vrai que Tornade affirme avoir eu autant de peine qu'un réalisateur à satisfaire les volontés de l'auteur. Celui-ci avait écrit :

Scène : dans le train. Le contrôleur demande en roulant les *r* :

— Avez-vous vos billets ?

Je n'avais pas de semblables exigences. A dire vrai, je ne m'en fixais qu'une : apprendre la télévision. Pour bientôt faire d'elle ce qu'elle devrait être : une source de plaisir sans bassesse. Pour cela, je la regardais beaucoup.

Ainsi ai-je compris que, dans le flot d'images qui

étaient — qui seraient de plus en plus — déversées dans les foyers, le téléfilm n'était pas l'avenir de la télé. Toujours réalisé avec moins de moyens que le film de cinéma, il avait des chances de ne jamais atteindre son niveau. Cela ne signifie pas qu'un bon téléfilm soit inférieur à un navet cinématographique. Simplement, je me persuadai que, sur son écran, elle devait faire ce que ne pouvait réaliser le cinéma : des feuilletons qui, une fois par semaine par exemple, donneraient rendez-vous au téléspectateur.

Je m'ouvris de cette idée à Claude Désiré.

Il se déclara prêt à me commander six épisodes de 52 minutes si je lui apportais un sujet intéressant. Un seul impératif : une ambiance contemporaine.

Un souhait aussi :

— Tous les sujets que l'on me présente tournent autour d'un héros. Essayez de me trouver une héroïne.

Je rentrai chez moi. Rapportai cette conversation à Maïté.

Ce fut immédiat :

— Pourquoi ne fais-tu pas Anne-Marie ?

Elle n'eut pas besoin de le demander deux fois : à coup sûr, c'était l'idée qu'il me fallait.

Qui donc était Anne-Marie ?

En 1966, nous avions acheté une maison. Dont je parlerai. Dans le Lot. Dont je parlerai. Pour un changement d'existence. Dont je parlerai.

Délaissant le domaine de la chanson qui exige une présence permanente à Paris, j'entrevoyais la possibilité de quitter la capitale pour, pendant plusieurs mois, écrire roman ou feuilleton dans le calme du Quercy.

Pourtant, avant de déserter les lumières de la ville, je désirais passer quelque temps en banlieue. Sans raison. Ou plutôt avec une seule raison. Intuitive : il me semblait que je ne connaîtrais pas le monde d'aujourd'hui, que je ne saurais pas peindre le monde d'aujourd'hui si, pendant quelques mois, quelques petites années, je ne vivais pas la banlieue.

Nous nous installâmes à Sainte-Geneviève-des-Bois.

Je n'ai jamais regretté ce que, dans mon entourage, d'aucuns considéraient comme une folie, une bêtise, une lubie dont ils ne pouvaient pas s'expliquer le motif.

Non, même si à la suite de circonstances diverses j'ai dû prolonger cette expérience plus longtemps que je ne l'avais prévu, je ne me suis jamais repenti d'avoir vu de près la réalité des HLM et des trains pour métro-boulot-dodo, des écoles et des bénévolats, des égoïsmes et des solidarités, de la fauche et des flics, de la pétanque et du Ricard, du dévouement inlassable d'un délégué au sport, à la musique, de l'estime ou des ricanements qui l'entouraient. Ce côtoiement dans les caves et les escaliers m'a appris beaucoup. Sur les grands et sur les petits. Sur nous surtout. Je disais aimer les enfants : j'ai compris que je les aimais propres, beaux, intelligents et bien élevés.

Il fallut un mois à Maïté avant que, un soir, elle m'annonce :

— Ça y est : j'ai embrassé Karim.

Il avait dix ans, Karim : il en paraissait sept. Il avait des yeux trop grands. Et sans doute un nez trop petit : le contenu se tenait en permanence en dessous des narines. Jaune. Lorsqu'on demandait «Tu n'as pas de mouchoir ?», Karim répondait : «C'est pas la peine : ça revient.» Il n'était pas arabe. Sa mère avait voulu l'appeler Karim parce que, «dans la cité où elle était, c'était la mode».

Lorsque Maïté lui eut fait la bise, Karim prit l'habitude de venir à la maison.

Il s'asseyait dans la cuisine.

— Tu veux me dire quelque chose, Karim ?

— Non.

Il restait là. Sans parler.

— Tu ne vas jamais à l'école ?

— Je ne peux pas apprendre.

Un jour, il passa dans le salon. Il vit la bibliothèque en acajou :

— C'est beau comme chez le docteur.

Il revint s'asseoir dans la cuisine.

Il revint à la maison.

Il tira un papier qui était roulé sous son blouson :

— Tiens. C'est pour toi.

Il y eut un vrai silence.

— C'est toi qui as fait ça, Karim ?

— Oui, c'est moi.

Un dessin superbe. Plus que superbe : personnel. Poétique.

Il en apporta d'autres.

Maïté le voyait plus que moi : le matin, dans la cuisine ; le soir, lorsqu'elle allait séparer les parents qui se battaient. Les sœurs de Karim étaient venues la chercher parce que, avant notre arrivée, lorsque les parents avaient trop bu, elles venaient frapper à cette porte (la nôtre désormais). «Le monsieur» descendait. Le premier soir où elles avaient sonné chez nous, j'étais absent. Depuis, elles venaient chercher « la dame ». Maïté parvenait à calmer les belligérants. Elle leur disait :

— Vous avez de beaux enfants. Pensez à eux.

Une fille embrassait le père. L'autre tenait la mère dans ses bras. Assis à une table, Karim ne parlait pas. Il passait des couleurs sur un bouquet. Un jardin. Des choses qu'il voyait avec ses yeux trop grands.

Je dois reconnaître que j'abandonnai son cas à Maïté. Je ne voulais plus me laisser entraîner dans des activités sociales. Je voulais même oublier celles qui avaient été les miennes. J'eus l'idée d'acheter un vélo. Au bout de quelques petites séances d'entraînement, je retrouvai mon coup de pédale : deux ou trois fois par semaine je faisais le tour du Centre d'essai en vol de Brétigny ; le samedi ou le dimanche, je poussais jusqu'à Milly-la-Forêt, Fontainebleau. Ou alors, passant par Dourdan, j'allais à Rambouillet pour revenir par la vallée de Chevreuse.

Cette pratique du sport me fut salutaire. Encore que pédaler pendant cent kilomètres en engueulant Etienne Fajon ou Georges Marchais ne calme pas vraiment les nerfs. Plus ça montait, plus j'avais de rancune ! « Vous ne voyez pas que vous coulez le Parti ! »

Mes aptitudes cyclistes n'étaient pas celles de Bernard Hinault. Pourtant, j'avais avec lui un véritable point commun. Découvert par hasard à l'occasion d'un accident que le médecin avait cru cardiaque. Et qui ne pouvait pas l'être : à cinquante-trois ans, mon cœur battait à quarante-six pulsations par minute. Je n'indique pas cette particularité pour vous donner des nouvelles de ma santé mais parce qu'elle aura dans ce récit, dans ma vie, une certaine importance.

Au milieu de la cité était un terrain de football. Les enfants jouaient le mercredi. Les adultes le dimanche matin. Comme ces équipes manquent toujours d'arbitre, ils me demandèrent de prendre le sifflet. Comme je n'ai jamais su faire les choses à moitié, je suivis les cours, je passai l'examen : je devins arbitre officiel. A l'âge où les autres, depuis longtemps, ont « raccroché leurs crampons ». Dès lors, une, deux fois par semaine, quelquefois trois, à Corbeil et à Dammarie-les-Lys, à Champigny et à Longjumeau j'empêchais les Espagnols de Nanterre de trucider les Portugais de Palaiseau, je montrais un carton rouge au gaillard de la SNECMA qui n'avait pas besoin d'être basané pour taper dans les chevilles du buteur de l'ASPTT.

Cela aussi, courir (beaucoup), me faisait du bien.

Quoique, là encore, il y eût le revers de la médaille : la nuit, je rêvais. Toujours le même rêve : je soufflais dans mon sifflet ; rien ne sortait : *pfftt ! pfftt !* Les joueurs entamaient la bagarre ; moi : *pfftt ! pfftt !* Muet !

Les rêves optimistes sont agréables. Les miens me plongent toujours dans l'angoisse ! On me pousse en scène : je ne connais pas mon rôle, je ne sais même pas la pièce que l'on joue ! On me sert des haricots : ils ne sont pas cuits, je les dégage sur le bord de mon assiette, je les cache sous la viande ; la maîtresse de maison, voyant ce fond d'assiette vide, s'exclame désolée : « Oh ! Vous n'en avez pas eu ! » Et vlan ! Elle m'en colle une louche de plus !… Ah ! Non ! Je n'aime pas les rêves !…

Cela n'était pas le cas des gosses de la cité : ils n'avaient même pas besoin de dormir pour vivre leurs féeries. L'un serait cosmonaute et l'autre président de la République. La plupart de ceux qui jouaient au football deviendraient professionnels. Certains avaient déjà choisi leur club : Saint-Etienne. D'autres avaient été contactés par l'OM !

Le lundi, le vendredi, ils m'entouraient. Mon titre d'arbitre officiel me donnait des allures d'augure :

— M'sieur, c'est vrai que sur une touche, il n'y a pas de hors-jeu ?

— Oui, Francisco, c'est vrai.

Le gosse se tournait vers son copain — l'un des Johnny de la cité :

— Clac ! Qu'est-ce que je te disais ?

Les voyant autour de moi, sentant l'un d'eux glisser sa petite main dans la mienne, je pensais au Lot, à la ferme voisine où le grand-père, pour son petit-fils, faisait tourner des moulins sur les ruisseaux d'avril.

— Moi, mon grand-père, il est en Bretagne.

— Le mien, il est au Portugal.

— Moi, j'ai qu'une grand-mère. Pour la voir, il faut prendre le bateau à Marseille.

J'écrivis : *On demande grand-père gentil et connaissant des trucs.* Mon premier roman pour la jeunesse.

La jeunesse lui fit un succès. Les instituteurs, les bibliothécaires, les animateurs me demandèrent de rencontrer mes petits lecteurs.

J'en pris l'habitude. J'y pris goût. Une mère me disait :

— Je ne pouvais pas le faire lire : depuis que vous êtes venu, je ne peux plus l'arrêter.

C'est agréable de se sentir utile ! De recevoir la lettre d'un garçon qui sait de quoi il parle : « Monsieur, j'ai neuf ans et je dois vous dire que vous êtes mon auteur préféré ! » De recevoir une enveloppe venant d'une école de Charente, d'une classe du Var ou du Bas-Rhin. Elle contient trente dessins. Des poèmes. Des bisous. Et encore un message, une interrogation : « Monsieur, j'ai bien ri en lisant : *On demande grand-père gentil et connaissant des trucs.* A la fin du livre, le papa dit à Antoine : "Cet été, nous irons passer nos vacances dans l'Aveyron." Je veux savoir : est-ce qu'ils y sont allés ? » Après une telle question, ils ne pouvaient qu'y aller : j'ai écrit *Grand-père est un fameux berger.*

C'étaient des essais en quelque sorte.

Les gosses montaient parfois à la maison. Et des adolescents. Leurs inventions de langage me faisaient pouffer de rire. Aujourd'hui, leurs expressions sont entrées dans les conversations de tous mais je me souviens de ce blondinet qui, ne pouvant pas suivre le récit de son copain, lui dit :

— Excuse-moi : j'suis pas branché.

Et c'est vrai que c'est bête un appareil pas branché. C'est sans réaction. Ça ne sert à rien.

Un petiot ne voulait pas descendre de son auto tamponneuse. Le père l'y incitait pourtant.

291

A l'arrêt, le gosse s'exclama :

— Ah ! Papa ! Pour une fois que je m'éclate !

Je lui ai offert deux tours de plus au tamponneur : pour le plaisir de voir son bonheur jaillir de tout son cœur, de tout son corps, *éclater* vraiment. Comme des tripes joyeuses sur un pétard de 14 Juillet !

Un collégien estimait que monsieur le principal était un peu givré. Son copain lui expliqua l'affaire :

— C'est pas sa faute : il a été bercé trop près du mur !

Oui. Je devais écrire. Cela. Ce que je voyais. Ce que j'entendais. Un roman pour les adultes. Auxquels je dirais comment sont les enfants.

Je traçais les premières lignes :

« Ils sont drôles, les jeunes d'aujourd'hui. Ils ont de l'humour.

Il ne s'agit pas de gaieté.

Ils ne sont pas gais, les jeunes d'aujourd'hui. »

J'expliquais pourquoi :

« Algérie, Israël, Corée, Angola, casques bleus, brigades rouges, points chauds, guerre froide, otages, exécutions, représailles : comme les armes, les conflits sont devenus automatiques. »

C'est alors que parut Anne-Marie.

C'est facile de connaître une assistante sociale scolaire : il suffit d'avoir un gosse qui prend les heures de cours pour des heures de sieste.

Anne-Marie vint voir si cette attitude anormale n'avait pas pour origine un épouvantable drame familial. Pour des gens qu'elle craignait de découvrir déchirés, endeuillés, maladifs, elle nous trouva plutôt gais. Elle revint. C'est elle qui se confia à nous. C'était son premier poste. A deux ans près, elle avait l'âge des élèves. Elle parlait comme eux. Elle les tutoyait. Eux, pas fiers, la tutoyaient aussi. Monsieur le proviseur ne l'acceptait pas. Il n'acceptait pas qu'elle ait le téléphone dans son bureau. Il y a une chose qu'il aurait acceptée :

que la nouvelle assistante fasse ce que faisait la précédente ; celle qui venait de partir à la retraite : qu'elle lui serve de secrétaire. Et justement, à l'école qu'elle venait de quitter, madame la directrice avait bien recommandé à mesdemoiselles les futures AS de ne pas tomber dans ce travers. Anne-Marie n'y tombait pas. Elle essayait de créer la confiance avec les élèves. Par la gaieté. La décontraction. A la récré, elle se faisait un petit café. Elle en offrit. Pour provoquer les confidences.

C'est pour cela que, lorsque Maïté suggéra «Pourquoi ne fais-tu pas Anne-Marie ?», je bondis de joie. Je présentai le projet à Claude Désiré : la vie d'une AS scolaire.

Il répondit :

— Vous avez mis dans le mille. Faites-moi un synopsis de quelques pages et je fais établir votre contrat.

Le synopsis fut vite établi.

Pour le contrat ce fut comme d'habitude… On le sait, les gens de télévision se divisent en deux catégories : les saltimbanques et les géomètres. Les saltimbanques, ce sont ceux que personnellement je n'ai jamais vus se présenter dans les studios le lendemain du tournage ; les géomètres, ce sont ceux qui préparent les contrats que personnellement je n'ai jamais vus prêts à la date convenue.

Tant mieux : cette attente me laissa du temps, occupé à noircir les pages de mon roman en même temps que, pour lui et le feuilleton, je cherchais des témoignages. Anne-Marie me présenta la directrice de son école d'assistantes, qui me fit connaître des consœurs, d'anciennes élèves aux personnalités différentes perçues à travers un trait commun : l'amour de leur profession. Je vis des profs qui me parlaient des élèves, des élèves qui me parlaient des profs. Bref, je le sentis très vite, ce serait un feuilleton d'aujourd'hui et, auparavant, un livre d'aujourd'hui, portrait de ces oisillons sur leur première branche :

« Pour s'envoler, doit-on s'embarrasser vraiment de la pensée de Kant et des applications des homothéties ? L'arbre a-t-il des racines carrées ? La rivière suit son cours en restant dans son lit. Elle bulle pendant que je pioche, la vache ! Le ciel est bleu mais peut-on encore croire en lui ? Que peut-on espérer de toutes ces vieilles lunes ? Où est notre étoile ? Pouvons-nous, pour réussir notre vie, faire confiance à un prof qui, visiblement, a manqué la sienne ? A des parents qui, parfois, n'ont pas mieux réussi ? A une caméra qui braque les braqueurs quand il faudrait chercher les chercheurs ? A des diplômes qui, comme de vulgaires politiciens, ne tiennent pas leurs promesses ? [1] »

Je décidai que, en raison du « petit jus » servi par elle à la récré, ces oisillons s'interrogeant baptiseraient leur nouvelle AS si sympa : Pause-Café.

Cela devint le titre du roman. Le titre du feuilleton. Il fut réalisé par Serge Leroy.

Dès la première soirée je sus ce qu'était une production « qui casse la baraque ». Le générique de fin à peine commencé, le téléphone sonna. Des amis, des moins amis, des confrères : il était près de minuit lorsque tout se tut dans la maison. Sauf nous. Notre joie. Au fil des épisodes, elle alla en augmentant. Comme le taux d'écoute. Joie profonde mais, chez moi, on le sait, jamais vraiment extériorisée. A tel point que, le lendemain du sixième épisode, me voyant comme toujours calme devant le bonheur, Claude Désiré me dit :

— Je crois que vous ne vous rendez pas compte que, hier soir, vous aviez dix-sept millions de téléspectateurs devant leur poste ! Il faut un match de football international pour faire ça !

1. Georges Coulonges, *Pause-Café*, éd. Fayard et Livre de poche.

Il y avait là matière à se réjouir, c'est vrai, mais ce qui me comblait vraiment c'est ce que lui, d'autres, les journaux déclarèrent :

— Vous avez rajeuni la télévision.

Là était bien l'une de mes ambitions.

Je l'ai dit : les chaînes présentaient parfois de bonnes productions françaises, œuvres émanant très souvent de ce que l'on a appelé « l'école des Buttes-Chaumont », mais, je l'ai dit aussi, ces productions s'appuyaient souvent sur Balzac et Hugo, sur Shakespeare ou Flaubert, écartant du petit écran une grande partie de la jeunesse qui, devant *Madame Bovary*, avait vite fait de dire :

— C'est une nana qui est mariée à un toubib et qui sait pas si elle doit se faire sauter par le notaire : tu parles d'un suspense !

Avec *Pause-Café*, les jeunes adhéraient pleinement. J'en eus vite la preuve : après avoir été invité dans le primaire pour les livres d'enfants, je fus sollicité on ne peut plus souvent dans lycées et collèges où, je dois le dire, je fus souvent accueilli par des élèves aux yeux ronds :

— On croyait que… vous aviez notre âge !

… Ce qui était quand même mieux que dans le primaire où l'annonce de ma venue fut parfois perçue comme une bonne blague du maître :

— Euh !… C'est pas possible qu'il vienne, m'sieur : les auteurs… ils sont morts !

J'étais bien vivant et Claude Désiré aussi, qui, sur-le-champ, me demanda une suite.

Pour varier les aventures, je proposai de situer l'action dans un lycée d'enseignement professionnel. Cela m'obligea à faire une enquête plus importante. Je connaissais moins ce milieu, je le découvris avec intérêt et parfois un véritable effarement : bâtiments tombant en ruine, préfabriqués encombrant ce qui avait été cour de récréation, eau de pluie tombant au goutte à goutte dans une cuvette au fond de la classe, professeurs ayant à affronter quinze, dix-huit nationalités différentes, à parler des agios à des gosses qui ne savaient pas compter, des effets de l'oxyde de carbone à des apprentis teinturiers qui auraient voulu être pilotes de ligne. Quatre gondoles sont installées au milieu d'une classe : pour apprendre aux élèves à y placer les godasses s'ils veulent obtenir leur CAP de vendeur de chaussures ; adolescents apprenant la dactylographie sur des Underwood d'avant-guerre...

Le proviseur disait :

— La seule machine sur laquelle elles taperont, ce sera la machine de la caisse : à Prisunic ou à Carrefour !

— Nous faisons du gardiennage, il ne faut pas se le cacher, soupirait le professeur.

Je demandais si les gosses s'en rendaient compte. La réponse était unanime :

— Vous les prenez pour des imbéciles ?

Et de m'expliquer que s'il y avait, ici comme partout, des esprits plus faibles que d'autres, l'intelligence de certains était vive. Réelle.

Je suggérais de leur faire comprendre que les circonstances étaient provisoires : ils arrivaient de terre étrangère mais...

Sur ce point, toutes les assistantes étaient d'accord :

— Ce ne sont pas les Portugais qui ont besoin du plus grand soutien ! Ni les Vietnamiens. Ceux-là veulent s'en sortir, leurs parents le veulent aussi. Ils les aident. Non, ce sont les petits Français qui sont dans les situations les plus dramatiques. Parce que s'ils sont ici c'est que leurs parents ont sombré... totalement... Ivres la nuit, le jour. La mère se prostitue à la maison, devant eux... Ou alors, elle est en prison... Le père est parti sans laisser d'adresse... C'est l'aîné qui prend la nichée en charge.

J'avançai :

— Mais... il y a la DDASS...

296

La dame évita ma suggestion :

— Je vais voir ces gosses le soir chaque fois que je le peux. Ils sont bien tenus. Ensemble. Pour un peu, je dirais qu'ils sont heureux... Ce garçon, l'aîné, je le soutiendrai tant que je pourrai.

Je voulais aborder la question de la nourriture, de l'argent...

Mon interlocutrice me fit comprendre qu'elle avait fini de parler.

Admirables assistantes sociales ! Convaincues d'une seule chose : elles étaient là pour aider l'enfant. Personne d'autre.

Admirables enseignants aussi ! Comme cette jeune prof me disant :

— J'ai fait mes études de lettres parce que j'aimais Baudelaire : je passe mes journées à enseigner la meilleure façon de rédiger une demande d'embauche !

— Pourquoi le faites-vous ?

— Parce que... pour eux... il sera plus utile de trouver un emploi que de connaître *Les Fleurs du mal* !

Elle partit en riant. Tous les enseignants sans doute n'avaient pas sa décontraction. Presque son abnégation. Mais j'en ai vu beaucoup qui s'accrochaient à leur métier comme à la bouée de sauvetage qu'ils lançaient à des gosses en danger de noyade précoce.

Semblables à ce proviseur m'invitant à une journée « portes ouvertes ».

Je n'oublierai jamais cette « rencontre avec un auteur ». En premier parce que, commencée avec vingt ou vingt-cinq élèves, elle vit au cours de l'après-midi l'affluence se gonfler d'autres adolescents délaissant le sport, les jeux ou le cinéma pour participer à ce débat qui, enfin, leur donnait la parole : « Les enfants qui parlent sont des enfants entiers [1]. »

1. Georges Coulonges, *Joëlle Mazart*, Fayard, éd.

Il faut entendre un garçon de quatorze ans déclarer « Si je suis là c'est que pour moi c'est foutu ! » pour comprendre ce qu'est le vrai désespoir.

Une fille approuvait :

— On est des tarés, on le sait.

Je voulais les aider :

— Si, dans le livre, le feuilleton, vous vouliez que je dise en votre nom ce qui vous gêne le plus, que choisiriez-vous ?

La réponse fut aussi unanime que spontanée :

— Le manque d'argent.

— Samedi matin, disait un garçon, j'étais à la poste. Une petite vieille encaissait un mandat... Je voyais les billets... Je me suis dit : « Je la bouscule et j'emporte tout. »

J'étais surpris. Vraiment. De l'idée. Du naturel avec lequel elle était exposée.

Le garçon poursuivit :

— Je ne l'ai pas fait parce que la mémé... elle était dans le même caca que moi. Ça se voyait. Si ç'avait été une bourgeoise, je l'aurais chahutée.

J'insistai. Un peu lourdement.

Le gosse détourna les yeux :

— Dans tous les cas, j'y ai pensé.

Un copain vint à son secours :

— On y pense tous.

Celui-là ne baissait pas les yeux.

Un à un, je regardais tous ces visages tournés vers moi :

— Vous y pensez tous ? C'est vrai ?

Il y eut des « Tous », des « Oui, on y pense », des murmures, des têtes devenant invisibles, des gênes et aussi des regards assurés, qui ne me lâchaient pas.

La réunion était terminée.

J'allai dans la banlieue. Longtemps. Pré-Saint-Gervais sans une herbe vivante, Les Lilas jamais fleuris,

Fontenay-sous-Bois n'offrant plus l'ombre d'un bosquet et toi, Montreuil-aux-Pêches, qui n'oses plus même dire ton nom tant tes fruits sont perdus depuis les anciennes saisons... Je pensais aux figuiers de mon enfance, aux pommiers sur les branches desquels pendant des heures, joyeusement, nous savions nous montrer gastronomes en culottes courtes. Sans autorisation mais sans que, pour autant, le propriétaire nous surprenant ait l'idée saugrenue d'appeler les gendarmes. Aujourd'hui, les gastronomes de huit ans ont devant eux les gondoles du supermarché avec, pour punir le voleur de Carambar pris la main dans le chocolat, un directeur qui ne lui fait pas rendre l'objet de son larcin mais, pour ne pas engager de poursuites, *appelle la famille pour qu'elle règle le prix de la friandise.* Ceci sous l'œil approbateur de l'agent de ville volontiers moralisateur.

Ce soir-là, c'est toi, la Marne, qui me montras la vérité avec tes écriteaux que mon Lacanau natal aurait eu honte de planter dans son étang : *pêche interdite, canotage interdit, baignade interdite.*

Les plaisirs gratuits sont prohibés.

Pour les autres... il faut essayer d'entrer au cinéma par le couloir des poubelles, aller à Paris en franchissant d'un bond le tourniquet du RER.

Oui, j'allais écrire la suite demandée par Claude Désiré. Tous les épisodes me sautaient au visage. Ce serait un feuilleton d'aujourd'hui écrit par un enfant d'autrefois. Au temps où ma mère disait à mon père : « L'ampoule du couloir est grillée : je la changerai quand tu auras touché ton mois. » Vous pouvez rire, lecteur : cette phrase-là, je l'ai entendue. Et plus d'une fois : chaque fois, je pense, que l'ampoule avait des défaillances. Et mon père, après en avoir, pendant des années, admiré le modèle sur *Le Chasseur français*, était parvenu à s'acheter un fusil à deux coups pour remplacer la pétoire avec laquelle il tirait la palombe dans les chênes, la bécasse s'envolant en zigzag au-dessus des marais. Il en fabriquait lui-même les cartouches. A la veillée. Malgré ce coût ainsi réduit, je l'entendis parfois se confier à un ami : « Pour une caille… le doublé… *je ne peux pas me le permettre.* » Ce qui fait que, avec son fusil cher payé et ses plombs économiques, il rentrait bredouille. Tout compte fait, il eût mieux valu tenter la deuxième cartouche… et rapporter la caille.

Oui, cette existence du couloir dans l'ombre et du repas sans gibier a jadis été la mienne. Je la vivais sans trop de désagrément : je n'avais pas, dans le coin d'une pièce, une télévision me montrant la demeure illuminée d'un milliardaire mangeant du caviar à la louche. Si une telle scène apparaissait en noir et blanc sur le grand écran de la salle de la Gaieté, les gens éclataient de rire, appréciant le gag. Si les invités du milliardaire buvaient du champagne autour de la piscine, si Marlene Dietrich s'étirait dans une chambre tendue de soie, ils secouaient la tête en disant : « C'est bien du cinéma ! »

« Je n'aurais pas voulu être heureux à condition d'être imbécile », écrit Voltaire. Les jeunes d'aujourd'hui ne sont pas imbéciles. Ils ne veulent pas l'être.

C'est Jean-Claude Charnay qui réalisa *Joëlle Mazart*. C'était sa première mise en scène mais, outre une grande expérience des plateaux, il avait pour lui d'avoir été le premier assistant de Serge Leroy sur *Pause-Café*. Son travail y avait été primordial. Il voulait réussir : avec lui, nous avons parcouru la banlieue, vu des gosses, des décors. Le résultat fut probant : *Joëlle Mazart* améliora le score de *Pause-Café*. 39 points à l'Audimat.

A cette occasion, je vérifierais l'importance d'un titre : le titre *Pause-Café* s'ancra dans les mémoires ; sa « suite triomphale », *Joëlle Mazart*, devint, au fil des années, une chose vague. Lors des ventes-dédicaces, désignant le roman avec, sur la couverture, la photo de l'interprète, des lecteurs me demandent :

— C'est la vie de la fille de la télé ?

Mais, on le sait bien, les lecteurs ont parfois des idées bizarres.

Au salon du livre de Cognac, une dame m'apercevant fonce vers moi, radieuse.

Tellement enthousiaste que, tout de go, elle me dit :

— Ah ! Monsieur ! Chaque fois qu'un roman de vous paraît, je le lis les yeux fermés !

Je revois cet agriculteur tenté, vraiment tenté, par l'achat de *La Terre et le Moulin* et finissant par me faire part de ses interrogations :

— Si je l'achète… quand je l'aurai lu… après… qu'est-ce que je vais en faire ?

Ce qui me laissa moins perplexe que la dame tournant et retournant l'un de mes ouvrages avant de me dire, le reposant sur la table :

— Celui-là, je ne peux pas vous l'acheter : je ne l'ai pas lu.

Record de téléspectateurs

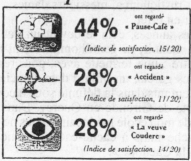

Extrait de « France-Soir »

Un béton... armé
contre le succès

Elle était plantée sur le causse. Sans portes, sans volets, sans parquets ni plafond, sans même un escalier : un chemin de terre montait à l'étage.

Etait-ce une maison vraiment ? Un souvenir de maison plutôt. Qui, tout de suite, nous apparut comme une promesse de gîte en pierres blanches, taillées à la main. Avec des murs épais ne nous protégeant pas des chants d'oiseaux. De sa rude voix, le propriétaire à rude stature nous exposait de rudes arguments. Pour un plâtras s'écroulant, pour un arbre poussant à l'intérieur, jusqu'au toit, il nous disait :

— C'est rustique, ça, messieurs dames.

Ça l'était en effet.

Au fil des années, cela le devint un peu moins. Ni château, ni manoir, ni gentilhommière, ni même maison de maître : une fermette avec, pour remplacer les vaches et les gorets, un billard dans l'ancienne étable, des jeux d'enfants dans la défunte soue à cochon. Et un nom importé de Gironde en Quercy. Dans la cour de récréation de mon école médocaine, nous ne jouions pas à cache-cache mais à cache-cachotte : notre maison s'appelle « la Cachotte ».

Dans ce village du Quercy, la petite école rurale était moins bruyante que celle de Lacanau : il n'y avait que quatorze élèves groupés, tous âges confondus, sous la houlette de l'institutrice, madame Lafarguette, qui, pour défendre sa « communale » de toutes les menaces de fermeture, partait le matin chercher quatre ou cinq élèves dans sa 2 CV. Elle les déposait à l'école puis, en ce pays de fermes dispersées, elle partait dans un autre sens : en chercher deux ou trois autres. A midi, les élèves mangeaient la viande, la volaille qu'ils avaient apportées. Le soir, remettant sa 2 CV à contribution, madame Lafarguette raccompagnait ses élèves chez eux. Elle revenait à l'école où, tout en préparant ses cours du lendemain, elle épluchait des légumes dont elle faisait une soupe : pour que, à midi, les enfants aient « du chaud » dans l'estomac. Lorsqu'ils avaient fini de déjeuner, madame Lafarguette les emmenait faire une petite balade, expliquant aux plus attentionnés la corolle et le pistil, la caille à l'envol tardif, le lézard mangeur de fourmis. Je la rencontrais parfois dans un chemin. Pastourelle laïque protégeant ses moutons et, parfois, tenant un agnelet par la main.

Né sur ce littoral girondin où les sables volent au vent et où les maisons en planches des antiques pêcheurs n'ont pas résisté à la venue de la brique, j'ai tout de suite aimé ce causse où le sol des promenades est souple et dur à la fois, où la vallée s'orne, sur les crêtes la bordant, de châteaux flattant mon goût de l'histoire ; où, à Padirac, à Presque, à Pech-Merle, en vingt autres lieux lorsque ce n'est pas à l'improviste au bout d'un champ, la terre s'ouvre pour révéler stalagtites et stalagmites, ruisseau coulant de source devant la pierre où l'homme d'autrefois a laissé la silhouette d'un bison, d'un cheval : la marque d'un artiste.

Je parle d'artiste mais, la vie me l'a appris, je ne le suis guère. Entré dans une église pour contempler le retable du XVIe siècle, tout de suite je sens mon regard se levant jusqu'à la nef, j'imagine le labeur des maçons, leurs risques, leurs sueurs : le passé me touche dans ses traces de beauté mais, plus encore, dans les marques de son travail, de la peine au travail, de la grande patience qu'il fallut pour l'accomplir.

Témoin de ces efforts passés, le moulin de Boisse se dresse, fier, à moins de deux lieues de « la Cachotte ». Un moulin blanc, sain, dont le modeste propriétaire avait eu l'élégance de faire refaire les ailes, de remettre en état la machinerie. Pour rien. Pour le plaisir. Pour que, au jour du 15 août, le moulin d'hier tourne au vent d'aujourd'hui, ailes drapées de blanc devant la blanche pierre pendant que, à l'intérieur, coule la blanche farine dont un meunier d'occasion faisait des crêpes arrosées d'un petit vin. Blanc lui aussi. Petit vin blanc de ce Quercy blanc.

Dès que, pour la première fois, je vis le moulin de Boisse, je sus que « je ferais quelque chose avec lui ». A partir de lui.

J'ai mis quinze ans pour me décider. Ou plutôt pour qu'un garçon, une fille m'en donnent l'occasion.

Le garçon habitait là. Agriculteur. La fille à cinquante kilomètres dans la vallée. Agricultrice. Ne pouvant pas délaisser l'une des deux fermes, pendant trois années, quatre peut-être, ils ont travaillé les deux terres, allant de l'une à l'autre dans leur « Ami 6 »… Cela n'eût pas été possible au temps où le paysan allait sur sa charrette au pas de son cheval : je me lançai dans l'écriture de ce roman d'aujourd'hui. J'appelai mon héroïne Marie-Paule. Je lui faisais habiter une ferme médiocre où, si elle l'abandonnait, sa mère se retrouverait seule. Vaincue. Elle ne le voulait pas. Pour sa mère mais aussi pour le labeur, toute l'énergie que, pendant tant d'années, ses parents avaient montrée afin que vive ce sol caillouteux. Misérable.

Il est à croire que Claude Désiré avait une sorte de flair. Un jour que nous déjeunions ensemble il me dit :

— Tous les sujets sur la campagne que l'on me propose se passent au siècle dernier. Vous qui y habitez, vous devriez me trouver un sujet actuel avec des personnages, une action d'aujourd'hui.

Comme pour Jean-Louis Barrault avec *Zadig*, je n'eus pas de peine à établir un synopsis : je n'avais qu'à résumer mon roman.

Je l'apportai.

Claude Désiré me commanda le feuilleton. Ou plutôt un mini-feuilleton de trois fois cinquante-deux minutes.

Jacques Ertaud était l'un des meilleurs réalisateurs de la télévision.

Il vint dans le Lot. Je ne lui demandai qu'une chose : choisir des comédiens nés dans un quadrilatère Royan, Tulle, Montpellier, Biarritz afin que, à les entendre, on sente bien que l'action était enracinée dans le Sud-Ouest et plus particulièrement sur le rugueux causse du Quercy. Il me présenta Bernard Malaterre, né dans le Tarn, et eut le mérite de découvrir Agnès Torrent, une belle émouvante Lotoise qui n'avait encore jamais tourné.

Cherchant ses lieux de tournage, un soir Ertaud arriva à « la Cachotte » très énervé : il ne trouvait pas de ferme « en carré ».

J'étais étonné :

— Pourquoi en carré ?

— Lorsque la ferme est en carré, où qu'on dirige la caméra, plutôt que d'avoir un champ à perte de vue, on a la pierre devant soi. Cela fait un fond d'image chaleureux.

Pour me répondre, Ertaud avait pris le ton de l'universitaire s'adressant au gosse de CM2.

Je pris le même :

— On bâtit des fermes en carré dans les pays plats, froids : pour se protéger du vent. Ici, il y a du soleil, de petits mamelons, l'hiver n'apporte pas de longues tempêtes... Moi, si j'avais été réalisateur de télévision, j'aurais voulu montrer les pays tels qu'ils sont et non pas tels que je voudrais qu'ils soient.

Il est extrêmement rare que je parle de cette façon-là. Ertaud dut se demander quelle mouche m'avait piqué. Un mot en entraîna un autre. Pour tout dire, nous nous sommes engueulés.

Le lendemain matin, Jacques était à « la Cachotte » :

— Je vais voir des maisons. Tu viens ?

J'y suis allé.

Depuis, j'ai souvent pensé que, plutôt que de me renfermer sur ma timidité, mon désir de ne pas blesser, plutôt que de me retirer sans un mot comme je l'ai fait si souvent, j'aurais dû parfois élever la voix. Cela eût été plus utile à mes projets, mes réalisations et même à mes relations : Ertaud et moi devînmes les meilleurs amis du monde.

Il réalisa un bon film. Authentique. *La Terre et le Moulin* fut l'un de ces succès qui éclatent comme une explosion.

Au moment de la diffusion je dus passer, je ne sais plus pourquoi, au service de presse de la chaîne. La charmante jeune femme qui me reçut m'apporta le registre des « Audimats » :

— Vous avez vu ce que vous avez fait hier soir ?

Elle me montra l'Audimat : 36 points.

J'étais heureux.

Mes yeux tombèrent sur le chiffre de la veille. *Dallas* faisait 29 points.

J'étais surpris :

— Ça n'a pas marché ? Pourquoi ?

La surprise changea de camp :

— Comment pas marché ? 29 points, cela fait douze millions de téléspectateurs [1]. C'est formidable, non ?

---

1. Trois chaînes seulement se partageaient l'audience. Le point valait un peu plus de 400 000 téléspectateurs.

Formidable sans doute mais… à lire les journaux, à voir les photos dans les magazines, à écouter radio et télévision, je n'avais jamais eu l'impression que *Dallas* fût un succès d'ampleur moyenne.

Voulez-vous que je vous rapporte un fait précis ? A « Téléconfronto », le Festival mondial de télévision de Chinchiano Thermo en Italie, Agnès Torrent reçut le Grand Prix d'Interprétation féminine pour son rôle de Marie-Paule dans *La Terre et le Moulin*. Sa concurrente directe, celle avec laquelle jusqu'au bout la lutte avait été chaude, était Joan Collins, l'interprète de *Dynastie* : aucun journal français ne se fera l'écho de cette récompense. Malgré les rappels de l'attachée de presse, TF1 même, qui présentait *La Terre et le Moulin* sur son antenne, ne consentit pas à en dire un mot… En aurait-il été ainsi si Joan Collins avait remporté la palme ?

Je ne vous demande pas de répondre, je me contente de noter la « vérité vraie », que par hasard je découvris ce jour-là : lorsqu'un feuilleton français est réussi, son Audimat est supérieur à l'Audimat du plus célèbre des feuilletons américains.

Je pourrais dire la même chose du feuilleton français par rapport au film de cinéma. Lors de sa sortie, *Pause-Café* subissait la concurrence d'un film de cinéma sur chacune des deux autres chaînes. Cela n'empêcha pas *Pause-Café* de grimper chaque semaine à l'Audimat.

Ce qui fait le succès d'une production américaine c'est, pour une grande part, sa longévité : si, pendant six mois, un an, deux ans, on programme une fois par semaine une même production, le moins assidu des lecteurs de journaux, le moins fidèle des téléspectateurs en connaîtra le titre et même, un jour ou l'autre, en suivra un épisode. Au contraire, quel que soit son succès, la production française voyait sa durée limitée à six épisodes, voire à trois comme cela était le cas pour *La Terre et le Moulin*.

Certes, on aurait pu imaginer de tourner une suite. Oui mais, en 1985, moment de la diffusion, Claude Désiré était parti. Parce que la gauche était arrivée. Pour moi, ce chassé-croisé fut regrettable. Matériellement mais aussi, peut-être surtout, moralement.

Depuis toujours, je me demandais ce que faisait la création télévisuelle sous l'égide d'un ministre de l'Information. Dirigée par des PDG de chaîne plus soucieux de présenter un journal conforme aux vœux du pouvoir que de créer des œuvres au goût des téléspectateurs. Dès la formation du gouvernement Mauroy, je compris que le changement n'était pas à l'ordre du jour. Le ministre de l'Information restait le « ministre des feuilletons » cependant que le ministre de la Culture annonçait débats scientifiques et colloques en Sorbonne. Il n'y avait pas à en douter : on allait apporter la culture à ceux qui l'avaient déjà.

Un instant pourtant — quelques heures — j'eus un espoir de renouveau. Jack Lang avait eu l'heureuse initiative d'appeler en son ministère un « Monsieur chanson ». Ce « Monsieur chanson » nous invita, Francis Lemarque et moi, à venir le voir en son bureau de la place Valois. Ce « Monsieur chanson » s'appelait Pascal Sevran.

Il nous tint ce langage :

— Vous avez écrit *Paris Populi*. C'est une merveille. Utile. Je veux lui donner le retentissement qu'elle mérite. Par la télé, la radio mais aussi par l'Education nationale.

Oui, pendant quelques heures — disons quelques jours — je crus que la télévision allait s'embellir. Non parce qu'on y chanterait *Paris Populi* mais parce qu'on y ferait une place aux œuvres populaires enrichissantes. Pour l'esprit, le savoir, l'éveil des sensibilités : pour le plaisir sans bassesse. De grande audience.

Il me fallut déchanter.

Pascal Sevran partit vers le destin que l'on sait. *Paris Populi* tomba dans les oubliettes et… je me trouvai à la télévision devant des directeurs dont le moins qu'on puisse dire est que leurs idées n'étaient pas conformes à mes vœux.

J'aime beaucoup le film policier : je trouvais qu'il y en avait trop. Trop de crimes. Trop de sang. Apparemment, le pouvoir socialiste estimait qu'il n'y en avait pas assez : un directeur annonça le lancement d'une « série noire » inspirée des célèbres romans Gallimard ; un autre me demanda de lui trouver des faits divers (« Il y a eu des crimes épouvantables, ça c'est intéressant », me disait-il goulûment) ; un troisième voulait chercher ces faits divers uniquement dans le milieu de la prostitution : parce que « le sadisme donne naissance à des images fortes ».

En écrivant que telle était la volonté créatrice du pouvoir, je ne suis pas sincère. La vérité était qu'il n'y avait aucune analyse, aucune ambition. Ce qui n'empêchait pas certains de ces nouveaux maîtres de montrer une arrogance de bon aloi. Comme je parlais d'une suite éventuelle de *La Terre et le Moulin*, l'un d'eux me répondit qu'il n'avait pas d'argent pour « ça ». Comme je révélais à deux autres qu'ils avaient dans leur tiroir le texte de *Un comédien dans un jeu de quilles* (six épisodes de 52 minutes) commandé par Claude Désiré avant son départ, ils me firent savoir d'un même chœur « qu'ils n'avaient pas à tenir les engagements de leur prédécesseur ». Cela était faux mais dit avec autorité.

Heureusement, l'un de ces nouveaux promus, Philippe Lefevre, se donna la peine de lire *Un comédien dans un jeu de quilles*. Il m'invita à venir le voir et dès que j'entrai dans son bureau il me déclara :

— Je n'ai qu'un mot à vous dire : c'est excellent, on le tourne.

Son assistante était Véronique Frégosi. Elle me présenta Hervé Baslé qui était — qui est toujours — l'un des meilleurs réalisateurs de la télévision.

Il le prouva encore une fois : la présentation professionnelle de *Un comédien dans un jeu de quilles* commença un samedi matin à 10 heures devant cent spectateurs. C'est long, six heures de projection : à la fin du sixième épisode, non seulement personne n'était parti mais le public s'était enrichi de soixante ou quatre-vingts spectateurs nouveaux applaudissant le dernier générique avec des «Ça rafraîchit !», «Ah ! Si c'était cela, la télévision !» et autres «La preuve qu'à la télé, la réussite n'est pas une question d'argent !».

Nous étions ravis…

… et condamnés.

Monsieur Chirac était devenu le Premier ministre de la cohabitation.

Plutôt que de laisser créer une chaîne par des investisseurs privés, il avait décidé de leur céder une chaîne propriété de l'Etat. Laquelle ? Celle qui, avec ses multiples relais sur le sol national, couvrait la totalité du territoire, celle qui avait la plus large audience, celle qui, pour la conserver, jouissait d'un avantage inestimable : lorsque le soir, pour écouter le journal, le téléspectateur prenait la télé, son récepteur s'allumait sur TF1. La «zappette» n'existait pas : sauf allergie particulière au présentateur du JT, le téléspectateur restait là. Pour le journal… et parfois pour toute la soirée…

Deux groupes furent candidats à l'obtention de ce cadeau présidentiel : Hachette et Bouygues.

J'ai suivi ces deux émissions au cours desquelles chacune des parties exposa ses ambitions, ses projets, sa conception, les garanties qu'elle offrait.

Le groupe Hachette était emmené par son PDG, monsieur Lagardère, et par monsieur Etienne Mougeotte, présenté comme son futur directeur de chaîne.

310

Monsieur Bouygues «décrocha la timbale». Il est vrai qu'il s'engageait à la remplir d'un bien prometteur «mieux-disant culturel».

Cela m'enchanta : je m'étais trompé sur les marchands. *Un comédien dans un jeu de quilles* allait faire un succès, nous pourrions faire une suite à *La Terre et le Moulin*...

Parmi les actionnaires de monsieur Bouygues, il y avait le journal *Le Point*. Jacques Duquesne en était le directeur. J'avais de l'estime pour lui : chrétien authentique, pratiquant, il avait écrit *Les Catholiques français sous l'Occupation*[1] en sachant s'éloigner de tout esprit partisan.

D'un autre côté, Duquesne aimait l'auteur que j'étais. Plus particulièrement, je crois, l'auteur de *La Terre et le Moulin*.

Je l'appelai. Il me reçut et tout de suite me mit au courant des dernières nouvelles :

— J'ai dîné mardi chez Bouygues. Il m'a dit : «Je ne sais pas ce que nous allons faire. Je n'ai même pas de directeur. Est-ce que vous avez une idée ? »

Je n'en croyais pas mes oreilles : des entrepreneurs, des financiers, des hommes d'affaires étaient capables de mettre sur la table 4,5 milliards de francs — oui, 450 milliards de centimes — pour acheter une chaîne de télévision et lorsqu'ils l'avaient, ils s'apercevaient qu'ils n'avaient pas de projet pour elle, pas de plan, même pas un homme pour la diriger.

Duquesne poursuivait :

— J'étais pris de court. Finalement, j'ai lancé : «Pourquoi ne prendrait-on pas Mougeotte ? » Bouygues m'a regardé : «Vous croyez qu'il fera l'affaire ? Bon... Va pour Mougeotte. Demandez-lui de venir dîner après-demain, jeudi. »

---

1. Jacques Duquesne, *Les Catholiques français sous l'Occupation*, Grasset, éd.

311

Duquesne souriait :

— C'est comme ça que j'ai dîné chez Bouygues deux fois dans la même semaine ! Mougeotte est nommé depuis hier soir. Qu'en pensez-vous ?

Rien. Je n'en pensais rien. Les faits me laissaient pantois : aux fins de transparence, le pouvoir avait organisé un débat. C'est le programme de monsieur Bouygues qui, comme l'eût chanté Fernandel, avait le plus plu. Alors, pour mettre en route ce programme qui avait le plus plu, monsieur Bouygues appelait monsieur Mougeotte qui avait exposé le programme ayant le moins plu.

Duquesne insistait pour avoir mon avis. Je le livrai avec la plus grande sincérité :

— Personnellement, ce qui m'importe c'est de savoir qui va diriger la production des films, des séries, des feuilletons.

Duquesne me demanda si le poste m'intéressait. Je lui répondis ce que j'avais déjà répondu en pareil cas :

— Dans ma jeunesse, je rêvais d'écrire. J'ai réalisé mon rêve. Pour rien au monde je ne troquerais un métier qui me comble contre une fonction qui peut être captivante, utile mais aussi terriblement astreignante.

Je quittai Duquesne. Perplexe. Estimant que, pour parler de mes projets à cette nouvelle direction, je devais lui laisser le temps de se mettre en place.

D'autres se montrèrent plus pressés.

Un producteur m'appela :

— J'ai vu Mougeotte. Je lui ai parlé de faire une suite à *Pause-Café*. Il est très accroché.

J'étais étonné. Un peu embarrassé. Bien sûr, j'avais fait autrefois le projet de cette nouvelle série mais... il y avait six ans de cela. Depuis, j'étais passé à autre chose. Et puis... j'aimais bien ce producteur avec qui les rapports étaient agréables mais... sa légèreté professionnelle me faisait un peu peur.

Il m'apaisa sur ce point. Prit rendez-vous avec Etienne Mougeotte, qui, dès notre entrée dans son bureau, se mit à nous parler avec beaucoup d'assurance de la télévision d'aujourd'hui, de demain, déclarant notamment que la production française devait prendre modèle sur la production américaine.

Je l'arrêtai poliment :

— Pourquoi voulez-vous que nous prenions modèle sur les Américains puisque, en France, les productions françaises réussies font plus d'audience que les productions américaines ?

Monsieur Mougeotte me regardait avec des yeux ronds.

Je me demandais s'il n'appartenait pas à la catégorie clairsemée des journalistes qui croient ce qui est écrit dans les journaux.

Il y avait donc quelques ombres au tableau.

Je les effaçais avec, en tête, une certitude : des industriels avisés voudraient faire de l'Audimat. J'en avais toujours fait. J'allais en faire avec ce feuilleton de huit épisodes : *Pause-Café, Pause-Tendresse*. Je me mis au travail avec l'ambition de dépasser les scores des précédentes séries.

Pour cela, comme j'en avais pris l'habitude, je menai une enquête serrée auprès de : policiers, assistantes sociales, prêtres, éducateurs de rue, juge d'application des peines, avocats... Je visitai la prison des jeunes de Fleury-Mérogis, des havres d'accueil où j'écoutais longuement ces juvéniles paumés dont la société traçait l'avenir : elle les appelait les « prédélinquants ».

J'écrivis les deux premiers épisodes. Je les remis au producteur. Il les lut. Enchanté, souriant, il me déclara :

— Je crois que j'ai bien fait de travailler avec toi !

Je me plongeai dans les épisodes suivants.

Un soir, il m'appela :

— Il faut que nous parlions… pour voir comment nous nous arrangeons tous les deux.

Ma réponse fut immédiate :

— Nous nous arrangeons facilement : tu encaisses ton bénéfice de producteur et moi, je perçois mes droits d'auteur.

Réponse trop spontanée : il savait par expérience que je n'entrais pas dans les histoires de dessous-de-table. Il avait donc effectué sa démarche sous la pression d'un tiers. Si je l'avais laissé parler j'aurais pu savoir pour qui il faisait la quête.

Je lui adressai les épisodes 3 et 4.

Par retour du courrier, il m'écrivit que, à la lecture, mes textes «lui étaient tombés des mains», qu'il était obligé de les faire refaire et d'ailleurs, il avait déjà fait récrire les deux premiers — qu'il avait trouvés splendides ! — par Serge Leroy, le réalisateur.

Ce garçon trop tôt disparu avait des côtés attendrissants, je ne lui voulais aucun mal. Simplement : j'avais travaillé une fois avec lui, cela m'avait suffi. Tourmenté, agité, proclamant haut et fort qu'il était un génie, ce personnage étrange n'acceptait pas de rencontrer l'auteur avant le tournage. Comme il n'avait aucun humour, lorsqu'il ne comprenait pas une astuce, il changeait un mot, la phrase : le gag était perdu.

Il en était de même dans tous les domaines. Dans une séquence au lycée, le concierge déclarait être né dans le Lot : sur le causse de Limogne. Leroy avait fait dire au comédien : «Le causse de Limoges !» Certes, les Français ont la réputation d'ignorer la géographie mais… tout de même : Limoges dans le Lot, il y a des téléspectateurs qui auraient pu s'esclaffer. Lors du visionnage, j'avais donc demandé à Leroy de faire rectifier la bande-son. Aussitôt il avait explosé : on se permettait de critiquer «son œuvre» !

Je n'avais donc aucune envie professionnelle de le côtoyer. Et voilà que cet extravagant, sans rien connaître au sujet traité, avait rectifié mon texte, bourré désormais de lieux communs, de répétitions, de vulgarités dont un seul exemple situera le niveau.

Deux gosses un peu paumés se retrouvent dans un terrain vague, cachés dans un autobus abandonné. Observant les policiers qui passent devant eux, un garçon de treize ans s'efforce de rassurer une petite fille de neuf ans avec toute la délicatesse de l'adolescence.

Voilà le dialogue intercalé par Leroy dans cette délicatesse :

Le garçon : Il y a une fliquette.

La fille : Qu'est-ce que c'est une fliquette ?

Le garçon : C'est un flic qui n'a pas de couilles.

A cette lecture, mes cheveux s'étaient dressés sur ma tête.

J'appelai le producteur.

Il me donne rendez-vous à Paris.

Il ne m'écoute même pas :

— Nous tournons la version de Leroy. C'est décidé. Il signera pour trente-trois pour cent des droits.

D'un coup, je compris la manœuvre (cela n'était pas difficile !). Je lui rappelai que j'avais écrit seul *Pause-Café, Joëlle Mazart,* que j'étais seul propriétaire du titre, que la loi sur la propriété littéraire et artistique stipulait...

Il me coupa :

— La loi, c'est nous !

A ce mot, je perçus le changement. Il se sentait appuyé. Par Leroy évidemment mais pas que par Leroy.

Leroy arriva. Accompagné du responsable de la production à TF1.

Leroy me demanda :

— Tu me donnes *mes* trente-trois pour cent ?

J'expliquai :

— Je ne veux de ta version pour rien au monde. Tu ne voudrais pas que, en plus, je te paye ?

Il dit :

— *Nous nous* débrouillerons autrement.

Il disparut en compagnie du délégué de TF1 qui n'avait pas dit un mot. Il n'en avait pas besoin : le voyant avec le producteur et Leroy, monsieur Prud-homme se fût exclamé : « Voilà trois lascars qui sont soudés comme les cinq doigts de la main ! »

Je lus leur version des troisième et quatrième épisodes. C'était affligeant : *Pause-Café* avait séduit les gens par sa modernité. Ici, les séquences étaient précédées de la mention « On pense à Arletty », « On pense à Renoir », « à Jean Vigo », « à Gabin ». Perdant toute authenticité, le tout devenait un film policier comme il y en avait tant : le commissaire, créé seulement pour « planter le décor » dans le premier épisode, se trouvait désormais mêlé à l'action de chaque épisode. Pour incruster les personnages dans notre temps, j'avais fait du mari de l'assistante un informaticien : il était devenu garagiste (dans les films policiers, il y a toujours un garagiste !). Trouvant qu'il y avait trop de sang sur les écrans, je me faisais une règle de ne pas faire couler l'hémoglobine. Désormais, dès le premier épisode, un garçon se coupait les veines en prison et l'on voyait effectivement son sang couler sur le mur : comme cela s'était fait 12 314 fois depuis la création du cinéma.

Je n'avais qu'une solution : interdire le tournage.

Le producteur, Leroy, TF1 firent comme si je n'existais pas : ils cherchaient les décors, engageaient les comédiens, établissaient le plan de tournage selon la version Leroy.

Je dus prendre un avocat.

Il me joignit dans le Lot :

— J'ai eu un appel de TF1 : « ils » pensent que, avec

316

tout le retard que t'ont fait prendre ces complications, « ils » n'auront pas le texte des épisodes suivants en temps utile. La chaîne te propose de t'envoyer deux jeunes auteurs pour t'aider à les écrire.

— Tu remercieras TF1 de ma part. J'ai toujours remis mes textes à la date prévue : il en sera de même encore cette fois.

L'avocat me conseilla de ne pas me braquer.

Les deux « scénaristes-dialoguistes » vinrent à « la Cachotte ».

Là, je leur demandai quelles étaient leurs références professionnelles.

Ils ne purent pas me citer *une* œuvre : ils n'avaient *rien* écrit.

Ils repartirent pour Paris.

Bientôt, mon avocat me fit savoir que « la partie adverse » demandait une entrevue.

Je dus revenir dans la capitale.

Leroy ne se présenta pas. Mais le délégué de TF1 était là. Muet. A l'inverse, le producteur se déchaîna :

— On tourne dans trois semaines. Les comédiens, les techniciens sont engagés. Si tu empêches le tournage, tu auras cinquante chômeurs sur la conscience.

— Je n'empêche pas le tournage. Je t'ai donné un texte...

— Il ne me convient pas.

— Dans ce cas, tu me demandes des rectifications, comme c'est l'usage.

Comme un enfant capricieux auquel sa nurse n'obéirait pas, il lança :

— Le producteur est également auteur !

Il me faisait pitié. Sincèrement.

Nous allions nous séparer lorsque, prenant enfin conscience de sa situation, il changea de ton. Il gémit :

— Moi... je voudrais bien qu'on tourne le texte de

Georges mais... le plan de tournage est établi sur le texte de Serge Leroy : on ne peut plus revenir en arrière.

Alors, éprouvant quelque compassion pour lui — et désireux aussi de sauver l'affaire dans laquelle je m'étais si fortement investi —, je proposai de récrire dans la semaine un texte correct, vraisemblable, débarrassé de ses grossièretés, que l'on pourrait tourner sur les lieux déjà repérés aux heures et jours prévus, avec les comédiens engagés pour ces séquences.

J'écrivis le texte.

Serge Leroy m'appela. Il me dit que c'était vraiment du bon boulot : il le mettait en chantier sans y changer un mot.

Le producteur m'envoya une lettre de sa main confirmant cet engagement.

Je rentrai à « la Cachotte ».

Le tournage commença.

Le délégué de TF1 m'appela. Il se proposait de venir passer vingt-quatre heures dans le Lot pour fêter notre accord.

Il vint. Me dit son émerveillement devant le travail que j'avais fait en si peu de temps. Tout le monde avait repris confiance dans l'aventure, il avait pu le constater lui-même en assistant à une journée de tournage au cours de laquelle... et là, « se prenant les pieds dans le tapis », il me décrivit la séquence qu'il avait vu tourner : une séquence de la version Leroy, une scène de violence inutile que j'avais supprimée.

Je le lui fis observer.

Un instant interdit, il retrouva ses esprits pour me rassurer. Presque solennel. Un reproche dans la voix :

— Georges !... TF1 ne peut pas se permettre de te faire une chose pareille !

Je n'en étais pas convaincu. Du tout.

Je le lui dis. Il jura. Rejura. Pour un peu, il aurait craché sur la moquette. Heureusement, il n'y en avait pas.

Au moment de monter dans la voiture il se tourna vers moi et, en guise d'adieu, me lança :

— J'admire ton œuvre !

Aussitôt je rentrai à la maison.

Sur mon cahier bleu, j'écrivis : « Si nous voulons que les hommes un jour vivent debout, nous devons commencer par refuser un siège à tous les faux culs. »

Les huit épisodes découpés, dialogués, prêts à tourner devaient être remis deux par deux à des dates fixées par le contrat.

Malgré toutes les embûches, travaillant jour et nuit, je m'appliquais à n'avoir aucun retard dans « mes livraisons ».

Un comédien me téléphona. Appelé par la production pour jouer un rôle dans l'un des épisodes, il avait dit me connaître. La personne le recevant lui avait répondu que je n'étais « pour rien dans cette affaire » *(sic)*. Un autre comédien me fit savoir scandalisé que, désormais, les brochures remises aux interprètes comportaient un cache sur la mention obligatoire « Scénario, adaptation, dialogues de Georges Coulonges ».

Ma prochaine livraison étant prête, je décidai d'aller la porter moi-même à Paris. Je me procurai une brochure. Je la mis sous les yeux du délégué de TF1 :

— Qu'est-ce que tu penses de ça ?

Il ne perdit pas son sang-froid :

— C'est de l'enfantillage.

Je bondis :

— De l'enfantillage ? Le vol ?

Sûr de lui, il me provoqua :

— Ecris à Mougeotte : ça ne changera rien, je peux te le garantir !

Je crus à une fanfaronnade. J'écrivis à Mougeotte, lui demandant un rendez-vous « que les circonstances rendent urgent ».

Cela n'était pas une fanfaronnade. Monsieur Mougeotte me répondit. Pas de rendez-vous : « X… est le producteur délégué de cette série et à ce titre l'interlocuteur privilégié de TF1. »

J'étais sidéré : monsieur Mougeotte m'avait invité à venir le voir. Il m'avait dit en substance : « Monsieur, vous avez écrit seul *Pause-Café* et *Joëlle Mazart* qui ont été deux très gros succès de la télévision. Je vous demande de prolonger ce succès dans une troisième série » et, au moment où je lui dis : « On détruit mon travail dans mon dos. Votre chaîne va perdre beaucoup d'argent », monsieur Mougeotte me répond : « Monsieur Coulonges, je n'ai pas à vous entendre parce que, moi Mougeotte, j'ai le droit de faire récrire vos textes par toute personne de mon choix. Cela parce que monsieur Bouygues m'a nommé et que monsieur Bouygues est très riche. »

Oui, j'étais atterré. Par l'arrogance mais surtout par le je-m'en-foutisme.

Pour la première fois, une idée m'effleura : TF1 *ne voulait pas* du succès. Mais alors… pourquoi l'avoir commandé ?

On le devine : revigoré par ces soutiens, l'interlocuteur privilégié de TF1 poursuivit son œuvre. Il fit récrire tout ce que je lui apportais et se mit en devoir de m'adresser des lettres recommandées qu'il croyait celles d'un chef. Je tiens à la disposition de qui aime rire quelques spécimens de cette prose du genre : « Nous ne pouvons pas tourner la séquence des enfants donnant un spectacle dans la cave des HLM. Tu marques : "Sur la porte, ils ont écrit à la craie : Entrée : un franc." Il est invraisemblable que des enfants de banlieue aient un franc dans leur poche. »

En plus de l'écriture des derniers épisodes, je répondais à ces élucubrations.

320

Maïté me suppliait d'arrêter :

— Tu leur abandonnes tout. Tes textes. Le titre. L'argent : on n'en a pas besoin…

— Ils seraient trop contents !

— Ils vont te tuer.

Mes enfants se joignaient à elle.

Pour rien au monde, je n'aurais cédé.

Arriva le jour de la projection privée. De la mienne plutôt : monsieur Mougeotte avait visionné les deux premiers épisodes la veille. Il me faisait d'ailleurs transmettre ses félicitations.

Comment pouvait-on être aussi inconscient ?

J'ai dit que lors du tournage de *Pause-Café* où il était assistant de Serge Leroy, puis lors du tournage de *Joëlle Mazart* où il était lui-même réalisateur, Jean-Claude Charnay avait fait un travail considérable : pour donner au film toute leur fraîcheur, il avait auditionné chaque fois quatre ou cinq cents gosses.

Serge Leroy n'était pas homme à s'astreindre à cette tâche. Il s'en était tiré avec une solution de facilité : les rôles écrits pour des gosses étaient joués par des adolescents, de jeunes hommes. Lorsque l'AS voulait défendre l'un d'eux, coupable de s'être laissé entraîner dans une livraison de drogue, comme il était largement majeur elle donnait l'impression de vouloir défendre les dealers. J'en aurais pleuré. De honte. Devant des séquences comme celle-ci :

Longuement suppliée, l'AS finissait par glisser vingt francs dans la main d'un adolescent. Malgré mes protestations, Serge Leroy avait modifié la somme : on voyait l'AS ouvrir son tiroir et, donnant au téléspectateur l'impression que l'Etat mettait à sa disposition une caisse dans laquelle elle pouvait plonger à sa guise, en tirer trois billets de cent francs que, sans autre formalité, elle remettait au quémandeur. Oui, j'aurais honte vraiment : devant les AS qui, lors de la projection, élevèrent des protestations dans les journaux, devant les responsables des associations caritatives qui m'avaient guidé dans mes recherches, devant les petits paumés auxquels j'avais vu remettre, comme secours, un paquet de pâtes et deux tickets de métro.

Cette honte était compensée, il est vrai, par une gigantesque envie de rire : j'avais écrit l'histoire d'un gosse révolté contre tout parce qu'il manquait de tendresse. Sa mère l'aimait de moins en moins, pour une raison très forte. L'interlocuteur privilégié de TF1 avait changé cette raison : sa mère ne l'aimait pas parce que ce garçon de quatorze ans refusait de manger la tartine de confiture qu'elle lui préparait pour son goûter ! Vous croyez que je plaisante ? Faites-vous projeter le film, vous verrez... Ce jeune révolté envoyait un caillou dans la fenêtre du Service social. Dans la version TF1, on ne voyait plus cette scène mais on voyait ceci : l'assistante sociale-chef, c'est-à-dire la « patronne » d'un service qui, pour capter la confiance des jeunes, veille à chaque minute à ce qu'ils ne puissent pas le confondre avec une autorité policière, oui l'assistante sociale-chef — vingt-cinq ans de pratique — pour un carreau cassé *avait appelé le commissaire de police* et, pour un carreau cassé, *le commissaire de police s'était déplacé. En personne.* Il était là, devant nous, discutant de cette redoutable affaire. On le comprend : s'il parvenait à résoudre une énigme semblable, il allait être, pour le moins, nommé commissaire divisionnaire !

J'écrivis sur mon cahier bleu : « Ce que l'on peut, le plus, reprocher aux forces d'argent qui pénètrent les milieux du spectacle ce ne sont pas les bénéfices qu'elles y amassent, c'est l'effroyable bêtise qu'elles y montrent. »

J'interdis la projection de telles âneries.

Nous allâmes devant le juge. Il nomma un médiateur. Il n'eut aucune peine à constater les différences entre le texte et ce qu'il en était advenu.

TF1 se trouvant devant un « produit » inutilisable me fit verser par le producteur une somme. Elle pouvait lui paraître importante : elle était dérisoire par rapport aux dégâts. Je l'acceptai parce que, de son côté, TF1 prenait certains engagements susceptibles de me dédommager. Notamment de ne pas pouvoir laisser mon nom au générique d'une œuvre de troisième catégorie.

Je n'ai jamais oublié la soirée où le premier épisode passa sur l'antenne. Je l'ai dit : lors de la « première » de *Pause-Café*, jusqu'à minuit le téléphone avait sonné. Là : rien. Pas un appel. Même pas de mes enfants. Ils imaginaient ma peine.

Elle était grande, c'est vrai.

C'est en son nom, cher lecteur, que je te demande de me pardonner si je me suis étendu quelque peu sur le récit de ces événements sans gloire. Sache-le : si ce récit t'a paru long, les événements eux-mêmes m'avaient paru interminables.

ÉPILOGUES

— Le feuilleton *Pause-Café* avait été vendu à quatorze pays étrangers : à ma connaissance, *Pause-Café, Pause-Tendresse* n'eut pas un seul acheteur hors de nos frontières.

— A ce jour, les feuilletons *Pause-Café* et *Joëlle Mazart* sont passés (toutes chaînes confondues) quinze fois sur l'antenne. *Pause-Café, Pause-Tendresse* est passé deux fois et demie. (« Et demie » parce que, lors de la troisième programmation, la diffusion fut stoppée après le cinquième épisode.)

— En troisième diffusion sur TF1-Bouygues, le samedi après-midi, *Pause-Café* et *Joëlle Mazart* réalisaient encore un Audimat de 24 points. Ce score est supérieur à la très grande majorité des œuvres nouvelles présentées en soirée par TF1.

— Réalisé par Hervé Baslé, le feuilleton *Un comédien dans un jeu de quilles* fut programmé les 10, 11, 13, 14 décembre à 14 h 25. Ne cherchez pas pourquoi la programmation évitait le 12 décembre. Comme *Pause-Café*, *Un comédien dans un jeu de quilles* était un feuilleton de jeunes : le 12 décembre était un mercredi.

Le Monde consacra une page à ce sabotage : « L'idée est originale, le scénario bien ficelé, les comédiens jeunes et talentueux. [...] Le scénario s'enrichit grâce au savoir-faire de Georges Coulonges. [...] Les comédiens sont convaincants parce qu'ils jouent leurs propres rôles. Ils ont la fraîcheur de leurs débuts. » *Télérama* fit de même, *Télé-Loisirs* classa le feuilleton dans « Les grands moments télé », les autres journaux suivirent, *Télé 7 Jours*, d'autres magazines publièrent les protestations de leurs lecteurs. Peine perdue.

— Le lecteur a vu comment, après s'être emparé de mon texte, monsieur Mougeotte refusa de me recevoir.

Dans une note adressée au CSA, monsieur Le Lay écrira : « Les auteurs disposant du droit moral sur l'œuvre refusent très souvent le dialogue avec la chaîne. »

Monsieur Mougeotte justifiait sa décision de ne pas me recevoir par le fait que le producteur indépendant était « l'interlocuteur privilégié de la chaîne ». Il ajoutait : « Il n'y a aucune raison pour que je lui retire ma confiance. »

Monsieur Le Lay écrit : « TF1 dispose en stock des

produits de fiction qu'elle a commandés, payés à des producteurs indépendants et qui se révèlent indiffusables à 20 h 30 compte tenu de leur niveau de qualité. » Sans rire, monsieur Le Lay demande qui est le responsable : TF1 ou le producteur ?

Et bien sûr, devant cette entière bonne foi de la chaîne, devant ce manque de qualité de la production française, monsieur Le Lay ne pouvait que conclure à la nécessité, pour TF1, de se dégager de l'obligation de diffuser cent vingt heures d'œuvres audiovisuelles françaises, de l'obligation de fabriquer français.

— *La Terre et le Moulin*, dont les téléspectateurs attendaient, espéraient, demandaient une deuxième diffusion, fut programmé au même horaire que le *Comédien*, à 14 heures au mois d'août !

— J'ai dit que mon entourage s'était inquiété pour ma santé. En dix mois, j'ai écrit huit épisodes — soit la longueur de huit films de cinéma — tout en répondant aux lettres recommandées (parfois très longues), en allant à Paris pour des explications, des tentatives de conciliation, en récrivant des épisodes pour les rendre présentables, en les voyant à nouveau anéantis par des margoulins... Je ne dormais pas. Lorsque je m'assoupissais, mon cœur me réveillait, battant à tout rompre. Je pensais : «Lorsque tout sera fini, ça s'arrangera. »

Lorsque tout fut fini, cela ne s'arrangea pas. J'allai voir un cardiologue. Il me dit : «Heureusement que vous aviez un cœur très lent. Sans ça, vous ne seriez pas là aujourd'hui. »

Mon beau cœur de cycliste, qui quinze années auparavant battait à 46 pulsations par minute, battait désormais à 160. De plus, il montrait une arythmie paroxystique. Par deux fois, dans une clinique toulousaine, un professeur en tenta la réduction par stimulation endocavitaire. Sans résultat.

Le cardiologue me dit : « En prenant Sintrom et Sectral matin et soir, on peut vivre. »

Allons ! Tant mieux ! On a besoin de temps en temps d'entendre de bonnes nouvelles !

— Dans la lettre-protocole d'accord du 6 décembre 1988 signée par TF1, la chaîne me remerciait pour la bonne volonté dont j'avais fait preuve « afin d'éviter un grave préjudice ». Elle prenait certains engagements. La plupart de ces engagements, y compris les plus faciles à réaliser, ne furent pas tenus.

— Pour me dédommager des préjudices matériels et moraux, écrivant son désir de travailler souvent avec moi, TF1 me commanda un feuilleton de six fois 90 minutes. A partir du moment où j'eus fait parvenir le texte de ces six épisodes, je ne pus jamais joindre un responsable de la chaîne au bout du fil.

J'envoyai une lettre recommandée à monsieur Mougeotte. Elle resta sans réponse.

Au cours d'un dîner, un ami de monsieur Mougeotte lui demanda de m'appeler, lui faisant observer qu'il allait priver la chaîne de « l'un des meilleurs auteurs de la télévision ».

Monsieur Mougeotte se rendit à ces raisons : le lendemain, il me fit appeler... par le directeur du service juridique de TF1.

Je dus engager un procès. Le premier de ma vie.

Nous envoyions les pièces du dossier à une dame présidente du tribunal.

Le jour de l'audience, le tribunal était présidé par un monsieur.

Je fus débouté.

Je fis appel.

Deux années plus tard, le tribunal me donna raison. Pour me le prouver, il condamna TF1 à me verser une somme correspondant exactement... au montant des honoraires des avocats.

J'accueillis ce jugement avec indifférence : le temps avait passé.

Pour des raisons qui lui étaient propres (mais je n'en suis pas sûr !), TF1 avait transformé l'un des plus gros, peut-être le plus gros, succès de la télévision en un produit médiocre, sans retentissement. Cela m'avait fait perdre tous les plaisirs du succès. Depuis longtemps, j'avais décidé que cela ne me ferait pas perdre ma joie de vivre.

Ma communale avait raison

Lorsque, voici quarante ans, je quittai Bordeaux pour la capitale, je craignais que l'on m'y prît pour un provincial. C'était une erreur, je le sais aujourd'hui : je ne suis pas de la province, je suis de la campagne. Coulonges, de l'ancien français *coloni* : paysan libre.

C'est exactement cela : devant un lapinot qui, dans la rosée du matin, passe sa patte derrière son oreille pour faire la toilette que lui enseigna sa maman, devant le couple perdreau qui, sous le ciel de juin, entraîne sa famille à la promenade, sous l'ancien trou de pigeon où la mésange exhorte sa progéniture à battre des ailes jusqu'à la première branche du tilleul, oui devant ce spectacle sans cesse renouvelé de la plume et du poil, du bourgeon et de la rose, du blé, de l'orge et de la mirabelle, j'ai la chance de faire ce que je veux. Ce que j'aime : je lis, j'écris, je rêve, je ris, je regarde grandir mes petits-enfants. Bref, je mène l'existence pondérée qui ne fut pas toujours la mienne mais dont j'ai compris, voici trois décennies, qu'elle m'attendait ici : au grand air du Lot qui n'a rien à voir avec les grands airs des incapables.

C'est *La Dépêche du Midi* qui m'informa de l'affaire. La première fois que je l'ouvris, je lus ces lignes : « Douelle — Football : lundi de Pâques, notre équipe réserve rencontrera l'équipe réserve de Tour de Faure [1]. A la mi-temps : tirage de la bourriche. Un bel après-midi en perspective. »

A coup sûr, j'avais découvert le pays du plaisir sage ! Avec d'autres bonheurs annoncés. Séduisants. Imprévus.

Me voici devant la mairie de Cahors, attendant mon tour pour traverser le méditerranéen boulevard Gambetta. C'est un boulevard qui monte. Un type arrive du bas, pédalant sur sa mobylette dont il ne peut pas faire démarrer le moteur. Il passe au feu rouge. L'agent, l'un de ces agents auxquels la police semble se faire un malin plaisir de fournir des ceinturons trop courts, siffle le contrevenant.

Celui-ci, transpirant, dressé sur son cycle, lui lance :

— Hé ! Andouille ! Tu vois pas que je pédale ?

L'agent siffle plus fort.

Le pédaleur hausse le ton :

— M'emmerde pas, hé !... Je m'arrêterai quand mon engin tournera.

Et il continua ainsi, lançant insultes et explications sous les coups de sifflet coléreux du représentant de l'autorité.

J'étais médusé.

Une vieille femme, indulgente, me glissa :

— Oh !... Ils sont allés à l'école ensemble...

Il n'importe : moi qui, à Paris, avais bien couru devant les CRS, je venais de découvrir le pays où l'on pouvait engueuler les flics : j'étais aux anges.

A dire vrai, j'avais d'autres raisons d'être heureux. *La Terre et le Moulin* avait été un succès de librairie. Comme il avait été accompagné sur les écrans par le feuilleton de Jacques Ertaud, j'avais pu penser que cette

---

1. Douelle : 693 habitants. Tour de Faure : 236 habitants... Et une équipe réserve !

réussite ne fût due en partie au soutien du feuilleton. Or, depuis, j'avais publié *Les Sabots de Paris*, qui, non seulement avait eu un beau tirage, mais m'avait valu les plus grandes satisfactions.

Ici, je voudrais dire tout ce que des auteurs comme moi, c'est-à-dire des gens se refusant à faire les singes savants dans ces cocktails littéraires où l'on n'entend jamais parler de littérature, doivent aux bibliothèques municipales, d'entreprises, d'associations diverses, aux BCP et à leurs bibliobus. Sans doute quelques écrivains, éditeurs déplorent-ils que, pour l'achat d'un livre par une bibliothèque, cinquante lecteurs puissent en prendre connaissance. La question mérite un débat qui n'entrerait pas dans ces pages où je me contenterai de dire ma reconnaissance aux bibliothécaires qui, à partir de *La Terre et le Moulin*, des *Sabots de Paris* sont venus vers moi dans les fêtes du livre, m'ont dit : « Vous êtes l'une de nos valeurs sûres », m'ont montré leurs registres de sorties… surtout lorsqu'ils me donnaient le plaisir de comparer celles-ci avec les sorties maigrelettes des abonnés du parisianisme télévisuel.

Certes, le grand nombre de lecteurs n'est pas la preuve de la qualité d'un livre. Mais… un nombre microscopique ne l'est pas davantage. Théophile Gautier et ses théories de « l'art pour l'art » ont, aujourd'hui, des adeptes. Ils n'usent pas du même vocabulaire mais ils n'en voient pas mieux les choses. Entre le « Son roman se vend, donc c'est une connerie » et le « Le mien ne se vend pas, donc je suis un génie » il y a la place existant entre l'intellectualisme supposé et le cul-cul-la-praline bien établi : la place d'un public très large parce que justement très varié.

Avant de savoir que j'exercerais la profession d'écrivain, mes études « historiques » avaient arrêté ma curiosité sur ces maçons qui, de génération en génération, quittaient la Creuse, le Limousin pour vivre leur odyssée en deçà et au-delà des frontières. C'est leur aventure de pauvres bougres déracinés qui me fit comprendre cette réalité : au siècle dernier, les maçons de la Creuse, les ramoneurs savoyards, les nourrices morvandelles, les ferrailleurs du Cantal et de l'Aveyron, les cochers de l'Artois, les laitiers bretons, les bougnats et les porteurs d'eau étaient les travailleurs immigrés d'aujourd'hui.

J'ai écrit *Les Sabots de Paris* dans l'enthousiasme. Je fus comblé par sa réussite et j'ai toujours devant moi le souvenir d'une belle femme brune qui, à la fête du livre de Brive, vint me faire dédicacer son exemplaire en disant :

— Monsieur, c'est trop beau : vous n'avez pas le droit de ne pas faire la suite.

Elle était très émue. Je le fus aussi. La phrase tourna dans ma tête.

Aussi lorsque, dans les circonstances que l'on vient de voir, je constatai que la télévision était menée par des cerveaux vides et des doigts crochus, je décidai d'écrire *Les Sabots d'Angèle* et, au-delà, de me consacrer exclusivement désormais à l'écriture romanesque, créant en premier, à partir des *Sabots de Paris*, non pas une saga mais une succession de romans dont l'action nous conduirait à 1940-44 sous le titre générique *Les Chemins de nos pères*.

Les Sabots d'Angèle montra Angèle à son tour dans la capitale, apprenant à lire, à écrire pour défendre les siens contre les discours et les textes de toutes les autorités ; *La Liberté sur la montagne* rendit hommage à ces colporteurs de librairie qui, descendant de leurs Pyrénées, parcouraient la France pour, à grands risques, répandre le goût de la lecture en feuilletons et almanachs ; *Les Boulets rouges de la Commune* dressa le portrait de ces autres serviteurs de la culture et de la Liberté que furent toujours les imprimeurs.

Alors vint *La Fête des écoles*, roman d'une jeune normalienne aveyronnaise qui, dès son premier poste d'institutrice, se trouve déchirée entre sa foi religieuse et son désir de servir cette école publique dont elle comprend la nécessité.

Ces romans remportaient un vrai succès, *La Fête des écoles* peut-être plus que les autres avec, toutes éditions confondues, des centaines de milliers d'exemplaires vendus et, dans mon courrier, cette phrase jamais oubliée d'une jeune prof de lycée : « Monsieur, vous avez cru écrire un roman d'amour : vous avez écrit un hymne à la tolérance. » Aucun mot ne pouvait me toucher davantage. Je savourais mon bonheur, ma décision de me consacrer désormais pleinement à cette activité dont j'avais rêvé : j'invente une histoire, je l'écris, j'en polis le texte, je le porte à mon éditeur, il le publie sans y changer un mot et… j'ai la chance que ce texte rencontre ses lecteurs.

Je dis « sans y changer un mot » parce que, s'il est bien entendu que l'éditeur peut présenter une critique à l'auteur, lui demander une modification, lui proposer une coupure, l'auteur reste toujours libre de sa décision. Contrairement à la télévision où les tarifs publicitaires assurent aux chaînes d'inimaginables rentrées d'argent, en librairie les marges sont étroites : aucun éditeur ne pourrait supporter les errances d'un directeur faisant capoter le lancement d'un roman pour l'avoir trafiqué au gré de sa fantaisie, de sa vulgarité. Non, ici l'auteur est respecté, encore plus l'auteur à succès auquel, loin de lui présenter une demande de rançon, on proposerait plutôt quelque avantage nouveau.

C'est cette vie sans pollution d'aucune sorte que je menais, que je mène, que je mènerai, je l'espère, le plus longtemps possible.

Au début, des copains m'appelaient. Des réalisateurs :

— Tu as eu des emmerdes avec TF1, mais… il y a la 2, la 3…

C'était vrai mais comme ils me disaient cela, eux-mêmes, d'autres me dressaient le tableau de ce que devenait le service public : lorsque le directeur d'une chaîne abandonne son poste (mais pas son salaire) pour aller écrire un roman (en Ecosse ou en Irlande, je ne sais plus), lorsqu'il se commande ou se fait commander par d'autres chaînes scénarios et dialogues, son adjoint n'a aucune raison de se priver : il se commande un film, s'absente pendant des semaines pour le réaliser, l'épouse d'un sous-fifre devient scénariste, tout va à vau-l'eau, bref, je me trouvais bien dans ma « Cachotte » : la vie qui, dans ma jeunesse, m'avait refusé son confort me l'accordait aujourd'hui ; mon foie gras est fabriqué par mon voisin, je suis sûr du voisin et sûr du foie gras ; je l'accompagne d'un sauternes que mes parents n'ont jamais pu s'offrir ; j'achète mes truffes à Lalbenque lors du marché annuel : le paysan, la paysanne tiennent sous le bras leur petit panier d'osier ; devant l'acheteur ils lèvent l'antique mouchoir à carreaux recouvrant leur marchandise ; l'acheteur note un chiffre sur son carnet ; dans une heure les truffes quitteront leur panier, des billets entreront dans un por-tefeuille… Je vis dans ces traditions, ce pays de nature. L'école, qui jadis me ferma ses portes, me les ouvre désormais : elle m'invite, les enfants ont lu mon livre, ils ont ri, ils m'en parlent, ils sont contents ; entre des questions déjà entendues, il y a toujours une idée ori-ginale, une curiosité, un gag : dans cette classe du Tarn-et-Garonne, les élèves ont travaillé *La Grand-Mère aux oiseaux*[1] ; la salle est tapissée de dessins : rouge-gorge à la gorge vraiment rouge, perroquet aux plumes vertes,

1. Georges Coulonges, *La Grand-Mère aux oiseaux*, Kid-Pocket, éd.

jaunes, bleues... L'institutrice est fière de ses élèves. Pour me le prouver, me prenant peut-être pour l'inspecteur primaire, elle demande :

— Citez-moi un vorace.

Un gosse se lève d'un bond :

— Mon père, m'dame !

J'étais mort de rire.

Dans ma vie, j'ai dû visiter trois cents classes. Bénévolement[1]. Parce que c'est utile, je le sais aujourd'hui. Parce que, voici une quinzaine d'années, j'ai écrit :

« Quels que soient les développements de l'audiovisuel, le livre reste l'un des outils essentiels de la culture.

« Si l'on veut que l'homme lise, il faut lui donner très jeune le goût de la lecture. Voilà pourquoi j'écris des livres d'enfants, des livres dont les enfants, les adolescents sont des héros.

« Ma récompense est le sourire d'un jeune lecteur venant à moi. Je crois trouver dans ses yeux le regard de l'homme paisible qu'il va devenir. »

Jean-Pierre Elkabbach fut nommé PDG des deux chaînes publiques.

Hervé Baslé me téléphona, heureux de sa nouvelle :

— Elkabbach veut s'occuper de la production. Il organise une fois par semaine un déjeuner à Antenne 2 pour mettre en contact auteurs, réalisateurs et directeurs. Il faut que tu viennes.

— Non ! Non ! Non !

Je n'avais pas envie de perdre ma belle humeur retrouvée. Aussi, pour que l'on perçoive bien ma décision, je dois préciser ceci : dès la sortie du livre, Hervé

1. A vingt exceptions près où je perçus une (très vague) indemnité.

334

Baslé avait lu *Les Sabots de Paris*. Depuis, il rêvait que j'en fasse une adaptation, de la tourner en un grand feuilleton de six épisodes (avec *Les Sabots d'Angèle*). Sa fidélité me touchait. Je m'interrogeais : « Et si c'était vrai pourtant ? S'il se trouvait enfin un homme conscient de ses responsabilités pour vouloir redresser la barre ? Redonner à la production française le lustre qu'elle mérite ?… Et puis… quel bonheur ce serait de montrer aux incapables les résultats que l'on peut obtenir avec une œuvre saine, un travail sérieux. De le faire sur une chaîne publique. »

Bref, je fus invité au déjeuner suivant.

Avant que nous passions à table, un garçon que je trouvai charmant se précipita sur moi :

— Georges, vous êtes l'homme qu'il me faut.

J'appris qu'il s'appelait C. : il venait d'être nommé directeur de la production de France 3.

Il voulait créer une série « Terroir » conforme à l'image de sa chaîne :

— Vous êtes l'homme de l'authentique. Je compte sur vous pour l'un des téléfilms.

Evidemment, cela n'était pas le grand feuilleton avec Hervé Baslé mais le garçon paraissait plein de bonne volonté : si je lui faisais plaisir en lui apportant ce qu'il attendait de moi, *Les Sabots de Paris* suivrait peut-être.

Les Terres gelées[1] était un vrai succès de librairie. Avec sa description de la campagne d'aujourd'hui, des difficultés des agriculteurs d'aujourd'hui, avec la peinture d'une jeunesse rurale d'aujourd'hui faisant que, par son langage imagé, ses mœurs libérées, l'adolescente quercynoise ressemble moins à sa grand-mère qu'à la collégienne de Montrouge ou de Fontenay-sous-Bois, le roman était allé au cœur des gens. Et, au-delà, ce qui m'avait beaucoup touché : au cœur des agriculteurs. Ils

1. Georges Coulonges, *Les Terres gelées*, Presses de la Cité, éd.

avaient célébré le livre dans leurs journaux, ils m'avaient invité à des dédicaces dans leurs organisations professionnelles, monsieur Borredon, président de la Chambre d'agriculture du Lot, s'était déplacé pour dire publiquement en la mairie de Cahors la justesse de ma peinture paysanne. Alors… ayant remis au producteur un scénario dialogué conforme à cette peinture, ce scénario dialogué ayant été accepté par la chaîne et par le producteur, je découvris que… cette chaîne s'apprêtait à mettre en tournage un texte refait dans mon dos par un monsieur qui n'était pas auteur, qui n'avait pas lu le roman, et qui visiblement n'avait jamais mis les pieds à la campagne.

Je bondis à France 3.

Le charmant C. m'informa qu'il me recevait par déférence (merci beaucoup) mais qu'il *se devait* de soutenir son directeur de production. On me connaît : jamais je ne voudrais empêcher un homme de faire son devoir. Surtout lorsque cet homme est un responsable de la télévision jugeant de son devoir de soutenir son personnel plutôt que de présenter des émissions donnant satisfaction aux téléspectateurs.

Je partis.

Le patron de la série « Terroir » me rattrapa dans le couloir [1]. Il me fit pénétrer dans son bureau et là… je transmets textuellement notre dialogue :

— Alors, monsieur Coulonges, vous rentrez dans le Lot demain ?

— Oui, monsieur.

— Dites-moi… le Lot… c'est où ?

1. Je dis la série « Terroir » parce que c'est ainsi que C. l'avait appelée lors de notre première rencontre mais il est évident que, en de telles mains, la série « Terroir » ne devait jamais voir le jour… non plus que la collection « Montagne » également annoncée par la chaîne.

336

Surpris — on le serait à moins — mais serviable, je lui indiquai où était le Lot.

Le patron de la série « Terroir » était un homme précis, voulant s'instruire. Il insista :

— Oui, mais… de Paris…, vous sortez où ?

Je continuai à faire le guide touristique :

— De la porte d'Italie… ou la porte d'Orléans.

Le patron de la série « Terroir » sentit qu'il devait s'expliquer. Il le fit de bonne grâce :

— Excusez-moi… je ne suis pas français.

Lecteurs, vous pouvez croire que je plaisante mais là est la pittoresque réalité. Monsieur Elkabbach avait annoncé qu'il voulait faire du nouveau ; il avait tenu parole au-delà de toute imagination : pour diriger la production de notre grande chaîne régionale, il était allé chercher en Suisse un quidam qui ne connaissait pas la France. Ce quidam qui ne savait pas où se trouve le Lot avait appelé l'un de ses copains qui, comme lui, n'avait pas lu le livre, et il lui avait donné l'autorisation de tout transformer à sa guise.

J'avais déjà vécu tout ça. J'interdis le tournage. Avec l'intention bien arrêtée de ne plus lever la tête de mes romans. Sauf pour regarder le geai insolent qui, deux fois par jour, vient se poser sur la terrasse. Protestant contre je ne sais quoi. Avec force : on dirait qu'il nous engueule.

Le producteur privé me demanda la permission de venir me rejoindre dans ma thébaïde.

Il vint.

Je restai sur mes positions :

— Nous avons un contrat : je suis le seul scénariste-dialoguiste-adaptateur de mon roman ; vous et moi devons choisir le réalisateur d'un commun accord. Nous l'avons choisi : madame X. De sa propre autorité, France 3 en choisit un autre. Ce type écrit n'importe quoi. Et c'est lui qui a raison ?... Mais alors... à quoi sert notre contrat ?

Le producteur eut une réponse laconique :

— A rien.

Il m'expliqua la situation : la chaîne demande un texte à un auteur. Elle désigne un producteur privé pour mener l'affaire à bien et, en premier, signer le contrat avec l'auteur. Arrivent les premières dépenses. Le producteur les assume et...

— ... A partir de là, les gens de la chaîne font ce qu'ils veulent.

— Mais... vous n'avez pas de contrat avec France 3 ?

— Le contrat, je l'aurai si l'affaire se fait !

Le producteur se fit plus précis :

— Georges... si vous maintenez votre interdiction, je vous comprendrai et même je ne vous en voudrai pas car, de toute évidence, nous n'aurons pas le « produit » que vous étiez en droit d'attendre mais ce que je suis venu vous dire c'est ceci : à l'heure actuelle, six cent mille francs sont sortis des caisses, c'est-à-dire de la mienne ; si on ne tourne pas, France 3 s'en lavera les mains. C'est moi qui paierai.

J'étais écœuré. Sans envie aucune de replonger dans le marigot :

— Vous tournez ce que vous voulez. Marquez au générique *Les Terres gelées* d'après le roman de Georges Coulonges. Pour l'adaptation nous mettrons un pseudonyme, n'importe lequel, et à partir de là, vous êtes gentil : je ne veux plus entendre parler de rien.

Ce qui était facile à dire : mes agriculteurs rentraient la paille roulée au « round baller » : les agriculteurs de France 3 rentraient la récolte à la fourche ! En 1995 !

Dès le lendemain de la projection, des voisins, des agriculteurs qui m'avaient invité à leurs manifestations m'appelaient. Certains étaient déchaînés :

— Vous vous foutez de nous ?

— C'est le gouvernement qui est là-dessous !

— Ils veulent nous faire passer pour des cons !

Ils mettaient Bruxelles dans le coup, le ministre, quelqu'un d'autre…

Mon voisin agriculteur a trente-cinq ans. Ayant pris le téléfilm en cours de route, il avait cru que l'action se passait avant la guerre : des paysans faisant la moisson à huit ou douze personnes, organisant le repas sur l'herbe, c'est un spectacle qu'il n'a jamais vu de sa vie ! que depuis l'apparition de la 2 CV, de la 4 L et des moissons à l'entreprise, nul n'a jamais vu !… Il est vrai qu'il avait des excuses à penser que cela se passait au temps du joyeux Alibert : l'un de mes jeunes personnages parlait de draguer les filles ; dans la version rectifiée France 3, il disait : « T'es un vrai frotadou ! »

Je ne peux pas énumérer ici tout ce qui, d'une œuvre authentique, fait une œuvre de pacotille. Tout ce qui, d'une œuvre ancrée dans la réalité de ce temps, fait la télévision fossilisée, indigente que nous connaissons.

A la fin du roman, le lecteur découvre qu'Albert, le vieux paysan finaud et cupide, a aimé dans sa jeunesse sa voisine Mathilde, aujourd'hui *la mémée*. Naturellement, le scénario de France 3 dévoile le pot aux roses dès le début du film, ce qui supprime tout rebondissement. Heureusement, ces messieurs-dames de la télévision ne sont pas à court d'imagination. Un rebondissement, ils en ont trouvé un. De taille :

La mémée pousse vers Albert sa quinquagénaire de fille et s'écrie :

— Albert ! C'est ta fille !

Albert alors porte la main à son cœur et tombe. Raide mort. Il y a de quoi : de l'autre côté de la barrière mitoyenne, il a vu sa maîtresse devenir grosse, accoucher, son enfant aller et venir devant lui et pas une seconde il n'a pensé qu'il pouvait être le père ! Depuis cinquante ans !

Ah ! elle aura beau jeu, cette lectrice-téléspectatrice, visiblement d'origine terrienne, qui, me tendant son livre à signer, me dira malicieusement :

— Albert… Vous êtes sûr qu'il est le plus intelligent du village ?

Car, pour comble de malheur, l'émission passa en fin d'année, période des ventes-dédicaces en librairie, dans les bibliothèques :

— Vous ne leur aviez pas donné tout le livre ? me demanda un lecteur souriant.

Un autre, constatant lui aussi que toute substance avait disparu, s'amusait tout autant :

— Pourquoi l'ont-ils appelé *Les Terres gelées* ? *Pépé et mémé*, ça aurait suffi !

Et toujours la grande même question :

— Mais… vous n'avez pas un droit de regard ?

Que voulez-vous répondre ?… Que voulez-vous dire lorsque *La Dépêche du Midi* écrit « La réalité dépasse l'affliction ? » ; lorsque, un mois plus tard, un ami, grand réalisateur, vous dit : « Tu as pu remarquer que j'ai eu la délicatesse de ne pas te téléphoner » ; lorsque cet autre ami, député du Lot, vous rapporte, réjoui car sachant à quoi s'en tenir, que, devant un groupe de parlementaires, J.-P. Elkabbach a vanté les succès de sa production, classant *Les Terres gelées* parmi ses réussites ?… Que penser ? Rien ! Ils sont tellement habitués à la médiocrité ! Vous leur apportez la Juventus de Turin. En moins de temps qu'il ne faut pour le dire, ils la transforment en l'équipe du Paris-Football-Club ; alors, fiers d'eux, le pied sur le ballon, ils déclarent : « Hein ! C'est tout de même mieux que le Sporting-Club de Perpezac-le-Noir[1] que nous présentons d'habitude ! »

J'ai dit à propos du *Pause-Café* version TF1 pour-

1. Corrèze.

quoi les émissions se ressemblent, pourquoi elles entrent dans la même banalité dégradante.

Un petit fait sans importance : pour écrire *Les Terres gelées* j'avais vu des agriculteurs, des responsables d'associations professionnelles, une assistante sociale agricole, des syndicalistes, etc. J'avais rencontré le directeur de la gendarmerie du Lot. Il m'avait aimablement informé :

— Cher monsieur, lorsque pour contenir deux mille manifestants se concentrant vers Cahors, je dispose de vingt ou trente agents, je me demande ce qui se passerait si je tentais l'épreuve de force. Croyez-moi : c'est la sagesse des paysans et des gendarmes qui évite les incidents graves. Sans elle, la préfecture serait vite incendiée...

J'écrivis donc cette séquence de vérité calme entre agriculteurs et représentants de la maréchaussée. France 3 la fit remplacer. Par quoi ? Eh ! par des CRS tapant à tour de bras sur les manifestants, pardi ! Puisqu'on vous dit que c'est la mode ! Que c'est ainsi dans tous les films : il faut bien copier !

J'aurais tort de m'en plaindre. Ceci me valut l'une des rares joies que peut encore m'offrir la télévision : un beau matin, monsieur Hervé Bourges, président du CSA, et monsieur Gouyou-Beauchamps unirent leurs efforts pour dénoncer cette violence entrant dans les œuvres que, depuis des années, ils avaient eux-même commandées, et... y entrant parfois contre la volonté de l'auteur, sans le moindre besoin : seulement pour permettre à des responsables irresponsables d'agir à leur guise.

Ai-je besoin de le dire ? Malgré ses CRS tapant sur les paysans, sans les scènes du car de ramassage peignant dans sa vérité la jeunesse rurale d'aujourd'hui — supprimées au motif qu'il n'y a plus de cars de ramassage en France *(sic)* ! —, avec ses personnages ayant l'un l'accent breton et l'autre savoyard, *Les Terres gelées* ne fut vendu à aucun pays étranger.

Je me souvenais des appels de la société des auteurs :

— C'est encore moi… pour *La Terre et le Moulin*… nous en sommes à neuf pays. C'est formidable.

Je me souvenais d'un ami ingénieur envoyé par sa firme en Corée. Dans *La Terre et le Moulin*, Maïté jouait un petit rôle. La femme de cet ami ingénieur lui écrivait : « Je peux te certifier que tu parles très bien le coréen ! » Je me souvenais de cette carte adressée à mon fils par l'une de ses camarades en vacances en Australie : « En t'écrivant, je regarde *Coffee Break* à la télévision ! »… Ah ! oui ! je l'ai aimée, la télévision du succès ! Cette télévision publique se donnant pour mission de satisfaire le téléspectateur plutôt que de favoriser les affaires d'un comptoir franco-suisse.

N'accablons pas l'helvète directeur en charge de régionalisme. Il me fournit, lui aussi, l'occasion de m'amuser. Quelque temps après notre aventure, il fit savoir par la presse qu'il était à la recherche d'un nouveau Pagnol.

Je me donnai le plaisir de lui écrire :

« Cher ami,

Un magazine m'ayant informé voici quelques jours que vous cherchiez un nouveau Pagnol, j'avais, dans le but de vous être agréable, appelé Jacqueline pour savoir si elle n'avait pas une piste dans ce sens.

Malheureusement, elle n'en avait pas mais elle vient de me rappeler pour me faire — pour vous faire — une suggestion : pourquoi ne feriez-vous pas un « remake » de *Marius* ? Elle ne mettrait qu'une condition à son autorisation : que vous fassiez écrire l'adaptation (nécessaire) du texte de Marcel par l'un de vos amis (n'importe lequel), exigeant toutefois que cette nouvelle version se déroule sur les quais de Châteauroux, que les personnages n'aient évidemment pas l'accent et que, au lieu de partir pour les îles Sous-le-Vent, Marius devienne barreur au canoë-club municipal… Elle est persuadée — moi aussi — que, trouvant ainsi son authenticité, l'œuvre de Pagnol prendrait toute son ampleur et connaîtrait enfin le succès.

Persuadé que vous saurez saisir cette opportunité, je vous adresse… »

La gabegie, quand on ne peut l'arrêter, autant prendre le parti d'en rire !

Je ris. De bon cœur. Pour moi. Si je pense à mon pays, je ris moins fort : pour des raisons économiques et politiques, l'Amérique envahit nos écrans ; devrons-nous subir aussi l'envahissement d'une production de certain pays européen pour une simple raison de qualité ?

Lorsque je pense à mes jeunes confrères, je ris moins fort encore car me voici placé devant une évidence : si monsieur Mougeotte avait eu à fabriquer le premier *Pause-Café*, si les actuels dirigeants de France 3 avaient eu à produire *La Terre et le Moulin*, jamais ces œuvres françaises n'auraient franchi les frontières, jamais les téléspectateurs n'auraient remarqué mon nom, jamais je n'aurais fait la petite carrière que j'ai pu faire. Aussi, la seule question que je me pose aujourd'hui est celle-ci : combien les responsables de notre production télévisuelle — privée ou publique — ont-ils tué de talents ? Combien en tueront-ils encore ?

Nul n'entend jamais le cri du poète assassiné.

Qu'on se rassure : je ne me prends pas pour un poète et, pour un assassiné, je me porte plutôt bien.

Je le dois, je crois, à la vie que je mène entre lecture et nature. Il n'y a pas Paris d'un côté et la province de l'autre. Mais Paris a un parisianisme stérile, souvent corrompu, et la France profonde a de la profondeur.

J'aime les pays où l'on voit les gens de près. La faute y est apparente. Donc, plus rare. Le goût de la belle ouvrage n'y est pas perdu. Cela donne aux cœurs eux-mêmes des volontés d'artisan, des désirs de mérite. Pas seulement d'étalage. Etre ou ne pas être ? demande Shakespeare. Paraître ou ne pas paraître ? a répondu la télévision. Les leaders du parisianisme ne veulent pas être : ils veulent être là. Pour y être vus… A l'opposé, sachant qu'ils ne peuvent guère paraître, hommes et femmes du pays profond ont choisi d'être. Ce qu'ils sont. Des hommes et des femmes responsables de leur raisin et de leur tabac, de leur famille et de leur entre-prise. Responsables de leur village. De la terre où ils sont nés et que, pour cette raison, ils ne veulent pas voir mourir.

Ce pays profond devait me donner une joie profonde. Le 19 novembre 1996, les élus de la ville de Montau-ban décidaient à l'unanimité et à ma grande surprise de donner mon nom à l'un des groupes scolaires de leur cité.

Apprenant la nouvelle, je ressentis une émotion. Vraie. Grande.

Ceci m'oblige à rappeler que, en 1945, j'ai rencon-tré un colonel embarrassé : ayant six médailles à attri-buer, il ne trouvait pas six poitrines méritantes pour les épingler. Ce qui prouvait sa mauvaise vue : c'est dans les années 1945 et 1946 que les résistants furent les plus nombreux.

Cette médaille refusée eut pour moi une consé-quence : si j'ose cette expression, elle me protégea de toutes les autres. Sincèrement, lorsque vous avez refusé la médaille de la Résistance, vous ne vous voyez pas allant faire un tour en ville avec votre boutonnière ornée des Palmes académiques ! Je n'ai rien contre les Palmes académiques. Je parle d'elles parce que par deux fois on voulut m'en affubler. Je n'ai jamais su pourquoi. En toute franchise. Lorsque, voici vingt-cinq ans, un ami me glissa : « Je peux te faire avoir le Mérite », je ne savais pas de quoi il me parlait. Sincèrement. J'avais bien remarqué que certains copains habillaient leur revers (je parle des revers vestimentaires) d'un très joli bleu, mais je n'en connaissais pas la signification… Oui, j'ai vécu en dehors de ces rubans dont, un instant, je pense qu'ils sont une faveur, l'instant d'après une récompense et dont, dans tous les cas, je me dis qu'ils risquent bien d'être une tromperie. Sur les autres et sur soi : la médaille qui m'intéresserait vraiment ne dirait pas aux autres : « Voici cinquante ans, il a été courageux », elle me certifierait que je le serais demain. Cette médaille n'existant pas, je vais sur le causse avec mon chien, levant parfois un lièvre que nulle Légion d'honneur n'impressionnerait.

Alors ?… Dans cette indifférence aux récompenses officielles, pourquoi une larme montant au coin de mon œil lorsqu'on m'annonça que la ville de Montauban compterait désormais un groupe scolaire Georges Coulonges ?… Les lecteurs de ce livre l'ont, je pense, déjà compris : j'avais rêvé d'être instituteur, la vie m'avait refusé cette joie ; plus d'un demi-siècle plus tard, désirant peut-être se faire pardonner, la vie m'offrait une école. Je ne ressentis pas cela comme un honneur mais comme l'un de ces bonheurs qui, en une seconde, emplissent votre être. Corps et cœur : une école apprenant à des enfants à être des hommes, c'est autre chose qu'un ruban donnant aux hommes le goût de l'enfantillage.

Ce 28 mars 1997, jour de l'inauguration, « mes » élèves chantèrent « mon » *Enfant au tambour*. Cela ne doit pas être facile de faire chanter en chœur cinquante gosses s'accompagnant avec fifres et tambourins. Observant le dévouement des institutrices, je me demandais si, jour après jour, j'aurais eu ce dévouement. « Les grandes », qui jadis auraient été « celles du certif », lurent un extrait de *La Madelon de l'an 40*. Elles portaient la robe blanche des « Madelon » de mon temps. Avec le ruban tricolore l'embellissant au nom de la République. Sous la direction de leur maître attentif, le texte lu, elles entonnèrent *La Marseillaise*. Je pensais à *La Marseillaise* du 17 juin 1940. Celle qui m'avait fait comprendre combien j'étais attaché à mon pays. A *La Marseillaise* de mon certificat d'études. Je revenais vers une autre école. Celle dans laquelle j'étais entré soixante-dix années plus tôt avec ma mèche sur le front, mon tablier noir et, aux pieds, mes godasses offertes par la Société des chemins de fer.

Sont-elles si désuètes, les morales que l'on y enseignait ? Il me semble au contraire que si le monde d'aujourd'hui appliquait ces morales d'hier, il serait meilleur à vivre.

Si j'ai été tellement choqué par ces responsables communistes donnant leur parole d'honneur à vingt « camarades » avec l'intention bien arrêtée de ne pas la tenir c'est parce que, ayant vécu jusqu'à l'âge de trente-quatre ans en province, y ayant mené l'existence modeste de ceux qui se contentent de ce qu'ils ont, puis l'existence fêtée d'un comédien sollicité, jamais dans ma vie professionnelle, publique, je n'avais vu aussi spectaculaire tricherie.

Un jour qu'il nous gardait, nous les petits, plutôt que de donner à ses « grands » un sujet de rédaction, monsieur Allard avait organisé un débat. Le thème : « La parole vaut l'homme ou l'homme ne vaut rien. »

Depuis soixante-cinq ans, la phrase est dans mon âme. Belle.

Avec l'image de mon livre de lecture où, sur le champ de foire, le paysan et le maquignon se tapaient dans la main pour un irrévocable accord : « Tope là. »

Par deux fois, par un surcroît de travail et une perte de notoriété, j'ai sauvé TF1 d'un « grave préjudice ». Le reconnaissant par écrit, TF1 prit envers moi certains engagements. Elle ne les tint pas. Eh bien, la fortune, un lecteur, un tribunal, l'avenir peuvent donner raison à ces pratiques, je reste sur mes positions : c'est mon école, ce sont mes instituteurs formateurs d'hommes véritables qui étaient dans le vrai. Sauf lorsque, en une leçon de sciences, madame Allard nous révéla que « l'on compte soixante-douze espèces de pigeons » : la fréquentation de TF1 m'a fait comprendre qu'il en existe une soixante-treizième. A laquelle j'appartiens.

Lorsque j'écrivais pour la télévision, la chaîne signait un contrat à l'auteur.

Aujourd'hui, sous le parrainage d'un CSA créé pour moraliser la profession (je vous assure), la chaîne fait signer le contrat de l'auteur à un producteur privé ayant à tout instant besoin d'elle, de ses commandes, du remboursement des frais engagés : cela permet aux farceurs en tous genres d'agir en toute irresponsabilité.

Ah ! mesdames et messieurs les membres du CSA ! Que n'êtes-vous entrés dans ma classe ! Au tableau noir était écrit : « Sois fier de tes actes, tu seras fier de ta vie. »

Pendant dix années, j'ai écrit des sketches pour la radio, j'ai joué sur scène trente ou quarante pièces, j'en ai assuré la réalisation, j'ai écrit des chansons dont certaines ont fait le tour du monde, il en a été de même de certaines de mes œuvres télévisuelles, de mes trop peu nombreuses œuvres théâtrales, mes romans sont lus, aimés par des dizaines, souvent des centaines de milliers de personnes ; à France 3, dès notre première rencontre, une jeune femme, vierge de toute expérience dans le spectacle, m'a averti : « Monsieur, vous êtes auteur : c'est bien. Mais moi, voyez-vous, je suis le public. Alors, moi, je sais ce qu'il faut faire » *(sic)*.

Je me souviens de madame Allard, qui, pour nous apprendre la vie, nous conduisait dans l'atelier de monsieur Roux, le cordonnier, de monsieur Garnung, le maréchal-ferrant. Aucun de nous n'aurait osé dire à ces artisans : « Je vais vous montrer comment on ressemelle les souliers » ou « comment on frappe le fer pendant qu'il est chaud ». Si nous nous étions laissés aller à le dire, madame Allard nous aurait fait écrire vingt fois la phrase extraite de notre carnet de morale : « Si tu sais : parle. Si tu ne sais pas : écoute. »

Lors des répétitions de *Zadig*, monsieur Jean-Louis Barrault, metteur en scène, me demanda la permission d'ajouter un mot, un seul : « Non ? », à la fin d'une réplique que devait dire monsieur Jean-Louis Barrault, interprète. Je n'insulterai pas la mémoire de Jean-Louis Barrault en rapprochant de son souvenir les farfelus pensant que leurs amis, puisqu'ils ne sont pas auteurs, doivent écrire pour la télévision.

Sur les bancs de ma communale, La Fontaine déjà me charmait : « A chacun son métier, les vaches seront bien gardées. »

Pour écrire mes livres, mes feuilletons, je fais des enquêtes, je vérifie des détails, je pèse mes mots, je me lis les répliques à haute voix, bref : cent fois sur le métier je remets mon ouvrage. Sous la protection de directeurs ne se donnant pas la peine de lire le roman, ces gens ignorant le sujet traité transforment en quelques heures scénario et dialogues, caractères des personnages...

Mais oui ! c'est encore La Fontaine qui nous disait : « Travaillez, prenez de la peine... »

Amis lecteurs, je ne vais pas vous infliger le catalogue des morales que mon école m'enseigna : certains d'entre vous les connaissent aussi bien que moi. D'autres, plus jeunes, peuvent les juger démodées ; le patriotisme, par exemple, nous emportait un peu loin : à la pacification — par le fusil — des mauvais « sauvages ». Pourtant, si l'on veut bien mettre un frein à cet élan, il me paraîtrait opportun, très opportun, que messieurs les responsables de tous nos services publics veuillent bien se souvenir qu'il existe un patriotisme du temps de paix. Et qu'ils sont là pour le faire vivre.

Je veux les y aider :

Cher monsieur Gouyou-Beauchamps, vous êtes le grand patron de notre télévision publique. Je ne vous connais pas mais on m'affirme que, lors de vos jours de loisirs, vous pratiquez le golf, à quelques kilomètres de chez moi, dans le Lot. Lorsque vous y serez, voulez-vous avoir l'amabilité de m'appeler ? J'irai vous prendre en voiture et nous jouerons à un jeu intéressant : dès que vous verrez un homme rentrant sa moisson *à la fourche*, dès qu'une dizaine d'agriculteurs déjeuneront ensemble dans leur champ, nappe blanche étendue sur l'herbe, dès qu'un jeune garçon vous parlera d'un *frotadou*, vous marquerez un point ; nous aborderons autant d'autochtones que vous voudrez : chaque fois que nous en trouverons un qui n'a pas l'accent, vous marquerez un point... Comme en mon école communale, ces points vous donneront droit à un « témoignage de satisfaction ». Je suis joyeux drille : ce témoignage de satisfaction, ce billet d'honneur, ce sera un déjeuner. Au Gindreau à Saint-Médard-de-Catus. Au Balandre à Cahors : où vous voulez. Je vous invite. Et ce ne sera pas fini ! Nous entrerons dans une ferme. N'importe laquelle. A moins que vous ne préfériez un bistro. Ou une épicerie. Là, vous raconterez l'histoire du paysan madré qui couche avec sa voisine, qui la voit grossir, accoucher et qui ne comprend pas que cette naissance est la conséquence de son acte. Et cinquante ans plus tard, il est toujours au même point ! Je vous garantis le succès !...

Oui, nous allons passer du bon temps, monsieur le président. Très gai. Nous pourrons même rendre visite à un président de conseil général. Là encore : celui de votre choix. Et vous lui annoncerez vous-même la bonne nouvelle : France 3 a supprimé les cars de ramassage scolaire ! Le cher homme sera si heureux de voir son budget ainsi allégé que, je vous le garantis, si c'est le président du conseil général du Lot, vous pourrez parfumer toutes vos omelettes de l'année avec les odorantes truffes du Quercy ; si c'est le président du Tarn-et-Garonne, vous aurez, sur votre table à volonté, le succulent raisin de Moissac ; si c'est celui du Lot-et-Garonne, vous ne saurez plus comment accommoder toutes vos tomates de Marmande et, si j'ose dire, vous ne saurez plus où fourrer vos pruneaux d'Agen.

Vous allez venir, n'est-ce pas, monsieur le président ? Pour être énarque, on n'en est pas moins homme, que diable ! Alors, c'est entendu : je vous attends. Parce que, voyez-vous, il est un petit fait qu'il faut, je crois, bien comprendre : toutes les babioles auxquelles je viens de faire allusion ont été réunies sous la houlette de vos directeurs *dans une seule émission*. Alors, vous vous rendez compte des méfaits possibles sur une année de production ! Et puis, deuxième fait : ces inepties n'ont pas été écrites par un homme auquel vous auriez malencontreusement commandé l'adaptation d'un roman dont vous auriez acheté les droits. Non : elles ont été insérées dans l'adaptation écrite par l'auteur du roman lui-même, ce romancier étant par ailleurs le scénariste-dialoguiste créateur de quelques-uns des plus grands succès de la télévision.

Oui, venez, monsieur le président. Je serai tellement content de vous rencontrer que, le soir, je ferai un effort (de kilométrage) : je vous invite à Puymirol. Aimez-

350

vous les lasagnes au homard, monsieur le président ? Cela n'est pas très couleur locale mais c'est délicieux. Ainsi, le palais mis en joie, nous reviendrons vers Montauban.

J'aurai demandé la clé : nous entrerons dans la cour de récré. Au groupe scolaire Georges Coulonges. Le bâtiment seul sent la République.

C'est émouvant, une école la nuit, monsieur le président. Cela semble dormir du sommeil des enfants.

Nous entrerons tous les deux dans une classe vide.

Vous serez ému, vous aussi, j'en suis sûr.

Moi, je prendrai la craie et, devenant l'instituteur que je n'ai pas pu être, j'écrirai au tableau une « morale » que je n'ai jamais oubliée. Parce que, lorsque je la lus sur le tableau de mon école primaire, j'étais si petit que je ne la comprenais pas. Mais, lorsque madame Allard nous l'eut expliquée, non seulement je la trouvai juste, utile, mais je la trouvai belle. Poétique, presque.

J'écrirai :

« On tisse pour son pays comme on se bat pour lui. »

Oui, vous serez ému, monsieur le président, j'en suis sûr.

Il me semble que nous y sommes.

Je vous entends murmurer :

« Quel dommage qu'à l'ENA on ne nous enseigne pas d'aussi jolies choses. »

Inventaire avant fermeture

« L'homme arrive novice à chaque âge de la vie »,
écrivait Chamfort.

Je me demande s'il ne connaissait pas la mienne !
Est-ce parce qu'elle a souvent changé ? Que j'ai abordé
des arts, des milieux, des modes d'existence différents ?

A tout âge, devant l'école ou devant mon standard
téléphonique, devant la scène, la radio, la chanson, le
théâtre, la télévision, le roman, je me suis senti neuf.
Débutant. Tellement débutant que, comme l'apprenti
que l'ouvrier envoie chercher auprès du magasinier le
moule à tourner les coins de rue, j'ai obéi aux sugges-
tions, je me suis incliné devant le titre et surtout j'ai cru
ce que l'on me disait. Jamais je ne pensais que l'on me
trompait. Mieux : jamais je ne pensais *qu'on m'avait*
trompé. Je me revois me rendant compte qu'un ami
m'avait roulé dans la farine ; ne pouvant pas croire à
son infamie, je trouvais le moyen de demander : « Vous
croyez qu'il l'a fait exprès ? Il n'a pas dû se rendre
compte ! »

Oui, je hais le mensonge. Je le crains. Je ne l'accepte
pas. Ce qui, dans le comportement de l'abbé Luguet,
choquait le plus mes sentiments adolescents, cela n'était
pas ce que d'aucuns appelleraient ses frasques : c'est

que, s'y livrant, il montât en chaire, il entrât dans le confessionnal pour stigmatiser les nôtres.

J'ai dit comment, en 1945, je n'ai adhéré à aucune association de résistants. J'ai même renoncé à me faire établir des attestations puisque je devais les demander à Charly dont je subodorais qu'il n'avait guère de titre à les authentifier.

Or, à l'occasion du vingt-cinquième anniversaire de la libération de Bordeaux, un garçon, qu'à ce moment-là je ne connaissais pas, Michel Slitinsky, me joignit à Paris. Ses recherches pour mettre sur pied une Histoire de la Résistance en Gironde lui avaient fait découvrir les petites choses que j'avais pu faire pour elle. Il militait à l'ANACR[1] et me demanda d'écrire un article sur mes activités, les raisons de mon silence sur elles lors de mes dix années passées à Bordeaux et notamment devant le micro de la radio.

Ce contact avec Slitinsky eut une conséquence : l'ANACR, lors de son congrès, me fit passer directement de la qualité de non-membre à la qualité de président d'honneur. Voilà une promotion rapide ! Celle-ci ne changea rien à ma vie : habitant désormais dans la capitale, je n'eus pas, jusqu'à ces dernières années, de contact avec l'association girondine. En revanche, mon article me valut de recevoir… le dossier de l'affaire Charly trouvé par hasard dans la poubelle du bâtonnier Lacquieze après la mort de celui-ci par une personne qui, par hasard aussi, avait lu mon papier. Ce que j'y découvris compléta mes informations : pendant une grande partie de l'Occupation, le « résistant » Charly tenait commerce d'épicerie au n° 192 de la rue Fondaudège à Bordeaux où, de notoriété publique, il avait pour activité principale de faire du marché noir

1. Association nationale des Anciens Combattants de la Résistance.

avec les troupes d'Occupation. Au vu de tous, les camions allemands s'arrêtaient devant son magasin où ils s'approvisionnaient en marchandises diverses et particulièrement en spiritueux. A Brach, Charly nous avait montré sa main mutilée par les tortures de la Gestapo : établie le 4 août 1935 lors du visa de son carnet d'interdit de séjour, sa fiche dactyloscopique fait mention de l'amputation du médius gauche cependant que ses empreintes digitales ne sont imprégnées que par trois doigts seulement ! Mais… ce qui me troubla le plus, ce fut la lecture de témoignages de résistants affirmant que… en juin 1944, Cominetti s'était présenté à eux comme officier de marine, délégué d'Alger d'où il arrivait par bateau : « Il avait des papiers à en-tête, promettait des fonds, des armes, des équipements. » Oui, ce sont ces « papiers à en-tête » qui me troublèrent : en 1944, j'avais été bouleversé en voyant sur un papier à bandeau tricolore la signature de Charles de Gaulle nommant Charly commandant militaire du Médoc. En 1945, à l'état-major, parmi les motifs de ses condamnations, j'avais lu « Faux, usage de faux ». Eh bien, pendant vingt-cinq ans, tant le mensonge est loin de moi, tellement la tromperie orale et écrite m'est étrangère, jamais ne m'a effleuré l'idée que cette nomination pouvait être apocryphe ! Pardon, mon général.

Pardon mais… n'oubliez pas que, un ou deux mois après que Charly se fut nommé soi-même commandant militaire du Médoc, le général Moraglia, commandant en chef la IVe région militaire — un vrai général promu par vous celui-là — nomma *vraiment* Charly commandant militaire du Médoc… Pouvez-vous demander à un garçon de vingt ans ne connaissant rien à la vie d'avoir plus de lucidité qu'un officier supérieur ? J'ose seulement espérer que la bévue de Moraglia dura moins longtemps que la mienne.

Le général de Gaulle n'eut sans doute aucun lien avec

Cominetti. Mais Cominetti en avait de très sérieux avec les gaullistes ; lorsqu'il fut arrêté en 1948, il était vice-président du RPF en Gironde : j'avais depuis trois ans évité de le rencontrer. Ne pouvait-on demander à des militants, aux responsables politiques du mouvement gaulliste d'avoir autant de réserve qu'un garçon de vingt ans ?

Pour son marché noir, sa fortune faite pendant l'Occupation, pour l'argent « collecté » à la Libération auprès de « collabos » heureux de s'acheter une patriotique virginité, pour les exécutions autres que celle de Max Leydier, Cominetti ne fut jamais inquiété. Condamné à quinze années de prison, quatre ans après sa condamnation il menait une existence de châtelain. Les remises de peine existent : passent-elles de quinze à quatre ans sans occultes interventions ?

Les méfaits, les forfaits de Cominetti écœurèrent mes vingt ans. Les protections dont il bénéficia aussi. Ceci motiva ma décision, dans un premier temps, de me défier de la politique ; dans un deuxième temps, au retour du Général au pouvoir, de me ranger parmi ses adversaires. Ses adversaires les plus résolus étaient les communistes. J'ai donné quelques-unes des raisons qui me poussèrent vers eux. J'en indique une autre : c'est une éternelle naïveté de l'homme de croire, parce qu'un parti lui ment, que le parti adverse lui dit la vérité.

La naïveté, la crédulité, voilà les maladies avec lesquelles j'ai traversé la vie.

Tellement naïf que j'étais quinquagénaire lorsque j'ai découvert ma naïveté. (Jusque-là, je me croyais normal.) Tellement naïf que, lorsque je l'eus découverte, je crus que j'en étais guéri !… Or, on ne guérit pas de sa naïveté. Et c'est tant mieux : elle vous empêche peut-être de voir arriver les coups mais elle vous permet de croire aux êtres qui refusent d'en donner.

Parmi ceux-ci, il y a mes personnages. Mes lecteurs me le disent :

— Vos héros sont positifs.

Cela doit être vrai.

C'est pour cela, peut-être, que j'ai du mal à les quitter. A m'imaginer ailleurs qu'à la Cachotte. A me voir dans les couloirs de la télé, serrant des mains que je ne voudrais pas serrer. Dans des cocktails, des réceptions qui, on me l'a souvent répété, ont une grande utilité. Mais qui, personnellement, ne me servirent jamais à rien. Parce que, loin de virevolter de groupe en groupe en guettant l'invité profitable, en prodiguant le compliment fructueux, dès mon arrivée je cherchais un bon copain avec lequel je me plaçais au coin du bar : heureux, en sortant, d'avoir eu une conversation d'amitié.

Voulez-vous que je vous fasse une confidence ? J'ai passé quatre années auprès de Jean-Louis Barrault. Le soir, je dînais au restaurant du théâtre avec Maïté, des amis. Devant moi, passa le Tout-Paris du spectacle, François Périer, Pierre Dux, Suzanne Flon, Roman Polanski, Robert Hossein, Raymond Gérôme, tous les comédiens du Français, Pierre Boulez, cent autres artistes, musiciens, directeurs, réalisateurs : je n'ai pas fait *une* connaissance. Ceci avec une pièce à l'affiche, un succès... Pas une fois je ne me suis avancé vers l'une de ces têtes couronnées pour dire : « Bonjour. C'est moi. Je suis enchanté de vous connaître. » Pas une fois je n'ai fait un pas vers un journaliste, un micro, une caméra. Jamais je n'ai dit un mot à la radio, à la télé. Claire Duhamel me téléphona dans le Lot que *Zadig* obtenait le prestigieux prix Plaisir du Théâtre : je ne suis pas venu à Paris recevoir le trophée.

Sauvage ? Non, pourtant. Je crois être au contraire facilement gai, fraternel, aimant les rapports avec l'autre, la conversation nouvelle, une approche différente d'un problème, d'un art, de l'existence.

Timide ? Cela, oui. Depuis toujours. Complexé ? Evidemment. Mais… les circonstances dans lesquelles je me trouvais auraient donné de l'assurance à plus d'un !

Je crois bien que la vérité est autre. Plus bête : je ne savais pas qu'on faisait carrière ; que, pour cela, il fallait chercher des appuis, provoquer des sympathies. C'est que, cela peut vous paraître extraordinaire mais… le mot « carrière », dans ma jeunesse, je ne l'avais jamais entendu. Ou plutôt, enfant, je ne l'entendais que dans une circonstance : de X ou Y, les gens disaient : « Il fait sa carrière. » Cela signifiait que, au régiment, X ou Y à la fin de son temps était devenu caporal, alors il avait rempilé. Maintenant, il était sergent, bientôt sergent-chef. Il terminerait adjudant.

C'était cela la carrière : une carrière de sous-officier. Pour le reste, on nous disait que « celui qui a un métier se débrouille toujours ». Alors à Bordeaux, exerçant le métier de saltimbanque, j'eus l'impression d'une ascension sociale. Pour la bonne raison que cela en était une : hier passant les communications aux messieurs-dames des Ponts et Chaussées, j'étais aujourd'hui appelé au téléphone pour aller présenter Julien à Bazas ou à Saint-Emilion.

A trente-quatre ans, toutes habitudes prises, je suis « monté » à Paris. Pas pour « faire carrière ». Si cela avait été, au lieu de me lancer dans mille activités bénévoles — que je ne regrette pas — je serais allé de cocktails en studios, de couloirs en salles de rédaction, disant : « Vous savez : c'est moi qui ai écrit ça ; vous devriez le faire savoir. » Ou : « Nous pourrions faire autre chose… ensemble. »

Non. Je ne disais rien. Je ne demandais rien. Mon métier c'était : écrire.

J'écrivais.

Pensant inconsciemment — et même avec un peu

d'inconscience : puisque j'écris, on va me demander des textes !

Et… c'est bien ce qui se passa !… Par miracle.

Avez-vous remarqué que, à Bordeaux, j'ai créé le receveur Julien parce que Roger Ducamp me demanda de venir à la radio ? Que je fus édité chez Calmann-Lévy parce que Maurice Renaud — que j'avais vu une seule fois dans ma vie — me téléphona pour me demander un roman ? Que j'ai écrit des paroles pour l'ami Ferrat parce qu'il m'y invita ? Que c'est Guy Lefranc qui apporta *La Lune papa* à la télévision ? Que là, Claude Désiré me demanda de lui proposer autre chose ?… Que… oui, c'est Jean-Louis Barrault qui m'appela afin que j'écrive pour sa compagnie ! Je pourrais multiplier les exemples car en tout, partout, toujours je n'ai travaillé qu'avec les gens venus vers moi. De moi-même, je n'allais voir personne. Je n'en avais pas l'idée. Pas le désir. Et aussi : je ne savais pas le faire. Je m'en rendais compte lorsque, avec Claude-Henri Vic, nous tentions de présenter nos chansons aux vedettes !

Aussi, lorsque des lecteurs, des amis me demandent « Pourquoi n'avez-vous pas fait de cinéma ? », ma réponse est sans ambiguïté :

— Parce que le cinéma ne m'a rien demandé !

Ce qui est presque vrai. Car en quelques rares occasions, le cinéma entrouvrit devant moi des portes que je ne voulus pas pousser. Simplement parce que, je l'ai dit, pour *faire* j'ai besoin de *croire*. Or, je ne pouvais pas croire — par exemple — au projet que me proposait Marcel Dassault.

Il voulait que j'adapte pour le cinéma un feuilleton publié par lui dans *Jours de France*. Notre tête-à-tête d'une heure dans l'immeuble vide des Champs-Elysées aurait mérité d'être conté car j'eus, je dois le dire, une des belles surprises de mon existence en découvrant que cet ingénieur hors pair, cet industriel avisé, richissime,

cet ancien déporté courageux avait, en matière de littérature, de spectacle, des goûts de jeune fille en fleurs…
Les jeunes filles en fleurs n'étaient pas de mon goût : j'ai
repoussé son offre. Un auteur plus répandu que moi dans
les milieux du parisianisme (ce qui n'était pas difficile)
l'accepta. Le film fut tourné. Ce fut un flop magistral.

Il y eut trois ou quatre autres aventures semblables.

— N'avez-vous pas de regrets ? me demande-t-on
parfois.

De cela : non, évidemment.

— Et ailleurs ?… Dans d'autres domaines ?

— Non plus. Non… Vraiment.

J'en suis persuadé : nous marchons tous vers un but
que nous croyons connaître mais dont, à la vérité, nous
ignorons tout. Personnellement, j'ai marché vers la
Liberté. Celle des autres. La mienne. Vers ce que j'ai :
une vie d'une indépendance absolue. Et puis… de cela
aussi je suis persuadé : si j'avais été bâti autrement, mes
écrits aussi auraient été bâtis autrement, mes personnages auraient eu d'autres pensées, leurs dialogues
n'auraient pas été les mêmes… Mes œuvres auraient-
elles eu plus de succès ? C'est possible. Mais… elles en
auraient peut-être eu moins. Peut-être pas du tout.

Et puis, à la vérité, je ne m'interroge jamais sur le
succès que peut avoir mon prochain ouvrage. Parce
que… intimement, je pense qu'il suffit de tout faire
pour qu'il en ait pour que, justement… il n'en obtienne
aucun… Non ! Le livre que je commence, j'y pense, je
l'aime depuis longtemps ; parfois : très longtemps.
Alors, un matin, hop ! je me lance. Je caresse la page
nue, je l'habille d'une ligne, deux, un paragraphe… Je
nourris la phrase avec un détail, le chapitre avec une
documentation nouvelle… que je vais chercher dans un
livre ancien… Elle n'y est pas : j'ai dû me tromper de
livre ! Je cherche ailleurs. Je reviens à mon texte, suivant mon stylo…

Mes lecteurs me demandent : « Lorsque vous écrivez, avez-vous un plan ou les idées viennent-elles au fur et à mesure que vous écrivez ? » Ma réponse est : « J'ai un plan général, bien des idées viennent en cours de route mais une chose est sûre : je sais toujours comment cela finira parce que, sans cela, je serais dans une angoisse folle. »

Et alors là... c'est extraordinaire ce qui m'arrive à l'instant. Soudain, je me rends compte que... pour la première fois, j'ai dérogé à la règle : en commençant ce livre de ma vie, je ne savais pas comment il — comment *elle* — prendrait fin.

Je ne le sais toujours pas. Et... je n'en éprouve aucune angoisse. Même : je ne suis pas pressé de le savoir. Au matin de son quatre-vingt-huitième printemps, Auber — Esprit de son prénom, compositeur de son état — disait : « Bien sûr, c'est embêtant de vieillir mais enfin... c'est la seule façon qu'on ait trouvée de ne pas mourir ! »

Lorsque paraîtront ces pages j'aurai soixante-quinze ans. Ne me dites pas que je ne les parais pas. A Paris lorsque j'appelle un taxi, il m'indique la marque de sa voiture afin que je ne m'embarque pas avec l'un de ses collègues passant avant lui. En échange, j'ai pris l'habitude de lui donner mon âge : afin qu'il ne « charge » pas un quidam se présentant avant moi. Inévitablement pendant tout le trajet, le conducteur me fait des compliments : soixante-quinze ans ? Il ne peut pas le croire ! Ah ! non, vraiment je ne les fais pas, parole d'honneur... Puis, lorsque nous sommes arrivés à destination :

— Au revoir, monsieur et... prenez votre temps pour descendre !

Donc, j'ai soixante-quinze ans. Et... je n'avais jamais pensé que cela m'arriverait. Cela ne veut pas dire que je pensais mourir jeune : cela signifie que je ne pensais pas qu'on vieillissait ! Que, personnellement, en vieillissant… je vieillirais !

Aujourd'hui, je le vois ! Pour autant, ma question n'est pas « Combien de temps me reste-t-il à vivre ? » mais « Combien de temps pourrai-je encore écrire ? ».

Voici quelques années, lorsque, habitant Paris, nous partions pour plusieurs mois dans le Lot, nous emmenions la Mamy avec nous. A des petits riens, nous nous rendions compte qu'elle commençait à flancher.

Un matin, nous partons. Au bout de cinq kilomètres, selon une tradition bien établie, Maïté s'aperçoit que nous n'avons pas coupé l'eau — ou l'électricité — ou que nous avons laissé une valise dans le couloir. Nous revenons. Alors, reconnaissant la maison, la Mamy s'écrie, heureuse :

— Ah ! je suis contente : pour une fois, le voyage ne m'a pas paru long !

Ces mots nous firent comprendre que les « petits riens » commençaient à devenir importants.

Les vacances n'arrangèrent pas la situation ; au retour, trouvant à juste titre que le parcours était, cette fois, vraiment longuet, la Mamy se mit à demander l'heure. Pas à 15 heures puis à 16 h 30 ou 17 heures. Non :

— Quelle heure est-il ?

— Cinq heures, mamy.

— Quelle heure est-il ?

— Cinq heures dix, mamy.

— Quelle heure est-il ?

— Cinq heures douze, mamy.

Oui, c'est embêtant de vieillir.

Je préférerais m'acheter une montre.

En attendant, je guette. Pas la nouvelle ride. Celle-là, en prenant un kilo par an on parvient à l'écarter. Je guette le mot plus long à venir, le nom propre qu'on oublie, le personnage qui, à la fin du roman, se retrouverait avec des yeux bleus alors que, dans le premier chapitre, on lui aurait donné des yeux verts. Je guette ces petits signes annonçant l'affaissement des aptitudes. Avec une certitude : si demain, je recevais de monsieur Mougeotte une lettre me disant « J'ai adoré votre dernier livre », alors, là oui, je dirais « C'est fini ! J'arrête ».

Et c'est bien parce que je consulte parfois le calendrier que, craignant de ne pas avoir le temps d'écrire tous les livres prévus pour *Les Chemins de nos pères*, après *La Fête des écoles*, qui se passe en 1900, je suis allé directement à *La Madelon de l'an 40*, remettant à plus tard l'écriture d'un roman situé en 1914, d'un autre aux environs de 1934-1936. Ces trois romans relatifs à l'époque de ma jeunesse [1] étant maintenant publiés, ce livre de souvenirs terminé, vais-je revenir sur mes pas et ainsi compléter la série projetée ? Vais-je suivre les lecteurs me disant qu'ils voudraient voir Millette (ma « Madelon ») adulte, savoir si, mère de famille, elle a toujours la même ardeur au combat ? Vais-je, comme j'en ai l'envie, écrire deux ou trois romans situés en notre temps afin de montrer l'évolution des mœurs depuis *La Fête des écoles* ? Cela est tentant. Comme il est tentant d'écrire aussi quelques romans pour la jeunesse (cela est même obligatoire : mes quatre premiers petits-enfants ont le leur ; manquent ceux d'Ariane et Nelly). Et puis, il y a ce livre sur la télévision que l'on me demande depuis longtemps ; cet ouvrage sur Victor Hugo que personne ne me demande mais dont je rêve depuis des années et pour lequel j'ai pris tellement de notes, noté tellement d'idées... Oui, c'est embêtant de

1. Georges Coulonges, *La Madelon de l'an 40, L'Enfant sous les étoiles, Les Flammes de la Liberté*, Presses de la Cité, Pocket nᵒˢ : 10144 ; 10234 ; 10394.

vieillir. Non parce qu'on n'a plus de projets mais parce qu'on sait que l'on ne pourra plus les réaliser.

Comment voulez-vous que j'aie des regrets ? Je n'ai pas le temps d'en avoir ! Surtout des grands : ils prennent trop de place. Des petits regrets alors ? Cela, je pense, nous en avons tous.

J'ai le petit regret de ne pas avoir revu Boulin, de ne pas avoir cherché à le revoir. Nous avions tellement ri ensemble ! J'ai le regret précis de cette entrevue qui devait avoir lieu entre le ministre des Affaires sociales qu'il était devenu et la délégation du Syndicat des auteurs que je devais conduire. Cette rencontre fut annulée, je ne sais pas pourquoi. Cela oui, vraiment je le regrette : je m'étais tellement promis d'entrer dans le bureau ministériel à la manière de Bouboule, le sergent : bras à l'horizontale, tournicotant autour des fauteuils de velours en imitant le « brrr, brrr, brrr » des moteurs d'avion ! J'imagine la tête des copains effarés — que je m'étais bien gardé d'avertir de mes relations militaires. Ils se seraient demandé si je devenais fou, si le ministre, hilare, ne vivait pas la même mutation !... Pauvre Robert ! J'ai le regret de ne pas t'avoir fait rire encore une fois, toi dont la mort, survenue de la façon que l'on sait — ou plutôt : que l'on ne sait pas très bien —, me donna envie de pleurer.

Et puis... il y a Silvia Monfort. Lorsque j'avais une pièce chez Barrault, une réalisation à la télé, elle m'envoyait un mot, des compliments agrémentés d'un petit : « Et pour moi ? Rien ? Jamais ? » En 1991, j'eus tellement le regret d'avoir déçu sa fidélité que, lors de la sortie du livre, je lui envoyai *Les Sabots d'Angèle*. Huit jours après, elle m'appelait, emballée, voulant absolument que nous en fassions un téléfilm et, par là, retombant dans son péché mignon : Angèle a vingt-cinq ans... Silvia avait... Aussi lorsque, sur son insistance, je lui adressai une pièce, *Le Salon de l'indépendant*, dont l'héroïne part à la retraite, je me dis : « Elle va me la flanquer à la figure ! » Mais non ! Elle la lut, la remit à un metteur en scène et… quelques jours plus tard, les journaux annonçaient le décès de Silvia Monfort… Alors me revint que, surprise de me voir me manifester auprès d'elle après sept ou huit années de silence, au cours de nos conversations téléphoniques, trois, quatre fois peut-être, elle m'avait demandé : « Mais… pourquoi m'avez-vous envoyé votre livre ? » Je répondais, sincère : « Parce que je pensais que le thème vous plairait. » Elle semblait incrédule. Reposait sa question. Or, j'ignorais sa maladie. Pensait-elle que je voulais « lui changer les idées » ? L'aider à lutter ? Ou… que je lui adressais un adieu ?

Oui, dans la tête et dans le cœur, nous avons tous ainsi de petits regrets… J'avais écrit *Madame Chantal voulait sortir* pour Madeleine Renaud. Elle m'avait donné son accord mais, son planning au théâtre étant complet pour quelque temps, elle et Jean-Louis voulaient que, en attendant la création sur scène, nous en fassions un téléfilm. Je refusai. La télé, j'en faisais : avec Madeleine Renaud, je voulais faire du théâtre. Ainsi n'ai-je eu ni la création théâtrale ni le téléfilm…

Or, la brochure circula dans Paris. Simone Valère et Jean Desailly m'appelèrent. Ils me reçurent en leur théâtre de la Madeleine. Ils avaient lu la pièce tous les deux. C'était une vraie merveille, ils tenaient à me le dire. Le seul embêtement venait de Simone Valère : elle pensait qu'elle n'avait pas l'âge de jouer les vieilles dames. C'était il y a dix ou douze ans. Chère Simone Valère, vous devriez relire la pièce : avec le temps, parfois les choses s'arrangent… Et puis Jacques Dufilho prit connaissance d'un autre texte, il m'invita à dîner, passa le texte à Georges Wilson qui m'appela, prêt à en faire la mise en scène ; Michel Roux organisa une lecture du *Salon de l'indépendant*, avec Nadine Alari ; la

Comédie-Française joua *La Folie Turlupin* sur France-Culture, plusieurs sociétaires déclarèrent que « la Maison » avait le devoir de donner à la pièce une autre ampleur que celle d'une création radiophonique, François Chaumette se déplaça pour venir dire à Barrault qu'il se devait de monter la pièce, François Périer me téléphona longuement pour me dire que je n'avais pas le droit de la laisser dans mon tiroir, Roger Pierre m'appela pour me dire qu'il jouait mon Turlupin « où je voulais, quand je voulais ». Il y eut cela, bien d'autres choses avec la surprise, presque l'émotion, d'entendre au téléphone Pierre Dux, que je ne connaissais pas, m'appelant pour me dire que le théâtre avait besoin d'auteurs qui comme moi, selon ses dires, apportaient du nouveau. Son coup de fil fut suivi d'une lettre, il m'invita à venir le voir rue Guénégaud, organisa pour moi un rendez-vous au théâtre du Palais-Royal. Tout cela se heurta aux difficultés inhérentes à tous les montages de pièces, au fait que certains directeurs aiment jouer les garagistes et d'autres les professeurs, ils ont des arguments inattendus, il faut les convaincre, je n'en avais même pas l'envie… Tout cela se heurta au fait que lorsque je me retrouvais désormais dans les petites loges, les petits bureaux, les petits couloirs d'un théâtre, je pensais au grand air du Lot et je me demandais ce que je faisais là. Tout cela se heurta à une réalité : désormais je vivais heureux dans les habitudes que j'avais choisies. Avec une certitude : dans la création, le meilleur moment pour moi est le moment où j'écris, la minute où l'idée jaillit. Le rêve s'épanouit. Alors, bien sûr, je préférerais voir ma pièce jouée mais, entre les conversations déprimantes et l'écriture d'une œuvre nouvelle, j'ai, une fois pour toutes, choisi le rêve.

Qui rêve n'a pas de regrets. Si vous préférez, pour répondre à votre insistance un peu lourde, je dirais que *si je devais avoir un regret*, il serait celui d'avoir connu

Jean-Louis Barrault trop tard. Un jour, j'ai rencontré un jeune homme de soixante-sept ans. Six années plus tard, j'avais devant moi un combattant fatigué, parodiant son ancien dynamisme en s'accrochant à ses vieilles lunes, son cerveau empli par l'obsession de la mort prochaine. Celle de Madeleine. La sienne. Lorsqu'il me regardait, je sentais qu'il pensait : « Tu es plus jeune que moi. » Et… il cachait cette idée noire dans un grand verre.

C'est moi qui me suis éloigné de lui.

Ainsi ai-je pu garder le souvenir d'un Jean-Louis maître de son art, le Jean-Louis affectueux qui, lors des représentations, m'entraînait dans les coulisses pour, par une petite ouverture, me montrer la salle. Le public dans l'ombre suivait le spectacle :

— Regarde comme c'est beau, un théâtre plein… Des gens heureux.

Les spectateurs étaient heureux, c'est vrai. Et Jean-Louis était heureux pour eux. Et moi, j'étais heureux pour Jean-Louis : le vrai bonheur du créateur c'est de donner du bonheur à ceux qui l'écoutent, le voient, le lisent.

C'est pour cela que, peu attaché à l'argent, insensible aux honneurs, ni flatté par la réussite ni abattu par l'échec, j'éprouve une colère folle, une indignation qui me déchire lorsque des mains criminelles me privent du don de bonheur.

Terrien vraiment : il y a une différence très grande entre l'agriculteur qui, faute d'avoir labouré son champ, déplore l'absence de récolte et celui qui, ayant mis toute son énergie à rentrer sa moisson, constate que, la nuit, des malandrins ont incendié sa grange.

Toute ma vie, simplement, j'ai retourné mon champ. Comme le laboureur de La Fontaine l'enseignait à ses enfants.

Oui, ma communale avait raison. Elle nous enseigna le travail et la simplicité, la franchise et le respect de l'autre, la droiture, le civisme, bien d'autres vertus que la vie effaça du tableau noir et dont bien des gens aujourd'hui se rendent compte qu'un pays, le monde, ne peuvent pas vivre sans elles.

Mes souvenirs de plume Sergent-Major et de doigts tachés à l'encre violette se situent au temps où l'école avait une mission claire : former des citoyens. Certains aujourd'hui semblent vouloir lui redonner cette mission. C'est une bonne idée. A laquelle l'enfant adhérera si le monde est justice. Si l'école elle-même est justice : si elle est l'école pour tous.

Déjà, à la communale, mon livre de morale m'avait surpris lorsqu'il m'affirmait que, prise jeune, l'habitude de la discipline me permettrait plus tard « d'obéir facilement à mes officiers »… C'est que… à la maison, je ronronnais de plaisir devant la photo de mon père portant galons de lieutenant. De quel droit mon école me disait-elle : « Tu seras bidasse, mon fils ? Sac au dos ! Une ! Deux ! Laisse à d'autres les galons ! » Plus explicite, l'EPS de Talence avait enfoncé le clou : « Il y a un patriotisme ouvrier qui est d'aller au travail. Les mains funestes sont les mains oisives. » Ouvrier ? Pourquoi ouvrier ? Je voulais être instituteur ! Et pourquoi ce patriotisme du travail était-il seulement ouvrier ? Serait-ce à dire que les « pipe-au-bec, canne-à-la-main » ne devaient rien faire ? Décidément oui « les écoles » nous traçaient notre devoir : en temps de paix, travailler de nos mains ; en temps de guerre, mettre nos talons au garde-à-vous. En attendant le « En avant ! A la baïonnette ! ».

Bons maîtres de l'Education nationale, tout le monde ne peut pas être général, je le sais. Personnellement, je n'en ai jamais eu l'envie. Mais je n'avais pas l'envie non plus d'être bûcheron. Ou même électricien sur voiture. Le monde d'aujourd'hui fabrique des enfants aux yeux ouverts. Alors, je vous en prie, ne venez pas dire à ces enfants d'aujourd'hui ce que l'on disait aux enfants d'autrefois : « Puisque tu es dans cette école-là, tu seras cela : un obéissant, le sous-ordre de celui qui est dans une autre école. » Oui, pendant que l'école de Lacanau me disait : « Tu obéiras », à quelques petites dizaines de kilomètres de là, d'autres écoles disaient à leurs élèves : « Tu commanderas. »

Maïté a eu le malheur d'être orpheline de père. Pupille de la marine, elle a eu le bonheur de poursuivre ses études dans un cours privé de bon renom. Les élèves étaient les héritières de châteaux en Médoc et en Graves, les rejetons de grands pontes de la médecine et du barreau. Là, les leçons commençaient par : « Mesdemoiselles, vous qui serez demain l'élite de la Nation… »

Si l'on veut enseigner le civisme à l'enfant, il ne faut pas lui donner à voir que l'élite est désignée d'avance. Qu'elle n'a rien à voir avec le mérite. Il faut que, pour l'enfant, la devise « Liberté, Egalité, Fraternité » soit une réalité. A l'âge de l'orientation, la Liberté est la liberté de choix, l'Egalité est l'égalité des chances, la Fraternité est la fraternité des cours de récréation. Avec ses promiscuités. Elles font partie de la vie. La vraie vie qu'il faut connaître. Surtout si l'on veut y être chef.

Le chauffeur arrête la Mercedes devant l'école. Madame, très élégante, en descend. Elle avise un gamin :

— Dis-moi, jeune homme, connais-tu mon fils Adémar-Xavier-Gontran de La Minaudière ?

— Oui, m'dame.

— Bien. Veux-tu aller lui dire que sa maman est venue le quérir ?

— Oui, m'dame !

Et le gosse, serviable, lance à un copain :

— Michel ! Va dire à Gros Cul que sa mère l'attend !

Cette histoire me ravit. Elle est salutaire.

C'est l'honneur de la République d'avoir fait asseoir sur un même banc le fils du catholique et le fils du protestant, le fils du juif et le fils du libre-penseur. C'est son honneur et c'est son bienfait : la laïcité de l'enseignement a peu à peu conduit les Français — la plus grande partie des Français — vers la tolérance. C'est l'honneur de la République aussi d'avoir fait asseoir sur le même banc le fils du riche et le fils du pauvre. Du savetier et du financier. Certains financiers ne voulurent pas voir leurs enfants assis près des enfants traîneurs de savates. Ils créèrent une école pour eux. C'était leur droit. Ils la payèrent de leurs deniers. C'était logique. Je ne crois pas que le petit défavorisé ressente un grand élan de civisme si, ce soir, son copain favorisé l'aborde en ces termes : «Tu diras à ton père de payer ses impôts pour entretenir mon école. »

Je ne suis pas un adversaire de l'école privée. Je suis un adversaire du favoritisme : il condamne le civisme. A quel civisme croire si l'école elle-même ne se montre pas citoyenne ? Je veux dire, chère généreuse République, que si tu es dans la malheureuse obligation d'accorder des subsides à une école qui n'est pas la tienne, tu dois en fixer le montant non, comme cette école te le demande, en fonction du nombre d'élèves qu'elle accueille mais en fonction du nombre d'élèves *défavorisés* qu'elle reçoit. Ainsi ne prendras-tu pas le risque de voir l'école publique baisser peu à peu de niveau au profit d'une école de privilégiés n'obéissant à aucune solidarité.

Je suis un amoureux de la Liberté : je ne vois pas au nom de quoi nous interdirions à des parents d'inscrire

369

leurs enfants dans une école privée si son enseignement était le plus performant.

On l'a compris, je suis un républicain : je veux que l'école de la République reste la meilleure.

A cela, à cette construction sans cesse renouvelée de la meilleure école, tous doivent concourir : les enseignants bien sûr mais aussi les parents d'élèves, les citoyens, bien d'autres groupes, bien d'autres ministres. Car le ministre de l'Education nationale n'est pas seul concerné : quel est le poids d'un instituteur enseignant la non-violence si, au sortir de l'école, l'enfant retrouve la rue où la violence est reine ? Quelle portée auront les leçons de notre maître d'école si, à chaque minute, la télévision montre des violences sources de profit ? Que valent les leçons d'honnêteté si la télévision susurre que l'argent est facile à gagner dans des commerces illicites, des jeux de hasard, si elle proclame : « Qui n'a rien n'est rien ? »

Plus que la rue, la télévision est facile à améliorer.

Débarrassons-nous tout d'abord de ceux qui, dans le calme de leur bureau, voire le confort de leur salon, affirment que la télévision n'est pas incitative. Ceux-là n'ont pas vu dans une classe un enfant soudain s'étouffant, devenant violet parce que, de sa place derrière lui, son copain avait lancé sur sa gorge un fil d'acier qu'il tirait depuis les deux petits bâtonnets placés aux extrémités : comme il l'avait vu faire la veille dans je ne sais plus quel film d'étrangleur. Ils n'ont pas remarqué non plus que, à la suite de la profanation du cimetière de Carpentras, soixante sépultures furent profanées en France, plusieurs d'entre elles par simple jeu : par de très jeunes adolescents ignorant tout de l'antisémitisme. Ils ne se sont pas demandé pourquoi les battes de base-ball sont maintenant armes d'attaque dans les rues et les autobus : le base-ball est-il si répandu en France ou le modèle de l'agression ne viendrait-il pas, plutôt, d'images américaines vues à la télé ?

Foin des tristesses, optons pour la gaieté : lors de la programmation du premier *Pause-Café* — celui dans lequel, eût dit Monsieur Prudhomme, les mains de béton n'avaient pas mis leur nez ! — un instituteur ami demanda à ses élèves de CM2 la profession qu'ils voudraient exercer. Il y avait seize filles dans la classe : quatorze voulaient être assistantes sociales ! Oui, la télévision est incitative.

La drogue, le racket, l'assassinat, toutes les violences font partie de la vie. Représentons-les. Mais ne donnons pas à penser qu'elles sont toute la vie. La vraie vie comporte aussi des actes de droiture, de générosité, de courage, des hommes et des femmes de dévouement, de mérite et parfois de grande modestie. Représentons-les aussi. Ainsi, au lieu de le contredire, la télévision soutiendra-t-elle l'instituteur dans ses meilleures leçons.

De même que beaucoup de gens ressentent aujourd'hui le besoin d'un retour à la morale, bien des téléspectateurs ressentent l'envie d'une petite lucarne qui, si j'ose dire, ouvre ses fenêtres : pour un peu d'aération. Un air frais venant vivifier le plaisir sans bassesse.

Ce plaisir-là, TF1 est incapable de le donner. Parce que, contrairement à ce qu'elle pense, la médiocrité de ses programmes ne reflète pas la médiocrité du public mais bien la médiocrité de sa direction. Une direction ne sachant pas que, si le public se laisse parfois aller à s'esbaudir devant la médiocrité, il sait réserver ses meilleures ovations aux œuvres de qualité. Celles-ci ne s'accommodent ni des amateurismes ni de règles contraires en tous points à la morale fixée par la nation.

Lorsque monsieur Mougeotte me mit dans l'obligation d'intenter un procès à la chaîne, celle-ci choisit, pour la défendre, maître Louis Bousquet.

Pierre Péan et Christophe Nick écrivent : « Louis Bousquet [...] a mis au point ce qu'un de ses anciens collaborateurs appelle "la technique de la mauvaise foi" : à peine signés, les contrats sont contestés. En affaires, Bouygues et Bousquet n'ont aucun respect de la parole donnée ; l'amitié et la confraternité sont pour eux des mots vides de sens. » Bouygues se débrouille afin d'obtenir le marché puis, dès qu'il l'a décroché, il ouvre un contentieux[1].

Je vois mal comment, inspirée par de tels principes, TF1 créerait les émissions de joie saine dont la France a besoin.

Et c'est bien parce qu'elle n'en a pas le goût que, de même que je souhaite la meilleure école publique, je veux pour mon pays la télévision publique la plus performante.

Est-il utile de le dire ? Ce n'est ni en abandonnant les deux chaînes qui nous restent à des mains mercantiles ni, comme certains en font le projet, en les fondant en une seule que nous en développerons la nécessaire bienfaisante influence.

Défendre le service public c'est exiger de lui que, loin d'aligner ses mœurs et ses productions sur ce qui dégrade, il engage toutes ses forces dans une véritable, grande, saine politique de création. J'insiste sur le mot : la télévision n'est pas l'art de la photocopie. Elle se doit de rechercher les talents neufs. Et en premier de ne pas les broyer en prenant ses décisions au son du « Les copains d'abord ». Je l'ai prouvé — et d'autres avec moi, plus que moi — la télévision de création aux dialogues sans bassesse, aux images sans hémoglobine peut être la télévision du succès. Et même du grand succès. Les autorités supérieures doivent exiger ce succès

1. Pierre Péan et Christophe Nick : *TF1 : télévision du pouvoir, pouvoirs de la télévision*, Fayard, éd.

des directeurs de chaîne. Pensons-y : le spectacle télévisuel est le seul spectacle visible par la majorité des Français.

La télévision doit être citoyenne.

La meilleure leçon c'est l'exemple.

Je dédie ce livre à ceux qui furent mes premiers exemples : mes parents,

… A monsieur et madame Allard, mes maîtres, qui auraient voulu que, comme eux, je devienne instituteur.

Puisqu'il ne put en être ainsi, je dédie ce livre :

… A monsieur Roland Garrigues, député-maire de Montauban et à son conseil municipal qui, sept décennies plus tard, décidèrent de donner mon nom à l'un des groupes scolaires de la cité.

… A madame Romanzin, directrice de l'école maternelle, à monsieur Gérard Azan, directeur de l'école primaire de ce groupe scolaire Georges Coulonges. Ils sont, je le sais, des enseignants selon mes vœux. A mesdames les institutrices qui les secondent dans leur tâche avec le dévouement que j'ai pu constater. A leurs élèves qui sont un peu les élèves que je n'ai pas eus.

Et puisque, lorsque sortira ce livre, grâce à monsieur Bernard Charles, député-maire de Cahors, et à son conseil municipal un autre groupe scolaire recevra mon nom, je dédie ce livre aussi à ces petits Cadurciens que je vais bientôt connaître et que, déjà, j'embrasse sur les deux joues.

Car, à la vérité, je le dédie à tous les enfants de France en leur souhaitant que l'école de la République fasse d'eux les citoyens dont la République a besoin : des hommes et des femmes qui, ayant appris la Morale, la pratiquent et soient prêts à se battre pour elle.

Il n'est pas de pays heureux sans confiance entre les citoyens.

Il n'est pas de confiance sur le mensonge devenu institution.

Les tromperies des grands ont sans doute toujours existé. Ce qui n'existait pas ce sont les gigantesques moyens de propagation qui leur sont offerts. Une autre différence est que, hier honteuses, ces tromperies apparaissent comme une règle de vie. Admirables puisqu'elles conduisent à la toute-puissance.

J'ai fini mon livre.

Le soleil est dans mon bureau.

Mes lecteurs me demandent parfois si j'écris chaque jour ou si, au contraire, j'attends l'inspiration.

La réponse est que je ne l'attends pas : je suis d'une trop grande patience.

Ce matin, le ciel de décembre semblable à un ciel d'été la décuplerait facilement.

A la radio, un bavard déclare que, tout jeune, il rêvait d'avoir le pouvoir. Il l'a. Il est content.

Moi, ce qui m'aurait attiré dans le pouvoir c'est le pouvoir de ne rien faire. Surtout aujourd'hui.

Hélas ! J'ai toujours travaillé. Au début pour gagner ma vie. A la fin, pour ne pas la perdre.

Pour lui donner un sens, disent certains. Des poètes ! La vie n'a qu'un sens. Elle le suit sans défaillance : allant d'un point qu'on appelle la naissance à un autre point que nous nous gardons bien d'appeler. Il vient tout seul. Pour nous encourager, les scientifics nous répètent que les espérances de vie ne cessent d'augmenter. En quelque sorte : au fur et à mesure que les nôtres diminuent.

Qu'importe ! Manuscrit refermé, j'ai droit aujourd'hui à une grande respiration.

Je sors.

Miracle : le soleil est aussi à l'extérieur ! Entre deux nuages si légers qu'ils semblent inutiles.

Dès que le chien me voit, il frétille. Il gambade. Toujours prêt pour la promenade.

Parfois ses yeux me font un reproche : « On n'y va pas assez souvent. »

Je réponds : « J'ai du travail. » Puis, prenant son museau dans mes mains :

— Vas-y, toi. Tu es libre. Pour lever les oiseaux et respirer les sous-bois, tu n'as pas besoin de moi.

Il s'allonge sur la terrasse. Les pattes bien à plat sur la pierre :

— Je préfère t'attendre.

Ce matin, il court, va, vient, repart, disparaît devant moi et bientôt, je l'entends arrivant sur mes pas, il me dépasse, fonçant vers je ne sais quoi, peut-être vers la joie de vivre.

Sur le causse, chaque année à cette saison la même idée me vient. La même image : des guirlandes d'argent descendent du ciel et se posent sur les genévriers, ainsi transformés en arbres de Noël autour desquels dansent les enfants.

Depuis longtemps, je n'accroche plus de jouets dans le sapin. Les jouets de mes petits-enfants s'appellent la musique et les copains, le ski et tous les tennis, cinéma, champagne, Coca et ce jeu de toujours grâce auquel le monde est toujours là, sans cesse rajeuni : mes petits-enfants ne croient plus au bonhomme à barbe blanche.

Heureusement, il y a Nelly, qui, elle, n'y croit pas encore. Elle est l'espoir de mes prochaines fêtes.

Sa sœur, la « grande », Ariane, a cinq ans. Parfois, elle s'inquiète pour moi. Au lendemain de l'inauguration du groupe scolaire Georges Coulonges à Montauban, elle a demandé à sa Mamy :

— Comment va-t-il s'appeler, Papou... maintenant qu'il a donné son nom à l'école ?

Le 24, nous irons chez elle. L'arbre sera déjà prêt, hélas !

Etre père, c'est vivre. Etre grand-père, c'est regarder vivre.

Le chien tient un bout de bois mort entre ses crocs. Il aimerait que je veuille le lui prendre.

Un agriculteur ami est au coin de son champ.

Décembre est pour lui la morte-saison. Il ramasse les vieux sacs en plastique ayant contenu des engrais :

— Je les rapporte à ma femme. Elle s'en sert de sacs-poubelles.

Il cligne de l'œil :

— Il n'y a pas de petites économies.

Je réponds :

— C'est vrai. L'embêtant c'est que… chez moi, il n'y en a pas de grandes non plus !

Nous rions.

Je rentre. Me disant que cette rencontre, un jour peut-être, entrera dans un roman. Simple. Avec son dialogue. Simple. Notre rire. Simple.

Quelque esthète encore m'en fera le reproche : « Vos personnages sont toujours de petites gens. »

Je ris encore : des petites gens mes agriculteurs et mes assistantes sociales ? Mes instituteurs et ma domestique normande ? Mes imprimeurs, infirmières, mes forestiers risquant leur vie pour libérer la France, des petites gens ? Vous oubliez, je crois, que c'est grâce à eux, à leur travail et à leur morale que le pays est encore debout ! Et surtout qu'il est encore vivable. Non, je ne fais pas de classification arbitraire. Mon école m'a trop appris à me méfier de la formule « Tous les… sont des… ». Et je sais aussi que le plus sûr garant de la vertu est le manque d'occasion. Il n'empêche que notre société tient debout à la manière de cette banque dont je tairai le nom : certes pas à cause de ceux qui dilapident le capital en folies hollywoodiennes mais par la

376

grâce obscure de ceux qui, jour après jour, ouvrent les grilles et s'assoient derrière les guichets, devant leurs machines, leurs ordinateurs.

Petites gens qui paient les escroqueries que l'on parvient parfois à découvrir et l'incurie dont on ne parle jamais. La France, ma copine, tu souffres d'incompétence. Le patron atteignant son siège en montant à l'échelle a vécu. Devait-il être remplacé par le patron atteignant le sien pendu à son parachute ? Voire en hissant la voile où le pousse le vent des relations, des appartenances et parfois du hasard ?

Allons ! Le monde est tel qu'il est : je n'ai plus l'âge de fouler le pavé et de suivre les banderoles. Ou alors, il faudrait que les CRS constituent une compagnie du troisième âge qui équilibrerait les chances.

Petites gens, vous serez encore dans mes romans.

Parce que dans un monde donnant trop souvent la parole aux coquins, j'aime, en quelque page, saluer le mérite.

Le mérite de mes personnages est la quotidienne bonne volonté.

S'ils croient en Dieu, ils ne se croient pas autorisés à tuer en son nom. S'ils n'y croient pas, comme moi avec le bon Jules Renard, ils pensent : « Il n'y a pas de paradis mais il faut tâcher de mériter qu'il y en ait un. »

Tu ne tueras point !

Les blés deviennent paille
Georges Coulonges

Printemps 1914. Le 10e dragon défile à
Montauban. Parmi les soldats, Albin, un
jeune nationaliste catholique. Soudain, le cri
de "Guerre à la guerre !" retentit. Sur l'ordre
du colonel, la troupe charge les perturbateurs.
Parmi eux, Janotte, protestante et pacifiste…
Albin, ému par son courage et sa beauté, ne
lui résiste pas. Plutôt que de la conduire en
prison, il décide de la cacher dans une maison
abandonnée en pleine campagne…

(Pocket n° 10973)

Il y a toujours un Pocket à découvrir

L'amour Résistant

Les flammes de la liberté
Georges Coulonges

Tandis qu'il guette un parachutage d'armes en provenance de Londres, le chef du réseau du grand Sud-Ouest, Hervé Garin-Millaud, est arrêté par la Gestapo. Dans l'espoir de sauver cent-vingt chefs de groupes résistants, il accepte de livrer la cache des armes. Pour Millette, son père Dédé Lassale et son frère Marc, c'est un traître. Pour d'autres, c'est un sauveur. Dans le réseau du Sud-Ouest, les résistants se divisent alors en deux clans : par malheur, l'amant de Millette, et le père de son enfant, fait partie de ceux qui restent fidèles à Garin-Millaud…

(Pocket n° 10394)

Il y a toujours un Pocket à découvrir

Les combats d'une femme

La fête des écoles
Georges Coulonges

À la fin du XIXe siècle, dans un village du Rouergue, Adeline est nommée institutrice à l'école de filles. Mais le maire la juge inutile et l'instituteur ne cache pas son hostilité envers ces femmes qui font des métiers d'homme... Femme libre et catholique, Adeline se bat contre les médisances et les préjugés. Elle doit aussi subir les critiques du curé de campagne qui fustige "l'école sans Dieu". Tandis que deux hommes se disputent son cœur, trouvera-t-elle le courage d'organiser la fête des écoles ?

(Pocket n° 4428)

Il y a toujours un Pocket à découvrir

Achevé d'imprimer sur les presses de

BUSSIÈRE

GROUPE CPI

*à Saint-Amand-Montrond (Cher)
en novembre 2001*

POCKET - 12, avenue d'Italie - 75627 Paris Cedex 13
Tél. : 01-44-16-05-00

— N° d'imp. 14561. —
Dépôt légal : novembre 2001.

Imprimé en France